Heinz Straub

Mord am Grötzinger Baggersee

Originalausgabe – Erstdruck

Heinz Straub

Mord am Grötzinger Baggersee

Karlsruhe-Krimi

Schardt Verlag Oldenburg

Bibliographische Information der *Deutschen Bibliothek*:

Die Deutsche Bibliothek verzeichnet diese Publikation in *Der Deutschen Nationalbibliografie*; detaillierte bibliographische Daten sind im Internet über *http://dnb.ddb.de* abrufbar.

Logo Karlsruher Schloß:
Dr. Ulrike Fraeulin, Karlsruhe

1. Auflage 2007

Schardt Verlag
Uhlhornsweg 99a
26129 Oldenburg
Tel.: 0441-21779287
Fax: 0441-21779286
Email: schardtverlag@t-online.de
Herstellung: Fuldaer Verlagsanstalt

ISBN 978-3-89841-303-9

1. Kapitel

Sie saßen zu dritt an einem groben, ungehobelten Tisch, und jeder hatte eine Flasche Bier vor sich stehen. Der eine von ihnen war lang und hager. Seine Augen verrieten Intelligenz, sein verkniffener Mund aber zeigte, daß mit ihm nicht gut Kirschenessen war. Anders sein Gegenüber: klein und zierlich, mit einem schmalen Gesicht und schwarzem Haar, das ungepflegt und strähnig bis auf die Schultern hing. Nervös und unstet irrten seine Augen durch den schmutzigen Raum. Groß und bullig hockte, mit aufgekrempelten Hemdsärmeln, der dritte an der Stirnseite. Seine Augen wirkten wie hellblaues Porzellan. Abwesend starrte er auf seine Bierflasche.

„Könnte endlich kommen, der Ali“, murmelte er.

„Immer mit der Ruhe, Emil“, entgegnete der Hagere.

„Deine Ruhe möchte ich haben, Dieter“, zischte der Langhaarige und begann nervös auf den Tisch zu trommeln.

„Dann fahre du doch die Raupe, Erich, du kennst dich ja auch damit aus.“

Der Langhaarige schüttelte den Kopf. „Nicht mit der. Die ist mir eine Nummer zu groß.“

„Hast Schiß“, meinte Emil und schaute ihn mit seinen hellblauen Augen verächtlich an.

„Das ist mir viel zu gefährlich, so dicht am See.“

„Deswegen brauchen wir unseren türkischen Honig“, sagte Dieter.

„Wenn der bloß die Schnauze hält.“

„Mann, Erich, nächsten Monat fährt er in die Türkei zurück und kommt nie wieder.“

„Wieviel kriegt er denn?“ fragte Erich lauernd.

„Dreihundert.“

„Zweihundert hätten es auch getan.“

„Er muß ja übermorgen nochmal ran. Okay, ich kann es ja mal probieren.“

„Scheißwetter!“ fluchte der Langhaarige.

„Gerade das richtige für uns. Da turnt keiner in der Gegend herum.“

Der Langhaarige spuckte verächtlich auf den Boden. „Du mußt es ja wissen, du bist der Chef.“

Emil deutete zum Fenster hin. „Dort kommt euer Ali.“

Tief über die Lenkstange gebeugt, radelte ein Mann gegen Regen und Wind. Jetzt hatte er den Verbindungsweg erreicht und fuhr, geschickt den Pfützen ausweichend, auf die Baracke zu. „Fertigmachen“, ordnete der

Lange an und griff nach den Gummistiefeln. Sie standen gerade an der Tür, als Ali Demir von seinem Fahrrad stieg.

„Du kommst spät“, knurrte Dieter.

Demir zuckte die Achseln. „Kann nichts dafür, mußte machen Überstunden.“ Er schaute mißtrauisch zu der verrosteten Siloanlage hinüber, deren Stahltürme einen trostlosen Anblick boten. Dann wandte er sich dem See zu, dessen Wasser trübe an die Böschung schwappte. „Was soll ich hier machen? Fische fangen?“

„Witzbold“, zischte Erich. Emil feixte.

Der Langhaarige fuhr herum. „Merkst du nicht, daß der türkische Honig uns verarschen will?“

„Auch ein Türke darf mal einen Witz machen“, meinte Emil.

„Schluß mit dem Blödsinn“, rief Dieter. „Dafür haben wir jetzt keine Zeit.“ Er legte Ali vertraulich die Hand auf die Schulter. „Du kannst doch mit der Planierraupe so gut umgehen.“

„Bin bestes Mann in dieser Stadt“, entgegnete Ali Demir stolz. „Wo soll ich planieren?“

„Da vorne.“

„Ich nichts sehen.“

„Du mußt halt näher rangehen. Na komm schon.“ Dieter wandte sich an Emil. „Als Wachmann drehst du jetzt deine Runden. Klar?“

Emil verzog das Gesicht. „Glaubst du, daß bei dem Wetter ...?“

„Du drehst deine Runden wie abgemacht“, stoppte ihn der Hagere. Er deutete zum Wald hin, der sich an einer Stelle dicht an den See hinschob. „Den Waldrand schaust du dir besonders gründlich an.“

„Schon gut.“

Dieter griff nach dem Arm von Ali Demir. „Komm schon.“

„Wieviel?“ fragte der.

„Zweihundert Euro für heute und übermorgen.“

„Nicht viel, zweihundert Euro.“

„Die Arbeit dauert nicht lange.“

„Warum dann nicht alle Arbeit heute?“

„Halt endlich deine Schnauze und fang an“, brüllte Erich los, „ich habe keine Lust, wegen dir länger als notwendig im Regen herumzustehen.“

„Du so nicht mit mir reden.“

„Komm jetzt“, rief Dieter drängend Ali zu. Leise sagte er: „Du kennst ihn doch und weißt, daß er nicht alle Tassen im Schrank hat.“

„Er fixen.“

„Klar doch. Irgendwann wird er draufgehen.“ Dieter blieb mit dem Türken vor etwas stehen, das mit einer Plane abgedeckt war. Jetzt zog er diese zur Seite, und eine schwere Planierraupe kam zum Vorschein. „Schwing dich in den Sattel und leg los!“ Er kümmerte sich nicht mehr um Ali und ging mit Erich in Richtung Waldrand weiter. Erst beim näheren Hinschauen konnte man sehen, daß sie auf ein Tarnnetz zuliefen, wie es normalerweise bei der Bundeswehr benützt wird.

„Geh schon rüber auf die andere Seite.“ Dieter mußte brüllen, als er Erich die Anweisung gab, denn Ali hatte den Motor der Planierraupe gestartet, die jetzt, über den holprigen Boden schwankend, auf sie zukroch.

Was zum Vorschein kam, als die beiden das Tarnnetz aufrollten, waren Stahlfässer, die dem verbeulten Aussehen nach schon ziemlich alt zu sein schienen. Doch der lehmfarbene Anstrich war vor nicht allzulanger Zeit aufgetragen worden. Der Maler hatte schludrig gepinselt, so daß ein schwarzer Totenkopf mit gekreuzten Knochen hindurchschimmerte, unter denen das Wort „Poison“ stand.

„Tempo, Tempo!“ rief Dieter Erich zu. Der stieß einen Fluch aus und zerrte wütend am Netz, das sich irgendwo verfangen hatte.

Mit tuckernder Raupe hielt Ali neben den beiden an. Vom Fahrersitz herunter stierte er auf die Fässerreihen. Er deutete mit zitterndem Finger auf sie. „Atom! Nix gut. Ich nicht krank werden wollen.“

Ärgerlich kniff Dieter die Lippen zu. Dann verzog sich sein Gesicht zu einem falschen Lächeln. Er tätschelte eines der Fässer. „Glaubst du, Erich und ich wollen krank werden?“

Der Motor der Planierraupe erstarb. „Wenn nicht Atom, dann Gift“, beharrte Ali.

„Rückstände aus einer Arzneimittelfabrik“, entgegnete Dieter. Als Ali ungläubig den Kopf schüttelte, holte er ein Papier aus der Tasche, faltete es auseinander und wedelte damit in der Luft herum. „Das ist die behördliche Genehmigung, daß wir sie hier lagern dürfen.“ Er trat an die Raupe heran und hielt das Schreiben Ali unter die Nase. „Du kannst es gerne lesen.“

Ali winkte heftig ab. „Nein, danke. Ich dir glauben.“

„Weißt du“, fuhr Dieter vertraulich werdend fort, „die Behörde selbst legt Wert darauf, daß das Verbuddeln der Fässer klammheimlich geschieht. Da dürfen nur so ein paar miese Panikmacher Wind von der Sache kriegen, und schon ist hier der Teufel los.“

Ali nickte eifrig. „Ich das einsehen.“

„Gut so“, Dieter deutete zum Waldrand, „du fängst von dort aus an. Da liegt auch die Erde, die du über die Fässer schieben sollst.“

„Alles klar.“ Ali startete den Motor. Die Raupe rückte wieder an und fuhr an den Fässern vorbei auf den Waldrand zu.

Kopfschüttelnd sah Erich Dieter an. „Hast du den Muselmanen hypnotisiert, weil er jetzt so willfährig bei der Sache ist?“

„Psychologische Kriegsführung“, meinte der grinsend.

„Komm schon.“

„Ich weiß, daß Ali Analphabet ist, aber es unter keinen Umständen jemand wissen lassen will.“

„Deswegen hast du ihm mit dem Wisch vor der Nase herumgefuchtelt.“

„Wie du siehst, hat er prompt reagiert. Dem ist jetzt angst und bange, daß ich ihm das Schreiben nachher noch zu lesen gebe.“

Erich lachte. „Klar, bevor er geht. Das gibt ne Gaudi.“

„Man soll nie übertreiben. Denk daran, daß wir ihn übermorgen noch brauchen.“

Erich fuhr sich über das regennasse Gesicht. „Was hast du ihm denn gezeigt?“ Dieter gab keine Antwort. „Wohl deinen Entlassungsschein aus dem Knast?“

„Nimm dich in acht“, meinte Dieter warnend und griff nach einer Schaufel, die neben dem Tarnnetz lag.

Vom Waldrand her verstärkte sich der Motorenlärm der Planierraupe. Ali hatte gewendet und schob damit einen Berg Erde vor sich her.

„Hoffentlich hält der die Klappe“, sagte Erich, froh über die Ablenkung.

Dieter winkte geringschätzig ab. „Nächste Woche sitzt er vor seinem Rattenloch bei Istanbul, saugt an seiner Wasserpfeife und schlürft seinen Pfefferminztee. – Mehr rüber mit dem Netz“, fuhr Dieter abrupt fort, „damit die morgen abend mit den restlichen Fässern gut ranfahren können.“

Währenddessen machte Emil Hotz mürrisch den von Dieter angeordneten Kontrollgang. So ein Blödsinn, dachte er. Wo sollte bei diesem Dreckwetter einer herkommen und hier ihre stinklangweilige Arbeit begaffen. Viel schöner wäre es jetzt, in der Baracke zu sitzen und sich einen hinter die Binde zu gießen. Wenigstens war es ein Trost für ihn, auch Erich und Dieter im Regen rumlatschen zu sehen. Dieter war ein harter Brocken, aber Erich, diesem widerlichen Schleimer, würde das bestimmt an die Nieren gehen. Am besten war ausgerechnet der Türke dran. Der Kerl aus dem Orient hatte ein Dach über dem Kopf, wenn es auch nur ein kleines Blechdach war. Hotz grinste hämisch. Der Wind würde schon dafür sorgen, daß auch er einiges mitkriegte. Na ja, schließlich erhielt der bloß zweihundert Euro, während er satte zweitausend bekam.

Er blieb stehen und überlegte. War es nicht ungerecht, daß es nur zweitausend waren? Der Ali fuhr in einigen Tagen für immer in die Türkei zurück, aber er blieb hier. Als Wachmann trug er die Verantwortung für das, was auf diesem Gelände vor sich ging. Ihn hatte man als ersten am Kanthaken, wenn was herauskam. Emil schüttelte den Kopf. „Das ist einfach nicht gerecht“, flüsterte er. „Das Zweifache“, sagte er laut. Ja, genau das Doppelte würde stimmen. Viertausend Euro wollte er. Das war die richtige Summe. Nachher mußte er unbedingt mit Dieter darüber reden.

Er schlenderte langsam am Seeufer entlang und sah, wie der böige Südwestwind die Wasseroberfläche in Bewegung brachte und die Binsen am Uferrand heftig hin und her schwanken ließ. Selbst der große Bagger gab ächzende Geräusche von sich.

Hotz entfernte sich jetzt vom See und schritt, gegen Wind und Regen ankämpfend, auf den Wald zu. Erschreckt hoppelte ein Hase davon. Emil zielte mit seinem Schlagstock auf ihn. „Piff, paff“, murmelte er und grinste. Jetzt hatte er den Rand des Waldes erreicht und blickte suchend auf den Boden. Was er zu finden hoffte, waren Pfifferlinge – er aß sie für sein Leben gern. Hotz schaute nach den anderen Männern, doch die kümmerten sich nicht um ihn. Emsig waren sie dabei, den Planierraupenfahrer Ali einzuweisen. „Die können mich mal“, knurrte Emil. Eigentlich hätte er sich jetzt nach links wenden und ein Stück am Waldrand entlang gehen müssen, doch die meisten Pilze standen weiter oben, und sie waren ihm wichtiger. „Die können mich mal“, wiederholte er. Seine Augen waren auf den Boden gerichtet, als er in den Wald eindrang.

Beinahe wäre er in den kleinen Fiat hineingelaufen, so gut war der zwischen den Sträuchern verborgen. Verwirrt glotzte Emil einige Sekunden auf den Wagen, dann ging er blitzschnell in die Hocke. Er war jetzt hellwach. Langsam hob er den Kopf und schielte durch das Blätterwerk. Verdammt, was hatte das Auto hier zu suchen? Ein Liebespaar? Ausgeschlossen! Die würden doch bei dem schlechten Wetter sich nicht in die Büsche schlagen, sondern im Wagen bleiben.

Eine Weile kauerte Hotz noch am Boden, beobachtete und lauschte. Doch kein Mensch ließ sich blicken, und an Geräuschen waren nur das Tuckern der Planierraupe, das Rauschen des Windes in den Bäumen und das Prasseln des Regens auf die Blätter zu hören. Langsam stand Emil auf. Den Burschen, der das Auto so perfekt getarnt hatte, wollte er sich kaufen. Aber sollte er warten, bis der zum Wagen zurückkam? Fieberhaft überlegte er und schüttelte dann den Kopf. Das brachte überhaupt nichts. Er mußte wissen, was los war. Und falls sich jemand dafür interessierte, daß Fässer unter die Erde gebracht wurden, dann mußte man zum See hin den Wald nach ihm durchsuchen. Jetzt hatten Wind und Regen doch ihr Gutes. Niemand konnte hören, wie er so durch den Wald pirschte. Daß er dabei immer nasser wurde, spielte für den robusten Emil keine Rolle mehr.

Den Mann erblickte Hotz wesentlich schneller, als vorhin dessen Fiat. Er hockte auf einem Feldstuhl hinter niedrigem Strauchwerk und beobachtete durch ein Fernglas die drei Männer, die damit beschäftigt waren, die Fässer verschwinden zu lassen. Er bemerkte deshalb auch Emil Hotz nicht, der einen Bogen geschlagen hatte und sich von hinten an ihn heranschlich. Noch etwa fünf Meter von dem Mann entfernt, wartete Emil auf den nächsten Windstoß. Als das Rauschen der Blätter wieder lauter wurde, war er mit wenigen Schritten bei dem Beobachter und trat ihm mit voller Wucht ins Kreuz, so daß er nach vorn vom Stuhl fiel. Erschreckt schnappte der Mann nach Luft und wollte sich herumwerfen, doch blitzschnell kniete der schwergewichtige Hotz auf seinem Rücken. „Na, Bürschchen“, knurrte er, „hab ich dich erwischt.“

„Was ... wollen Sie?“ stöhnte der Überfallene. Seinen Kopf hatte er zur Seite gedreht und versuchte, nach seinem Gegner zu schielen.

Genüßlich ließ Emil seinen Schlagstock vor dessen Augen pendeln. Jetzt schlug er ihm mehrmals leicht auf die Nase. „Nur damit du Bescheid weißt“, sagte er leise. „Ich geh jetzt runter von dir, und du stehst auf. Anschließend drehst du dich zu mir um. Das Ganze geschieht im Zeitlupentempo. Ist das klar?“ Er tippte dem Mann wieder mit dem Schlagstock auf die Nase. „Ich habe dich was gefragt.“

„Geht in Ordnung“, ächzte der unter ihm Liegende.

Emil Hotz stemmte sich hoch und trat zur Seite. „Los jetzt.“

Langsam erhob sich der Mann und wandte sich ihm zu. „Das lasse ich mir nicht von Ihnen gefallen“, murmelte er.

„Ganz ruhig.“ Emil beobachtete ihn lauernd. Dürfte so alt wie Erich sein, dachte er, auch die gleiche Statur. Allerdings sah er wesentlich gepflegter aus als der und hatte auch nicht dessen hinterhältigen und gemeinen Blick. Die Haare konnte man nicht sehen, weil er wegen des Regens eine Kapuze trug. „Zieh mal das Dings vom Kopf!“ befahl Hotz.

„Aber ...“ Emil hob den Stock. Der Mann schob seine Kapuze nach hinten.

Hotz nickte zufrieden. Wie er es vermutet hatte: auch schwarze Haare wie Erich, aber wesentlich kürzer, und vor allem keine so schmierigen Strähnen. Doch was sollte es. Obwohl ihm der Mann wesentlich sympathischer war als Erich, mußte er ihn in die Mangel nehmen. „Wie heißt du?“ fragte er und ließ dabei den Stock von der Rechten in die Linke wandern.

„Meinen Namen sage ich Ihnen, wenn Sie mir den Ihren nennen.“ Der heftige Schlag von Emil riß seinen Kopf herum. „Döge“, entgegnete er.

Wieder knallte eine Hand auf seine Wange. „Du hast doch auch einen Vornamen.“

„Roland“, stieß Döge heraus.

„Ich heiße Emil. Mann, wenn man sich beim Vornamen nennt, läßt es sich viel gemütlicher plaudern. Nicht wahr – Roland?“

„Dann nennen Sie mir auch Ihren Nachnamen, damit ich Anzeige erstatten kann.“ Mit voller Wucht trat ihm Hotz gegen das Schienbein. Döge brach zusammen und stöhnte.

„Steh auf!“ befahl Emil. Er griff nach dem Mann und riß ihn hoch. „So, Roland, aber jetzt will Emil noch mehr von dir wissen.“ Er deutete auf das Fernglas, das verdreckt an einem Lederriemen vor Döges Brust hin. „Man sollte meinen, daß du damit die Natur beobachtest, doch nein, unser Roland guckt sich so nen alten Schlitten von Planierraupe an. Bist du ein Technikfan?“

„Mich interessieren vor allen Dingen die Fässer, die damit zugeschaufelt werden. Das ist ungesetzlich, denn da sind giftige chemische Rückstände drin. Hier ist keine Deponie, und schon gar keine für Sondermüll.“

„Giftige chemische Rückstände“, murmelte Hotz, dann brüllte er: „Woher willst du das wissen? Hast du Röntgenaugen?“

Döge verzog das Gesicht. „Bis jetzt habe ich das nur vermutet, doch Ihr Benehmen zeigt, daß ich mit meiner Vermutung richtig liege.“

„Du meinst, ich habe ein schlechtes Gewissen, Roland?“

„So kann man es auch ausdrücken“, erwiderte Döge trocken. Er blickte an sich hinunter. „Es wird Zeit, daß ich gehe. Ich muß mich umziehen.“

„Augenblick!“ Emil schaute sich lauernd um. Niemand war zu sehen. „Zwei Männlein stehen im Walde, ganz allein“, sang er mißtönend vor sich hin.

„Sie sind ein Sadist.“ Hotz’ Gesicht verzerrte sich. Er hob den Stock. Gleich wird er mich vollends zusammenschlagen, dachte Roland Döge.

Doch Emil beherrschte sich. Er stieß ihn freundschaftlich in die Rippen und wies mit seinem eckigen Kinn in Richtung Planierraupe. „Weißt du was, Roland, wir gehen jetzt zu meinen Kumpels runter und machen zusammen ein Faß auf.“ Blitzschnell hatte Hotz ihn an den Schultern gepackt, herumgedreht und seine Arme nach hinten gerissen. Handschellen schnappten zu, dann griff Emil nach dem Riemen des Fernglases und zog ihn über Döges Kopf. „Ganz ruhig bleiben“, mahnte er, „ich nehme dir nichts weg.“ Mit Schwung knallte er das Glas mehrmals gegen den Stamm einer Buche. „Damit du keinen Unfug mehr machst.“ Er hing den lädierten Feldstecher wieder an den Hals des Mannes. Dann stieß er ihm mit seinem Schlagstock in die Nieren und bellte: „Vorwärts!“

„Das ist Freiheitsberaubung“, ächzte Roland Döge.

„Dort unten steht mein Chef“, knurrte Hotz, „bei dem kannst du dich beschweren.“

„Du spinnst wohl!“ zischte Dieter Fleck, als er die Handschellen bemerkte. „Was wird sich denn Ali denken?“

„Der Kerl hat uns beobachtet“, entgegnete Emil wütend. „Sogar mit dem da.“ Er deutete auf das Fernglas.

„So eine Sau, so eine Sau“, brüllte Erich Neuner, der hinzugetreten war, und hob die Schaufel zum Schlag.

„Mensch, reiß dich zusammen!“ flüsterte Dieter. „Der Türke wird mißtrauisch. Mach weiter deine Arbeit, verdammt nochmal.“

Ali Demir war mit seiner Planierraupe in ihre Nähe gekommen. Jetzt hielt er an, der Motor erstarb. Der Türke beugte sich hinunter. „Was ist los? Was macht ihr mit Mann? Warum gefesselt?“

„Er ist widerrechtlich in dieses Gelände eingedrungen“, rief Dieter Fleck ihm zu. „Wir übergeben ihn der Polizei. Mach, daß du endlich fertig wirst“, fügte er hinzu, „die Erde klumpt immer mehr durch den Regen.“ Fleck gab Neuner einen Stoß. „Geh zu ihm, damit er weiterarbeitet.“ Dann wandte er sich an Döge. „Ihre Papiere, bitte“, sagte er laut und beobachtete dabei aus den Augenwinkeln, wie Ali zufrieden nickte, und seine rechte Hand zum Anlasser bewegte. Jetzt dröhnte der Motor los – die Raupenketten quietschten, als er das Fahrzeug wendete.

Mit zusammengekniffenen Augen sah Dieter Fleck Döge an. „Treiben Sie Ihr Spielchen schon lange?“

„Sie wollen mich doch der Polizei übergeben“, erwiderte der, „am besten, Sie rufen gleich an. Wenigstens können die Beamten dann noch einige der Fässer sehen, bevor Sie sie auf Nimmerwiedersehen haben verschwinden lassen.“

„In wessen Auftrag spionieren Sie hier? Wie heißen Sie?“

„Roland Döge“, sagte Emil Hotz an seiner Stelle.

Dieter Fleck sah ihn geringschätzig an. „Hast du ihn seinen Ausweis zeigen lassen?“ Emil schüttelte unwillig den Kopf. „Das sieht dir ähnlich. Braucht immer verdammt lange, bis bei dir der Groschen fällt.“ Er wandte sich dem Gefesselten zu und griff nach dessen Parka-Reißverschluß.

Döge wich zurück. „Meinen Ausweis bekommt die Polizei zu sehen und niemand sonst.“

„Halt ihn fest“, befahl Dieter. Hotz packte den Mann und schob ihn dicht vor den anderen.

Betont langsam nahm der die Lasche des Reißverschlusses zwischen die Finger und zog sie nach unten. Die Parka klaffte auseinander. Gerade wollte Fleck seine rechte Hand in die Jacke schieben, um nach der Brieftasche zu greifen, als er am Revers die silberne Anstecknadel bemerkte: eine knapp zwei Zentimeter im Durchmesser große Umrandung, in der eine Fluke angebracht war. In der unteren Hälfte der Umrandung war in großen Buchstaben das Wort „Greenpeace“ eingeprägt. Er zog die Hand zurück. „Aus der Ecke weht der Wind“, murmelte er. Ohne seinen Blick von Döge zu nehmen, sagte er zu Emil: „Bring ihn in die Baracke. Schau zu, daß ihn der Türke nicht mehr zu Gesicht bekommt.“

Eine halbe Stunde später war Ali Demir mit der Arbeit fertig. Er steuerte die Planierraupe wieder zur gleichen Stelle, von der er sie weggefahren hatte. Neuner und Fleck halfen ihm dabei, die Plane über die Maschine zu ziehen. Dann begleiteten sie den Türken zu seinem Fahrrad.

Der schaute neugierig zur Barackentür. „Ist Mann da drin?“ fragte er.

Fleck nickte. „Aber nicht mehr lange. Die Polizei ist bereits benachrichtigt.“

„Dann ich will schnell verschwinden“, meinte Demir nervös. „Schnappen mich vielleicht sonst wegen Schwarzarbeit.“

Dieter Fleck schlug ihm kameradschaftlich auf die Schulter. „Dir kann doch keiner verbieten, nach Feierabend alte Freunde zu besuchen. – Bis übermorgen um die gleiche Zeit“, rief er dem Davonradelnden nach. Er wartete, bis er außer Sicht war. „Laß uns reingehen“, sagte er dann zu Erich Neuner.

Als hinter den beiden die Tür ins Schloß fiel, zuckte Roland Döge erschrocken zusammen. Langsam wich er in die eine Ecke zurück, als er den Blick sah, mit dem ihn Fleck musterte. Mit einigen schnellen Schritten war dieser bei ihm. Seine Hände griffen nach der Parka. Er riß Döge zu sich heran, so daß dessen Gesicht direkt vor seinen Augen war. „Und jetzt zu dir, du Greenpeace-Sau“, sagte er mit eiskalter Stimme.

2. Kapitel

Kriminaloberinspektor Miltner schloß den Ordner und nickte seinem Kollegen, Inspektor Zeipert, zu. „Damit hätten wir unseren Willi Riffel unter Dach und Fach“, sagte er zufrieden.

„Falls ihn sein Staranwalt nicht wieder herauspaukt“, entgegnete der Inspektor.

„Mach halblang.“

Zeipert schaute Miltner grimmig an. „Der Riffel mit seiner strammen deutschnationalen Gesinnung, und dann noch ein gleichgesinnter Richter.“

Bevor sein Kollege antworten konnte, wurde die Tür aufgerissen. Kriminalrat Helmut Stief, der Leiter der Mordkommission, behielt die Hand an der Klinke. Sie zitterte stark, wie Miltner feststellen konnte. „In der Bergwaldsiedlung hat es ein Unglück gegeben, meine Herren“, stotterte der Chef. Zeipert und Miltner sahen sich bedeutungsvoll an. Das Nobelviertel, in dem nur einflußreiche Leute wohnten. Kein Wunder, daß Stief so aufgeregt war. „Sie beide müssen den Fall übernehmen.“ Der Kriminalrat nestelte an seiner Krawatte. „Ich ... ich brauche Leute, die sich zu benehmen wissen – und vor allem diskret sind.“

„Die Mordkommission bei einem Unglücksfall?“ hörte Miltner sich sagen.

Stief senkte die Stimme. „In seinem Bungalow hat Generaldirektor Lowinger mit einem Kleinkalibergewehr seiner Frau in den Kopf geschossen. Unabsichtlich natürlich“, fügte der Kriminalrat schnell hinzu.

„Wenn es ein Unglücksfall war“, begann Miltner, „warum ...?“

„Nun ...“, sein Chef zögerte, „die Umstände scheinen, hm, hm, etwas mysteriös zu sein.“

„Der hinzugezogene Arzt hat Alarm geschlagen.“

„Sie sagen es“, murmelte der Kriminalrat und wischte sich mit dem Taschentuch über die Stirn. „Dieser Dr. Schönauer lebt doch nur von Sensationen.“ Stief machte eine Handbewegung, als ob er Hühner verscheuchen wollte. „Eilen Sie, meine Herren, eilen Sie.“

„Der Generaldirektor der Karlsruher Assekuranz“, meinte Zeipert gedehnt.

„Das ist zweitrangig“, zischte Stief, „die Getötete ist die Schwester unseres Finanzministers!“

Als die beiden Männer durch den Gang eilten, kam ihnen Kriminalassistent Aßmann mit einer Cola-Büchse in der Hand entgegen. „Soll ich mitkommen?“ fragte er.

„Sie halten hier die Stellung“, rief Miltner. Als sie die Treppe hinunterstiegen, sagte er zu Zeipert: „Ich finde es schon merkwürdig, wenn ein Generaldirektor mit einem Kleinkalibergewehr in seinem Haus rumballert.“

Sein Kollege grinste. „Vielleicht spielt er damit, wie andere Männer mit der Eisenbahn.“

Die beiden verließen das Polizeipräsidium und eilten um die Ecke zum Parkplatz. Sie brauchten genau achtzehn Minuten, bis sie die Bergwaldsiedlung erreicht hatten, und nochmal zwei, bis der Wagen vor dem Haselnußweg 15 zum Stillstand kam.

Anerkennend betrachtete der Inspektor den riesigen langgestreckten Bungalow, der zur Straße hin erhöht auf einem Hügel lag. Dann prüfte er das handgeschmiedete eiserne Tor, das die Auffahrt zum Bungalow verschloß. „Schöne Arbeit“, lobte er.

Gerade wollte Miltner auf den Klingelknopf drücken, unter dem auf einem gehämmerten Kupferschild der Name „Lowinger“ stand, als sich die Tür des Bungalows öffnete.

„Aha, welche von uns“, rief Zeipert.

„Die Spurensicherung war vorher da“, sagte der Oberinspektor nachdenklich.

Frank Herbig, der Polizeiphotograph, kam herunter und öffnete das Tor. „Kommt ihr endlich angetanzt.“

Miltner nickte ihm zu. „Seid ihr schon fertig?“

Herbig zog geräuschvoll die Nase hoch und schaute zum Bungalow hin. „Um den Job beneide ich euch nicht.“ Er wandte sich wieder Miltner zu. „Die Leiche war schon weg, als wir kamen. Der Herr Generaldirektor konnte den Anblick seiner Frau nicht mehr ertragen, wie er uns durch seine Sekretärin wissen ließ.“

„Der hat seine Sekretärin hier im Haus“, entfuhr es Zeipert

Herbig schüttelt den Kopf „Nach dem Unglücksfall“, der Photograph zog das Wort Unglücksfall betont in die Länge, „ließ er gleich ein ganzes Team von der Karlsruher Assekuranz kommen. Drei Raumpflegerinnen haben gute Arbeit geleistet. Nur die eine Stelle auf dem Teppich konnten sie nicht so schnell trocken kriegen.“

Miltner deutete auf den Photoapparat. „Dann haben Sie so gut wie nichts auf dem Film?“

„Erst nach längerem Hin und Her mit der Sekretärin ließ sich Herr Lowinger bewegen, uns einige Minuten zu widmen. Nach seinen Angaben habe ich die Lage der Leiche mit Kreide nachgezogen und dann mein Gemälde aufgenommen.“ Frank Herbig zuckte die Achseln. „Ob die Lage der Wirklichkeit entspricht, möchte ich bezweifeln. Jedenfalls war der Umriß des Kopfes nicht annähernd in der Gegend des nassen Flecks auf dem Teppich. Dabei ist anzunehmen, daß aus dem zerschossenen Schädel doch Blut geflossen ist.“

„Vielleicht haben die Putzfrauen den Teppich anders hingelegt“, meinte Zeipert.

Der Photograph rückte seinen Apparat zurecht. „Das wäre möglich“, gab er zu. „Den Herrn Generaldirektor konnte ich nicht um Klärung bitten, da er inzwischen schon wieder verschwunden war.“ Herbig zeigte Ungeduld. „Ich muß gehen.“ Er winkte seinen Begleitern. „Kommt, Jungens. – Das Photo meiner Umrißzeichnung können Sie morgen früh haben“, rief er Miltner im Weggehen zu.

Kies knirschte unter ihren Schritten, als die beiden Kriminalbeamten auf den Bungalow zugingen. An der Tür wurden sie von einer gutaussehenden Mittdreißigerin erwartet. Sie trug einen grauen Gabardineanzug und hatte kurz geschnittenes, schwarzes Haar. Ihre Nägel und Lippen waren dunkelviolett gefärbt. Der Oberinspektor zeigte seinen Ausweis und stellte sich und seinen Kollegen vor.

„Mein Name ist Stolz", erwiderte sie, „ich bin die Chefsekretärin. Bitte kommen Sie herein, meine Herren." Frau Stolz führte die beiden in einen Raum, der einem kleinen Saal glich. Im offenen Kamin loderte ein imitiertes Feuer. Über dem Kamin hingen zwei Ölgemälde, die ernst blickende Männer zeigten. Sicher die Gründer der Karlsruher Assekuranz, dachte Miltner. Die Chefsekretärin bat die Kriminalbeamten, Platz zu nehmen. Sie selbst blieb stehen und blätterte in einem Notizblock. „Der Unglücksfall hat sich folgendermaßen abgespielt", begann sie. „Als Herr Generaldirektor Lowinger seinen Hund ..."

„Waren Sie dabei", unterbrach sie Oberinspektor Miltner, „bei dem Unglücksfall, meine ich?"

„Ich war im Büro", entgegnete Stolz. „Herr Lowinger rief mich an und bat mich, hierherzukommen. Als der Arzt gegangen war, diktierte er mir den Vorgang. Sie bekommen selbstredend alles schriftlich von mir. Aber für den Anfang habe ich mir gedacht ..."

„Für den Anfang möchten wir das Ganze von ihrem Chef höchstpersönlich hören", erklärte der Oberinspektor. „So ist es allgemein bei Ermittlungen üblich."

Frau Stolz strich sich über die Stirn. „Herr Lowinger hat sich hingelegt. Sie können ihn jetzt nicht stören. Er ist herzleidend."

„Dann brauche ich ein ärztliches Attest, daß er nicht vernehmungsfähig ist. Ansonsten ...", Miltner machte eine bedauernswerte Handbewegung. „Bedenken Sie", fügte er hinzu, „daß er der einzige Zeuge ist."

Frau Stolz biß sich auf die Lippen. „Ich will sehen, was sich machen läßt." Sie hielt inne. Nebenan hatte ein Hund gebellt. Dann hörte man eine Männerstimme, die beruhigend auf ihn einzusprechen schien. „Das ist der eigentliche Übeltäter", meinte die Chefsekretärin düster. „Der brave Rex, das gutmütige Tier. Nur weil ...", sie schüttelte den Kopf. „Zwecklos, alles zwecklos."

Der Oberinspektor deutete auf die Tür, hinter der der Hund bellte. „Sie wollen doch ...", sagte er.

Frau Stolz trat an die Tür und klopfte. Fast augenblicklich ging sie auf, und ein langhaariger brauner Setter raste auf die Besucher zu. Er blaffte kurz und blieb schwanzwedelnd stehen. Hinterher kam, im pflaumenblauen

Morgenmantel, Generaldirektor Lowinger. Miltner und Zeipert erhoben sich und zeigten ihre Ausweise. Sie erhielten von Lowinger einen schlaffen Händedruck. Eigenartig, dachte der Oberinspektor, auf dem Posten des Generaldirektors eines derartigen Unternehmens hatte er sich eine andere Persönlichkeit vorgestellt. Er war sich sicher, daß dieser Mann höchstens eins sechzig groß war. Dafür konnte er nichts, sinnierte er weiter. Sollte hier seine verstorbene Frau ...? Als Schwester des Finanzministers ...?

„Unglücksfall mit Todesfolge“, hörte er Lowinger sagen. „Ich kann es immer noch nicht fassen. – Aber nehmen Sie doch bitte wieder Platz.“ Er wischte sich über die Augen. Dann wandte er sich an Stolz. „Wir müssen doch etwas anbieten.“

„Nein danke, nichts zu trinken“, wehrte Miltner ab.

„Sie wollen es hinter sich bringen“, murmelte Lowinger, „genauso wie ich.“

„Wenn Sie uns den Raum zeigen würden“, sagte der Oberinspektor.

„Gewiß, bitte kommen Sie.“ Der Generaldirektor ging auf die Tür zu, die sich an der Rückseite des Raumes befand.

Die Chefsekretärin eilte voraus und öffnete sie.

Blickpunkt war der weiße Bechsteinflügel, der genau in der Mitte stand. Helles Licht durchflutete den Raum. Es kam von den Fenstern, die eine ganze Seite einnahmen und an denen fast alle Vorhänge zurückgezogen waren. Die zweiteilige Tür, die in den Garten führte, stand weit offen. Miltners Blick fiel auf einen gepflegten Rasen mit einem Swimmingpool.

„Hier ist es geschehen“, sagte Generaldirektor Lowinger leise.

„Wollen Sie nicht doch zuerst mit Ihrem Anwalt ...“, meinte Stolz.

„Unsinn!“ schnitt ihr Lowinger das Wort ab.

Der Oberinspektor deutete auf ein Gewehr, das in einem Sessel lag. „Ist das die Waffe?“

„Das ist sie“, erwiderte der Generaldirektor.

Miltner nahm das Gewehr in die Hand. Kaliber 22 lang, stellte er fest und legte die Waffe zurück. „Sind Sie in der Lage, mir den Vorgang zu schildern?“

Lowinger nickte. Er deutete hinaus. „Ich war mit dem Hund im Garten, um ihn an das Schießen zu gewöhnen. Ich bin Jäger“, fuhr er erklärend fort, „und habe seit einiger Zeit Rex bei mir, weil mein alter Jagdhund eingegangen ist.“

Miltner sah den Setter an, der auf dem Boden lag und vor sich hin hechelte. „Rex machte die Schießerei keinen Spaß?“

Lowinger lächelte. „Er fing gräßlich an zu heulen.“

„Sie schossen im Garten mit dem Kleinkalibergewehr, und der Hund war dabei und heulte.“

„So war es.“

„Was sagen Ihre Nachbarn zu der Knallerei?“

„Die Grundstücke liegen weit auseinander. Außerdem sind die Anlieger auf der rechten Seite verreist, und die Nachbarin zur linken Hand sah ich vorher wegfahren. Ich habe das übrigens zum ersten Mal bei meinem Haus gemacht.“

„Wohin zielten Sie?“

„Ich schoß in den Rasen.“

„Und Ihre Frau?“ wandte sich Miltner an den Generaldirektor.

„Die hat Klavier gespielt.“

Der Oberinspektor runzelte die Stirn. „Sie schossen, der Hund jaulte, und Ihre Frau war in der Lage, bei dem Lärm Klavier zu spielen?“

„Die Tür stand offen“, sagte Zeipert schnell.

Lowinger schüttelte den Kopf. „Im Gegenteil, sie war geschlossen – ebenso die Fenster. Ja, ich gebe zu, es war nicht gerade rücksichtsvoll von mir, zumal ich wußte, daß meine Frau immer um diese Zeit übte. Aber was sollte ich machen? Gerade jetzt waren die Nachbarn links und rechts nicht zu Hause.“

„Wie lange ging das Ganze?“ fragte Miltner.

„Vielleicht zehn Minuten“, entgegnete der Generaldirektor zögernd. „Geschossen habe ich in der Zeit etwa zwanzig Mal. Das war allerdings nicht das Schlimmste. Die Heulerei von Rex ging einem viel mehr auf die Nerven. Ich bekam Gewissensbisse wegen meiner Frau und hörte mit dem Schießen auf. Allmählich beruhigte sich der Hund, und wir gingen zusammen zum Haus zurück.“

„Mit der Kleinkaliberwaffe?“

„Mit dem geladenen, aber gesicherten Gewehr.“

„Was geschah dann?“

„Ich klopfte am Glas der Terrassentür, meine Frau unterbrach ihr Spiel und öffnete uns. Rex und ich betraten das Musikzimmer. Dann ... dann passierte es.“

„Wie passierte es, Herr Lowinger?“ Miltners Stimme klang scharf. „So leid es mir tut, ich muß um genaue Schilderung des Hergangs bitten. Jedes Detail ist wichtig!“

Der Generaldirektor griff sich an den Kopf. „Ja“, sagte er leise. Er deutete auf den Drehstuhl vor dem Flügel. „Meine Frau setzte sich wieder hin. ‚Nur noch ein paar Minuten, Albert‘, sagte sie. Ich blieb also stehen und wartete, bis sie zu Ende gespielt hatte.“

„Was machten Sie mit der Waffe?“

„Die behielt ich in der Hand, den Lauf zum Boden gerichtet. Als meine Frau aufhörte, drehte sie sich zu mir um, und ich fing an, das Gewehr zu entladen.“

„Ihre Frau blieb sitzen und sah Ihnen dabei zu?“ fragte der Oberinspektor. „War es so?“

„Zunächst war es so, dann bat sie mich, sie mit dessen Handhabung vertraut zu machen.“

„Hatte sie Interesse an Waffen?“

„Früher überhaupt nicht, doch da vor kurzem zweimal in unserer Nähe eingebrochen worden war, machte sie sich Gedanken über eine Selbstverteidigung. Dies besonders deshalb, weil eine Frau Bender, die die Safekombination den Verbrechern nicht preisgeben wollte, von ihnen brutal mißhandelt wurde.“ Lowinger seufzte. „Ich habe also ihrer Bitte nachgegeben und gezeigt, wie man das Gewehr lädt.“

„Hat Ihre Frau es anschließend selber ausprobiert?“ fragte Miltner.

Der Generaldirektor schüttelte den Kopf. „Sie hatte schnell genug von der Sache und drehte sich wieder zum Flügel. Während sie die ersten Takte anschlug, begann ich die Waffe erneut zu entladen. Das heißt, ich wollte es tun. Im gleichen Augenblick sprang mich Rex an. Fragen Sie mich nicht, wie das genau vor sich ging. Ich weiß nur, daß mir das Gewehr beinahe hinunterfiel, während der Hund bellend an mir hochtobte. Ich muß bei der Waffe nachgefaßt haben und dadurch an den Abzug gekommen sein. Jedenfalls ging ein Schuß los, und meine Frau stürzte auf den Boden.“ Lowinger hielt sich die Hände vor das Gesicht. „Es war grauenhaft.“ Er tastete sich zu seinem Sessel und ließ sich hineinfallen. „Es war grauenhaft“, murmelte er noch einmal und sah den Oberinspektor an. „Da war ich nun allein in diesem Haus mit meiner leblosen Frau und einem Hund, der außer Rand und Band geraten war. Ich wollte mich neben meine Frau hinknien, aber Rex stieß mich dauernd zur Seite. Endlich gelang es mir, ihn in den Nebenraum zu sperren. Dann rief ich Dr. Schönauer an. Wenig später war er da und machte mir, nachdem er meine Frau kurz untersucht hatte, nicht gerade sehr taktvoll klar, daß nichts mehr zu machen sei. Aufgrund des Einschusses im Hinterkopf folgerte er, daß ich meine Frau umgebracht hätte. Ja, er nannte mich unverblümt einen heimtückischen Mörder.“ Der Generaldirektor verzog wütend das Gesicht. „Wenn ich daran denke, was der schon an mir verdient hat. Meine Frau saß ja dauernd bei ihm.“

„Sie waren mit ihr allein im Haus?“ fragte Miltner. „Haben Sie kein Personal?“

„Doch, doch“, entgegnete Lowinger, „aber Köhler, meinem Fahrer und Gärtner, hatte ich freigegeben. Normalerweise wäre Frau Radkau hier gewesen, unsere Köchin und Mädchen für alles. Doch heute morgen, schon gegen sieben Uhr, rief ihre Schwester an und bat sie, schnell nach Hause zu kommen, da die Mutter schwer erkrankt sei. Natürlich hat meine Frau sie gehen lassen. Wir konnten ebensogut in einem Restaurant zu Mittag essen.“

„Wie kam Frau Stolz hierher?“

„Ich habe sie im Büro angerufen. Sie sollte alles weitere veranlassen. Ich fühlte mich dazu nicht imstande.“

„Haben Sie ihr gesagt, daß saubergemacht werden soll?“

„Das ordnete ich von mir aus an“, rief die Chefsekretärin schnell. „Herr Generaldirektor Lowinger hatte sich hingelegt. Ich habe dafür gesorgt, daß die Tote abgeholt wurde, und habe drei unserer Putzfrauen zum Saubermachen herbestellt.“

„Sie haben verdammt schnell gehandelt“, meinte der Oberinspektor ärgerlich.

Frau Stolz zuckte die Achseln. „Es ist doch offensichtlich ein Unglücksfall – oder etwa nicht?“

„Wer hat die Tote abgeholt?“

„Mitarbeiter des Bestattungsinstituts Walter Lentzen.“

Miltner wandte sich an den Generaldirektor. „Der Leichnam muß obduziert werden. Tut mir leid.“ Lowinger hob hilflos die Hände.

Als Stolz den Kriminalbeamten die Haustür öffnete, meinte sie: „Das, was Dr. Schönauer Ihnen sagt, dürfen Sie nicht für bare Münze nehmen. Der hat dem Herrn Generaldirektor die Konzertpianistin Gabriele Thiemig nie gegönnt.“

Aufatmend blieb Miltner am Auto stehen. „Junge, Junge“, murmelte er.

„Glaubst du dem Lowinger seine Geschichte?“ fragte Zeipert.

„Kein Wort.“

„Der hat auch nicht in den Rasen geschossen.“

Der Oberinspektor schüttelte den Kopf. „Aber ich gehe jede Wette ein, daß er Hülsen von Patronen vorweisen kann, die er unlängst auf einem Schießstand oder sonstwo verschossen hat.“

„Vorläufige Festnahme?“

„Hast du irgendeinen Beweis? Was glaubst du wohl, was die Obduktion ergibt?“

Zeipert nickte. „Daß sie durch einen Kopfschuß ins Jenseits befördert wurde.“

„Und das bestreitet ja auch niemand.“

„Vielleicht hilft uns eine Überwachung weiter.“

Miltner lachte bitter. „Mein Gott, was der Stief für einen Eiertanz aufführen würde: ‚Aber ich bitte Sie, Herr Miltner, dazu besteht doch keinerlei Grund'."

„‚Wenn das herauskommt: Von uns wird ein renommierter Bürger in dieser Stadt beschattet!'" fuhr Zeipert grinsend fort, „‚dazu noch der Schwager des Finanzministers.' – Was hast du mit Lowinger vor?" fragte er, wieder ernst werdend. „Bei einem normalen Bürger würde man zumindest wegen fahrlässiger Tötung ermitteln."

„Wie wahr, wie wahr. Aber vorerst lassen wir ihn schmoren. Vielleicht finden wir doch noch eine Schwachstelle."

„Was nun?"

„Ein kurzer Besuch beim Beerdigungsinstitut Lentzen. Die Tote muß schleunigst in die Pathologie."

„Da wird sich Dr. Kober aber freuen", feixte Zeipert.

3. Kapitel

Dr. Schönauer warf sich unwillig in seinem Sessel zurück. „Und ich sage Ihnen, Herr Miltner, es war glatter Mord. Ja, ja", er schnaubte wütend, „ich weiß, es gibt keine Zeugen." Er beugte sich wieder nach vorn und stützte seine Arme auf die Schreibtischplatte. „Wenn der Hund reden könnte, glauben Sie mir, der würde etwas ganz anderes erzählen als Lowinger."

Oberinspektor Miltner nickte. „Nun, ich finde es auch nicht gerade üblich, daß man seiner Frau, die am Flügel sitzt, ausgerechnet die Funktion eines Gewehrs erklärt."

„Gabriele und ein Gewehr!" rief der Arzt dazwischen.

„Aber wie Herr Lowinger den Vorfall erklärt hat", fuhr Miltner fort, „klang es durchaus plausibel."

Dr. Schönauer funkelte den Oberinspektor an. „Sie glauben es im Grunde auch nicht, geben Sie es doch zu. Ja, ich habe Verständnis für Ihre Lage und beneide Sie nicht um den Fall. Sicher hat man Ihnen ans Herz gelegt, besonders behutsam vorzugehen, weil Sie doch die Schwester des Finanzministers war."

„Da haben Sie so unrecht nicht", murmelte Miltner.

„Verdammt", der Arzt schlug mit der Faust so heftig auf den Schreibtisch, daß der Oberinspektor zusammenzuckte. „Nennen Sie mich ruhig voreingenommen, doch den Schuß in Gabrieles Hinterkopf kann ich Lowinger einfach nicht als Unglücksfall abnehmen."

„Sie haben sie geliebt", stellte Miltner fest.

„Ich wollte sie heiraten“, Dr. Schönauer senkte den Kopf, „und dann hat sie diesen Knilch genommen.“

„Eigenartig“, sagte der Oberinspektor.

„Was meinen Sie?“

„Ich war bei der Konzertagentur, die Gabriele Thiemig betreut hat, und ließ mir Photos von ihr zeigen. Sie war eine schöne Frau.“

„Das kann man wohl sagen“, murmelte der Mediziner.

„Eine schöne, begabte und wahrscheinlich sensible Frau stirbt mit 39 Jahren“, sinnierte Miltner, „während ihr unansehnlicher Mann zum gleichen Zeitpunkt 62 Jahre alt ist. Würden Sie diese Beziehung als Liebesheirat bezeichnen?“

Dr. Schönauer zuckte die Achseln. „Seine Chefsekretärin, die Stolz, ist verrückt nach ihm. Fragen Sie mich nicht, warum.“

„Nehmen wir an, Generaldirektor Lowinger hat seine Frau absichtlich getötet“, fuhr Miltner nachdenklich fort. „Wollte er sie los sein?“

Der Arzt schüttelte den Kopf. „Umgekehrt wird ein Schuh draus. Sie wollte weg von ihm!“

„Und dann hätten Sie Gabriele geheiratet“, stellte der Oberinspektor fest.

Dr. Schönauer sah ihn mitleidig an. „Mein lieber Mann, Sie machen sich die Sache wirklich zu einfach. Mitnichten hätte Gabriele mich geheiratet. Im Grunde genommen liebte sie nur ihre Kunst. ‚Man kann nicht teilen‘, hat sie einmal zu mir gesagt, ‚etwas geht dabei kaputt.‘ Nein, sie wollte nicht mehr teilen. Sie wollte wieder auf große Tourneen gehen.“

„Dann war es Eifersucht, wenn man davon ausgeht, daß er sie umgebracht hat.“

„Er ist ein Egoist“, meinte der Mediziner. „Natürlich waren noch andere Dinge im Spiel. Aber das kann Ihnen nur ein Psychiater erläutern.“ Dr. Schönauer zuckte die Achseln. „Vielleicht sah er sich als Versager. Selbstredend spielt auch der Altersunterschied eine Rolle.“

„Was ist das für ein Hund?“

„Der angeblich Schuldige“, entgegnete der Arzt ironisch. „Das arme Vieh. Gut, daß Sie mich an Rex erinnern. Das ist doch kein Jagdhund und wäre nie einer geworden. An Schießen wollte er ihn gewöhnen, erklärte mir Lowinger. Und im Zimmer hätte er ihn angesprungen.“

„Sein alter Jagdhund ist eingegangen.“

Dr. Schönauer lachte höhnisch. „Weshalb er eingegangen ist, hat er Ihnen wohl nicht erzählt?“

„Wissen Sie Näheres?“

„Er starb an Schußwunden, die ihm sein Herrchen während einer Treibjagd beigebracht hat. Aus Versehen natürlich! Eine Verwechslung! Bekanntlich sind ja hier die Hasen so groß wie Jagdhunde. Das arme Tier war vollgepumpt mit Schrot."

„Wo hat er denn den neuen Hund gekauft?"

„Gekauft?" Dr. Schönauer verzog verächtlich das Gesicht. „Den holte sich die mitleidige Seele aus dem Tierheim. Auf Wunsch von Gabriele, wie er mir nach der Tat erzählt hat. So besehen, war Gabriele noch selbst schuld an ihrem Tod."

„Wurde der Hund tatsächlich auf ihren Wunsch ...", begann der Oberinspektor.

„... mir hat Gabriele nie etwas davon gesagt", unterbrach Dr. Schönauer grob.

„Schildern Sie mir bitte in kurzen Worten den Vorgang aus Ihrer Sicht."

„Gegen halb zehn, ich hatte Sprechstunde, und die Praxis war dementsprechend voll, stellte eine meiner Hilfen eine Anruf von Lowinger zu mir durch. Er war sehr aufgeregt. Ein Unglück sei passiert und Gabriele schwer verletzt. Eine Schußwunde am Kopf, gab er auf meine diesbezügliche Frage an. Ich habe Praxis Praxis sein lassen und bin schleunigst losgefahren. Es wird zehn Minuten vor zehn gewesen sein, als ich dort ankam. Frau Stolz erwartete mich an der Haustür."

„Die war schon da?"

„Ich bin sicher, er hat das Weibsstück vor mir alarmiert. Mich würde interessieren, was er der wohl erzählt hat."

„Weiter bitte, Doktor."

„Gabriele lag auf dem Boden – sie schien seitlich vom Stuhl gekippt zu sein. Sie war tot. Als ich sah, daß die Schußwunde sich am Hinterkopf befand, wurde ich mißtrauisch. Lowinger erzählte mir daraufhin das Märchen vom Hund. Ich erklärte ihm, ich würde keinen Totenschein ausstellen, sondern die Polizei benachrichtigen. Die Stolz wurde wütend und rief, ich solle aus einer Mücke keinen Elefanten machen. Das sagte die eiskalte Person tatsächlich. Ich erklärte den beiden noch einmal, ich würde die Polizei verständigen, und alles müßte so bleiben, wie es ist. Wie ich später erfuhr, hat die Stolz nach meinem Weggang sofort dafür gesorgt, daß die Leiche wegkam und Putzfrauen organisiert." Dr. Schönauer sah Miltner beschwörend an. „Sieht das nach einem guten Gewissen aus? Es würde mich nicht wundern, wenn die Rex töten läßt."

Der Oberinspektor lächelte. „Das schafft sie nicht mehr. Rex ist zur Zeit Gast bei der Diensthundestaffel der Polizei."

„Die Haushälterin wurde mit dem Trick aus dem Haus gelockt, ihre Mutter sei schwer erkrankt. Haken Sie da auch mal nach.“

„Wir haben es überprüft. Die Mutter ist tatsächlich schwer erkrankt, wahrscheinlich Gehirninfarkt. Frau Radkau wurde von ihrer Schwester benachrichtigt. Diese hat es einem meiner Mitarbeiter bestätigt.“

„Großes Pizzaessen“, rief Zeipert Oberinspektor Miltner zu, als dieser erstaunt an der offenen Tür des Büros stehenblieb. Sein Kollege deutete auf einen schmächtigen Mann, der neben ihm saß. „Unser verlorener Sohn ist heimgekehrt.“

Miltner lächelte und trat auf ihn zu. Freundschaftlich knuffte er ihn in die Seite. „Herbert Epp ist also wieder im Land. Keinen Appetit?“ fragte er und deutete auf das Pizzastück, das unberührt auf dem Teller lag.

Epp rieb sich die Magengegend. „Ich muß mit dem Essen noch verdammt vorsichtig sein.“

„Mach's wie unser Bernd und trinke reichlich Ziegenmilch – von Herta natürlich.“

Inspektor Zeipert spielte auf die Vorliebe Miltners für Kaffee mit Ziegenmilch an. Herta war die Ziege des Bäckermeisters Klaus Roth in Stupferich. Wenn Miltner mit einem Fall nicht weiterkam, landete er bei Klaus Roth, wo er dann Ziegenmilchkaffee trank und dazu frische, braungebackene Brötchen aß. Der Oberinspektor schaute auf seine Uhr. „Nachher könnte ich vielleicht noch ...“

„Zuerst ißt du aber noch mit uns“, rief Zeipert. „Schließlich hat Kollege Epp uns das spendiert.“

„Natürlich“, Miltner setzte sich hinter seinen Schreibtisch.

„Hier, Ihre Pizza, Herr Miltner.“ Kriminalassistent Aßmann schob ihm einen Teller hin.

„Danke.“ Der Oberinspektor sah Epp an. „Bist ziemlich blaß um die Nase.“

„Die wollten mich noch im Krankenhaus behalten, aber ich habe es dort nicht mehr länger ausgehalten.“

„Laß es langsam angehen, Herbert“, mahnte Zeipert, „fang am besten mit leichter Schreibarbeit an.“

„Mann, ich will wieder raus an die frische Luft!“

Miltners Telephon läutete. Der Oberinspektor hob ab und meldete sich. „Geht in Ordnung“, sagte er nach einer Weile, „wir kommen.“ Bedächtig legte er den Hörer auf und sah Epp an. „Ich habe schon eine Beschäftigung an der frischen Luft für dich. Am Grötzinger Baggersee hat man einen Wachmann beim Kieswerk aus dem Wasser gezogen“, wandte er sich an alle. „Unsere Kollegen von der Polizei vermuten ein Gewaltverbrechen. Epp und ich fahren hin. Du, Günter“, sagte er zu Zeipert, „kümmerst dich um die Spurensicherung und vor allen Dingen um Dr. Kober. Ich habe keine Lust, dort herumzustehen und zu warten, bis er endlich aufkreuzt. – Sie, Aßmann, interessieren sich für Unterlagen über den Baggersee: Pläne, Vorkommnisse, was für Firmen dort noch ansässig sind, und ... und ... und.“

„Blaulicht?“ fragte Epp, als sie im Wagen saßen.

„Immer mit der Ruhe“, erwiderte Miltner und klinkte seinen Gurt ein. „Da gab's doch schon öfter Stunk, mit dem See“, fuhr er fort, als er in die Hauptstraße einbog.

Epp nickte. „Dem Kieswerk wurde eine Bußgeldforderung angedroht, weil es angeblich außerhalb der genehmigten Fläche gebaggert hatte. Vermessungen sollten durchgeführt werden, aber wie das Ganze ausging, ist mir nicht bekannt.“

„Von einem Freizeitzentrum war doch auch mal die Rede?“

„Das Projekt fand keine Mehrheit. In der Nähe gibt es allerdings Tennisplätze, einen Sport- und einen Fußballplatz.“ Von hinten ertönte das An- und Abschwellen eines Martinshorns, und Miltner verlangsamte die Fahrt. Jetzt zuckte Blaulicht auf, dann raste der Wagen an ihnen vorbei.

„Die Spurensicherung“, rief Epp.

„Bis die ihr Zeug ausgepackt haben, sind wir auch da“, beruhigte ihn der Oberinspektor.

Sie passierten das kleine Fußballstadion und konnten bald darauf den Baggersee durch die Bäume schimmern sehen. Wenige Minuten später schlug Miltner das Steuer nach links ein und fuhr auf die Halbinsel zu, die sich in nordwestlicher Richtung in den See hinein erstreckte und auf der sich das Kieswerk befand. Der Oberinspektor verlangsamte das Tempo und steuerte die beiden Streifenwagen an, neben denen auch das Fahrzeug der Spurensicherung parkte. Im Hintergrund konnte er das Gitterwerk eines riesigen Kiesbaggers und die zwei turmartigen Behälter der Siloanlage sehen.

„Die Pflicht ruft“, knurrte Miltner und öffnete die Tür. „Du bleibst im Hintergrund und schaust dich mal unauffällig um“, raunte er, als sie auf die Gruppe zugingen, die bei einer auf dem Boden liegenden Gestalt stand. Vier Polizisten, registrierte Miltner, eine blonde Frau Mitte dreißig und ein Dutzend Männer in Arbeitskluft. Weiter weg lungerten einige Gaffer, deren Näherkommen durch Absperrbänder verhindert wurde. Zwei von ihnen hielten Angeln in der Hand. Der Oberinspektor nickte zufrieden. Die Kollegen hatten großflächig abgesperrt.

„Tag, Herr Miltner“, rief einer der Polizisten.

„Streifenwagenbesatzung Plank und Jung“, sagte der Oberinspektor, „hat es euch auch mal wieder erwischt.“

Polizeiobermeister Plank grinste. „Wir sind immer für Überraschungen gut.“

„Dann erzählen Sie mal.“

„Wir bekamen einen Einsatz nach Grötzingen, weil in der Traube ein betrunkener Gast randalierte. Der Wirt hatte ihm die Wagenschlüssel abgenommen und ihn gebeten, ein Taxi zu nehmen. Doch der verlangte seine Schlüssel zurück und wurde rabiat, als der Wirt sie ihm verweigerte. Einige der Gäste konnten ihn aber in Schach halten. Es gelang uns, den Mann zu beruhigen und ihn zu veranlassen, in das Taxi zu steigen. Gerade, als wir mit dem Streifenwagen zurückfahren wollten, kam der neue Einsatzbefehl: Am Grötzinger Baggersee hätten Monteure einen Toten aus dem Wasser gezogen. Wir sollten uns darum kümmern.“

„Wer hatte von dort aus angerufen?“

Plank deutete auf die Blondine. „Frau Ewald. Sie ist Schreibkraft bei der Firma Aldinger, der dieser Betrieb hier gehört.“

„Verstehe: der hier baggert.“

Plank schüttelte den Kopf. „Gebaggert hat. Die Kiesvorräte sind erschöpft. Darum ist es hier auch so ruhig.“

„Ich habe mich schon gewundert.“ Der Oberinspektor schaute sich um. Bei den Gaffern konnte er Epp neben einem der Angler stehen sehen. „Nur ein Lkw und sechs Pkw“, fuhr er fort.

„Einer gehört Frau Ewald, die fünf anderen und der Lkw den Monteuren.“

Frank Herbig, der Polizeiphotograph, trat auf die beiden zu. „Können wir endlich Spuren sichern?“

Der Oberinspektor schüttelte unwillig den Kopf. „Ihr bleibt bei eurem Fahrzeug, bis ihr von mir Bescheid bekommt.“

„Zeit ist Geld“, moserte Herbig.

Miltner gab ihm keine Antwort. „Wenn der doch keine so große Schnauze hätte“, sagte er, als der Polizeiphotograph wütend zu seinem Fahrzeug zurückging.

Plank lächelte. „Dafür ist er bekannt. In seinem Fach soll er ja ganz gut sein.“

„Unbestritten. Er weiß, wie man die richtigen Bilder macht. Ansonsten hätte ich schon längst dafür gesorgt, daß er versetzt wird.“

Miltner merkte, wie mißgelaunt er wurde, sah ein, daß er den im Grunde netten Photographen viel zu hart beurteilt hatte. Er rieb sich nachdenklich die Stirn. Klar: der neue Fall! Er spürte schon wieder, daß eine knallharte

Sache auf ihn zukam. Er riß sich zusammen und schlug Plank auf die Schulter. „Bevor ich den Toten in Augenschein nehme, hätte ich gerne von Ihnen gewußt, weshalb Sie glauben, daß es sich um ein Verbrechen handelt. Sieht man Spuren einer Auseinandersetzung? Schädel eingeschlagen oder so?“

Plank schüttelte den Kopf. „Im Grunde sieht es so aus, als ob der Mann während eines nächtlichen Kontrollgangs in den See gestürzt ist und sich beim Fall an einem Baggerteil verletzte.“

„Reingeschubst?“ meinte Miltner.

„Vielleicht, aber das ist nicht der springende Punkt.“

„Sondern?“

„Der abgeschossene Colt. Der Wachmann hat am Gürtel ein Holster hängen, in welchem ein Revolver der Marke Colt, vermutlich Kaliber 38, steckt. Ich habe die Waffe ein Stück weit herausgezogen, mit dem Taschentuch natürlich, um keine Spuren zu hinterlassen, und festgestellt, daß von den acht Patronen in der Trommel zwei abgefeuert waren.“

„Schon merkwürdig, das Ganze. So, und jetzt wollen wir mal zusammen den Toten ansehen.“

„Bei der zweiten Streifenwagenbesatzung handelt es sich um Polizeiobermeister Koch und Polizeimeister Merger“, erklärte Plank noch schnell.

„Die sollen nur brav an der Absperrung stehenbleiben und aufpassen, daß mir kein Unbefugter reinlatscht. Guten Tag allerseits“, grüßte er die Gruppe, die bei dem Toten stand und ihm erwartungsvoll entgegensah. „Ich bin Oberinspektor Miltner von der Mordkommission“, fuhr er fort und zeigte seinen Ausweis. Mit halbem Auge bemerkte er, wie die Blondine ihre Lippen zusammenpreßte. Er wandte sich an die Frau. „Waren Sie dabei, als man den Toten aus dem Wasser zog?“

„Ich bin etwa eine halbe Stunde später gekommen und habe dann sofort die Polizei benachrichtigt.“

„Woher wissen Sie, daß es eine halbe Stunde danach war? Sie waren doch nicht dabei.“

„Ich habe mir erlaubt, mich nach der Uhrzeit zu erkundigen, zu der die Monteure unseren Wachmann Emil Hotz geborgen haben“, erwiderte Ewald kalt.

„Sie sind Mitarbeiterin der Firma Aldinger?“

„Das ist richtig. Die einzige, die hier noch die Stellung hält.“ Sie deutete auf einen einstöckigen Bau. „Dort drüben ist mein Büro.“ Die Blondine sah auf den Wachmann hinunter und schauderte. „Brauchen Sie mich noch?“

„Im Augenblick nicht. Wir unterhalten uns dann später an Ihrem Arbeitsplatz.“

Miltner starrte den Toten an, der auf einer Kunststoffplane lag: Ein kräftiger Mann, etwa Mitte dreißig, dem die Monteure pietätvoll die Hände auf den Bauch gelegt und gefaltet hatten. An der linken Stirnseite klaffte eine Wunde. Er trug eine Art Uniform. Um seinen mächtigen Bauch führte ein Koppel, an dem auf der rechten Seite ein Holster hing, aus welchem der Griff eines Revolvers herausragte.

„Schauen Sie", sagte Plank und wollte danach greifen.

„Halt!" Der Oberinspektor hielt ihn am Unterarm fest. „Einmal genügt. Ich glaube Ihnen ja, daß zwei Geschosse fehlen", meinte er beruhigend, als er sah, wie sich das Gesicht des Polizeiobermeisters ärgerlich verzog.

„Natürlich", murmelte Plank, „entschuldigen Sie."

Miltners Blick wanderte zu den Monteuren und blieb an einem älteren, grauhaarigen Mann hängen, der ihn mit wachen Augen beobachtete. „Sie sind sicher der Boß", sagte er.

„Obermonteur Haller, Herr Oberinspektor. Ich selber habe den Mann kurz nach Arbeitsbeginn entdeckt. Es wird so gegen viertel acht gewesen sein."

„Arbeiten Sie schon länger auf dieser Baustelle?"

Der Obermonteur schüttelte den Kopf. „Hier fangen wir heute erst an." Er machte eine ausholende Armbewegung. „Wie Sie sehen, steht ja noch alles: das Baggerwerk, die Silos und die Transportbänder."

„Dann erzählen Sie mal, wie Sie ihn gefunden haben."

„Als erstes habe ich mich nach einem Kahn umgesehen, denn ich wollte zunächst kontrollieren, wie tief die Eimerleiter im Wasser liegt."

„Eimerleiter?"

„Ein gitterförmiger Ausleger, der auf und ab bewegt werden kann, und in dem die Endloskette mit den Eimern läuft."

„Verstehe. Sie haben also nach dem Kahn gesucht."

„Und der trieb komischerweise im See", sagte Haller kopfschüttelnd. „Gott sei Dank dicht beim Ufer, so daß wir ihn mit Stangen heranziehen konnten. Ja, dann bin ich mit dem Krobe zusammen reingestiegen – Ruder lagen darin – und dorthin gefahren, wo die Eimerleiter aus dem Wasser ragt. War ein schöner Schock für mich, wie ich da an der Leiter entlang nach unten gucke, und mich plötzlich aus dem Wasser einer angrinst. Zuerst sah es so aus, als ob er noch leben würde, da er den linken Arm bewegte. Daran war natürlich die Strömung schuld. Krobe und ich haben ihn aus dem Wasser geholt, ziemlich mühsam, weil er irgendwo festgeklemmt war." Haller hielt dem Oberinspektor seinen rechten Arm hin, und man konnte sehen, daß der Ärmel seiner Arbeitsjacke bis zur Schulter hin naß war. „Das rührt daher."

Miltner deutete auf die Wunde des Toten. „Was glauben Sie, wie das passiert ist? Reingefallen und am Gitterwerk mit dem Kopf aufgeschlagen?"

„Meiner Ansicht nach ist er im Kahn hingerudert, um was nachzusehen, hat den Kahn aber dort nicht angebunden."

Der Oberinspektor nickte. „Er beugte sich wohl zu weit vor, und der Kahn ist nach hinten weggedriftet."

„Der Wachmann verlor praktisch den Boden unter den Füßen", entgegnete der Obermonteur, „stürzte mit dem Kopf voran, knallte damit gegen das Gitterwerk, verlor das Bewußtsein und ertrank."

Miltner schmunzelte. „Alle Achtung! Besser hätte es ein Kriminalbeamter nicht formulieren können!"

Haller zuckte verlegen die Achseln. „Ich schau mir halt seit Jahren im Fernsehen den *Tatort* an. Übrigens liegt im Kahn eine Kette, deren eines Ende am Bug befestigt ist. Also, habe ich mir gesagt, ist der normalerweise am Ufer festgezurrt. Beim Nachsehen entdeckte ich gleich da vorne ein kurzes, einzementiertes Rohrstück. Oben ist es flachgedrückt und mit einer Bohrung versehen. Darin befindet sich ein Vorhängeschloß."

„Da ist also der Kahn an die Kette gelegt worden?"

„Genau! Und damit keiner das Schloß klaut, hat es der Wachmann, bevor er in die See stach, angeschlossen." Haller holte tief Luft. „Wenn sich das Unglück so zugetragen hat, wie ich es mir vorstelle, müßte der Tote den Schlüssel noch in der Tasche haben."

Der Oberinspektor seufzte. „Leider kann ich Sie und Ihre Männer nicht weiterarbeiten lassen."

„Verstehe. Und weggehen dürfen wir auch nicht."

„So ist es nun mal im wirklichen Leben."

4. Kapitel

„Mensch Miltner, Sie lassen mich weiß Gott nicht zur Ruhe kommen." Dr. Kober, der auf die Leiche des Wachmanns starrte, paffte wütend an seiner Zigarre. „Gerade wollte ich mir die Pianistin Gabriele Thiemig vornehmen, da heißt es schon wieder: der Miltner braucht Sie!"

Der Oberinspektor schluckte. Er sah im Geist die schöne Frau auf dem kalten Seziertisch liegen, sah, wie der Arzt mit wachen Augen und rosigen Hängebäckchen die kleine Elektrosäge ansetzte und den Schädel zerteilte, um an das Projektil heranzukommen. Übelkeit befiel ihn.

„Diese großartigen Melodien, dieser sensible Anschlag." Die Stimme des Arztes versagte.

Miltner blickte ihn erstaunt an. So was war noch nie passiert: Kober zeigte Gefühle!

„Ich habe keines ihrer Konzerte, die sie in unserer Stadt gegeben hat, versäumt“, fuhr der Arzt mit bewegter Stimme fort, „und nun machten ein paar Gramm Blei diesem Leben ein Ende. – Ich habe den Lowinger nie gemocht“, fügte er hinzu. Dann öffnete er seine Tasche, zog Gummihandschuhe an und kniete sich neben der Leiche nieder.

„Die wurde von den Männern hier aus dem Baggersee geborgen“, erklärte der Oberinspektor.

„Kopfwunde“, meinte der Arzt.

„Vermutlich ist der Mann von einem Kahn aus zuerst auf das ins Wasser führende Gitterwerk gestürzt und danach in den See gefallen.“

„Könnte durch den Aufprall bewußtlos geworden sein.“

„Genickbruch?“

Dr. Kober tastete den Hals ab. „Ist nicht von der Hand zu weisen.“ Er stand auf. „Genaues kann ich Ihnen erst sagen, wenn ich mich näher mit ihm befaßt habe. Was interessiert Sie besonders?“

„Ich will wissen, ob der Tote wirklich ertrunken ist.“

„Sie vermuten, man hat ihn schon tot ins Wasser geworfen?“

„Möglich ist alles. Und dann der Mageninhalt. Mich interessiert, wann und was er als letztes gegessen hat.“

„Den Bericht wollen Sie natürlich vorgestern. Die Gabriele kommt aber trotzdem zuerst dran. Anweisung von Kriminalrat Stief. Ich solle behutsam mit ihr umgehen, meinte er, schließlich sei sie die Schwester unseres Finanzministers. – Habe die Ehre.“ Dr. Kober packte seine Tasche und stapfte davon.

Frank Herbig kam heran und hob seine Kamera. „Endlich!“ knurrte er. Der Oberinspektor wandte sich an die Männer der Spurensicherung. „Was mir besonders am Herzen liegt, ist der Schlüssel eines Vorhängeschlosses, den er wahrscheinlich bei sich trägt.“

„Wie groß soll der sein?“ fragte einer von ihnen.

„Dort drüben, an dem kleinen Eisenpfahl, hängt das zugehörige Schloß.“ Er ging zu Obermonteur Haller, der sich wieder bei seinen Männern befand, die neugierig dem Treiben der Spurensicherung zuschauten. „Hier können Sie nicht bleiben. Bitte, halten Sie sich mit Ihren Leuten in der Nähe Ihrer Fahrzeuge auf.“

„Wie lange wird das noch dauern? Ich muß doch meiner Firma Bescheid geben.“

„Sie haben mit Aldinger nichts zu tun?“

„Wir gehören zur Firma Huntenberg & Just, ein Unternehmen für Montage und Demontage schwerer Maschinenaggregate, Hauptsitz ist Bielefeld. Wenn Sie mir gleich was sagen können, erreiche ich wahrscheinlich noch unseren Montageleiter, Diplomingenieur Ganosky."

„Wo wollen Sie den erreichen?" fragte Miltner ungeduldig.

Haller holte tief Luft. „Huntenberg & Just hat vor einiger Zeit von der Firma Aldinger den Auftrag erhalten, alles, was sich an Maschinen auf dieser Halbinsel befindet, abzubauen. Natürlich wollte Aldinger einen Kostenvoranschlag, und so wurde Herr Ganosky losgeschickt, um sich das Ganze hier anzusehen."

„Und Ihre Firma bekam den Auftrag", sagte Miltner ungeduldig.

„Im Vertrauen, Herr Oberinspektor, wir bieten Tiefstpreise an."

„Verstehe, wenn die Arbeit getan ist, gibt es dann eine gesalzene Rechnung."

„Gar nicht. Wir halten uns in der Regel an den Kostenvoranschlag."

„Sie arbeiten wohl mit Leiharbeitern aus dem Osten. Oder sagen wir gleich Schwarzarbeiter. Deswegen verhalten sich einige Ihrer Monteure so merkwürdig ruhig. Aber warum plaudern Sie das alles bei mir aus, Herr Haller? Ich glaube kaum, daß Ihre Arbeitgeber daß sehr schätzen."

„Es würde ja doch bei Ihren Ermittlungen herauskommen."

„Ich bin von der Mordkommission und habe mehr als genug zu tun, und ich weiß, daß die wirklich Schuldigen in den Chefetagen sitzen."

„Aber ich bin der Dumme, wenn das mit den Polen rauskommt", murmelte Haller.

„Wir sind vom Thema abgewichen", mahnte der Oberinspektor, „Ihre Firma bekam also den Auftrag?"

„Genau, Herr Ganosky fuhr vorgestern hierher, erstellte den Demontageplan – das ist eine genaue Aufschlüsselung und die Zeitvorgabe für uns – wir reisten gestern an, und ich wurde von ihm eingewiesen."

„Sie arbeiten also im Akkord?"

„Deswegen will ich ja auch wissen, wie es hier weitergeht. Schließlich ist es ja unser Geld!"

„Wo ist Ihr Boß zur Zeit?"

„Wahrscheinlich noch bei Herrn Pandel, Geschäftsführer von Aldinger, bei dem er auch übernachtet. In Weingarten, etwa fünf Kilometer von hier."

„Wo haben Sie mit Ihren Männern das Quartier aufgeschlagen?"

„In der Kanne in Weingarten, von Herrn Pandel besorgt. Ich vermute, daß der Wirt ein Verwandter von ihm ist."

„Sind Sie damit zufrieden?"

„Standesgemäß, würde ich sagen."

Der Oberinspektor rieb sich das Kinn. „Heute ist hier auf keinen Fall für Sie noch Arbeit drin. Ich schlage vor, Sie fahren mit Ihren Leuten in die Kanne zurück. Wir müssen allerdings vorher die Personalien aufnehmen. Ah, da kommt gerade mein Kollege“, Miltner deutete auf Inspektor Epp, der heranschlenderte, „der wird das machen. Wie steht es mit den Ausweisen bei den polnischen Kollegen?“

„Jeder hat einen Paß und ein Zertifikat, das ihn als eigenständigen Unternehmer ausweist.“

„Es lebe die freie Marktwirtschaft“, rief der Oberinspektor und riß die Arme hoch. „Da soll noch einer behaupten, es wären Schwarzarbeiter!“

„Bist du übergeschnappt oder was?“ fragte Epp erstaunt.

„Nimm die Personalien von den Monteuren auf, Herbert.“

„Ich habe eine wichtige Entdeckung gemacht.“

„Später, jetzt muß ich mit Frau Ewald reden.“ Mit langen Schritten ging Miltner auf das einstöckige Gebäude zu.

„Die Monteure fahren ja weg!“ empfing ihn Ewald aufgeregt. Sie blickte aus dem Fenster, von wo aus man sehen konnte, wie der heftig gestikulierende Obermonteur seine Männer zum Einsteigen nötigte. „Wir stehen unter Zeitdruck. Schließlich steht der Transporttermin für den Bagger schon fest.“

„Da hat Ihnen Wachmann Hotz einen dicken Strich durch die Rechnung gemacht.“

Frau Ewald setzte sich hinter den Schreibtisch und zog das Telephon zu sich heran. „Bei denen muß ja auch noch angerufen werden. Ich weiß bald nicht mehr, wo mir der Kopf steht.“

„Augenblick!“ rief der Oberinspektor. „Mit wem wollen Sie telephonieren?“ Er schob einen Stuhl vor den Schreibtisch und setzte sich.

„Mit Hotz’ Arbeitgeber, dem Sicherheitsservice für Objekt- und Personenschutz. Der überwacht unser Areal auf der Halbinsel Tag und Nacht.“

„Dann war der Wachmann nicht allein hier?“

„Doch, Herr Miltner, seit gestern ist das so. Früher waren sie zu zweit, aber da hier nicht mehr gearbeitet wird und wir den meisten Teil des beweglichen Firmeneigentums schon weggebracht haben, hat unser Geschäftsführer, Herr Pandel, das Kontrollwesen aus Kostengründen um fünfzig Prozent reduziert.“

„Hat der Hotz die ganzen vierundzwanzig Stunden hier zugebracht?“

„Es waren drei Mann, von denen jeder acht Stunden Wache schob.“

„Dann waren es vorher sechs“, überlegte der Oberinspektor.

„Nach Adam Riese“, entgegnete Ewald spitz.

Miltner starrte die Frau an. „Wissen Sie, daß sich unter den Monteuren Schwarzarbeiter aus Polen befinden?“

„Schwarzarbeiter?“ Ewald zwinkerte, und Röte überzog ihr Gesicht, „nicht, daß ich wüßte.“

Na also, dachte Miltner, und komm mir nur nicht mehr mit Adam Riese. „Wachmann Hotz macht uns Kummer“, fuhr er fort.

„Aber er ist doch auf den Träger gestürzt, dann ins Wasser gefallen und ertrunken. Er war ja allein, und keiner konnte ihm helfen.“

„Und während des Sturzes hat er seinen Revolver gezogen, zweimal damit geschossen und anschließend wieder in das Holster gesteckt. Na ja“, der Oberinspektor zuckte die Achseln, „vielleicht war er früher beim Zirkus.“

„Der hat geschossen?“ Ewald schaute Miltner erschrocken an. „Sie glauben, der ist ermordet worden?“

„Das ist nicht auszuschließen. Deshalb müssen auf der Halbinsel weitere Untersuchungen angestellt werden. – Wie heißt der Boß vom Sicherheitsservice?“

„Josef Glupp.“

„Sie rufen jetzt an und teilen ihm mit, sein Wachmann Hotz sei ertrunken, und die Polizei hätte die Leiche beschlagnahmt. Weshalb, das wüßten Sie nicht.“

Frau Ewald gelang es kaum, den Hörer abzunehmen, so zitterte ihre Hand. „Wie war doch die Nummer“, murmelte sie. Dann wählte sie endlich. „Ach, Herr Glupp, Gott sei Dank, daß ich Sie gleich erreiche ... Ihr Wachmann, der Herr Hotz, ist im Baggersee ertrunken ... Nein, sein Leichnam ist nicht mehr hier. Die Polizei hat ihn beschlagnahmt.“ Es knackte im Hörer. Fassungslos schaute Ewald den Oberinspektor an. „Der hat einfach aufgelegt!“

„Merkwürdig. Und nicht gerade die feine Art. Falls der doch noch mal anrufen sollte, verweisen Sie ihn an mich.“ Er reichte ihr seine Karte. „Geben Sie ihm keine Auskunft. Vor allen Dingen soll er keinen Ersatzmann schicken. Wir übernehmen bis auf weiteres die Überwachung.“

Die Tür ging auf, und ein ungeduldiger Inspektor Epp schaute herein. „Komm jetzt endlich, Bernd, ich muß dir was wichtiges zeigen.“

„Entschuldigung, Frau Ewald“, Miltner stand auf, „falls Sie noch Fragen haben, können Sie sich jederzeit an mich wenden.“

„Endlich“, sagte Epp, als sein Kollege herauskam.

„Du warst ja verdammt fix mit der Personalienaufnahme“, knurrte der ihn an.

„Bevor die weggefahren sind, habe ich mir von den Polen die Pässe geben lassen. Falls Rückfragen notwendig sein sollten, können wir das noch in der Kanne klären. Schließlich sind die Monteure erst gestern abend in Weingarten eingetroffen."

„Meinetwegen. Da kommt was auf uns zu. Das Ganze zieht immer mehr Kreise, wie wenn du einen Stein ins Wasser wirfst." Er zählte auf: „Da ist die Firma Aldinger, dann ein Montage- und Demontageunternehmen, und nun steht uns noch ein Sicherheitsservice für Objekt- und Personenschutz ins Haus. Was meinst du, wie wir da Klinken putzen müssen."

„Das ist noch nicht alles, Bernd", meinte Epp trocken, „da kommt auch noch der Landschaftsbau von Franz Saumer hinzu. Dort drüben wird von denen aufgeforstet."

Miltner schaute hinüber. „Sieht aus, als wäre da Muttererde aufgetragen worden."

„Die ganze Halbinsel soll wieder begrünt werden mit Ahorn, Eschen, Birken und vielen Sträuchersorten. Eine komplette Rekultivierung mit dem Ziel eines Landschaftsschutzgebietes. Ja, eine Unterhaltung mit Anglern kann manchmal ganz interessant sein."

„So, wie das hier aussieht", schnaubte Miltner verächtlich.

„Deswegen soll es im Grötzinger Ortschaftsrat schon ziemlich Stunk gegeben haben, wie mir einer der Petrijünger verriet. Worte wie ‚ich gebe doch nicht meine Zustimmung für die Begrünung eines Industriegebietes' sollen gefallen sein."

„Was hat dir dein Angler sonst noch erzählt?"

„Daß die Firma Aldinger vor dem Konkurs stehen soll."

„Von mir aus, Herbert, wir sind von der Mordkommission. Übrigens gehörte Hotz dem Sicherheitsservice an."

„Und der hat die Bewachung der Halbinsel durchgeführt. Das sagte mir der Angler auch."

„Ich habe Frau Ewald erklärt, daß damit Schluß ist, und die Polizei den Objektschutz übernimmt." Der Oberinspektor schaute sich um.

„Jetzt suchst du ein Wachlokal für unsere Kollegen?

„Klar, und dafür bietet sich das Gebäude an, in dem bisher Hotz und Konsorten untergebracht waren."

„Diese Bruchbude wird nicht zur Verfügung stehen", erwiderte der Inspektor.

„Nicht zumutbar? Es sind doch nur ein paar Tage."

„Nein, Bernd, wegen der Blutspuren!"

Die Tür der Baracke öffnete sich knarrend, als Herbert Epp dagegendrückte. „Sie war nicht abgeschlossen", sagte er, „aber die Fensterläden waren zu, die habe ich dann aufgemacht."

Miltners Blick fiel auf den groben, ungehobelten Tisch, der in der Mitte stand, flankiert von vier Hockern, einem rostigen Kanonenofen und zwei verwahrlosten Spinden, deren Türen offenstanden. Ein aus einer Illustrierten herausgeschnittenes Bild, das an die Wand gepinnt war, zeigte ein Mädchen im Bikini. Ein Paar verdreckter Gummistiefel lagen in einer Ecke.

„Da fängt es an", sagte Epp und deutete auf das eingetrocknete Blut am rissigen Boden. „Dann geht die Spur um den Tisch herum und hört urplötzlich wieder auf. Nur an dem einen Hocker ist noch Blut zu sehen und auf der einen Tischhälfte. Vor der Baracke findest du keinen Tropfen. Ich bin mehrmals drum herum gegangen."

„Könnte hier der Hotz einen angeschossen haben?" überlegte der Oberinspektor.

„Wer hat den anschließend verbunden?" fragte Epp. „Wo ist das restliche Verbandsmaterial geblieben? Wer hat dafür gesorgt, daß der Hotz im Wasser verschwand?"

Miltner nickte. „Also waren drei Leute hier."

„Mindestens."

„Hotz und zwei Unbekannte. Es kam zu einer Auseinandersetzung, in deren Verlauf der Wachmann auf die beiden schoß und den einen verletzte."

„Aber Hotz wurde trotzdem überwältigt."

„Um was ging der Streit? Waren das überhaupt Bekannte von ihm?" Miltner sah seinen Kollegen an. „Was meinst du?"

„Na ja, es könnte auch so gewesen sein, daß Hotz die zwei auf dem Gelände bei einem Rundgang stellte und sie hierher mitnahm, um die Polizei anzurufen."

„Ich kann kein Telephon entdecken", warf der Oberinspektor ein.

„Es ist zwar keines da, Bernd, aber es ist ein Anschluß vorhanden." Epp packte seinen Kollegen am Arm. „Laß uns rausgehen, ich will dir noch was zeigen. So ein richtiges Schmankerl, wie die Österreicher sagen."

„Oan Gugelhupf?" fragte Miltner grinsend.

„Mei, nix zum Fressen, aber du wirst trotzdem daran kräftig zu kauen haben. – Hinten befindet sich eine Hundehütte", fuhr er fort, als sie um die Baracke herumgingen.

„Wahrscheinlich bringt da der Sicherheitsservice für Objekt- und Personenschutz einen seiner Hunde unter", murmelte der Oberinspektor, als sie vor der Hütte standen.

„Zur Zeit nistet hier so eine Art Gummibärchen“, rief Epp grinsend und griff in die Öffnung.

„Das ist doch ...?“ begann Miltner fassungslos.

„... ein Naßtaucheranzug“, vollendete sein Kollege, „komplett mit Brille und Schnorchel.“

Als sie wieder vor der Baracke standen, kam einer von der Spurensicherung auf sie zu. „Wir sind fertig, können wir gehen?“

„Ich muß Sie enttäuschen, Schwind“, antwortete der Oberinspektor und erklärte dem Mann, was für die Spurensicherung noch dazugekommen sei. Nachdem sie ein Stück weit gegangen waren, packte Miltner seinen Kollegen am Arm und blieb stehen. „War ziemlich anstrengend, der erste Arbeitstag für dich?“

„Wenigstens war ich an der frischen Luft“, brummte Epp. „Von mir aus hätte es allerdings weniger stürmisch angehen können.“

„Stürmisch das Meer, und die Baggersee geht hoch! Warst du schon mal in Venedig?“ fuhr der Oberinspektor träumerisch fort.

„Einmal.“ Epp sah ihn neugierig an.

„Stell dir vor, da vorne wären die Lagunen und der Bagger wäre die Rialtobrücke.“

„Ein bißchen weit hergeholt und verschroben, das Ganze“, knurrte der Inspektor. „Sag mal, was hast du vor?“

„Willst du mein Gondoliere sein, mich hinbringen zur Ponte Rialto und mit mir vergessen per una mezza hora den ganzen Scheiß?“

Epp grinste und legte die Hand aufs Herz. „Zu Ihren Diensten, Signore.“

„Dann folge er mir.“

Der Kahn lag an dem kurzen Stahlrohr vertäut. Allerdings hing noch immer das Vorhängeschloß ungeöffnet daran, und man hatte die Kette des Bootes einfach ein paarmal um das Rohr geschlungen. Miltner löste die Kette und behielt sie in der Hand. „Steig ein, Herbert.“

Der kletterte behutsam über den Bootsrand. „Rudern darf ich noch nicht, Bernd, wegen der Operation, aber ich werde dir was vorsingen.“

„Klar.“ Auch der Oberinspektor stieg hinein. „Du setzt dich an den Bug und weist mir die Richtung zum Bagger.“ Gemütlich begann er zu pullen.

„Du hängst verdammt lasch am Löffel“, beschwerte sich sein Kollege.

„Ich bin doch kein Galeerensklave.“

„Hein Mück aus Bremerhaven“, röhrte Epp.

„Gefühlvoller, Gondoliere“, unterbrach ihn Miltner.

„O sole mio, o meine Sonne“, intonierte der Inspektor, und anschließend sangen sie gemeinsam „Das kann doch einen Seemann nicht erschüttern“.

Vom Ufer her kam tosender Beifall. Die Polizisten, welche Verstärkung erhalten hatten, schwenkten begeistert die Arme. „Weitermachen, weitermachen“, schrien einige. Miltner winkte beschwichtigend ab. Langsam legte sich der Lärm.

„Wenn das der Stief erfährt“, stöhnte Epp.

„Das wirst du nicht verhindern können. Den Jux erzählen die doch weiter. – So, aber jetzt wird der Bagger angepeilt.“ Der Oberinspektor legte sich in die Riemen.

„Maschine stop“, befahl Epp nach einer Weile, und Miltner hörte mit Pullen auf. Langsam trieb der Kahn auf den Baggerausleger – die Eimerleiter – zu, und sanft stieß sein Bug gegen das Gittergerüst. Der Inspektor schlang die Kette um eine Strebe. „Schau dir das an, alles verrostet.“

„Aus der Nähe sieht der Bagger wirklich vergammelt aus.“

„Mehr Schrott als Bagger.“

„Na ja, wenn so ein Ding jahrelang in Betrieb ist und dauernd mit dem nassen Kies in Berührung kommt.“

Epp stand auf, griff nach einer Strebe und schaute am Ausleger hinunter ins Wasser. „Und da soll nun der Wachmann auf das Gerüst gestürzt sein? Wenn der hier oben, außerhalb des Wassers, mit dem Kopf aufgeprallt ist, kann meiner Ansicht nach die Wucht nicht so groß gewesen sein, um eine derart klaffende Wunde zu verursachen, und einen Menschen bewußtlos werden zu lassen. Ist der Aufprall aber tiefer, also unter der Seeoberfläche erfolgt, hätte das Wasser den Sturz abgebremst.“

„Richtig, Herbert.“

„Außerdem gibt es hier so viele Möglichkeiten, sich festzuhalten, warum also hat der seine Hände nicht benutzt?“

„Ich überlege die ganze Zeit“, Miltner strich sich nachdenklich über das Kinn, „ob die Strömung wirklich so stark ist, um einen Bewußtlosen oder Toten hier unten einzuklemmen.“

„Der Taucheranzug! Wem gehört er wohl, und wozu hat man ihn hier benutzt?“

„Laß uns wieder an Land gehen“, murmelte Miltner.

„Die vergammelte Bude haben wir versiegelt“, empfing sie Schwind von der Spurensicherung.

„Habt ihr den Schlüssel vom Vorhängeschloß gefunden?“ fragte der Oberinspektor.

Der Mann schüttelte den Kopf. „Fehlanzeige! Und wir sahen gründlich nach. Auch in den Stiefeln haben wir gesucht. Er könnte natürlich beim Sturz in den See gefallen sein. Aber den finden sie dort bestimmt nicht mehr, selbst wenn Sie ein halbes Dutzend Polizeitaucher einsetzen. Den Taucheranzug aus der Hundehütte nehmen wir mit. Marke Delphin", Schwind zuckte die Achseln, „ob das weiterhilft, ist fraglich. Von denen gibt es so viele wie Sand am Meer", der Beamte lachte, „oder wie Kies im Baggersee."

„Ihr müßt auch noch den Baggerausleger an den Stellen untersuchen, an welchen der Wachmann aufgeprallt sein kann. Aber das hat bis morgen Zeit."

Schwind blickte mürrisch über die Wasseroberfläche. „Von uns ist keiner Kampfschwimmer."

Miltner sah ihn ärgerlich an, dann deutete er hinüber. „Sehen Sie die Stahlseile?"

„Ich bin ja nicht blind."

„Mit denen kann der Ausleger hochgezogen werden, Sie brauchen sich also Ihren Allerwertesten nicht naßzumachen." Schwind biß sich auf die Lippen. „Erzählen Sie mir jetzt bloß, Sie wären nicht schwindelfrei. Ich weiß, daß Sie im Urlaub auf die steilsten Berge kraxeln."

„Herr Miltner!" Polizeiobermeister Plank winkte.

„Komm, Herbert", sagte der Oberinspektor noch immer wütend.

„Das sind Herr und Frau Reisch", stellte Plank ein älteres Paar vor, das neben ihm stand. „Die beiden haben da oben im Wald eine Entdeckung gemacht."

„Eigentlich gestern schon", sagte Herr Reisch, „aber da haben wir uns noch nichts dabei gedacht."

„Wir sind leidenschaftliche Pilzsammler", warf Frau Reisch ein.

„In dem Waldstück da oben, es heißt Am Buchenhain, gibt es viele Pfifferlinge", erklärte ihr Mann eifrig.

„Sie sind also schon gestern Pilze suchen gegangen", unterbrach Miltner, „was haben Sie da entdeckt?"

„Einen kleinen Fiat, aber wir haben uns nicht darum gekümmert. Erst, als er heute noch an derselben Stelle stand, und kein Mensch auf unser Rufen antwortete, wurde uns etwas unheimlich zumute. Am besten die Polizei einschalten, habe ich mir gesagt. Als wir aus dem Wald herauskamen, sahen wir die Polizisten stehen und haben dem Beamten hier unsere Entdeckung gemeldet."

Miltner nickte. „Das war schon richtig von Ihnen. Das Kennzeichen von dem Wagen haben Sie wohl nicht ...?"

„O doch", stolz hielt Herr Reisch dem Oberinspektor einen Zettel hin.

„Sehr gut", murmelte der, „Polizeiobermeister Plank wird Ihre Personalien aufnehmen. Hier meine Karte. Falls Ihnen noch etwas wichtiges einfallen sollte, wenden Sie sich bitte direkt an mich. – Komm, Herbert, wir gehen zu unserem Wagen.“ Im Auto hob er den Hörer ab und wählte. „Miltner hier, ich gebe Ihnen das Kennzeichen eines Personenwagens durch, Marke Fiat. Ich will wissen, wer der Besitzer ist.“

„Der Besitzer“, sagte kurz danach der Beamte, „heißt Roland Döge.“

„Danke, ich hab’s notiert.“

„Der Mann wurde gestern von der hiesigen Greenpeace-Gruppe als vermißt gemeldet!“

5. Kapitel

Schwer atmend stützte sich Inspektor Epp an einen Baum. „Halt mal an, Bernd, so langsam baue ich ab.“

„Der heutige Tag war zuviel für dich.“ Besorgt sah Miltner, daß auf der Stirn seines Kollegen dicke Schweißperlen standen. „Bleib doch hier, ich kann mich dort oben auch allein umschauen.“

Epp schüttelte den Kopf. „Den Fiat möchte ich auch zu Gesicht bekommen.“ Die beiden Kriminalbeamten hatten sich zu dem bewaldeten Hügel aufgemacht, der in der Wanderkarte als Am Buchenhain vermerkt war.

„Es kann wieder weitergehen“, meinte der Inspektor und stieß sich vom Baum ab. Sie brauchten knappe zehn Minuten, bevor sie das kleine, grüne Auto durch die Sträucher sehen konnten.

„Ein altes Vehikel“, sagte Miltner, als sie vor dem Fahrzeug standen.

„Panda 750 L, ich habe auch mal so einen gehabt.“ Er trat gegen einen der Reifen. „Schau dir nur den Dreck an. Sieht aus, als ob man mit dem Wagen geackert hätte!“

Der Oberinspektor rüttelte an der Tür, dann ging er auf die andere Seite und versuchte es dort. „Fenster hochgekurbelt und alles verschlossen.“

„Pfifferlinge hat der wohl nicht gesucht“, meinte sein Kollege.

Miltner zuckte die Achseln. „Möglich ist alles.“ Er ging weiter, sah plötzlich den Baggersee durch die Bäume schimmern und erblickte drei Landschaftsgärtner, die eifrig kleine Bäume pflanzten.

„Ob der Döge ein Spanner ist?“ Epp war zu ihm getreten. „Guck mich nicht so erstaunt an. Als Greenpeacer getarnt, hat er dazu die beste Möglichkeiten. Wenn ihn Leute aufspüren, kann er behaupten, er wolle sich über dem Zustand des Waldes informieren. Wer weiß, wo der jetzt herumschnürt.“

„Ohne Wagen?“

„Vielleicht hätte er sonst das Pärchen aus den Augen verloren.“

„Der Krankenhausaufenthalt hat dir anscheinend nicht gut getan.“

„Sag das nicht, Bernd. Was meinst du, wie rührend sich die Schwestern seit den Kosteneinsparungen um jeden einzelnen Patienten kümmern können.“

Der Oberinspektor grinste. „Die sollen jetzt Rollschuhe bekommen.“ Er sah auf den Boden und stutzte. „Stopp“, rief er und hielt Epp am Arm fest. Dann bückte er sich und hob ein Stück Glas auf. „Sieht aus wie das Teil einer Linse.“

„Zeig her.“ Behutsam nahm der Inspektor das Bruchstück in die Hand. „Du hast recht, das stammt von einer Linse.“

Miltner rieb sich das Kinn. „Döge könnte ein Fernglas bei sich gehabt haben. Was wollte er damit beobachten?“

„Moment mal, da sind drei runde Vertiefungen eingedrückt.“

„Der saß wahrscheinlich auf einem Feldstuhl.“

„Augenblick.“ Der Inspektor ging einige Schritte weiter. „Volltreffer, Bernd“, rief er, hob triumphierend den kleinen, zusammenklappbaren Stuhl hoch und starrte auf den Boden. „Es sieht so aus, als wäre er nicht allein gewesen.“

„Womöglich hat er unliebsamen Besuch bekommen. Was ist mit dem Mann passiert? Wohin ist er verschwunden?“

„Und warum ließ er den Fiat stehen? Und was hatte er hier überhaupt zu suchen?“

„Ich glaube, wir werden mal beim Greenpeace vorbeischauen müssen.“

Der Oberkommissar schluckte, als er die Pathologie betrat und ihm deren typischer Geruch in die Nase stieg. Immer das gleiche, dachte er verbittert. Dieser muffige Gestank des Todes machte ihm zu schaffen. Es kostete ihn jedesmal Überwindung, hierherzukommen.

Dr. Kober sah ihn mitfühlend an. „Ich habe alles vorbereitet, damit sie nicht zu lange bleiben müssen.“

„Heute sind es gleich zwei“, stieß Miltner heraus und betrachtete mürrisch das rosige Gesicht des Arztes. Er selbst sah vermutlich wie ein Seekranker aus. „Zuerst Gabriele Thiemig“, hörte er sich krächzend sagen.

Behutsam zog Dr. Kober das Tuch zur Seite. Die Pianistin lag so, daß man die Einschußstelle gut erkennen konnte. „Viel ist nicht zu berichten“, begann der Arzt, „die Fakten kennen Sie ja.“

„Tödliche Verletzung durch Kopfschuß, Kleinkaliberwaffe 22 lang.“

„Ich würde es eher Genickschuß nennen. Wobei ich natürlich nicht beweisen kann, daß Lowinger es absichtlich getan hat. Frau Thiemig könnte sich beim Spielen weit nach vorne gebeugt haben. Ein aufgesetzter Schuß war es keinesfalls."

„Ich kriege ihn trotzdem."

„Jetzt zu Wachmann Emil Hotz", sagte Dr. Kober und ging zur anderen Bahre hinüber. Wieder registrierte der Oberinspektor die klaffende Wunde und die blaßblauen Augen. „Die Kopfwunde", dozierte der Arzt, „hat seinen Tod nicht verursacht. Ja, ich bin überzeugt, daß der Mann davon auch nicht bewußtlos wurde. Ich kann mir ebenfalls nicht vorstellen, ein Metallteil des Baggers hätte eine solche Wunde entstehen lassen. Ich denke hier eher an ein kleines Beil oder ein Hackmesser. Sie könnte auch kurz nach Eintritt des Todes entstanden sein."

Miltner sah Dr. Kober zweifelnd an. „Um damit den Aufprall auf eine Baggerstrebe glaubhaft zu machen?"

„Das wäre möglich, vielleicht auch, um von der Todesursache abzulenken. Dem Hotz wurde nämlich das Genick gebrochen."

„Er hat nicht das Genick gebrochen, sondern es ist ihm gebrochen worden? Verstehe ich Sie richtig, Doktor?"

„Hotz hat Druckstellen am Hinterkopf und auf beiden Seiten des Kinns. Sehr schwach ausgeprägt, ich habe sie deshalb erst spät entdeckt. Um sicherzugehen, telephonierte ich mit Dr. Kohara, dem japanischen Arzt vom Städtischen Krankenhaus. Er kam her und hat sich die Druckstellen angesehen. Auch er ist der Meinung, daß man mit diesem Griff das Genick von Hotz gebrochen hat. Allerdings glaubt er nicht an Asiaten als Täter. Dieser Griff wäre keine fernöstliche Kampfart. Als ich ihn darum bat, seine Eindrücke zu präzisieren, zuckte er die Achseln und meinte, man solle sich bei den Spezialeinheiten der westlichen Geheimdienste umsehen."

„Wenn ich das dem Stief erzähle, erklärt er mich für verrückt", murmelte Miltner, holte ein Eukalyptusbonbon aus der Tasche, riß das Papier auf und steckte es in seinen Mund.

„Vielleicht war's ein ehemaliger Stasimitarbeiter." Dr. Kober deckte den Toten wieder zu.

„Oder ein ehemaliger von der GSG 9."

„Ihr Bier." Der Arzt zog die Gummihandschuhe aus und warf sie in einen Behälter. „Sein letztes Essen, das der Tote eingenommen hat, war ein Pilzgericht: Pfifferlinge mit Ei überbacken und Brot." Dr. Kober holte sein Zigarrenetui aus der Tasche und schob sich genießerisch eine Importe zwischen die Lippen.

Miltner warf ihm einen ärgerlichen Blick zu. „Sie wissen, wie man mich los wird", sagte er und ging mit großen Schritten zur Tür. Dort drehte er sich noch einmal um. „Schönen Gruß auch an Fidel Castro." Der Arzt grinste nur und zog genüßlich an der Zigarre.

Aufatmend blieb der Oberinspektor vor dem Gebäude stehen. Es stieß ihm auf, und er glaubte, den gräßlichen Geschmack der Pathologie auf der Zunge zu spüren. Um den loszuwerden, half nur eine Kombination von Bier und Schnaps. Zielsicher lenkte er seine Schritte zur Krone. Bald danach saß er an seinen Lieblingsplatz, dem Ecktisch zwischen den holzverkleideten Wänden, und wenige Minuten später standen ein Bier und ein Schnaps vor ihm auf dem Tisch. Er hielt das kleine Glas unter die Nase und atmete den Duft des Zwetschgenwassers ein. Dann leerte er es in einem Zug und nickte zufrieden. Die Übelkeit ließ nach. Emil Hotz, überlegte er. Was war dem Wachmann wirklich zugestoßen? Wer hatte sich in der Nacht dort auf der Halbinsel herumgetrieben, und wo hatte Hotz Pilze gegessen?

„Tag, Herr Miltner", riß ihn eine Stimme aus seinen Überlegungen. Der Oberinspektor blickte hoch. Vor seinem Tisch stand, mit deutlicher Schlagseite, Lowinger, der Generaldirektor der Karlsruher Assekuranz. Er hielt sich mit der linken Hand an der Tischkante fest, während er mit der Rechten vor Miltners Gesicht herumfuchtelte. „Ist das einer ihrer miesen Schnüffeltricks? Mir einfach in mein Stammlokal zu folgen." Lowinger kicherte. „Gestehen Sie." Der Generaldirektor bekam einen Schluckauf. „Pardon", sagte er und hielt sich die Hand vor den Mund.

„Nehmen Sie doch Platz", erwiderte Miltner und machte eine einladende Handbewegung. Er war hellwach!

„Nun ja, meinetwegen", lispelte Lowinger und setzte sich. Beinahe wäre er dabei hingefallen. Jetzt kniff er die Augen zusammen. „Sie verfolgen mich, also haben Sie mich im Verdacht."

„Ich kam gerade von der Pathologie, und da ..."

„Pathologie?" Lowinger nickte langsam. „Ich verstehe. Deswegen hat man meine Frau noch nicht zur Beerdigung freigegeben." Miltner gab ihm keine Antwort, er wiegte nur vielsagend seinen Kopf. „Wie sieht sie denn aus?" Flehend blickte der Generaldirektor den Kriminalbeamten an. „Bitte sagen Sie es mir. Ist sie noch immer so schön?"

„Ich bekam Ihre Frau nie lebend zu sehen."

Lowinger stützte den Kopf in seine Hand. Mit der anderen versuchte er, auf dem Tischtuch imaginäre Falten zu glätten. „Wie schade, sie hätte Ihnen bestimmt gefallen."

„Daß sie von Ihnen wegwollte, hat Ihnen weniger gefallen."

„Auf der einen Seite Gabriele Thiemig, auf der anderen Seite Gabriele Lowinger, das konnte ich ganz gut verkraften. Aber", der Generaldirektor schlug mit der Faust auf den Tisch, „daß sie sich von mir trennen und den anderen heiraten wollte, konnte ich nicht zulassen. Ich konnte es einfach nicht!“

Miltner beugte sich vor. „Und deswegen haben Sie Gabriele umgebracht!“

Lowinger starrte den Oberinspektor an. Er sagte nichts, er starrte nur. Nein, er schaute durch ihn hindurch, als ob er aus Glas wäre. „Das verfluchte Luder.“

„Wer?“ Scharf kam die Stimme von Oberinspektor Miltner.

„Die Stolz“, entgegnete der Generaldirektor und wischte sich zitternd über die Augen.

„Hat die Sie auf die Idee mit dem Hund gebracht?“

„In gewisser Weise.“

„In welcher Weise?“

„Eine Schreibdame in meinem Vorzimmer ist beim Tierschutzverein. Die hat Frau Stolz von Rex im Tierheim erzählt.“

„Ich habe den Eindruck, als ob Sie mir klarmachen wollen, daß nicht Sie, sondern die anderen wirklich Schuld am Tod Ihrer Frau sind. So eine Art Verkettung unglücklicher Umstände.“

„Ich muß doch sehr bitten. Vernehmen Sie diese Dame gefälligst, und sie wird Ihnen bestätigen, daß es sich mit dem Hund so verhalten hat.“

„Ich bin der Überzeugung, daß das Ganze viel früher anfing. So erschossen Sie Ihren alten Jagdhund absichtlich. Geben Sie es doch zu.“

Lowinger stierte den Oberinspektor an. „Das wissen Sie?“

„Aber sicher. Mit Schrot haben Sie das arme Tier vollgepumpt, wie mir glaubhaft versichert wurde.“

„Die Stolz ...“, stotterte der Generaldirektor.

„Hat Sie natürlich auf die Idee gebracht“, ergänzte der Oberinspektor ironisch. Er beugte sich über den Tisch und packte sein Gegenüber an der Krawatte. Langsam zog er Lowinger zu sich heran. „Gabriele Thiemig war sicher vor Ihnen, solange sie bei Ihnen blieb. Mit ihrem Wunsch zur Trennung besiegelte sie ihr Todesurteil.“ Miltner blickte zur Theke. Er sah, daß dort die Kellnerin stand und herschaute. Mit gedämpfter Stimme fügte er hinzu: „Wir nehmen jetzt ein Taxi und fahren ins Kommissariat. Dort können wir uns ausführlich unterhalten.“

„Weiter“, sagte Oberinspektor Miltner und nickte Zeipert zu, der das Protokoll in der Hand hielt. Die Beamten befanden sich im Zimmer von Kriminalrat Stief, der mit geschlossenen Augen und gekreuzten Armen zurückgelehnt in seinem Sessel saß: Ein moderner Pontius Pilatus, der sich am liebsten die Hände gewaschen hätte, um zu demonstrieren, daß er mit der

Sache im Grunde nichts zu tun haben wollte. Vor dem Schreibtisch hockte bleich und ernüchtert, mit dunklen Ringen unter den Augen, der reuige Sünder: Generaldirektor Lowinger. Durch die herabgelassenen Jalousien fielen Sonnenstrahlen wie leuchtende Pfeile in das Zimmer. „Weiter", sagte Miltner noch einmal.

Zeipert räusperte sich und las weiter aus dem Protokoll vor: „Erst als meine Frau sich nicht mehr davon abbringen ließ, mich zu verlassen, faßte ich den Entschluß, sie zu töten. Ich erschoß meinen Jagdhund und holte Rex mit dem Einverständnis meiner Frau aus dem Tierheim. Immer mehr reifte in mir der Plan, den nervösen und ängstlichen Hund zum eigentlichen Täter zu machen. Eine Gelegenheit, die Tat auszuführen, ergab sich, als Frau Radkau wegen ihrer erkrankten Mutter schon früh aus dem Haus ging. Köhler, meinem Fahrer, gab ich frei. Dies fiel nicht auf, da er mich schon länger um einen Urlaubstag gebeten hatte. Ich fühle mich nicht wohl, erklärte ich Gabriele mein Zuhausebleiben. Sie solle ruhig üben, sagte ich ihr, ich würde mit dem Hund in den Garten gehen. Von dort beobachtete ich das Nebenhaus und wartete, bis unsere Nachbarin es zum Einkaufen verließ. Danach sperrte ich Rex ein und erschoß meine Frau – eine Tat, die ich jetzt zutiefst bereue. Ich nahm den Hund wieder zu mir und benachrichtigte Frau Stolz und Dr. Schönauer. Frau Stolz, so möchte ich hinzufügen, hat mit dem Geschehen nicht das Geringste zu tun."

Zeipert ließ das Papier sinken und schaute Kriminalrat Stief an. Der wedelte unwillig mit der Hand. „Das andere können Sie sich sparen." Er wandte sich an Lowinger. „Sind Sie mit dem Text einverstanden?"

„Ja", murmelte der. Er ließ den Kopf auf die Schreibtischplatte sinken und fing an zu weinen.

„Nun seien Sie doch ein Mann", sagte Stief peinlich berührt.

„Einen Schnaps?" fragte Miltner.

Der Kriminalrat deutete auf das Schränkchen. „Dann machen Sie schon."

Nachdem der Generaldirektor den Doppelten getrunken und sich beruhigt hatte, ließ ihn Miltner unterschreiben. Ein Polizeibeamter führte den Delinquenten ab. Als sich die Tür hinter den beiden geschlossen hatte, blickte Stief den Oberinspektor ungehalten an. „Wenn das nur gut geht mit dem Schnaps."

„Aber ich habe doch ...", begann Miltner.

Der Kriminalrat wehrte ab. „Falls er Dr. Imhauser als Verteidiger nimmt – der läßt keine Möglichkeit ungenutzt vorübergehen. Wenn Lowinger ihm das mit dem Schnaps erzählt, behauptet der glatt, wir hätten seinen Mandanten betrunken gemacht, um zu erreichen, daß er unterschreibt. Passen Sie nur auf, meine Herren, ich ahne schon, wie es weitergeht."

„Daß man es auf einen Schauprozeß ankommen läßt, glaube ich nicht. Die Beteiligten werden alle froh sein, wenn das klammheimlich über die Bühne geht."

„Hoffentlich, hoffentlich."

Das Telephon läutete, und der Kriminalrat nahm ab. „Aber nicht doch schon wieder für Miltner", rief er. „Legen Sie bitte das Gespräch zurück." Stief deutete mit dem Hörer auf den Oberinspektor. „Ein Anruf für Sie – an Ihrem Apparat."

„Ich bin schon draußen, Herr Kriminalrat."

Auch Zeipert stand auf. „Nichts wie weg von hier."

Miltner griff zum Hörer, und Polizeiobermeister Plank meldete sich. „Da ist gerade ein Anruf eingegangen, der Sie sicher interessieren wird, und zwar von der Ärztin für Allgemeinmedizin, Dr. Hannelore Sigg, aus der Luisenstraße. Bei der hat sich ein Mann wegen einer Schußwunde am linken Oberarm behandeln lassen. Der Verletzte erzählte ihr, sein Kleinkalibergewehr sei losgegangen, als er es in die Ecke stellen wollte. Sie hat die Fleischwunde behandelt und dem Patienten Antibiotika verschrieben. Später seien ihr Bedenken gekommen, weil die Wunde mehr nach einer großkalibrigen Waffe aussah."

„Kam der als Privatpatient?"

„Nein, als Mitglied der hiesigen Ortskrankenkasse."

„Dann mußte der dort seine Chipkarte abgeben", rief der Oberinspektor erfreut. „Damit haben wir ihn: Name, Adresse und so weiter."

„Freuen Sie sich nicht zu früh, Herr Miltner, mit der Versicherungskarte sind Sie keinen Schritt weiter."

„Und wie heißt der Kerl?"

„Emil Hotz, wohnhaft Kohlerstraße 26. Tut mir leid für Sie."

„Scheiße!" brüllte Miltner und trat wütend gegen den Schreibtisch.

„Was ist denn los, um Himmels willen?" rief Zeipert.

„Der Mörder hat die Chipkarte seines Opfers benutzt."

„Jetzt siehst du, für was alles die Versichertenkarte gut ist."

„Ja, ja, sekundenschnell werden die Daten von den Lesegeräten erfaßt."

Zeipert grinste. „Mach einen Verbesserungsvorschlag, Bernd. Die Ärzte sollen Fingerabdrücke ihrer Patienten abspeichern, dann gibt es keinen Schwindel mehr."

„Wir müssen mit der Sigg sprechen." Miltner blickte sich um. „Wo ist denn Epp?"

„Zur Nachuntersuchung im Krankenhaus."

„Kommst du mit?“

„Klar, Bernd, der Lowinger ist ja abgehakt, und das andere kann warten.“

Klein und rundlich stand Frau Doktor Hannelore Sigg vor beiden Beamten. „Von der Kriminalpolizei sind Sie, und kommen wegen Herrn Hotz, dem Patienten mit der Schußwunde am linken Oberarm.“ Sie schüttelte den Kopf. „Aber warum denn gleich welche von der Mordkommission?“

„Das ist eine lange Geschichte“, entgegnete der Oberinspektor.

„Sie haben Glück, gerade konnte ich meine letzte Patientin verarzten. – Vergessen Sie das nächste Mal Ihre Versichertenkarte nicht“, rief sie der alten Dame nach, die sich eben von einer Sprechstundenhilfe verabschiedet hatte.

„Gehen wir ins Sprechzimmer, da sind wir ungestört“, wandte sich die Ärztin an die beiden Beamten. „Ein merkwürdiger Mann, der Herr Hotz“, fuhr sie fort, als sie sich hingesetzt hatten.

„Da kann ich Ihnen nur zustimmen. Sehr merkwürdig sogar – im Grunde haben Sie einem Toten die Schußwunde verbunden.“

„Machen Sie immer solche makabren Scherze?“ Der Oberinspektor schüttelte den Kopf. „Das heißt, der hat ...“

„... die Karte eines Toten benutzt. Genauer gesagt, die Chipkarte eines Ermordeten.“

„Dann war das der Mörder?“

„Was hat der Mann für einen Eindruck auf Sie gemacht?“

„Anfangs gar keinen. Ich habe mich zunächst auf die Wunde konzentriert, die nur äußert mangelhaft verbunden war. Pullover und Jacke waren durchgeblutet. Das Ganze sei passiert, als er sich allein zu Hause befand, erklärte er mir. Er hätte sich selbst einen Notverband angelegt und wäre sofort hierhergekommen. Im Nachhinein ist mir klar geworden, daß die Wunde schon etliche Stunden alt gewesen sein mußte.“

„Hatten Sie vorher schon mit Schußwunden zu tun?“

„Einmal. Da wurde direkt vor dem Haus ein Polizist von einem Bankräuber verletzt. Eigenartigerweise ebenfalls am Arm. Ich habe ihm einen Notverband angelegt, und seine Kollegen brachten ihn anschließend ins Krankenhaus.“

„Zurück zu unserem Verletzten. Sie sprachen anfangs von einem merkwürdigen Mann?“

Die Ärztin lächelte. „Merkwürdig deshalb, weil er einen sehr robusten Eindruck machte, aber eine schreckliche Angst vor seinem Bruder zu haben schien, dem das Kleinkalibergewehr angeblich gehört. Dieser sei Sportschütze und ließe keinen anderen an die Waffe. Deshalb sollte die Verletzung auch unter uns bleiben, bat er mich."

„Und als er weg war, glaubten Sie nicht mehr so recht an das Kleinkalibergewehr?"

„Genau, und das ängstliche Gehabe wegen seines Bruders kam mir ziemlich theatralisch vor."

„Vielleicht war die Angst nicht ganz unbegründet, wenn auch nicht vor einem Bruder. – Haben Sie ihn weggehen sehen?"

„Wie stellen Sie sich das vor! Dafür hatte ich viel zu viel zu tun. Schließlich habe ich den ja zwischenschieben müssen."

„Hätte doch sein können. Ihre Assistentinnen vielleicht?"

„Sabine und Ute? Die waren ebenfalls beschäftigt."

„Wir sind Ihnen jedenfalls sehr dankbar, daß Sie gleich die Polizei angerufen haben", sagte der Oberinspektor. Im Weggehen wandte er sich noch einmal an die Ärztin. „In Kürze wird sich ein Kollege von uns bei Ihnen melden. Es handelt sich um die Anfertigung eines Phantombildes. Haben Ihre Helferinnen den Kerl auch mitbekommen?"

„Sabine und Ute. Die Michaela war zu diesem Zeitpunkt außer Haus."

„Dann müssen die beiden auch dabeisein."

6. Kapitel

Hauptwachtmeister Diel und Wachtmeister Hanisch, die Besatzung des Polizeihubschraubers Bussard zwo, standen vor ihrer Maschine und schauten grinsend auf die beiden Beamten der Mordkommission. „Wieder mal ein kleiner Rundflug gefällig", meinte Diel, als ihm Miltner die Hand gab. „Daß der Stief euch das überhaupt genehmigt hat."

„Ich mußte meine ganze Überredungskunst einsetzen", knurrte der Oberinspektor.

„Wenigstens ist der Epp dabei", wandte sich Hanisch an seinen Kollegen, „und nicht Zeipert. Bei dem habe ich jedesmal Angst, daß er uns die Bude vollkotzt. Schön, daß Sie wieder im Land sind", sagte er zu Inspektor Epp. „Wo soll's denn hingehen?"

„Zum Grötzinger Baggersee."

„Dann nichts wie rein in die Maschine."

Mühsam klemmten sich die beiden Kriminalbeamten hinter die Besatzung. „Der Vogel ist enger geworden, seit ich das letzte Mal mit euch geflogen bin", brummte Miltner.

Diel drehte sich feixend zu ihm um. „Ihr Bauch ist dicker geworden."

„Gib ihm schon die Sporen“, rief Hanisch.

Diel beugte sich nach vorn, und die beiden Turbinentriebwerke sprangen an. Durch das Plexiglas der Kanzel konnte der Oberinspektor den sich immer schneller drehenden Rotor sehen. Das Winseln der Triebwerke verstärkte sich, und das Gras des Startplatzes wurde von den Luftwirbeln des Rotors an die Erde gepreßt. Jetzt hob der Hubschrauber vom Boden ab. Kurze Zeit ging es senkrecht nach oben, dann drückte Polizeihauptwachtmeister Diel den Steuerknüppel nach vorn, und der BK 117 nahm Fahrt auf. Es war ein schöner Sommermorgen, nur über dem Rhein ballten sich einige dunkle Wolken, und in den Niederungen hingen noch Nebelschwaden. Nach einigen Minuten kam Grötzingen in Sicht. Oberinspektor Miltner beugte sich zu Diel vor. „Wenn Sie den Ort passiert haben, bitte langsamer fliegen und tiefer gehen.“ Er holte ein Blatt Papier aus der Jacke und hielt es Epp hin. „Die Skizze hat mir Aßmann gemacht.“

Sein Kollege nickte und deutete nach unten. „Die Tennisplätze und gleich dahinter die Sporthalle.“

„Und hier, weiter rechts, das Stadion vom VfB Grötzingen. Hinter dem Sportzentrum, dem See zu, liegen noch Schrebergärten.“

„Ganz beachtliche Gewässer“, meinte Epp, als sie in 100 Metern Höhe langsam über den See schwebten.

„In seiner Länge rund 1200 Meter, und an der breitesten Stelle ungefähr 300 Meter. Sollte mal ein tolles Freizeitzentrum werden“, fuhr der Oberinspektor fort, „aber da haben viele nicht mitgemacht.“

„Und das kleine Gebäude direkt am Ufer?“

„Gehört einem Angelsportverein.“

„Und das ist die Mörderhalbinsel.“ Epp deutete auf die große Landzunge, die sich in nordwestlicher Richtung weit in das Gewässer hinein erstreckte. „Sie teilt den See nahezu in zwei Hälften.“

„Leute vom Gartenbaubetrieb Saumer.“ Miltner wies auf einige Männer, die ihre Arbeit unterbrochen hatten und neugierig nach oben starrten.

„Angelsportverein, Gärtnerei, Baggerbetrieb“, rief der Inspektor und sah seinen Kollegen fragend an, „wo paßt da der Taucheranzug hin?“

„Der verschwundene Greenpeacer Döge hat mal dem Tauchsportklub Muräne angehört.“

„Und das erfahre ich so nebenbei.“

„Beruhige dich, Herbert. Ich habe es erst kurz vor dem Abflug erfahren.“

„Wollt ihr auch das Weingartener Moor sehen?“ Diel hatte sich umgewandt. „Vielleicht hat man dort den Döge versenkt?“

„In einem Naturschutzgebiet? Wie stellen Sie sich das vor? Außerdem gehen wir davon aus, daß der Mann noch lebt.“

„Also nach Weingarten in die Kanne.“

„Dann wissen Sie, daß dort die Männer von Huntenberg & Just logieren.“

„Es hat sich schon herumgesprochen.“

„Ja“, rief Hanisch, und seine Schultern zuckten vor Lachen, „auch euer Sängerwettstreit auf dem Baggersee.“

„Dann nehmen Sie Kurs auf Weingarten.“

„Aye, aye, Käpt'n!“

„Wenn das der Stief ...“, begann Epp.

Eine ungeduldige Stimme unterbrach ihn: „Berta ruft Bussard zwo, bitte kommen!“

„Hier Bussard zwo, wir sind in der Nähe von Weingarten, Informationsflug für die Mordkommission.“

„Muß sofort abgebrochen werden“, befahl Leitstelle Berta.

„Dann bringen wir die beiden Kollegen zurück.“

„Dafür ist keine Zeit mehr, Bussard zwo fliegt sofort das Autobahndreieck an. Grund: Überfall auf die Badische Beamtenbank in der Rheinstraße. Drei Gewaltverbrecher machten rücksichtslos von ihrer Schußwaffe Gebrauch, töteten einen Bankangestellten, verletzten eine Kundin schwer und sind jetzt in Richtung Osten auf der Flucht.“

„Verdammt“, brüllte der Oberinspektor wütend, „das Ganze habe ich mir anders vorgestellt!“

„Scheiße“, meinte sein Kollege und rieb sich den Magen. Diel zuckte nur die Achseln. Er konzentrierte sich auf das hellgraue Betonband der Autobahn, das dort unter immer näherrückte.

Epp beugte sich vor und deutete nach links. „Die Bergwaldsiedlung.“

„Dort macht sicher Generaldirektor Lowinger gerade seinen Morgenspaziergang.“

„Du glaubst?“

„Den haben die bestimmt auf Kaution freigelassen.“

Der Inspektor lehnte sich zurück. „Einen Batzen Geld müßte man haben.“

„Hier Bussard zwo“, sprach Hanisch in das Mikrophon, „wir sind im Anflug auf das Autobahndreieck und erreichen es in einer knappen Minute.“

„Gut“, ertönte die Stimme von Berta. Sie klang erleichtert. „Dort bleiben Sie. Nähere Einzelheiten folgen.“

„Flughöhe?“ fragte Hanisch.

„So, daß Sie die Autos gut erkennen."

„Vielleicht sollen wir sie zählen", knurrte Diel und drückte den Blattverstellhebel nach vorn. Der BK 117 sank langsam auf das Autobahndreieck ab. In einer Höhe von fünfzig Metern nahm der Pilot den Hebel zurück und ließ den Hubschrauber über dem Dreieck kreisen.

Die Sonne wurde vom Glas eines Treibhauses reflektiert, und grelles Licht durchflutete kurz das Cockpit.

„Kannst du nicht anders kurven", rief Hanisch seinem Kollegen zu. Diel hantierte an der Steuerung, und der Helikopter blieb mit pochendem Rotor über dem Autobahndreieck hängen.

Leitstelle Berta meldete sich wieder. „Das Fahrzeug der Rechtsbrecher, ein grüner BMW, fährt jetzt in Richtung Rüppurr. Auftrag für Bussard zwo ist, die Autobahn bei der Anschlußstelle Rüppurr/Ettlingen zu überwachen und uns mitzuteilen, in welche Richtung die Bankräuber fliehen."

„Verstanden. Aber warum macht ihr denn keine allgemeine Absperrung – ‚Ring zwanzig' zum Beispiel?"

„Eben nicht! Da soll eine Großfahndung nach Terroristen anlaufen. Um die nicht mißtrauisch zu machen, muß das mit unseren Bankräubern in aller Stille erledigt werden."

„Den Typ des BMWs, Mann, den Typ", rief Hanisch.

„Vermutlich ein BMW M3."

„Verstanden!"

„Kein Wunder, wenn die Kerle Geld brauchen", meinte Miltner zu Epp.

„Der Wagen ist sicher geklaut", entgegnete sein Kollege.

Der BK 117 kurvte über den rechten Betonstreifen der Autobahn auf die Anschlußstelle zu. Von links schien die Sonne in das Cockpit und ließ auf den Gegenständen zuckende Schatten entstehen. Jetzt sah man die Häuser von Rüppurr auf der rechten Seite. Wenig später berührte Hanisch den Arm seines Kollegen. „Anschlußstelle Rüppurr/Ettlingen." Vom Hubschrauber aus waren die beiden Anschlüsse gut zu erkennen. Sie gingen von der Herrenalber Straße ab und mündeten in die Autobahn.

Diel ließ den BK 117 höher steigen. „Wollen wir noch einen Blick in die Herrenalber Straße werfen?"

Hanisch nickte. „Der BMW müßte doch schon zu sehen sein – verdammt nochmal." Die Häuser und Gärten rückten näher. Jetzt überquerte der Hubschrauber den Rand des Vorortes, und man konnte weiter hinten die Schienen der Bundesbahn erkennen, die in der Sonne glitzerten. „Dort!" rief Hanisch.

Der grüne BMW raste heran. Jetzt ging der Fahrer mit dem Gas herunter, aber der Wagen war noch immer zu schnell. Mindestens achtzig, dachte

Hanisch. Dann hatte der BMW auch schon den Stadtteil durchfahren und bog auf die Zufahrt der Autobahn in Richtung Basel ein.

Der BK 117 drehte. Einen Augenblick blieb der Wagen für die vier Männer durch Strauchwerk verborgen, dann sahen sie ihn auf der Autobahn nach Süden rasen. Während Diel den Helikopter auf neuen Kurs brachte und hinterherjagte, gab Hanisch die Position des Wagens durch.

Leitstelle Berta bedankte sich. „Den schnappen wir uns bei Rastatt." Der BK 117 hielt Schritt mit dem grünen BMW, der in waghalsigen Manövern die anderen Autos überholte.

„Die errichten bei Rastatt sicher eine Scheinbaustelle", meinte Epp zu Miltner.

Der zuckte nur die Achseln. Einige Minuten später fragte er: „Hast du eine Waffe?"

Sein Kollege schüttelte den Kopf. „Warum?"

„Da vorne ist eine Baustelle – eine richtige."

„So ein Mist", rief Diel. Der Hubschrauber wurde langsamer. „Die Baustelle kennen wir gut. Um den Verkehr nicht stark zu behindern, wurde ein Feldweg ausgebaut, damit man von dort aus Fahrzeuge und Material heranbringen kann."

„Wohin führt der Weg?" Miltner hatte Diel an der Schulter gepackt.

„Zu einer asphaltierten Straße, an der ein in Konkurs gegangenes Zementwerk liegt."

„Und weiter?"

„Da hinten zu dem Waldstück."

„Die wollen dorthin", brüllte Hanisch, „schaut nur!" Der BMW durchbrach die Absperrung – im letzten Augenblick konnten einige Arbeiter zur Seite springen, dann fuhr der Wagen auch schon auf der provisorischen Zufahrtsstraße nach Westen.

Der Oberinspektor nickte grimmig. „Die kennen sich hier aus."

Der BK 117 schwenkte nach rechts. „Mach deine Maschinenpistole schußfertig", sagte Diel zu seinem Kollegen. Am heruntergekurbelten Fenster des BMW war der Lauf einer Waffe zu sehen. Dann blitzte es mehrmals auf.

„Daneben", registrierte Miltner zufrieden.

Hanisch zog das eine Cockpitfenster zurück und schob den Lauf der Maschinenpistole hinaus. „Halt mal den Vogel ruhiger", sagte er zu Diel. Die Mpi hustete ihre Geschosse heraus, und neben dem rechten Vorderrad des BMWs spritzte Kies auf. Von unten kam die Antwort, und zweimal schlug es an die Kanzel.

„Panzerglas", sagte Diel beruhigend.

„Und was ist mit dem Rotor?“

Diel gab ihm keine Antwort. Das Fluchtfahrzeug hatte die asphaltierte Straße erreicht und erhöhte die Geschwindigkeit. Hanisch feuerte und verfehlte erneut den Reifen. „Jetzt zerschieße ich ihm den Motor!“

„Abwarten!“ rief Miltner, „das Ziel der Bande ist das aufgelassene Zementwerk.“

„Sie haben recht.“ Hanisch zog die Waffe zurück. Der BMW raste durch das offene Tor der Fabrik, fuhr von dort über den Hof in eine Halle und war den Blicken der Männer entkommen.

„Die sind im Sack“, meinte Diel zufrieden. „Du gibst jetzt an die Leitstelle den Standort des BMWs durch, und wir suchen ein nettes Plätzchen, wo wir uns niederlassen können.“

Gerade lief der Rotor mit einem friedlichen „Wusch, Wusch, Wusch“ langsam aus, als von der Halle her mehrere Motoren losdonnerten. Dann fuhren drei Motorradfahrer heraus und kurvten in die Straße. Hinten waren an den Maschinen Koffer aufgeschnallt.

„Die wollen in den Wald“, rief Miltner.

„Rauf mit dem Bussard, Diel!“ brüllte Hanisch.

Die Motoren winselten los, doch es dauerte noch eine ganze Weile, bis der Rotor die notwendige Drehzahl erreicht hatte, damit der Pilot abheben konnte. Als die BK 117 den Waldrand abflog, waren die Motorradfahrer schon längst zwischen den Bäumen verschwunden. Nachdem Hanisch Leitstelle Berta die neue Situation gemeldet hatte, bekam Bussard zwo Erlaubnis, die beiden Kriminalbeamten zurückzubringen.

„Sofort zu Kriminalrat Stief“, sagte Zeipert zu Oberinspektor Miltner, als der, an seinem Schreibtisch sitzend, ein Vesperbrot auswickelte.

„Da sind Sie ja“, rief der Kriminalrat ihm zu, als er dessen Zimmer betreten hatte, „Nie sind Sie da, wenn man Sie braucht. Während Ihrer Abwesenheit hat sich Generaldirektor Lowinger in der Untersuchungshaft das Leben genommen.“

Nachdenklich saß der Oberinspektor an seinem Schreibtisch und starrte auf das Vesperbrot. Dann blickte er mit schiefem Lächeln den Kollegen Epp an. „Und ich habe geglaubt, Lowinger in der Bergwaldsiedlung spazieren gehen zu sehen“, sagte er mit belegter Stimme, „in Wirklichkeit war er schon tot ...“

„... und lag bei Dr. Kober in der Autopsie“, vollendete Epp den angefangenen Satz.

Miltner nickte. „Hast recht, Herbert, die wollen sichergehen.“

Kriminalassistent Aßmann tauchte auf. „Konnten Sie mit meinem Plan etwas anfangen, Herr Miltner?"

„Tadellose Arbeit", murmelte der.

„Hier habe ich auch die gewünschten Unterlagen vom Baggersee: weitere Pläne, Vorkommnisse, Firmen und so weiter."

„Ich will es lieber von Ihnen hören."

„Da sind vor Jahren zwei Kinder im Eis eingebrochen."

„Höchst bedauerlich, aber für uns nicht relevant."

„Ja, natürlich, Herr Miltner. Über Jahre hinweg gab es Ärger um diesen Baggersee. Die einen wollten, daß er weiter ausgebaggert wird und anschließend ein Freizeitzentrum entstünde, die anderen, daß mit der Kiesschürferei endgültig Schluß sein sollte. Viele sahen in der Erweiterung des Sees eine Gefährdung des nahegelegenen Naturschutzgebietes Weingartener Moor. Vor allen Dingen wiesen die Gegner darauf hin, daß es mit einem Schwimmbad, Segelmöglichkeiten, Hotels und Boutiquen allein nicht getan wäre. Schließlich bräuchte man dann beim See einen Parkraum für über 3000 Fahrzeuge, wobei noch einmal rund 100.000 Quadratmeter zusätzlich dran glauben müßten. Wirbel gab es auch, weil wegen der geplanten Vergrößerung wertvolles Ackerland geopfert werden sollte. Einige der betroffenen Landwirte hatten beim Amtsgericht Einspruch gegen die bereits erfolgte Kündigung der gepachteten Flächen erhoben."

„Aber jetzt wird aufgeforstet", meinte Miltner nachdenklich, „die Streitereien sind also Schnee von gestern."

„So sehe ich das auch. Der Mord an dem Wachmann wurde aus anderen Motiven verübt."

„Ich habe einen wichtigen Auftrag für Sie."

„Das freut mich zu hören, Herr Oberinspektor."

Miltner sprach mit gedämpfter Stimme: „Laut Autopsiebericht war die letzte Mahlzeit von Hotz Pfifferlinge mit Rührei und Brot."

„Ich soll herausfinden, wo er das Essen zu sich nahm."

„Genau, und ich könnte mir vorstellen, daß Hotz dies in der Nähe des Baggersees getan hat."

„Also knöpfe ich mir die Lokale in Grötzingen vor, dann die in Berghausen, und falls es bei den beiden Orten nicht hinhaut, nehme ich Weingarten ins Visier."

„Diese Recherchen sind ihre vordringlichste Arbeit."

„Bin schon unterwegs, Herr Miltner."

Als sein Assistent verschwunden war, griff der Oberinspektor nach dem belegten Brot und biß hinein. Er verzog das Gesicht. „Nicht gerade das richtige bei meiner Verfassung."

„Wie wäre es mit frischgebackenen Brötchen“, sagte Zeipert feixend. „Wenn du dich beeilst, kannst du noch zusehen, wie dein Bäckerfreund sie aus dem Ofen zieht.“

„Bei Gott, Günter, du bist ein As!“

„Wie wäre es mit einer dienstlichen Abberufung nach Stupferich?“

„Genau, ich muß was für meine Psyche tun.“ Er stand auf und eilte zur Tür.

„Grüß Herta von mir.“

„Tag, Herr Miltner“, wurde er von Klaus Roth begrüßt, als er dessen Bäckerei in Stupferich betrat. Der Oberinspektor nickte nur. „Wohl Ärger mit dem Grötzinger Baggersee? Den Fall hat man ja Ihnen aufgehalst.“

„Es reimt sich nichts zusammen, einfach gar nichts.“

„Sie kommen gerade recht.“

„Die Brötchen?“ Des Oberinspektors Miene erhellte sich.

„Schön knusprig und noch warm. Setzen Sie sich nur gleich hinters Haus. Es wird sofort serviert.“

„Das geht ja ruck zuck.“

„Ihr Kollege Zeipert hat uns vorgewarnt.“

Wenig später saß der Oberinspektor hinter dem Haus vor einem Berg braungebackener Brötchen, einem Glas Honig und einem mächtigen Stück Butter. Schon erschien die Bäckersfrau mit einer Kanne Bohnenkaffee und einem Topf Ziegenmilch. Miltner rieb sich die Hände. „Mir geht es zusehends besser, Frau Roth.“

„Bald wird es Ihnen noch besser gehen. Entschuldigung, ich muß wieder in den Laden – Kundschaft wartet.“

Miltner füllte die Tasse mit dampfendem Kaffee und goß einen Schwall Ziegenmilch dazu. „Jetzt baggere ich noch einen kräftigen Löffel Zucker hinein“, mumelte er, rührte um und hielt seine Nase über das Gebräu. „Ich werde dich von nun an ‚Des Schnüfflers Labsal‘ nennen.“ Gerade als er in sein erstes Honigbrötchen biß, hörte er ein Meckern. Herta, die schöngepflegte, weiße Ziege der Roths, war aufgetaucht. „Grüß dich“, rief der Oberinspektor. „Deine Milch ist wieder allererste Sahne. Komm schon, Herta!“ Miltner winkte ihr zu, wobei er nicht vergaß, sein nächstes Brötchen aufzuschneiden. „Ich brauche mal wieder jemand Vertrauenswürdigen, dem ich mein Herz ausschütten kann.“

Die Ziege meckerte leise und näherte sich. Vor dem Oberinspektor blieb sie stehen, sah ihn aus rätselvollen Augen an und begann mit Wiederkäuen. Gleichmäßig mahlten ihre Zähne.

„Tja, Herta“, Miltner ließ Honig auf das Brötchen laufen, „ich hab Probleme mit dem Grötzinger Baggersee. Da wurde einer umgebracht, und ich soll herausfinden, wer der Täter ist. Ich hab bis jetzt keine Ahnung. Als letztes hat das Mordopfer Pfifferlinge gegessen, und mein junger Kollege Aßmann soll nun feststellen, in welchem Lokal das war. Ob mir das weiterhilft, Herta“, er zuckte die Achseln, „ich kann es nicht glauben. Ganz abgesehen davon, sehe ich in der Baracke, in der vermutlich der Mord geschehen ist, den kleinen Kanonenofen vor mir, auf dem der Hotz die Scheißpilze wahrscheinlich selbst geschmort hat. Zugegeben, es war keine Pfanne dort, kein Fett, kein Ei und kein Brot, aber das kann man alles verschwinden lassen. Doch warum wohl? Denk dir, Herta, noch nicht mal Bier gab es in der vergammelten Bude, und keine einzige leere Flasche. Kannst du dir das vorstellen?“

Die Ziege gab ihm keine Antwort und kaute stur weiter.

Miltner grinste. „Na ja, vielleicht hat Frau Ewald – sie arbeitet für die Firma Aldinger – dem guten Hotz das Pilzgericht zubereitet. Als Liebesmahl sozusagen.“

Herta meckerte leise.

„Ganz recht“, entgegnete Miltner, „dann müßte die Dame mehr wissen, als sie vorgibt. Nun, der Mord könnte selbstredend auch später passiert sein – nachdem sie schon nach Hause gefahren war. Hinter der Baracke befindet sich eine Hundehütte. Allerdings war da kein Hund drin, sondern ein Naßtaucheranzug Marke Delphin. Jetzt kommst du, Herta!“ Doch die Ziege hatte von dem brötchenkauenden und bohnenkaffeeschlürfenden Zweibeiner die Nase voll. Sie meckerte noch einmal kurz und sprang durch das offene Gatter auf die Wiese hinaus.

„Tschüs, Herta“, rief ihr Miltner nach, „bis zum nächsten Mal.“ Als er mit dem Essen fertig war, brachte ihm Roth eine Zeitung.

„Die Polizei hinters Licht geführt!“ prangte in dicker Balkenschrift auf der Vorderseite. „Von den drei Verbrechern, welche die Badische Beamtenbank ausraubten, dabei von ihren Schußwaffen rücksichtslos Gebrauch machten, einen Bankangestellten töteten und eine Kundin schwer verletzten, fehlt bislang jede Spur“, stand darunter. Es folgte eine Schilderung der Verfolgungsjagd mit dem Hubschrauber, und wie die Ganoven in dem stillgelegten Zementwerk auf Motorräder umgestiegen waren. „Es stellte sich heraus“, hieß es in dem Artikel weiter, „daß der grüne BMW in Mannheim gestohlen worden war. Die drei Motorräder – um welche Marken es sich dabei handelt, war von der Polizei nicht zu erfahren – wurden in einem Auwald in der Nähe eines Altrheinarmes aufgefunden. Die Täter selbst und das geraubte Geld – man spricht von einer halben Million – blieben verschwunden. ‚Vielleicht helfen uns die Maschinen weiter', war die lapidare Antwort der Gesetzeshüter."

„Was ist in unserer Stadt eigentlich los?" fragten die Oberrheinischen Nachrichten einige Zeilen weiter. „Da gibt es noch den Mord am Grötzinger Baggersee, der ebenfalls auf seine Aufklärung wartet. Zudem wird Gabriele Thiemig erschossen. Dann ist im Waldstück Am Buchenhain ein Greepeacer spurlos verschwunden, und nun auch noch der rätselhafte Tod des Generaldirektors der Karlsruher Assekuranz, Albert Lowinger. Es wird höchste Zeit, daß unsere Freunde und Helfer ihre Beine in die Hand nehmen."

Oberinspektor Miltner grinste. „Wenn es damit nur getan wäre." Er faltete die Zeitung zusammen und stand auf. „Achtung, Herta!" rief er zur Ziege hinüber, „ein Freund und Helfer nimmt jetzt seine Beine in die Hand."

7. Kapitel

Kies knirschte unter den Reifen seines Wagens, als Miltner ihn am Eingang zur Halbinsel des Baggersees parkte. Er stieg aus und blickte sich um. Ein friedliches Bild bot sich ihm dar. Still stand der große Kiesbagger mit seinem Ausleger am Rand des Sees. Gegen den Horizont sah das Filigran der Metallteile wie ein Scherenschnitt aus. Die sich kaum bewegende Wasseroberfläche wirkte wie geschmolzenes Blei. Von weitem drang nur schwach das Geräusch des Autobahnverkehrs an sein Ohr.

„Schluß mit der Sentimentalität", ermahnte er sich und drückte behutsam die Tür seines Wagens ins Schloß. Dann ging er auf die beiden Polizeibeamten des Streifenwagens zu, die ihm erwartungsvoll entgegensahen. „Morgen Männer", grüßte sie der Oberinspektor feixend. „Plank und Jung, immer dieselben. Es gibt so viele Streifenwagenbesatzungen in dieser Stadt, aber über euch stolpere ich andauernd."

Polizeiobermeister Plank lachte. „Wir sind halt noch anhänglicher als Hunde." Er schaute auf seine Uhr. „Eine halbe Stunde später wäre Ihnen unser Anblick erspart geblieben."

Miltner deutete mit dem Kopf auf das einstöckige Gebäude. „Ist sie da?"

Plank nickte. „Wie die das Alleinsein aushält, frage ich mich."

„Vielleicht strickt sie an einem Pullover", meinte Jung.

„Das wäre auch was für Streifenwagenbesatzungen, der eine beobachtet, und der andere strickt."

„Wär mal was Neues. Bei den Krimis im Fernsehen zeigt man meistens nur, wie wir uns vollfressen."

„Die tun halt was für unser Image. Aber jetzt muß ich zur Strickerin. Macht's gut, Männer." Als Miltner ein Stück weit gegangen war, drehte er sich um und rief: „Das nächste Mal bringe ich jedem von euch ein Stück Hundekuchen mit." Plank winkte gähnend ab.

Ohne anzuklopfen, riß der Oberinspektor die Tür des Büros auf. Ewald, die hinter ihrem Schreibtisch saß, stieß einen leisen Schrei aus. „Haben Sie mich erschreckt."

„Mit wem wollen Sie telephonieren?" fragte Miltner und deutete auf den Hörer, den sie in der Hand hielt.

„Ich habe bereits gesprochen", sagte die Frau steif und legte den Hörer auf. „Mit Herrn Pandel. Mein Chef will sich dringend mit Ihnen unterhalten. Deshalb habe ich mir erlaubt, sofort bei ihm anzurufen, als ich Sie aus dem Wagen steigen sah."

„Ihr gutes Recht", murmelte der Oberinspektor. Er schob einen Stuhl vor den Schreibtisch und setzte sich. Umständlich holte er ein Notizbuch aus der Tasche, zückte den Bleistift und blätterte die Seiten um. ‚Still ruht der See', schrieb er hinein. „Wann haben Sie das letzte Mal für Herrn Hotz Pfifferlinge zubereitet?" fragte er abrupt. Als ihn Ewald sprachlos anstarrte, fuhr er fort: „Hat er das Gericht allein in seiner Wachbaracke gegessen oder mit Ihnen gemeinsam hier im Büro?"

„Aber Herr Miltner, das kann doch nicht Ihr Ernst sein?"

Der Oberinspektor schaute sie finster an. „Laut Obduktionsbericht hat der Wachmann wenige Stunden vor seinem Tod als letzte Mahlzeit Pfifferlinge mit Rührei gegessen."

„Sie unterstellen mir, daß ich für diesen Dreckskerl gekocht habe", erwiderte Ewald ärgerlich. „Das wäre das letzte, was ich getan hätte."

„Sie haben ihn nicht gemocht?"

„Dem bin ich möglichst aus dem Weg gegangen. Obwohl er in unseren Büros nichts zu suchen hatte, tauchte er immer wieder bei mir auf. ‚Er fühle sich einsam, er langweile sich so', mit solchen Sprüchen kam er hier an. Er beugte sich über meinen Schreibtisch, sah mir tief in die Augen, wollte meine Hände streicheln, und dabei wehte mir sein Bieratem ins Gesicht."

„Der hat wohl viel getrunken?"

„Hotz roch immer nach Alkohol, wenn er mir seine Aufwartung machte, wie er es nannte."

„Was mich wundert: in der Wachmannbaracke fand man keinen Alkohol. Noch nicht mal leere Flaschen oder einen Bierkasten."

„Diese Bude habe ich nie von innen gesehen."

„Waren die anderen Wachmänner auch solche Typen wie Hotz?"

„Die hielten sich auf Distanz. Sonderlich sympathisch fand ich keinen von ihnen."

„Können Sie mir die Namen nennen?"

„Außer dem von Hotz – und das nur, weil er dauernd anbandeln wollte – ist mir nur der Name vom Chef des Sicherheitsservices, Josef Glupp, bekannt."

„Merkwürdig", meinte der Oberinspektor und steckte sein Notizbuch wieder ein.

„Das lief alles über Herrn Pandel."

„Haben Sie Glupp noch einmal telephonisch zu erreichen versucht?"

„Da hat sich immer eine Frau gemeldet, ohne Namen, stets nur: ‚Hier Sicherheitsservice, guten Tag'. Als ich nach Herrn Glupp fragte, hieß es dauernd, er sei auf unbestimmte Zeit verreist. Herr Pandel gab mir den Rat, mich nicht mehr darum zu kümmern."

„Haben Sie mal einen von den Wachleuten in einem Taucheranzug gesehen?"

Ewald fing an zu lachen. Als sie den Blick von Miltner sah, verstummte sie und hielt sich die Hand vor den Mund. „Entschuldigung, aber als Sie mich fragten, habe ich mir den Hotz im Taucheranzug vorgestellt."

„Als Taucher hätte er bei Ihnen also auch kein Glück gehabt."

„Ganz bestimmt nicht. Aber um auf Ihre Frage zurückzukommen, ich habe keinen der Männer im Taucheranzug gesehen. Weshalb die Frage?"

„In der Hundehütte hinter der Wachbaracke wurde einer gefunden."

Die Frau schaute nachdenklich vor sich hin. „In der Hundehütte war ein Taucheranzug?"

Draußen knallte eine Autotür, und Ewald schaute aus dem Fenster. „Da kommt mein Chef", rief sie. Ihr schien ein Stein vom Herzen gefallen zu sein. Als Pandel das Büro betrat, stand der Oberinspektor auf und wies sich aus. Pandel sah ihn ungnädig an. „Sie sind also der Störenfried, der uns nicht weiterarbeiten läßt."

„Was wissen Sie von einem Taucheranzug?" stoppte ihn Miltner.

„Komische Frage. Woher erfuhren Sie, daß ich Hobbytaucher bin?"

„Die Polizei hat hinter der Wachbaracke in der Hundehütte einen solchen Anzug gefunden", rief Ewald.

„Marke Delphin", fügte der Oberinspektor hinzu.

Pandel verzog das Gesicht. „Keine gute Marke, zumindest nicht für mich. Ich benutze die Marke Neptun!" Er wandte sich an seine Angestellte. „Die Kerle haben doch wohl nicht im Baggersee getaucht?"

„Was die hier nachts getrieben haben, weiß ich doch nicht."

Pandel sah Miltner an. „Wir gehen am besten in mein Büro. Mein ehemaliges Büro, hätte ich sagen müssen“, meinte er lächelnd, als beide in dem kahlen Raum standen. Außer einem alten Tisch und zwei vergammelten Sesseln war nichts mehr vorhanden. „Bitte nehmen Sie doch Platz. Leider müssen wir damit vorlieb nehmen, aber ich will nicht, daß das neugierige Weib alles mitbekommt, was wir zu besprechen haben.“

Während Miltner sich in einen der altersschwachen Sessel fallen ließ, ging Pandel nervös vor ihm auf und ab. „Um noch einmal auf den Naßtaucheranzug zu kommen, so habe ich keine Ahnung, was der hier zu suchen hat. Ein solcher wurde auch nicht während des Baggerbetriebs benutzt – zu einer Reparatur etwa. Und was mein Hobby anbetrifft, so tauche ich weiß Gott nicht in einem mickrigen Baggersee. Mein Tauchrevier ist die Karibik – mal da, mal dort.“

Noch ziemlich jung an Jahren, dachte der Oberinspektor, während der Geschäftsführer der Firma Aldinger weiter vor ihm hin und her ging, aber Geld wie Heu! Der maßgeschneiderte Anzug paßte ihm wie eine zweite Haut. Und dann die Uhr! Mindestens zehntausend unter Brüdern wert. Konnte man mit Kiesbaggern soviel Geld verdienen? Vielleicht sollte man diese Wallstreetimitation mal näher unter die Lupe nehmen. „Sie haben sich einen merkwürdigen Sicherheitsservice angeheuert“, sagte er.

Pandel fuhr herum. „Ich verstehe nicht?“

„Ein eigenartiger Mann, dieser Glupp. Da teilt ihm Frau Ewald mit, sein Wachmann Hotz sei im Baggersee ertrunken, und als sie sagt, den Leichnam hätte die Polizei beschlagnahmt, legt er einfach auf. Normal wäre es doch gewesen, wenn er sich nach dem Weshalb und Warum erkundigt hätte. Ich an seiner Stelle wäre höchst persönlich hier aufgekreuzt.“

Pandel lächelte. „Nun, ganz so extrem, wie es Ihnen Frau Ewald erzählt hat, wird es wohl nicht gewesen sein.“

„Ich stand direkt neben Ihr“, entgegnete Miltner. „Außerdem bat ich sie, Herr Glupp möge mit mir Kontakt aufnehmen, falls er zurückrufen sollte, aber das hat er nicht getan. – Haben Sie inzwischen mal mit ihm gesprochen?“

Der Geschäftsführer der Firma Aldinger blieb stirnrunzelnd stehen. „Wie war das nur mit Herrn Glupp?“

„Mit ihm telephoniert oder ihn getroffen?“

„Wie war das nur“, überlegte Pandel erneut.

„Mein Gott, Sie werden sich doch noch erinnern können. Schließlich dreht es sich um wenige Tage. In Ihrem Alter leidet man doch nicht an Gedächtnisschwund!“

Pandel setzte sich in den zweiten Sessel. „Haben Sie eine Ahnung, wie es zur Zeit bei meiner Firma rundgeht." Theatralisch hielt er sich die Schläfen. „Manchmal habe ich das Gefühl, mir platzt der Kopf." Jetzt deutete er auf Miltner. „Am meisten machen Sie mir zu schaffen. Der Bagger und die Siloanlage müssen schleunigst abgebaut werden, damit man sie termingerecht zum neuen Standort transportieren kann. Aber statt zu arbeiten, hängt Haller mit seinen Leuten in Weingarten in der Kanne herum." Er tupfte sich die Stirn mit einem Taschentuch, bevor er fortfuhr: „Nach wochenlangem Ringen mit dem Autobahnamt und dem Regierungspräsidium wurde der Abtransport – für den die Autobahn voll gesperrt werden muß – endlich genehmigt. Was erzähle ich denen, und was sage ich meiner Chefin, wenn es mit dem Termin nicht klappt?"

„Chefin?"

„Frau Aldinger-Coupez."

Miltner seufzte. „Schön, ab morgen kann Haller mit seinen Leuten weitermachen."

„Was ist mit den Streifenwagen der Polizei?"

„Werden heute abend abgezogen. Die Wachbaracke bleibt versiegelt. Dort hat niemand etwas verloren. Dem Wachpersonal müssen Sie eine neue Unterkunft besorgen. Ihr ehemaliges Büro zum Beispiel." Der Oberinspektor sah Pandel scharf an. „Frau Ewald wird darüber nicht gerade entzückt sein."

„Es sind rauhe Gesellen. Aber sehr gut ausgebildet. Frau Ewald wird sich allerdings keine Sorgen zu machen brauchen."

„Wollen Sie die Männer zelten lassen?"

„Wir werden künftig auf deren Dienste verzichten."

„Sie setzen dem Sicherheitsservice für Objekt- und Personenschutz sozusagen den Stuhl vor die Tür?"

„Zumindest hier auf der Halbinsel."

„Bevor Sie denen die rote Karte zeigen", Miltner zog sein Notizbuch aus der Tasche, „brauche ich eine Liste aller Wachleute, die hier tätig waren."

„Tut mir leid, Herr Oberinspektor", der junge Mann machte mit seinen Händen eine Geste des Bedauerns, „über die weitere Verwendung von Wachleuten des Sicherheitsservices entscheidet Frau Aldinger-Coupez höchst persönlich. Ich mußte ihr deshalb die gesamten Unterlagen übergeben."

„Und wo erreiche ich die Dame?"

„Im Elsaß, lieber Herr Miltner, im Elsaß. Die Dame besitzt einen Bungalow in der Nähe von Haguenau. Sie werden wohl Ihre französischen Kollegen um Amtshilfe bitten müssen." Der Geschäftsführer erhob sich.

„Damit ist wohl alles geklärt. Aber jetzt entschuldigen Sie mich. Ich habe zu tun. Und was den Herrn Glupp anbetrifft, so kann ich mich mit dem besten Willen nicht mehr daran erinnern, wann ich das letzte Mal mit ihm gesprochen habe. Gefühlsmäßig würde ich meinen, daß dies schon vor dem Tod von Herrn Hotz geschehen ist."

Wütend saß der Oberinspektor in seinem Wagen und trommelte mit den Fingern auf das Lenkrad. „Fauler Zauber, verdammt fauler Zauber", schimpfte er vor sich hin und schüttelte den Kopf. Jetzt kam auch noch das Elsaß ins Spiel. Der ins Wasser geworfene Stein zog immer weitere Kreise. Miltner blickte zu dem einstöckigen Gebäude hinüber. Hinter einem der Fenster konnte er einen Mann und eine Frau erkennen, die ihn zu beobachten schienen: der Pandel und die Ewald natürlich! Was würde er dafür geben zu hören, was dort jetzt geredet wurde. Er schaute wieder nach vorne. Wohin sollte die Reise für ihn gehen? Zu Glupp, der sicher nicht da sein würde? Dann doch lieber zu Obermonteur Haller nach Weingarten, um ihm persönlich mitzuteilen, daß morgen wieder weitergearbeitet werden konnte.

Als Miltner in Weingarten bei der Kanne anhielt, sah er vor deren Eingang einen Pulk Männer stehen, die erregt miteinander diskutierten. Nicht schon wieder Ärger, dachte er genervt und stieg aus seinem Wagen. Langsam ging er auf die Männer zu. „Die Polacken da drin nehmen uns die Arbeitsplätze weg", hörte er einen wütend sagen.

„Hast recht, Karl. Uns feuert man, und Aldinger stellt dafür Polen ein, die für ein paar Euro in der Stunde unsere Arbeit machen."

„Heute abend schmeißen wir die Kerle raus."

Miltner blieb bei ihnen stehen. „Was haben die Polen damit zu tun, daß im Grötzinger Baggersee nicht mehr Kies gewonnen werden darf, weil das behördlich erlaubte Kontingent erschöpft ist?"

„Da ist noch genug Kies drin, und zuerst hieß es ja auch, daß weitergebaggert werden darf."

Der Oberinspektor zuckte die Achseln. „Die Naturschützer haben sich halt durchgesetzt."

„Und wir liegen auf der Straße."

Miltner mimte den Doofen. „Aber die Firma Aldinger will doch an einem anderen See weitermachen. Deshalb sollen ja der Bagger und die Siloanlage zum Abtransport demontiert werden."

„Das glaubt von uns aber keiner."

Ein älterer Arbeiter, der bis jetzt nur zugehört hatte, mischte sich ein. „Ihr redet zuviel." Mißtrauisch blickte er den Oberinspektor an. „Wer sind

Sie denn überhaupt? Ich habe Sie noch nie hier gesehen, aber Sie scheinen verdammt viel über den Grötzinger Baggersee zu wissen."

„Leider weiß ich noch nicht genug. Ich bin von der Kriminalpolizei und ermittle im Mordfall Hotz."

„Dem trauert keiner von uns nach."

„Wissen Sie", meinte ein anderer, „was alle hier am meisten ärgert, ist die Art und Weise, wie man uns den Laufpaß gegeben hat. Hotz und einige seiner Kumpane jagten uns förmlich von der Halbinsel. Sogar Hunde hatten sie dabei. Uns blieb kaum Zeit, unsere Klamotten mitzunehmen."

„Na ja", wandte sich ein anderer an Miltner, „ganz so war es auch nicht. Als Protest gegen den Verlust unserer Arbeitsplätze provozierten wir zuvor einen wilden Streik."

„Hattet ihr keinen Betriebsrat?"

„Da hat die Firma Aldinger immer gemauert."

Der Oberinspektor überlegte. „Hunde waren dabei, als man euch von der Halbinsel vertrieben hat?"

„Ganz recht."

„Haben die auch mit Hunden Wache geschoben?"

„Manchmal."

„Komisch – Frau Ewald hat nie einen gesehen."

Alle Arbeiter lachten. „Die sah überhaupt verdammt wenig!" rief einer.

„Da ist noch etwas", sagte Miltner und lächelte sie freundlich an. „In der Hundehütte hinter der Wachbaracke haben wir zwar keinen Hund, aber einen Taucheranzug gefunden, so einen, wie ihn die Sporttaucher verwenden. So was ähnliches, wie es der Geschäftsführer von Aldinger benutzt."

Die Männer stießen sich an. „Der Schnösel taucht bestimmt nicht in einem Baggersee", erwiderte der ältere Arbeiter.

„Könnte es sein, daß er ab und an bei seiner Chefin im Elsaß abtaucht?" fragte der Oberinspektor.

„Halt's Maul, Heiner!" kam warnend eine Stimme von hinten, „sonst kriegst du womöglich ein Verfahren wegen Verleumdung angehängt."

„Dazu sage ich nichts."

Miltner grinste kumpelhaft. Ernstwerdend fuhr er fort: „Da wird ein Greenpeacer namens Roland Döge vermißt. Sein Auto fand man im Waldstück Am Buchhain – also in der Nähe des Baggersees."

„Ein kleiner grüner Fiat?" Heiner nickte. „Da hat mich mal einer angequatscht. Ich war mit dem Fahrrad auf dem Nachhauseweg, als der grüne Fiat neben mir anhielt und ein komischer Kerl ausstieg. Er käme von Greenpeace, hat er mir erklärt, dabei den Reißverschluß seines Parka aufgezogen und vielsagend auf ein Abzeichen gedeutet, auf dem Greenpeace stand und der Schwanz von einem Wal zu sehen war. Hat dann sehr geheimnisvoll getan und dämliche Fragen über den Baggersee gestellt."

„Können Sie sich noch an einige erinnern?"

„Warten Sie mal. Er wollte wissen, ob das Wasser vom See noch sauber wäre, ob es auf der Halbinsel neuerdings stechend riechen würde, und ob einem von uns schon schlecht geworden sei. Der fragte auch, ob neuerdings Fässer abgeladen worden wären. ‚Ja', hab ich ihm geantwortet, ‚ein halbes Dutzend mit Dieselöl'. Doch solche schienen ihn nicht zu interessieren – er faselte von anderen Fässern. Da habe ich ihm den guten Rat gegeben, schleunigst zu verduften."

„Können Sie sich an das Kennzeichen des Fiats erinnern?"

„Danach habe ich nicht geschaut."

„Vorgestellt hat er sich nicht?"

„Nein."

„Dann ist nicht hundertprozentig sicher, daß es Döge war", meinte der Oberinspektor.

„Ist es nicht", bestätigte der Arbeiter.

„Dürfte ich Sie um Ihren vollständigen Namen bitten?"

„Heiner Spraul, wohnhaft in Weingarten, das genügt. Fragen Sie hier einfach nach dem Glasaug-Heiner. Betriebsunfall", erklärte er, „als ich bei meiner früheren Firma Gußteile an der Maschine abschliff. Ich war zu faul, eine Schutzbrille aufzusetzen. Das hab ich nun davon. Aber jetzt zu Ihnen, Herr ...?"

„Entschuldigung, Miltner, Oberinspektor bei der Mordkommission." Er griff in die Tasche und streckte dem Mann seine Karte hin. „Falls Ihnen oder Ihren Kollegen noch etwas einfällt, was für mich von Bedeutung sein könnte, rufen Sie mich bitte an." Der Oberinspektor wandte sich an alle. „So, Leute, jetzt geht wieder nach Hause, oder trinkt in der Kanne friedlich euer Bier. Denkt daran: Ihr setzt euch ins Unrecht, wenn ihr hier auf den Putz haut."

Nachdem Miltner die Kanne betreten hatte, blieb er zuerst stehen und schaute sich um. Er stieß einen Seufzer der Erleichterung aus. Hier schien noch alles friedlich zu sein, wenngleich immer wieder böse Blicke zu einem Tisch hinübergingen, an dem Obermonteur Haller mit seinen Leuten saß. Der winkte ihm, und er setzte sich in Bewegung. Ein Stuhl wurde für ihn hingeschoben, und er nahm Platz.

„Sie sind gerade im richtigen Moment gekommen", sagte Haller und deutete auf das Fenster hinter seinem Rücken. „Von da habe ich alles beobachtet."

„Ich möchte nur wissen, wer denen den Floh ins Ohr gesetzt hat, ihr würdet ihnen den Arbeitsplatz wegnehmen."

Der Obermonteur verzog das Gesicht. „Im Grunde genommen kann man das von deren Warte aus schon so sehen. Wir nehmen ihnen das Wichtigste, den Kiesbagger, weg – und mit dem steht und fällt ja alles."

Miltner schüttelte den Kopf. „Die Leute wissen genau, daß die genehmigte Kiesmenge schon aus dem See gebaggert ist, und ein Gesuch der Firma Aldinger, die Baggerfläche zu vergrößern, von der zuständigen Behörde ablehnt wurde."

„Dann hat man gegen uns gehetzt", entgegnete Haller ärgerlich, „aber warum?"

„Ich wissen weshalb, Herr Polizist", wandte sich einer der Monteure.

„Ich höre."

„Man uns Angst machen will. Denkt, wenn blöde Polacken Angst haben, dann viel schneller arbeiten, weil ganz rasch wegwollen von gefährlichem Arbeitsplatz."

„Da käme eine neue Variante ins Spiel."

„Ich nicht verstehen."

„An so etwas habe ich noch nicht gedacht."

„Wir Polen schon." Der Monteur lächelte bitter.

Haller mischte sich ein. „Diese Männer müssen etliches einstecken."

Der Oberinspektor stand auf. „Ich muß gehen. Offiziell darf ich gar nicht wissen, daß die hier arbeiten." Er schob seinen Stuhl an den Tisch. „Was macht euer Ingenieur, der Ganosky? Ist er wieder nach Bielefeld zurückgefahren?"

„Weggefahren schon, aber nach Haguenau." Der Obermonteur lachte. „Soll ne hübsche Frau sein, die Madame Aldinger, habe ich gehört."

Miltner machte sich auf den Weg zur Theke, denn dort sah er den Glasaug-Heiner stehen. Aber dann schlug er sich an die Stirn und kehrte an den Tisch zurück. „Das Wichtigste für Sie", sagte er zu Haller, „hätte ich beinahe vergessen. Ab morgen können Sie mit der Demontage weitermachen. Geschäftsführer Pandel weiß Bescheid."

„Endlich mal was Positives!"

Der Oberinspektor steuerte erneut die Theke an und stellte sich neben Heiner Spraul. Als sein Bier auf dem Tresen stand, prostete er dem Arbeiter zu. Der hob auch sein Glas. „Ist doch besser als herumkrakeelen", meinte er. „Sie haben noch eine Frage auf dem Herzen."

„Da liegen Sie genau richtig, Herr Spraul. Bei der Obduktion von Hotz wurde auch der Mageninhalt untersucht und festgestellt, daß das letzte, was er gegessen hat, aus Pfifferlingen mit Rührei und Brot bestand. Wo könnte der das zu sich genommen haben?“

Spraul grinste. „Wahrscheinlich dort, wo es ihn nichts kostete. Wissen Sie, das war ein richtiger Nassauer. Schnorrte bei uns Zigaretten und Bier. Pumpte einen um fünf, einen anderen um zehn Euro an und vergaß regelmäßig das Zurückzahlen. Merkwürdig.“ Heiner Spraul schüttelte den Kopf. „Unlängst hab ich den Absahner nochmal getroffen und ihn an die zwanzig Euro erinnert, die er mir schuldet. Ich solle mir deshalb keine Sorgen machen, hat er gemeint, schließlich erwarte er in Kürze eine Menge Geld. Woher, wollte ich wissen. Da grinste Hotz und sagte: ‚Fürs Maulhalten‘.“

„Die Pfifferlinge!“ erinnerte ihn Miltner.

„Wenn Sie am westlichen Ufer der Halbinsel stehen und in die gleiche Richtung schauen, können sie in etwa achthundert Meter Entfernung einige Häuser erblicken. Es sind Aussiedlerhöfe. Da gibt es eine Witwe namens Grete Bühler, und bei der ist der Hotz oft gewesen – hat sich regelrecht dort durchgefressen. Mit dem Kahn ist er über den See geschippert und dann zu Fuß weitergegangen.“

„Sie meinen, es würde sich für mich lohnen, der Dame mal einen Besuch abzustatten?“

„Unbedingt, Herr Oberinspektor.“

Dieser hob sein Glas und trank es aus. „Die Pflicht ruft. Bis zum nächsten Mal, Herr Spraul.“

Der hielt ihn am Arm fest. „Wollen Sie wissen, wie der Mann von ihr umgekommen ist?“ Miltner blieb stehen. Glasaug-Heiner wischte sich Bierschaum vom Mund. „Bühler war Landwirt, wie alle dort drüben. Vor zwei Jahren ist es dann passiert. War beim Pflügen – allein, versteht sich. Ein anderer Bauer, der auf dem Feldweg heimwärts fuhr, hat ihn dann entdeckt: mausetot unter seinem Traktor begraben. Und jetzt zu meiner Frage, Herr Oberinspektor: Wie kann ein gestandener Landwirt unter seinen Traktor geraten auf einem Acker, der so flach ist wie ein Brett?“

8. Kapitel

„Wieder einen Schritt weiter“, sagte Oberinspektor Miltner und betrachtete zufrieden das Phantombild, das nach den Angaben von Dr. Sigg und ihren Assistentinnen Sabine und Ute angefertigt worden war.

„Jetzt sollen Kopien davon an die Polizeidienststellen weitergegeben werden?“ fragte Zeipert.

„Ich habe an die Oberrheinischen Nachrichten gedacht.“

„Wenn das der Mörder von Hotz sein sollte, werden Leute, die den Burschen kennen, sich hüten, ihn zu verpfeifen."

„Ich stelle mir Bürger vor, die ihn für einen netten Menschen hielten und jetzt auf eine Belohnung scharf sind."

„Da wird sich unser Stief aber freuen. Wo er doch dauernd Sparappelle losschickt. Nein", Inspektor Zeipert schüttelte den Kopf, „wir müssen es anders anpacken. Durch die Hintertür, wenn du verstehst, was ich meine."

„Der Unbekannte wird wegen einer Erbschaftsangelegenheit gesucht", schlug Inspektor Epp vor.

Der Oberinspektor winkte ab. „Damit könnten wir Ärger bekommen."

Er und Zeipert sahen sich an. „Hartmann", riefen sie wie aus einem Mund.

„Der Sensations-Hartmann vom Badischen Boten", meinte Epp verächtlich.

„Genau der Richtige. Laß mich das erledigen, Bernd, den mach ich süchtig, unseren Hausfreund."

Schon am nächsten Tag erschien im Badischen Boten groß das Phantombild. „Wurde dieser Mann von den drei Ganoven, die die Rheinische Bank ausgeraubt und rücksichtslos um sich schossen, ebenfalls umgebracht?" hieß die Überschrift. Unter dem Bild stand: „Der bedauernswerte Tote wurde gestern in der Nähe desselben Altrheinarmes aufgefunden, bei dem man auch die Motorräder dieser Verbrecher entdeckt hat. Zwar ist an der Leiche keine Gewaltanwendung festzustellen, und man geht von Tod durch Ertrinken aus, aber drei eiskalte Mafiosi sind durchaus in der Lage, den Kopf eines Mannes so lange unter Wasser zu halten, bis der Tod eintritt, ohne daß erkennbare Spuren von Gewalt zu sehen sind. Ein Verbrechen liegt auch deshalb nahe, weil der Mann zwar vollständig bekleidet war, aber nicht das geringste in den Taschen trug.

Liebe Mitbürger, helfen Sie, dieses Verbrechen aufzuklären und teilen Sie, sofern Sie ihn kennen, den Namen dieses Mannes der Redaktion mit." Daneben war eingerahmt zu lesen: „Der Badische Bote hat seine Nase immer vorn! Warum denken auch Sie nicht an ein Abonnement?"

Der Oberinspektor faltete die Zeitung zusammen. „Wenn das nur gutgeht."

„Wie du siehst, ist die Polizei nicht erwähnt", entgegnete Zeipert. „Wenn Hartmann nicht die Klappe hält, wird er nie wieder etwas von uns unter der Hand erfahren."

Miltners Telephon läutete, und er hob ab. Eine aufgeregte Dr. Sigg war am Apparat. „Gerade hat mir die Ute den Badischen Boten gezeigt. Ist der

Mann, den ich versorgt habe, jetzt tatsächlich tot? Keine Spuren von Gewaltanwendung seien zu erkennen, der hatte aber doch eine Schußwunde am Arm. Was wird denn hier gespielt? Meine Mädchen vermuten in ihm schon einen V-Mann!"

„Der Mann, dem Sie erste Hilfe geleistet haben, ist nach wie vor verschwunden. Was sich da der Badische Bote aus den Fingern gesogen hat – darüber ist uns nichts bekannt." Miltner fühlte, wie ihm die Röte ins Gesicht stieg.

„Aber das Bild in der Zeitung! Es ist doch völlig identisch mit dem, welches der Polizeizeichner nach unseren Angaben angefertigt hat."

„Auch bei uns gibt es Schwachstellen, Frau Doktor. Es wird schon fieberhaft nach dem Leck gesucht."

„Sie reden wie einer unserer Politiker, und ich warte nur auf den Satz: Es kann davon ausgegangen werden ... und so weiter."

„Mir ist das ganze verdammt peinlich. Ich muß Sie dringend um Diskretion bitten."

„Schön, ich werde den Mund halten und meine Helferinnen ebenso."

„Ich danke Ihnen im Namen der Mordkommission."

„Bernd", säuselte es aus dem Hörer, „so lautet doch Ihr Vorname?"

„Ja, warum?"

„Wenn ich mal eine Schußwunde bei Ihnen versorge, werden Sie die ganze Zeit Ihres verbleibenden Lebens daran denken." Es krachte lautstark, als Dr. Sigg den Hörer auf die Gabel knallte.

„Was ist los mit dir, Bernd?" fragte Zeipert, „du bist ja ganz blaß geworden."

„Frau Dr. Sigg ist stinksauer."

„Seit wann liest die Intelligenz den Badischen Boten?"

„Da kommt noch was auf uns zu. Am liebsten würde ich von hier verschwinden und für einige Zeit in Hertas Stall Quartier nehmen."

„Das wird schon wieder, Bernd. Wir haben bereits Schlimmeres durchgestanden." Zeiperts Gesicht erhellte sich. „Apropos Herta. Kennst du den Witz von der alten kurzsichtigen Frau, die im Ziegenstall ein Viertelpfund Kaffeebohnen verlor?" Da keine Antwort kam, fuhr er fort: „Als sie die Bohnen wieder aufgehoben hatte und nachwog, war ein halbes Pfund in der Tüte." Zeipert lachte als einziger über seinen Witz.

Kriminalrat Stief tauchte auf. Er hielt ein Exemplar des Badischen Boten in der Hand, das er jetzt – mit dem Phantombild nach oben – auf Miltners Schreibtisch warf. „Das Bild des Mannes, den man in den Rheinauen fand, besitzt eine große Ähnlichkeit mit dem vermutlichen Mörder von Hotz, der mit Hilfe eines Phantombildes von uns gesucht wird. Finden Sie nicht auch?"

„Da haben Sie völlig recht, Herr Kriminalrat", bestätigte Miltner.

„Wissen Sie etwas darüber?"

„Nicht das geringste."

„Merkwürdig, sehr merkwürdig, das beste wird sein, wenn Sie sich um den Toten kümmern."

„Ich mache mich gleich auf den Weg." Der Oberinspektor faltete die Zeitung zusammen und steckte sie ein.

„Hartmann scheint immer als erster von allem zu wissen", hörte er Stief im Weggehen noch murmeln.

Zeipert grinste seinen Kollegen an. „Das Quartier bei Herta kannst du dir sparen."

„Hoffentlich. Wir beide wollen uns gleich drum kümmern."

„Das kann doch nicht dein Ernst sein", flüsterte Zeipert, als sie durch den Gang liefen.

„Jetzt geht es in die Kohlerstraße 26. Mal sehen, ob Frau Hotz den Badischen Boten liest."

„Das Haus hat auch schon bessere Tage gesehen", meinte Inspektor Zeipert, als er an der schmutzigen, abgebröckelten Fassade hinaufblickte.

Miltner zuckte die Achseln. „Wer weiß, Günter. In einer unansehnlichen Dornenhecke verbirgt sich oft das schönste Vogelnest."

„Hört sich gut an. Schade, daß du nicht texten kannst und ich nicht komponieren."

„Du spinnst."

„Stell dir das zu Herzen gehende Lied vor: ‚Ein Vogelnest in der Dornenheck', das wäre doch was für die volkstümliche Hitparade von der Carolin Reiber."

„Gleich tret ich dir ...", der Oberinspektor hielt inne.

Die Haustür hatte sich geöffnet, und eine alte Frau kam zum Vorschein. Sie bedachte die Männer mit griesgrämigem Blick. „Aha, schon wieder Kundschaft." Die beiden sahen sich an. Sie hielt ihnen die Tür auf. „Nun kommen Sie schon."

„Danke", murmelte Zeipert.

„Sie werden allerdings noch warten müssen", meinte die Frau hämisch.

„Doch nicht etwa bei Frau Hotz?"

„Genau, das liebe Lieschen. Seit ihr Mann tot ist, hat sie noch einen Zahn zugelegt. – Nun kommen Sie endlich. Ich muß einkaufen gehen."

„Danke", murmelte Zeipert noch einmal und griff nach der Türklinke.

Als die beiden Männer die Treppen des vierstöckigen Hauses hinaufstiegen, roch es zuerst nach Sauerkraut, dann nach Katzen und Fisch, und anschließend penetrant nach billigem Parfüm. Miltner blieb stehen und feixte. „Ich hab auch was für die Volksmusik."

„Spuck's aus, Bernd."

„‚Ein armes Mädchen vom Rheinesstrand, mußte anschaffen gehn, weil sein Liebster verschwand', gesungen von den Schwarzwaldjodlern."

Zeipert hieb ihm auf die Schulter. „Phantastisch, wir werden immer besser. Allerdings würde ich Original Schwarzwaldjodler vorschlagen, das klingt überzeugender."

„Moment", der Oberinspektor hielt Zeipert am Arm fest, „da klingt's aber nicht nach jodeln."

Eine Treppe tiefer, beim Fischgeruch, hatte hinter der Tür ein Kind gräßlich zu schreien angefangen. Jetzt vernahm man klatschende Geräusche. Es hörte sich an, als würde das Kind durch die ganze Wohnung gejagt. Eine Frau rief etwas. „Halt's Maul, Schlampe. Wenn du deinem Sohn keine Manieren beibringen kannst, dann muß ich's halt tun!"

Wieder brüllte der Junge los, und das Gerenne durch die Wohnung ging weiter. „Der hat dir schon zwei Flaschen von seinem Taschengeld geholt", schrie die Frau.

„Halt's Maul, verdammt nochmal, oder du kriegst auch eine in die Fresse!"

Miltner nickte seinem Kollegen zu. „Lieschen muß warten."

Rudi Sanft stand auf dem Türschild. „Das darf doch nicht wahr sein", knurrte Zeipert und drückte auf den Klingelknopf. Er ließ ihn nicht los, bis die Tür aufgerissen wurde.

Ein bulliger Mann stand vor ihnen, der nur mit Unterhemd und Hose bekleidet war. „Was soll die dauernde Klingelei!" sagte er und rülpste. Der Geruch billigen Fusels stieg den beiden Kriminalbeamten in die Nase. Der Kerl stierte sie mißtrauisch an. „Ich kaufe nichts."

„Dürfen wir Ihnen beim Prügeln helfen, Herr Sanft?"

„Der ist tot", entgegnete der andere und wollte die Tür zuschlagen. Blitzschnell hatte Zeipert den Fuß dazwischen.

„Erna", brüllte der Mann, „ruf mal die Polizei."

„Die ist schon da." Zeipert drückte die Tür auf. „Kriminalpolizei", sagte er und wies sich aus. Die beiden Beamten betraten die Wohnung.

„Kümmere du dich um den Kerl", sagte Miltner leise, „ich schaue nach der Frau und dem Kind."

„Wer sind Sie?" hörte er noch Zeiperts Frage, die der Mann mit „Haben Sie einen Durchsuchungsbefehl?" beantwortete. Dann konzentrierte Miltner sich auf das Wohnzimmer. Dort lagen umgekippte Stühle, und das Sofa war von der Wand weggerückt, doch es verbarg sich niemand dahinter. Der Oberinspektor ging ins Schlafzimmer und sah unter die Betten – nichts! Gerade wollte er in die Küche, als er vom Badezimmer her Geräusche hörte. Er drückte auf die Klinke, doch die Tür war abgeschlossen! „Mein Name ist Miltner, ich bin von der Kriminalpolizei. Außer mir ist noch ein weiterer Kollege in der Wohnung. Bitte öffnen Sie."

Er hörte Schritte, der Schlüssel wurde herumgedreht, und die Tür öffnete sich. Eine kleine, blasse Frau, deren rechtes Auge blutunterlaufen war, sah ihn ängstlich an. „Ist er weg?"

„Mein Kollege ist bei ihm."

„Wenn Sie gegangen sind, geht es von neuem los."

Der Oberinspektor blickte an der Frau vorbei und sah hinten an der Wand einen etwa achtjährigen Jungen stehen, dem das Blut aus der Nase lief und der mit der linken Hand seinen rechten Arm hielt, welcher merkwürdig verdreht herunterging. „Sie sind Frau Sanft", stellte Miltner fest. Die Frau nickte. „Und der Kerl?"

„War mal mein Lebensgefährte." Sie lächelte bitter.

„Und als Sie ihm den Stuhl vor die Tür setzen wollten, machte er nicht mit."

Sanft nickte. „Anfangs war er ganz nett zu mir und dem Jungen. Irgendwann wurde mir aber klar, daß ich es mit einem Alkoholiker zu tun hatte. Zuerst versuchte ich ihm zu helfen, aber er wurde immer unverschämter. Als er sich an meinem Jürgen vergriff, wies ich ihm die Tür. Doch er blieb und drohte, mich und Jürgen umzubringen, falls wir uns an die Polizei wenden sollten."

„Dazu bekommt er keine Gelegenheit mehr", erwiderte der Oberinspektor. Er schob die Frau behutsam zur Seite und ging auf den Jungen zu. „Dir geht es nicht sonderlich gut", sagte er freundlich.

„Das Nasenbluten bin ich schon gewohnt und kann es immer stoppen. Aber jetzt traue ich mich nicht, den rechten Arm loszulassen, weil er sonst noch mehr weh tut."

„Ich will mal sehen, ob ich dir helfen kann."

„Wenn mir Mutter den Waschlappen vor die Nase hält, geht es schon wieder."

„Ich mach das schon." Sanft wandte sich ihrem Jungen zu.

Miltner schritt zum Telephon, das in der Diele stand, und forderte einen Streifenwagen und den Notarzt an. Als die Polizei den Betrunkenen, der Alfred Franke hieß und ziemlich nüchtern geworden war, abführte, sagte er entschuldigend zu Zeipert: „Ich bin halt arbeitslos."

„Das ist noch lange kein Grund, eine Frau und einen Jungen zu verprügeln.“

Die beiden Kriminalbeamten stiegen die Treppe hinauf und musterten ein Türschild, das neu zu sein schien. Ein großes rotes Herz prangte darauf, und daneben stand: Lieschen Hotz, Ganzheitsmassage. Die Tür öffnete sich, und ein Mann verließ die Wohnung. Er drehte sich grinsend zu der Frau um, die im Hintergrund stand. „Also Lieschen, nächste Woche wieder um die gleiche Zeit.“ Kopfnickend ging der Besucher an den Beamten vorbei.

„Frau Hotz?“ fragte der Oberinspektor.

„Wer denn sonst?“ Sie zog den goldfarbenen Lamémorgenmantel zusammen. „Ich kenne Sie nicht und kann mich auch nicht an eine telephonische Anmeldung erinnern.“

„Dürfen wir reinkommen?“ fragte Miltner freundlich, zeigte den Ausweis und stellte seinen Kollegen vor.

„Hat mich die Alte vom Parterre angezeigt?“

„Wir sind nicht von der Sitte.“

„Es betrifft den Mord an Ihrem Mann, wir wollen Ihnen einige Fragen stellen.“

„Das ist etwas anderes. Bitte kommen Sie herein, meine Herren.“ In dem Zimmer, in das sie die zwei führte, thronte ein riesiger Buddha, und es roch nach Räucherstäbchen. „Ich höre“, sagte Lieschen, als alle in üppigen Sesseln saßen, und zündete sich eine Zigarette an.

„Haben Sie eine Vermutung, wer Interesse am Tod Ihres Mannes gehabt haben könnte?“

„Nicht die geringste.“

„Kannten Sie einen seiner Arbeitskollegen?“

„Von diesen Blindgängern hat mich keiner interessiert.“

„Blindgänger?“

„Mann, das waren doch alles verkrachte Existenzen.“ Verächtlich drückte sie die Zigarette aus. „Der Sicherheitsservice hat verdammt schlecht bezahlt. Bei denen heuerte nur einer an, der nicht mehr weiter wußte.“

„Würden Sie meinen, daß auch Ihr Mann ein Versager war?“

„Da haben Sie den Punkt getroffen. In den ganzen zwei Jahren unserer Ehe habe ich den Kerl gründlich kennengelernt. Was hat der mir vorher für goldene Berge versprochen, und nachher hat er mir auf der Tasche gelegen. Den Job nahm er nur an, weil ich drohte, ihn sonst rauszuschmeißen.“

„Aß er gerne Pfifferlinge? Haben Sie ihm welche geschmort?“

„Wollen Sie mich auf den Arm nehmen?“

„Er soll diese Pilze gerne gegessen haben.“

„Pilze?" Hotz lachte. „Da haben Sie sich verhört. Mein Verblichener war mehr für flüssige Nahrung. Da hat sicher einer Pils gemeint."

Das Telephon läutete. „Entschuldigen Sie", Lieschen stand auf und ging in den Flur. „Wie war doch Ihr Name?" hörten die beiden sie fragen. „Sie waren noch nicht bei mir? Bitte rufen Sie wegen eines Termins in einer halben Stunde wieder an. Ich bin momentan sehr beschäftigt."

„Ihr Massagesalon scheint zu florieren", meinte Inspektor Zeipert, als sie wieder in ihrem Sessel saß.

„Ich kann nicht klagen, aber deswegen sind Sie ja nicht hier."

„Hat Ihr Mann in letzter Zeit davon gesprochen, daß er mit einer größeren Geldsumme rechnete?" Miltner sah Lieschen fragend an.

„Jetzt, wo Sie das sagen, fällt es mir wieder ein." Nachdenklich strich sie über die Sessellehne. „An und für sich war er seit einigen Wochen sehr verschlossen, was mich wunderte, denn anfangs haute er ja immer mächtig auf die Pauke. Doch vor einigen Tagen, er war ziemlich blau, nuschelte er etwas von einer Menge Geld, das er bekommen würde. Die sollten doch nicht glauben, daß er mit zweitausend Euro zufrieden wäre. Die würden ihn kennenlernen. Er solle nicht so angeben, habe ich ihm erwidert, es käme ja doch nichts dabei heraus. Da hat er gesagt: ‚Den Heinis bleibt gar nichts anderes übrig, denn wenn ich sie auffliegen lasse, sind die ein für allemal erledigt'."

„Wen kann er damit gemeint haben?"

„Ich weiß es nicht Als ich näheres erfahren wollte, war er plötzlich verschlossen wie eine Auster."

„Da haben wir doch einen Grund, weshalb Ihr Mann getötet wurde", sagte Zeipert.

„Vielleicht hat er zuviel verlangt", half Miltner nach. „Sie wissen wirklich nicht, um wen es sich handeln könnte?"

Hotz schauderte und zog den Morgenmantel noch enger zusammen. „Ich weiß es wirklich nicht."

„Haben Sie den Badischen Boten von heute gelesen?" Miltner holte ihn aus seiner Jacke und hielt ihr die Vorderseite hin. „Kennen Sie diesen Mann?" Die Frau starrte das Bild an. „Ist der tot?"

„Kennen Sie diesen Mann?"

„Nicht, daß ich wüßte."

Als die Kriminalbeamten einen Treppenabsatz heruntergestiegen waren, hielt Miltner seinen Kollegen an. „Bleib hier stehen und rühr dich nicht vom Fleck!" Er zog seine Schuhe aus, huschte auf Strümpfen die Treppe hinauf und legte sein Ohr an die Wohnungstür. Nach einer Weile kam er wieder herunter. „Sie telephoniert, leider kann ich nichts verstehen."

„Mit einem Kunden."

„Oder sie informiert sich, ob der wirklich tot ist."

„Aber wenn sie etwas weiß, warum erzählt sie plötzlich von ihrem Mann und dem Geld, das er erwartete? Die mußte doch damit rechnen, daß wir eine Erpressung vermuten."

„Vielleicht ein Ablenkungsmanöver – wollte uns Bullen etwas zum Fraß vorwerfen. Denk daran, das Ganze spielte sich ab, bevor ich ihr das Bild vor die Nase hielt."

„Was jetzt?"

„Nun fahren wir zu den Aussiedlerhöfen. Mal sehen, was die Witwe Bühler von Emil Hotz hält."

Als sie aus dem Haus traten, kam die alte Frau von ihrem Einkauf zurück. „War es schön?" fragte sie spöttisch.

Der Inspektor schnalzte mit der Zunge. „Ganz große Klasse." Als sie im Wagen saßen, fuhr Zeipert fort: „Gleich zu Beginn hat Lieschen gemeint, sie kenne uns nicht und könne sich auch nicht an eine telephonische Anmeldung erinnern. Telephonische Anmeldung! Woher will sie das wissen, du hast ihr erst danach deinen Ausweis gezeigt und mich vorgestellt! Das paßt doch alles nicht zusammen."

„Die wußte schon vorher, wer wir sind." Miltner schlug auf das Lenkrad. „Und ich gehe jede Wette ein, daß sie eben nicht mit einem Kunden telephoniert hat."

„Sie kommen sicher wegen Emil", sagte Bühler, als die Kriminalbeamten sich ausgewiesen hatten. „Wegen Herrn Hotz", fügte sie hinzu.

„Er soll Sie öfters besucht haben", meinte der Oberinspektor, als sie in der guten Stube Platz genommen hatten.

„Wir haben uns geliebt", erwiderte die Witwe schlicht.

„Er war verheiratet."

„Emil wollte sich scheiden lassen und mich heiraten. Diese widerliche Nutte. Die hat ihn ja nur geheiratet, um ihrem Massagesalon einen ehrbaren Anstrich zu geben."

„Das hat Ihnen wohl Herr Hotz erzählt." Miltner beugte sich vor. „War es so?"

Bühler funkelte ihn an. „Ist sie eine Nutte, oder nicht? Seit mein Mann tödlich verunglückt ist, hat sich kein Schwein um mich gekümmert. Erst als Emil in mein Leben trat, bekam alles wieder einen Sinn für mich."

„Wie haben Sie ihn kennengelernt?"

„Drüben auf der Halbinsel. Ich habe Arbeit gesucht und bei Frau Ewald nachgefragt. Schließlich wäre es für mich der nächstgelegene Arbeitsplatz gewesen – nur ein paar Minuten mit dem Fahrrad. Frau Ewald ließ mich lange warten. Wissen Sie, Herr Pandel war mit noch jemandem in seinem Büro und rief dauernd nach ihr. Schlechtgelaunt hat Sie mich kurz abgefertigt. Als ich wieder im Freien stand – mutterseelenallein, die Arbeiter hatten inzwischen Feierabend gemacht – kamen mir die Tränen."

„Und da ist Herr Hotz aufgetaucht?"

„Emil war gerade auf seinem ersten Rundgang, wie er mir später erzählte, sah mich weinen und hat mich getröstet. Ja, so kam es zunächst zu einer Freundschaft zwischen zwei einsamen Menschen – und daraus wurde dann Liebe."

„Er hat Sie öfters besucht? Mit dem Fahrrad?"

„Das war zu gefährlich. Er kam ja während der Dienstzeit."

„Nachts?"

„Immer, wenn es dunkel war."

„Mit dem Kahn?"

„Über den Baggersee und dann zu Fuß durch die Wiesen."

„Hat Hotz nie daran gedacht, daß seine Abwesenheit bemerkt würde?"

„Nein. Das war schon zu der Zeit, als dort nicht mehr gearbeitet wurde und sich nachts nur ein Wachmann auf dem Gelände befand."

„Und Herr Hotz hat nicht befürchtet, dort könne etwas passieren? Ich denke an Diebstahl."

„Ich machte mir deswegen Sorgen, hatte Angst um den Verlust seines Arbeitsplatzes. Aber Emil winkte immer ab. An dem verrosteten Dreck, so meinte er, hätte keiner Interesse."

„Er ist aber dort umgebracht worden. Ausgerechnet an seinem so ungefährlichen Arbeitsplatz."

„Das verstehe ich auch nicht. Überhaupt kam mir Emil in letzter Zeit merkwürdig vor."

„In welcher Beziehung?"

„Zuerst erwähnte er immer einen von Greenpeace."

„Hieß der Döge?"

„Er nannte keinen Namen. Redete nur davon, daß dies nicht hätte passieren dürfen, daß der ihm in die Quere gekommen sei. Später sprach Emil von Geld."

„Hat er einen Betrag genannt?"

„Mit den zweitausend wäre er nicht zufrieden, die wollten ihn übers Ohr hauen, sagte er wiederholt."

„Haben Sie sich da keine Gedanken gemacht?"

„Das schon, aber wenn ich näheres wissen wollte, wurde er ungemütlich. Ja, es kam sogar einmal zum Streit, dem einzigen, den ich mit Emil je hatte. Ich habe dann lieber den Mund gehalten."

„Und Geld konnten schließlich Sie beide brauchen", sagte der Oberinspektor, „die Scheidung, die Hochzeit, nicht wahr?"

Bühler nickte. „Außerdem wollten wir nach Frankreich ziehen."

„Doch nicht etwa ins Elsaß?"

„Genau. Er könnte dort einen preiswerten Hof erstehen, hatte mir Emil erklärt. Schließlich würde ich ja etwas von Landwirtschaft verstehen, und seine Eltern seien auch Bauern gewesen. Nun", sie senkte den Kopf, „daraus wird jetzt nichts mehr."

„Haben Sie für Herrn Hotz gekocht?"

„Er bekam jedesmal eine warme Mahlzeit von mir. Seine Frau, die Schlampe, hatte ja immer was anderes zu tun."

„Hat er dabei viel getrunken?"

„Einige Gläschen Bier oder Wein."

„Schnaps?"

„Nie – jedenfalls nicht bei mir."

„Wir haben durch Untersuchungen festgestellt, daß das letzte Essen, das er zu sich nahm, also am Abend vor seinem Tod, Pfifferlinge mit Rührei und Brot gewesen sind."

„Die Pilze hat er bei mir gegessen. Er brachte sie selber mit. Das ist eigenartig ..." Bühler hielt inne.

„Eigenartig?" half Miltner nach.

„Es war das erste Mal, daß es Emil mit dem Essen nicht schnell genug gehen konnte. Als ich ihn fragte, warum es ihm heute so eilen würde, ist er mir ausgewichen." Die Witwe fing an zu weinen.

Der Oberinspektor erhob sich, und Zeipert folgte seinem Beispiel. „Wir wollen Sie heute nicht länger belästigen. Es kann allerdings sein, daß wir noch einige Fragen an Sie haben." Miltner sah die Frau mitfühlend an. „Es tut uns sehr leid um Ihren Freund."

Bühler hielt ihn am Arm fest. „Finden Sie seinen Mörder. Bitte, finden Sie seinen Mörder!"

„Oh, beinah hätte ich etwas vergessen." Er zog den Badischen Boten aus der Jacke und hielt ihr das Bild des angeblichen Toten hin. „Kennen Sie diesen Mann?"

Die Frau schaute es lange an. „Bekannt kommt der mir schon vor. Es ist so, als ob er mir schon irgendwo mal begegnet wäre."

„Im Zusammenhang mit Herrn Hotz?"

„Ich weiß es nicht – und ich kann mich auch an keinen Namen erinnern."

„Vielleicht begegnen Sie ihm mal wieder", meinte Zeipert, „und der Name fällt Ihnen dabei ein."

„Aber der ist doch tot", sagte Bühler und deutete auf die Zeitung. „Da steht es doch!"

„Da haben sie recht", entgegnete Miltner und warf seinem Kollegen einen vernichtenden Blick zu.

„Mein Gott", stöhnte Zeipert, als sie von den Aussiedlerhöfen wegfuhren, „wie mir so etwas passieren konnte."

Miltner grinste ihn schief an. „Vielleicht begegnet sie ihm wirklich – dem Zombie."

9. Kapitel

Staunend betrachtete Oberinspektor Miltner die schönen Unterwasserfarbaufnahmen, welche im Vereinslokal des Tauchsportklubs Muräne die Wände zierten.

„Das ist unser Hobby", sagte stolz Herr Antler, der Vorsitzende des Klubs, „wir photographieren diese herrliche Unterwasserwelt. Unsere Mitglieder haben nur Kameras dabei und keine Harpunen. Bei der Aufnahme in den Klub muß der oder die Betreffende versichern, nicht im Besitz einer Harpune zu sein."

Miltner deutete auf die großformatigen Bilder. „Sie zeigen die heile Welt."

„Da haben sie recht, wir tauchen nur in sauberen Gewässern. Wenn wir einer Umweltverschmutzung auf die Spur kommen, schlagen wir gleich Alarm."

„Sicher nicht dort, wo Sie diese prächtigen Bilder geschossen haben."

„Natürlich nicht. Bei der damaligen Meldung handelte es sich um einen Baggersee, allerdings nicht in der hiesigen Gegend. Wir benutzten ihn, um mit unseren Neulingen für eine später anstehende Photosafari in der Karibik zu trainieren."

„Was entdeckten Sie?"

„Fässer – vermutlich mit Gift gefüllt. Wir haben das Ganze sofort Greenpeace mitgeteilt."

„Wobei wir bei Roland Döge angelangt sind."

„Einer von Greenpeace, der noch immer verschwunden ist, wie ich hörte."

„Und ehemaliges Mitglied des Tauchsportklubs Muräne."

„Ein unbequemer Zeitgenosse. Keiner von uns konnte ihn leiden. Wissen Sie, einer von der Sorte, die immer alles besser weiß. Es war auch kein guter Taucher. Das allerdings wollte er nie wahrhaben." Der Klubvorsitzende hob die Hand. „Wir stehen hier immer noch herum. Bitte nehmen Sie doch Platz, Herr Oberinspektor. Was bin ich für ein unfreundlicher Gastgeber."

„Im Grunde genommen bin ich ja kein Gast und in den meisten Fällen nicht gern gesehen."

„Aber doch nicht bei uns."

„Roland Döge", erinnerte ihn Miltner.

„Natürlich. Döge ergötzte sich nicht an den herrlichen Bildern, die die Unterwasserwelt bietet, sondern er war dauernd auf der Suche nach Umweltsündern."

„Unter Wasser? In der Karibik?"

„Versunkene Schiffe hatten es ihm angetan. Insbesondere ein russisches Atom-U-Boot, das in der Karibik gesunken sein soll, und in den kommenden Jahren die ganze Inselwelt in diesem Raum gefährden könnte."

Der Oberinspektor runzelte die Stirn. „Ich habe noch nie von einem gesunkenen russischen Atom-U-Boot in diesen Gewässern gehört."

Antler lachte. „Niemand weiß etwas – noch nicht einmal Greenpeace. Aber Döge nannte das Ganze eine Verschwörung. Wenn das herauskäme, würde der Tourismus dort zusammenbrechen."

„Für Ihren Tauchsportklub war er wohl ein großes Ärgernis?"

„Und ob", aufgebracht warf sich Antler in seinem Sessel zurück. „Er sah im Grunde genommen keinen dieser eigenartigen Fische oder die Vielfalt der Korallenbänke, nein, er war immer auf der Suche nach Schiffswracks."

„Frachtschiffe, Tanker?"

Der Vereinsvorsitzende lachte, aber es war ein bitteres Lachen. „Als Taucher in einer spanischen Galeone aus dem 16. Jahrhundert Quecksilber entdeckten, bezog er diese alten Wracks auch noch mit ein – schließlich sei Quecksilber ja giftig, so seine Begründung."

„Wozu brauchte man Quecksilber?"

„Die Spanier brachten es aus ihrer Heimat mit, weil sie das Schwermetall bei der Silbergewinnung verwendeten."

„Der Döge hat wohl einiges ganz schön durcheinandergebracht?"

„Während wir abends zusammensaßen, unsere Unterwassererlebnisse austauschten und neue Pläne für die nächsten Tage schmiedeten, brütete der über seinen Zeichnungen und Skizzen. Das Schlimmste war, daß er beim Herumschnüffeln in einem gesunkenen Dampfer zweimal in Lebensgefahr geriet. Ein paar von uns mußten ihm zu Hilfe eilen, wobei sie sich selbst in Gefahr brachten. Als danach einige Mitglieder mit dem Austritt drohten, hat ihn der Vorstand ausgeschlossen. Jetzt ist er nur noch bei Greenpeace, und die scheinen auch nicht sehr glücklich über ihn zu sein, wie ich hörte."

„Tja", der Oberinspektor holte umständlich sein großes Notizbuch aus der Tasche und schrieb ‚Anzug in die Reinigung bringen' hinein. Er sah Herrn Antler nachdenklich an. „Glauben Sie, daß der Döge auch im Grötzinger Baggersee getaucht hat – klammheimlich, meine ich?"

„Nach leeren Bierflaschen vielleicht?" entgegnete der ironisch. Miltner warf ihm einen bösen Blick zu. „Ich weiß, worauf Sie hinauswollen", rief der Klubvorsitzende und hob entschuldigend die Hand.

„Worauf will ich denn hinaus?"

„Auf den Taucheranzug Marke Delphin, den man dort gefunden hat. Nicht wahr?"

Miltner schüttelte den Kopf. „Das weiß wohl schon die ganze Stadt?"

„Na ja, im hiesigen Tauchshop Dive in hat die Kriminalpolizei ja wegen dieses Anzugs nachgeforscht."

„Und da dort der Tauchklub Muräne diverses kauft, hat man davon erfahren, verstehe."

„Der Anzug kann Döge nicht gehören, der ist viel zu groß. Dann wäre wohl alles geklärt zwischen uns. Wissen Sie, in einer halben Stunde erwarte ich drei neue Mitglieder, die von mir theoretischen Unterricht erhalten."

„Kennen Sie einen Herrn Pandel, Geschäftsführer bei der Aldinger GmbH?"

„Ich kenne ihn, diesen eingebildeten Schnösel von Kiesgräber. Er ist einer von der Sorte, die wir in unserem Klub nicht dulden. Je mehr Fische der abgeschlachtet hat, um so mehr schwillt sein Ego."

„Ja", meinte der Oberinspektor nachdenklich, „viel Sympathie habe ich für den bei der Befragung auch nicht empfunden."

„Dem Döge traue ich zu, daß er auch in Baggerseen nach Schiffswracks taucht."

„Nach römischen Galeeren beispielsweise." Miltner öffnete die Tür.

Als nächstes fuhr der Oberinspektor zum Büro von Greenpeace.

„Die Polizei hat wohl Herrn Döge noch immer nicht gefunden", sagte Frau Bieler etwas vorwurfsvoll, als Miltner sich ausgewiesen und auf dem angebotenen Stuhl Platz genommen hatte.

Er schüttelte den Kopf. „Wo sollen wir ihn suchen? Die einzigen Anhaltspunkte sind sein Auto und ein ehemaliger Arbeiter der Firma Aldinger, den er auf der Heimfahrt nach Weingarten angesprochen hat. Das Waldstück, in dem sein kleiner Fiat stand, wurde inzwischen von Polizeibeamten mit Spürhunden durchgekämmt, und es wurde nichts gefunden. Auch die Untersuchung seines Wagens ergab keinerlei Hinweise. Genauso war es mit seiner Zweizimmerwohnung – nichts. Wissen Sie etwas, Frau Bieler, oder Ihre Kolleginnen und Kollegen?" Vorwurfsvoll sah der Oberinspektor sie an. „Greenpeace war bis jetzt nicht sehr hilfreich, was ich äußerst merkwürdig finde. Normalerweise wird doch ein Vorgehen, gegen einen Umweltverschmutzer etwa, gemeinsam geplant. Oder nicht?"

„Das ist richtig. Nur im Fall von Herrn Döge trifft es nicht zu. Er ist ein Einzelgänger und tut immer sehr geheimnisvoll."

„Hat er denn mit dieser Geheimniskrämerei Erfolge vorzuweisen?"

„Im Gegenteil! Er hat viele vor den Kopf gestoßen."

„Zum Beispiel?"

„Da gibt es einen kleinen papierverarbeitenden Betrieb, von dem immer wieder unerlaubt Chemikalien in die Alb abgelassen wurden. So sah es wenigstens nach Roland Döges Meinung aus. Der Seniorchef dieses Familienunternehmens hat deswegen angerufen. Er war ganz verzweifelt und bat uns, seinen Betrieb zu besichtigen, was wir auch getan haben."

„Und Döge hatte maßlos übertrieben?"

„Aus einer Mücke hat er einen Elefanten gemacht, so war es. Herr Mächtel, der Seniorchef, tat uns wirklich leid." Bieler holte tief Luft. „Die Firma ließ nicht etwa absichtlich Chemikalien in den Bach leiten: Schuld daran war die veraltete Abwasseraufbereitungsanlage. Doch die Konzentration war sehr gering, so daß kein Schaden entstand. Herr Mächtel hat uns seinen Schriftverkehr – Preisrücksprachen – mit Firmen gezeigt, die Aufbereitungsanlagen herstellen, und dargelegt, wie schwierig es sei, den kleinen Betrieb finanziell überhaupt zu halten. Er vermutete hinter der Kampagne einen Konkurrenzbetrieb, welcher schon mehrmals angeboten hatte, die Firma zu übernehmen."

„Herr Mächtel lehnte ab?"

„Weil er befürchtete, daß man zwar die Produkte von ihm weiter herstellen wolle, doch seinen Betrieb schließen würde."

„Damit säßen seine Angestellten und Arbeiter auf der Straße", meinte der Oberinspektor, „so funktioniert das ja in den meisten Fällen."

Bieler lächelte. „Diesmal funktionierte es nicht. Mit Hilfe eines Ingenieurs und eines Chemikers aus unseren Reihen konnte die alte Anlage modernisiert werden, und sie arbeitet nun tadellos."

„Der tumbe Döge hätte den Betrieb in den Ruin getrieben. Hoffentlich wurde er von Greenpeace zur Rede gestellt."

„Er weigerte sich standhaft, seine Informationsquelle zu nennen."

„Warum wird so einer von euch nicht gefeuert? Der Taucherklub Muräne hat es doch auch getan!“

„Darüber haben wir schon öfters diskutiert. Der Grund, warum wir es noch nicht taten, ist, daß Döge selbstmordgefährdet ist. Bei einem Unfall – er steuerte den Wagen – verunglückten seine Frau und die beiden Kinder tödlich. Er wurde schwer verletzt, Schädelbruch und Rippenbrüche – Endergebnis Frührentner. Ihn selbst traf keine Schuld, Unfallverursacher war zu hundert Prozent der andere.“

„Hat er schon einen Selbstmordversuch unternommen?“

„Schon zwei. Seinem Hausarzt, der mit einem Psychiater zusammenarbeitet, gelang es, sein Lebensvertrauen wieder herzustellen. Roland Döge sieht jetzt im Kampf gegen Umweltverschmutzer seine Lebensaufgabe.“

„Verstehe, und der Arzt warnt nun Greenpeace davor, ihm den Stuhl vor die Tür zu setzen?“

„Man müßte dann mit dem Schlimmsten rechnen, und deswegen dulden wir ihn noch bei uns.“

Nachdenklich strich sich der Oberinspektor über das Kinn. „Jetzt ist er womöglich wieder einem kräftig auf die Füße getreten, diesmal vielleicht zurecht. Keinem, der es sich leisten konnte, deswegen bei Greenpeace anzurufen, wie Herr Mächtel beispielsweise.“ Miltner stand auf. „Hat er Ihnen etwas von dem Grötzinger Baggersee erzählt?“

„Überhaupt nicht.“

„Was weiß Greenpeace über den See?“

„Landratsamt und Wasserwirtschaftsamt stellten vor längerer Zeit Verstöße gegen die zugelassene Abbautiefe fest. Insgesamt wurden 100.000 Tonnen Kies unerlaubt ausgebaggert.“

„Reines Gewinnstreben.“

„Das schon ins Kriminelle geht.“

„Hat das mit dem Grundwasser zu tun?“

„Um an das zweite, daruntergelegene Kieslager zu kommen, wurde eine Zwischenschicht zerstört, die auch zwei Grundwasserleiter voneinander trennt. Nach Ansicht von Wissenschaftlern wird nun auch das tiefergelegene Grundwasser beeinträchtigt.“

„Zu hoch für mich. Das wars erst mal“, Miltner gab Bieler die Hand. „Falls Sie doch noch was in Erfahrung bringen, womit sich Döge befaßte: Sie wissen, wo ich zu finden bin.“

„Und wir hören von Ihnen, wenn Sie ihn gefunden haben.“

Der Oberinspektor blickte nachdenklich vor sich hin. „Schädelbruch, wie konnte Döge da noch tauchen?“

„Das haben wir uns auch gefragt. Ein Greenpeacetaucher hat gemeint, der müßte wahnsinnige Kopfschmerzen bekommen haben, besonders, wenn er tiefer als zehn Meter geschwommen sei.“

Auf dem Rückweg faßte Miltner den Entschluß, noch beim Tauchshop Dive in vorbeizuschauen. Aber dann wurde ihm klar, daß das Geschäft um diese Zeit sicher geschlossen hatte. „Ich brauche dringend einen Tapetenwechsel“, murmelte er. Herta vielleicht? Nein, dafür war die Zeit zu knapp. Der Oberinspektor gab Gas und fuhr auf der Umgehungsstraße in Richtung Westen. Bei einer Siedlung bog er nach links ab, fuhr später in einen Feldweg hinein und holperte in den ausgefahrenen Spuren der Traktoren und Fuhrwerke weiter. Neben dem Hochwasserdamm hielt er an, stieg aus und schloß den Wagen ab. Miltner kraxelte am Damm in die Höhe und marschierte den Fußpfad entlang, der sich auf dessen Krone befand. Ein kräftiger Wind zerzauste sein Haar. Jetzt hörte er das lauter werdende Knattern eines Hubschraubers. Im Tiefflug überquerte dieser den Damm in Richtung Gebirge. Der Oberinspektor blickte hinauf. Einer von uns, dachte er und winkte. Vielleicht saßen Diel und Hanisch im Cockpit.

Nachdem Miltner etwa zwanzig Minuten gegangen war, sah er das verschilfte Altrheinwasser vor sich liegen. Er kletterte die andere Seite des Dammes hinunter, während eine aufgescheuchte Wildente über die Wasseroberfläche in das Röhricht hineinschoß, trat bis ans Wasser und hockte sich auf seine Fersen. Der Roland Döge, dachte er und verzog das Gesicht. Ein psychisch Kranker, den nur noch der Kampf gegen die Umweltverbrechen am Leben hielt. Auch hier hätte der seinen Seelenfrieden nicht gefunden, denn in nur knapp zehn Meter Entfernung sah man den Rahmen eines alten Fahrrads im flachen Wasser, und ein Stück weiter lagen Autoreifen. Hätte Döge dagegen etwas unternommen – im Alleingang, wie immer? Miltner holte sein Taschenmesser heraus und griff nach einem Holzstück. Er klappte die große Klinge auf und begann, am Holz herumzuschnitzen. Apropos Alleingang! Welches Umweltvergehen hatte er diesmal im Visier gehabt? Er war zu neugierig gewesen! Der Oberinspektor glaubte nicht daran, daß der Mann noch lebte.

Was wohl Hotz gewußt haben mochte? Etwas, das so schwerwiegend war, daß ihm fürs Maulhalten zweitausend Euro nicht genug erschienen? Jetzt schwieg er für immer, und die anderen sparten sogar die zweitausend. Die anderen! Ja, da waren mehrere mit im Spiel.

Miltner betrachtete zufrieden das Holz in seiner Hand, aus dem inzwischen ein grober Schiffsrumpf geworden war. Er griff nach einem trockenen Zweig und steckte ihn in einen Riß, der sich im Holz befand, ziemlich vorne in der Nähe des zurechtgeschnitzten Bugs. Dann legte er das Schiffchen zur Seite und holte sein Notizbuch aus der Tasche. Er riß ein leeres Blatt heraus und drückte es so auf den Zweig, daß es zweimal durchbohrt wurde. Das Papier sah nun wie das geschwellte Segel an einer Karavelle aus.

Kolumbus Miltner schob seine Santa Maria ins Wasser und gab dem Schiff einen Stoß. Jetzt packte es der Wind. Durch den Druck des Segels tauchte der Bug tief in die See. Zielsicher strebte die Santa Maria dem offenen Meer entgegen.

Der Grötzinger Baggersee, für den sich Döge interessierte: Pandel, Ganosky, Haller und Ewald, hatten die mit einer oberfaulen Sache zu tun? Doch Bagger und Siloanlage wurde ja abgebaut, und die Firma Aldinger zog sich von der Halbinsel zurück. Das Gelände war dann jedermanns Blikken ausgesetzt. Ein Gartenbaubetrieb betätigte sich mit der Wiederaufforstung. Ein Mord war dort geschehen, aber das Motiv dafür mußte man wahrscheinlich woanders suchen. Vielleicht im Elsaß bei Frau Aldinger-Coupez. Ein Doppelname. Ob es in diesem Spiel einen Monsieur Coupez gab?

Der Oberinspektor wurde zum Seeräuber, der jetzt seine Geschütze auf die Santa Maria richtete. Er begann, mit Steinen nach ihr zu werfen. Eines der Geschosse schlug dicht neben dem Schiff ein. Das aufspritzende Wasser näßte das Papiersegel und machte es schwer, so daß das Schiff kenterte. Miltner hörte plötzlich einen Hund bellen und hob den Kopf. Jetzt vernahm er die Stimme des Besitzers, der das Tier zu sich befahl.

„Ich komme ja schon, Herr Kriminalrat“, rief der Oberinspektor hinüber. Er erhob sich aus der Hocke, kletterte den Dann hinauf und marschierte in flottem Tempo zu seinem Auto zurück.

„Hartmann vom Badischen Boten hat angerufen“, empfing ihn Zeipert. „Er will dich und mich unbedingt sprechen. Nein, nicht hier bei uns“, fuhr sein Kollege fort, als Miltner etwas sagen wollte, „Das sei ihm viel zu gefährlich. Wahrscheinlich würde man jeden seiner Schritte beobachten. Deshalb sollen wir zu ihm kommen – durch den Hinterhof. Also keine Anmeldung beim Pförtner. Die Stimme von Hartmann klang aufgeregt und ängstlich, der Mann hatte wirklich Schiß!“

Franz Hartmann empfing Miltner und Zeipert sichtlich schlecht gelaunt. „Da habe ich mich auf etwas eingelassen“, sagte er, als die beiden Beamten Platz genommen hatten. Nervös strich er sich über die Haare, stand auf und ging zum Fenster. Besorgt blickte er zur Straße hinunter und deutete auf die Grünanlage, die sich dahinter ausdehnte. „Dort drüben im Park – hinter jedem Strauch – könnte er lauern.“

Als Miltner zu ihm gehen wollte, hob Hartmann abwehrend die Hände. „Um Himmels willen, bleiben Sie vom Fenster weg, der darf gar nicht wissen, daß Sie hier bei mir sind. Absolute Geheimhaltung hat er verlangt.“

„Jetzt setzen Sie sich wieder hin“, rief der Oberinspektor grob, „und erzählen Sie endlich, was los ist, verdammt noch mal.“

„Es geht sicher um den unbekannten Toten beim Altrheinarm“, meinte Zeipert und nickte dem Journalisten aufmunternd zu. „Haben Sie viele Anrufe bekommen?“

„Es ging“, entgegnete Hartmann. Er drückte auf einen Knopf an der Sprechanlage. „Frau Gallion soll kommen“, bellte er ins Mikrophon. – „Frau Michaela Gallion“, stellte er die junge, dunkelhaarige Frau vor, die nun, mit einem Stenobock bewaffnet, sein Büro betreten hatte. „Die Kriminalbeamten Miltner und Zeipert. Nehmen Sie Platz, und schießen Sie los.“

„Augenblick“, sagte der Oberinspektor. Er wandte sich an die junge Frau. „Sie sind Reporterin?“

„Genau. Ich bin Herrn Hartmanns rechte Hand, sozusagen. Besonders, wenn es sich um sensationelle Angelegenheiten handelt. Aus diesem Grunde bin ich sehr an dem Schicksal des verschwundenen Greenpeacers Döge interessiert. Sie sicher auch, meine Herrn. Wußten Sie ...“

„Aber Frau Gallion!“ rief Hartmann ärgerlich.

„Lassen Sie sich nicht unterbrechen“, knurrte Miltner.

„Wußten Sie schon, daß die Eltern von Roland Döge hier wohnen?“ fuhr die Reporterin fort.

Die weiß mehr als wir, schoß es Miltner durch den Kopf. „Hast du etwas davon gehört?“ wandte er sich an seinen Kollegen.

Der schüttelte den Kopf. „Im Telephonbuch gibt es nur einen Döge, und das ist unser Roland. Ich habe es überprüft.“

„Dann schau halt im Adreßbuch nach“, zischte der Oberinspektor.

Die Reporterin lächelte spöttisch. „Lassen Sie mich lieber weitererzählen, bevor Sie sich in die Haare geraten. Es sind Adoptiveltern namens Revenus.“

„Aber dann hätte doch ...“, begann Zeipert.

„Er hieß in jungen Jahren Revenus, hat aber, als er später erfuhr, daß es gar nicht die leiblichen Eltern sind, seinen ursprünglichen Namen Döge wieder angenommen.“

„Und die wirklichen Eltern?“

„Verunglückten, als Roland ein Jahr alt war.“

„Mit dem Auto?“

„Während eines Sturmes auf dem Bodensee.“

„Segler?“

„Sie besaßen eine kleine Yacht und gehörten dort einem Klub an – dem selben, in dem auch Herr und Frau Revenus waren.“

„Und wie ist das Ganze passiert?“

„Nach meinen Recherchen sind die Döges trotz Sturmwarnung noch einmal hinausgesegelt.“

„Der Bodensee kann sehr tückisch werden“, wußte der Oberinspektor.

„Es muß sehr schnell gegangen sein. Vermutlich ist die Yacht durch eine starke Böe gekentert, und die beiden Leichen trugen keine Schwimmwesten, als man sie fand. Der Autopsiebericht vermerkte: Tod durch Ertrinken.“ Die Reporterin hob bedauernd die Hände. „Ob das Ihren Ermittlungen im Fall Döge weiterhilft?“

„Aber jetzt zu unserem Fall!“ rief Hartmann ungeduldig.

„Wir haben erstaunlicherweise wenig Anrufe bekommen“, meinte Gallion. „Eine Frau glaubte, in dem Toten ihren verschwundenen Mann zu erkennen, der aber gerade wieder auftauchte, als ich bei seiner Angetrauten saß. Ein weiterer Anruf war wesentlich interessanter. Eine Frau Nuber behauptete steif und fest, den Toten bei Karstadt gesehen zu haben. Aufmerksam sei sie deswegen auf ihn geworden, weil er immer wieder mit der rechten Hand nach seinem linken Oberarm griff, und dabei das Gesicht schmerzlich verzog. Natürlich habe ich ihr nicht verraten, daß wir in Wirklichkeit nach einem Lebenden fahnden.“

„Der Mann, den wir suchen, hat eine Schußwunde am linken Oberarm.“

„Damit gewinnt ein weiterer Anruf an Bedeutung. Ein Mann, der seinen Namen nicht nannte, wollte wissen, ob der Tote am linken Oberarm eine Schußwunde hätte. Als ich ihm antwortete, daß ich es nicht wüßte, hat er sofort aufgelegt.“

„Zur Sache!“ rief Hartmann und klopfte mit einem Bleistift auf die Schreibtischplatte.

Jetzt erfahren wir wohl, weshalb du dir beinahe in die Hosen machst, dachte Miltner.

„Zur Sache“, echote Gallion. „Der Anruf kam wieder von einem Mann, der seinen Namen ebenfalls nicht preisgab und sofort Herrn Hartmann zu sprechen verlangte.“

„Haben Sie ihn weiterverbunden.“

„Ich bin doch nicht blöd“, erwiderte die Reporterin. „Ich habe ihm erklärt, Herr Hartmann sei momentan nicht im Hause. Er wolle noch einmal anrufen, meinte der Unbekannte daraufhin. Dienstbeflissen gab ich ihm die Durchwahl, bat ihn aber, die Zeit seines zweiten Anrufs mit mir abzusprechen, damit wir diese Leitung für ihn freihalten könnten“, Gallion lächelte, „und er hielt sich daran.“

„Und Sie waren bereit zur Aufnahme.“

„Wir waren bereit. Zu beiden Anrufen. Ich möchte noch bemerken, daß beim ersten Hintergrundgeräusche zu hören waren, während beim zweiten dies nicht der Fall war.“

„Eine Telephonzelle an der Straße?“

„Nein, eher Geräusche, wie sie in einem Wirtshaus entstehen.“

„Von der Theke aus?“

„Dafür waren sie zu gedämpft. Ich stelle mir eine Gaststätte vor, die in einem Gang – beispielsweise zu den Toiletten – einen Fernsprecher hängen hat.“

„Der Kerl meldete sich pünktlich?“

„Der Anruf kam zur abgemachten Zeit, präzise um 19 Uhr. Wir hatten sie absichtlich gewählt, damit nur noch wenige Mitarbeiter im Hause waren.“

„Spielen Sie das Band schon ab“, forderte der Oberinspektor Hartmann auf.

Der drückte auf die Taste. Es läutete, dann hörte man, wie abgehoben wurde und der Redakteur sich meldete. „Sie wollen den Namen des Mannes“, sagte eine tiefe Stimme.

„Das ist richtig“, erwiderte Hartmann, „aber mit wem spreche ...“

„Halten Sie die Klappe, und hören Sie mir gut zu. Damit Sie gleich wissen, daß ich kein Spinner bin, folgende Tatsachen: Der, den Sie per Aufruf suchen, lebt. Er erfreut sich nicht gerade bester Gesundheit, aber so schlecht, wie Sie vielleicht vermuten, geht es ihm auch wieder nicht. Ich nehme an, Ihnen liegt sehr viel an seiner Identität, sonst hätten Sie nicht die Geschichte von dem Mafiamord am Altrhein erfunden. Sie sind also nicht nur am Namen des Mannes interessiert, sondern an einer Mordsstory, mit der Ihrer Zeitung kräftig unter die Arme gegriffen werden soll. Sie werden also nicht nur den Namen des Mannes erfahren, sondern auch eine Geschichte, die sich gewaschen hat. Sie können damit schon im Vorfeld den Beginn eines Skandals aufdecken. Ich könnte mir vorstellen, daß der Artikel, in welchem Sie darüber berichten, für einen gewieften Redakteur, der Sie ohne Zweifel sind“ – Miltner bemerkte, wie ein selbstgefälliges Lächeln auf Hartmanns Gesicht erschien –, „das Sprungbrett zum Spiegel oder zum Stern bedeutet. – Dreißigtausend in kleinen, gebrauchten Scheinen“, sagte der Mann abrupt. „Überlegen Sie gut! Ich rufe morgen um die gleiche Zeit wieder an.“ Es knackte – der Unbekannte hatte aufgelegt.

Der Redakteur schaltete das Gerät ab. Das Lächeln war verschwunden, und er hob verzweifelt die Arme. „Schon morgen abend also“, rief er den Beamten zu, „was soll ich ihm sagen, und woher nehme ich das Geld?“

„Sie stimmen ihm zu“, erwiderte der Oberinspektor.

„Dreißigtausend!“ jammerte Hartmann. „Wahrscheinlich wird er sich mit mir treffen wollen. Sicher muß ich ihm dort das Geld in einem Köfferchen oder einer Aktentasche übergeben – allein und an einer einsamen Stelle. Er wird sich den Inhalt in meiner Gegenwart ansehen, und wehe mir, wenn nur obendrauf echte Scheine liegen und darunter zurechtgeschnittenes Papier. Der bringt mich um – ohne Zweifel.“ Der Redakteur schauderte zusammen. „Seine Stimme hat sich eiskalt angehört. Meinen Sie nicht auch, meine Herren?“

„Sie klang ziemlich dumpf“, erwiderte Miltner, „mehr ist mir nicht aufgefallen.“

Zeipert feixte. „Gedämpft, würde ich eher sagen. So ähnlich wie der Schuß aus einer Pistole mit aufgeschraubtem Schalldämpfer.“

„Ich schlage vor, wir warten erst mal auf das, was er uns heute abend zu sagen hat“, meinte Gallion.

„Das ist ein Wort“, entgegnete der Oberinspektor. „Morgen stehen wir um 15 Uhr bei Ihnen auf der Matte. Sie können es doch dort abspielen, Herr Hartmann?“

„Da gibt es keine Probleme.“

„Mann, keine Sorge, noch ist nichts entschieden. Denken Sie daran: Ihre tolle Story kriegen Sie in jedem Fall, wenn nicht von ihm, dann von uns. Da haben Sie mein Wort.“ Miltner lächelte die Reporterin an. „Ich würde mich freuen, wenn Sie morgen mit von der Partie wären.“

„Auf jeden Fall! So etwas lasse ich mir bestimmt nicht entgehen.“

„Ganz ohne Hintergrundgeräusche war auch dieser Anruf nicht“, meinte der Oberinspektor, als sie wieder in ihrem Wagen saßen. „Da konnte man ganz schwach Vogelstimmen vernehmen. Außerdem hörte es sich zwischendurch an, als ob jemand an Holz klopfen würde.“ Er stieß seinen Kollegen an. „Du bist doch ein alter Wanderer. Was meint der Profi dazu?“

„Ja, die Geräusche sind mir auch aufgefallen. Das eine war Vogelgezwitscher, und das Geklopfe kam von einem Specht.“ Er grinste. „Vielleicht hat der schon am Sarg für Hartmann gezimmert.“

10. Kapitel

Das Haus stand ziemlich weit von der Straße entfernt in einem Garten, der vom Gehsteig durch eine kniehohe Mauer getrennt war. Es lag etwas höher, und Miltner mußte zunächst vier Stufen hinaufsteigen, bevor er den mit Platten belegten Weg betrat, der zur Eingangstür führte. Der Oberinspektor blickte empor. Über ihm wölbte sich ein Erker, und er glaubte, ein Gesicht zu sehen. Als er aber genauer hinschaute, konnte er nur mächtige Kugelkakteen erkennen, die hinter dem Fenster standen. An der Vorderseite des Hauses rankte wilder Wein. Revenus, Amtsgerichtsrat, war auf dem Messingschild eingraviert. Miltner drückte den schwarzen Knopf und hörte eine Klingel schrillen. Schritte kamen näher, und die Tür wurde geöffnet. Eine kleine, zierliche Frau stand vor ihm. Sie hatte graues Haar und hellblaue Augen.

„Frau Revenus?"

„Ja, Sie wünschen?"

„Mein Name ist Miltner. Ich bin Oberinspektor bei der Kriminalpolizei."

„Oh, es ist sicher wegen Roland. Das muß ich gleich meinem Mann sagen. Bitte kommen Sie herein", Frau Revenus führte Miltner in einen Raum neben der Diele und forderte ihn auf, Platz zu nehmen. Sie selbst trippelte eilig davon.

Nach kurzer Zeit erschien sie wieder und bat den Oberinspektor in ein Zimmer, das man an der Schmalseite betrat. Rechts waren drei Fenster, und links nahm ein mächtiger Bücherschrank fast die ganze Länge des Raumes ein. An der rückwärtigen Wand hingen zwei alte Steinschloßpistolen. Davor stand ein großer Schreibtisch, hinter dem ein magerer Herr mit Spitzbart saß. Er erhob sich und wies mit der Hand auf einen der gepolsterten Stühle vor dem Schreibtisch. „Bitte, Platz zu nehmen", schnarrte er und schaute den Kriminalbeamten mißtrauisch an. „Haben Sie sich schon ausgewiesen?"

„Verzeihung", Miltner lächelte entschuldigend. Er drückte seinen Ausweis dem Amtsgerichtsrat in die ausgestreckte Hand.

Nachdenklich blickte der auf das Papier. „Von der Mordkommission sind Sie. Das heißt doch nicht etwa, daß Roland ...?" Er hielt inne und wandte sich an seine Frau. „Ich glaube, dich brauchen wir bei dieser ernsten Sache nicht, meine Liebe."

„Ich möchte es aber auch gerne hören, Gotthold."

Revenus schüttelte unwillig den Kopf. „Du bekommst sicher wieder eine Gallenkolik durch diese Aufregung, Klara."

„Noch mehr aufregen als bisher, kann ich mich wirklich nicht."

„Ich lege großen Wert darauf, daß Ihre Gattin bei der Unterredung anwesend ist", sagte Oberinspektor Miltner bestimmt.

„Bitte", antwortete der Amtsgerichtsrat kühl. „Ich hoffe, Sie bringen endlich Nachricht von unserem Stiefsohn – dem ungeratenen."

„Leider – nein."

„Die Kriminalpolizei hat ihn also noch nicht gefunden. Das ist sehr bedauerlich. Ich hätte den Staatsbeamten mehr zugetraut."

„Wir sind auch nur Menschen und auf die Hilfe anderer angewiesen. Deshalb bin ich ja hier."

„Wir können Ihnen nicht weiterhelfen, Herr Oberinspektor. Das, was wir wissen, ist auch Ihnen bekannt – von seinem Verschwinden wurden wir durch Greenpeace unterrichtet."

„Als ich dort anfragte", sagte Frau Revenus schnell. „Seine Besuche bei uns hatten plötzlich aufgehört, und ich machte mir Sorgen."

„Etwas präziser, Klara. Seine spärlichen Besuche galten ausschließlich dir." Der Amtsgerichtsrat wandte sich wieder an Miltner. „Als Roland meinen Namen nicht mehr tragen wollte und zudem auszog, war er für mich erledigt. Gut, ich hatte nichts dagegen, wenn er meine Frau besuchte und sie ihm mit Geld aushalf, damit er seine Miete bezahlen konnte."

„Er hatte sich voll und ganz dem Umweltschutz verschrieben", rief Frau Revenus.

„Und dabei vergessen, seine Brötchen zu verdienen. Er war schon immer ein Quertreiber! Selbst bei Greenpeace war ihm keiner grün." Revenus lachte meckernd.

„Er ist halt ein Individualist."

„Auch Individualisten haben einen Beruf. Er ist ein Waschlappen – gib es doch zu, Klara!"

„Du urteilst zu hart, Gotthold." Frau Revenus fing an zu weinen.

„Bitte, Klara, laß dich nicht so gehen."

„Ist es richtig daß seine Eltern und Sie beide im gleichen Segelklub waren?" fragte Miltner.

Der Amtsgerichtsrat lächelte spöttisch. „Sie scheinen eine ganze Menge zu wissen. Wir gehörten beide dem Segelklub Poseidon in Friedrichshafen an. Natürlich waren wir wesentlich älter als sie. Für uns sollte dieser Sommer der letzte Segeltörn auf dem Bodensee werden, für die Döges war es der erste – und leider auch der letzte."

„Es war schrecklich", sagte seine Frau, „ganz, ganz schrecklich."

„Und warum?" entgegnete ihr Mann aufgebracht, „weil der Vater von Roland genauso ein Bruder Leichtfuß war. Er hätte schon im Mittelmeer gesegelt und kenne sich in dieser Sportart bestens aus, war seine überhebliche Antwort auf unsere Warnungen. Wissen Sie, Herr Oberinspektor, der Bodensee kann im Umsehen sehr gefährlich werden. Die Böen kommen schlagartig, und es gelingt den Seglern – besonders, wenn sie noch unerfahren sind – nicht mehr, rechtzeitig die Leinwand wegzunehmen. Die beiden hatten ja nicht einmal Schwimmwesten an, als man sie am Tag darauf aus dem Wasser zog."

„Wo war in dieser Zeit Roland?"

„Der befand sich bei der Großmutter in Konstanz. Es war die einzige Verwandte, die noch existierte und die man, geistig verwirrt durch das Schicksal ihrer Tochter, in ein Heim bringen mußte."

„Wir beide wollten nicht, daß Roland zur Waise wurde", meinte Frau Revenus.

„Das ist richtig, auch ich wollte das nicht. Zuerst ging ja alles gut. Später heiratete er eine sehr liebe Frau, zwei nette Kinder kamen auf die Welt. Häufig besuchte uns die Familie, und es war schön, von den Kleinen Opa genannt zu werden."

„Dann kam dieser schreckliche Unfall, bei dem Roland seine Frau und die Kinder verlor", schluchzte Frau Revenus. „Roland hat das nie verkraftet."

„Als er nach dem Unfall aus dem Krankenhaus entlassen wurde", erklärte ihr Mann, „haben wir ihn gebeten, zu uns zu ziehen, weil er mit den Erinnerungen nicht allein leben sollte. Er tat es, aber es ging nicht gut. Er zog bald aus und nahm wieder den Namen seiner leiblichen Eltern an."

„Roland hatte nach dem Schädelbruch oft furchtbare Kopfschmerzen", klagte Frau Revenus.

„Trotzdem konnte er damit in der Karibik seine Tauchkameraden in Lebensgefahr bringen", rief ihr Mann ärgerlich.

„Sein jetziges Verschwinden hängt wahrscheinlich mit irgendeiner Umweltverschmutzung zusammen", sagte der Oberinspektor, „zumindest scheint dies Greenpeace zu vermuten. Wissen Sie etwas darüber?"

„Nur zu, Klara, dir hat er doch davon erzählt."

„Er erging sich nur in vagen Andeutungen über einen gewaltigen Umweltskandal, der sich in dieser Gegend anbahnen würde." Frau Revenus hob hilflos die Hände. „Als ich näheres erfahren wollte, lehnte er ab mit der Begründung: Etwas davon zu wissen, sei viel zu gefährlich für uns beide."

Miltner hatte das Gefühl, daß es Zeit sei zu gehen. Er verabschiedete sich, griff nach seinem Ausweis, der noch auf dem Schreibtisch gelegen hatte, und schritt zur Tür.

„Tun Sie Ihre Pflicht", rief ihm der Amtsgerichtsrat nach, „und schaffen Sie endlich unseren Stiefsohn herbei."

„Hat Roland Döge in diesem Zusammenhang etwas von Fässern verlauten lassen?"

„Von Wein- oder Bierfässern?" fragte Revenus höhnisch.

Wortlos ging Miltner zum Ausgang. Als er wieder vor der Haustür stand, sah er noch einmal zum Erker empor, doch nichts bewegte sich. Nur die Kugelkakteen schienen unwillig auf ihn herabzublicken.

„Der Sicherheitsservice für Objekt- und Personenschutz“, sagte Kriminalassistent Aßmann, zog einen Stuhl heran und setzte sich neben den Oberinspektor.

„Fündig geworden?“ fragte der.

„Ein leeres Büro, sonst nichts. Zweimal war ich dort. Das erste Mal bin ich nach mehrmaligem Sturmläuten und heftigem Klopfen wieder weggegangen und habe versucht, das Büro telephonisch zu erreichen. ‚Kein Anschluß unter dieser Nummer‘ war alles, was ich zu hören bekam. Beim zweiten Mal hat mich eine Mieterin angesprochen, als ich wieder vergeblich vor der Wohnungstür stand. Zunächst war sie sehr mißtrauisch, drohte mir mit der Polizei, und falls ich sie anfasse, würde sie das ganze Haus zusammenschreien. Die Frau beruhigte sich, als ich ihr meinen Ausweis zeigte. Sie nannte mir den Hausmeister, der zwei Hauseingänge weiter wohnt. Das Ganze ist ein riesiger Häuserblock.“

„Haben Sie ihn gleich erreicht?“

„Viel schneller, als erwartet. Ich war eben auf den Gehsteig getreten, als mir ein aufgeregter Mann entgegenkam, der einen Baseballschläger schwang.“ Aßmann lächelte. „Das Männchen war vielleicht gerade einssechzig groß, deshalb sah der Schläger in seiner Hand besonders mächtig aus. Trotz aller Aufregung hing ihm eine Pfeife im Mund, aus dem er gewaltige Rauchwolken ausstieß. Er trug eine blaue Schürze“, der Kriminalassistent schüttelte den Kopf, „wenn man dem eine Zipfelmütze überziehen würde, könnte man ihn getrost als Riesengartenzwerg auf den Rasen stellen. ‚Was wollen Sie, und wer sind Sie?‘ rief der kleine Mann mit Fistelstimme. Ich zückte meinen Ausweis.

‚Gott sei Dank‘, murmelte mein Gegenüber, ‚ich bin der Hausmeister und heiße Otto Egler. Entschuldigen Sie, daß ich Sie bedroht habe, aber ich bekam einen Anruf von einer Mieterin, ich könnte einen vom Wachgesindel – so wurden die Service-Leute von den übrigen Mietern genannt – schnappen. Wissen Sie, die sind sang- und klanglos ausgezogen, haben nicht gekündigt und schulden der Gesellschaft noch drei Monatsmieten.‘

‚Kann ich mal in die Wohnung schauen‘, bat ich.

‚Von mir aus‘, schnaubte Egler, ‚ich hab den Schlüsselbund dabei.‘ Als wir vor der Wohnung standen, in welcher der Sicherheitsservice sein Büro hatte, deutete ich wortlos auf eines der Schlösser. ‚Hab ich durch einen Schlüsseldienst öffnen lassen‘, knurrte der Hausmeister und steckte seinen Universalschlüssel in das andere Schloß.

Behutsam drückte ich die Tür auf und rief ‚Hallo‘, doch nichts rührte sich. Ich ging, gefolgt von dem Mann, hinein. Alles sah nach einem hastigen Aufbruch aus. Leere Kartons standen herum, ein Stuhl war umgestoßen, aus den zwei alten Schreibtischen waren die Schubladen herausgerissen worden und lagen ohne Inhalt auf dem Boden.

‚So sah es schon beim letzten Mal aus', murmelte Egler. ‚Ich glaube nicht, daß Sie fündig werden.'

Der Hausmeister sollte recht behalten: Nicht ein Stück beschriebenes Papier lag herum. Bis auf einen Kalender, der noch vom letzten Jahr stammte und dessen Blätter nur zum Teil abgerissen waren, erblickte ich auch nichts Gedrucktes. ‚Da ist wirklich nichts zu holen', sagte ich, ‚aber eine Putzfrau hat hier wohl auch nicht gewirkt.'

‚Es waren Schweine', bestätigte der Hausmeister. ‚Ich bin im Grunde froh, daß ich sie los bin, und die Mieter sind es erst recht.'

‚Vermitteln Sie die Wohnungen?'

Egler schüttelte den Kopf. ‚Das läuft alles über Stuttgart.'

‚Wie viele Wachmänner befanden sich hier?'

‚Schwer zu sagen, die waren doch meist unterwegs, na ja, ein knappes Dutzend würde ich annehmen.'

‚Haben Sie welche davon gekannt?'

Egler zuckte die Achseln.

‚Irgendwelche Namen?" bedrängte ich ihn.

‚Nur den von Josef Glupp.'

‚Dann müssen Sie ihn doch gekannt haben?'

‚Gekannt', entgegnete der Hausmeister gedehnt, ‚würde ich so etwas nicht nennen. Dieser Verbrechervisage bin ich tunlichst aus dem Weg gegangen. Ich habe mal unten im Heizungskeller per Zufall miterlebt, wie er einen seiner Leute in die Mangel nahm und habe schleunigst den Rückzug angetreten. Das Tollste war, daß man dem Wachmann hinterher gar nicht viel ansah, wie der ihn bearbeitet hatte. Ich glaube, der Glupp kennt die schmutzigsten Tricks. Wenn das sein wirklicher Name ist, würde ich mich wundern.'

Ich schaute mich noch einmal um und sagte: ‚Das wars dann wohl, Herr Egler.'

Der griff nach dem Baseballschläger, den er in eine Ecke gestellt hatte. ‚Wie sieht es mit Weitervermietung aus? Wann kann ich den Plunder hier ausräumen lassen? Die Gesellschaft will Geld sehen. Es muß ja auch noch neu tapeziert und gestrichen werden.'

Ja, so ist das Ganze in etwa abgelaufen", beendete der junge Kriminalbeamte seinen Bericht. „Was kann ich ihm wegen der Weitervermietung sagen?"

„Da geben Sie ihm grünes Licht. Bitten Sie ihn aber achtzugeben, ob noch jemand aufkreuzt und sich nach den Wachleuten erkundigt."

„Mache ich, Herr Miltner." Aßmann stand auf.

Der Oberinspektor nickte ihm zu. „Phantastischer Bericht. Mir kommt es vor, als ob ich selbst dabei gewesen wäre."

„Ich hab halt ein gutes Gedächtnis", sagte der Kriminalassistent verlegen und stellte den Stuhl, auf dem er gesessen hatte, wieder an seinen Platz zurück.

Sie gingen durch den Garten zur Hinterseite von Hartmanns Haus: Miltner, Zeipert und Epp. Der Redakteur des Badischen Boten empfing die drei auf dem Freisitz. „Nichts wie rein", sagte er. Als der Oberinspektor seinen Kollegen Epp Frau Gallion vorgestellt hatte, setzten sie sich an den runden Tisch. Nervös musterte Hartmann die Beamten. „Müssen Sie, Herr Epp, auch noch dabei sein?"

„Ja", erwiderte Miltner für seinen Kollegen, „er muß es auch wissen. Aber wir drei halten das Ganze unter der Decke. Über die zwei Anrufe habe ich ihn informiert."

„Wenn das nur gut geht." Nervös griff der Redakteur nach der Kassette.

„Das Bier", erinnerte ihn seine Assistentin und stellte eine dritte Flasche auf den Tisch.

„Ja, ja", entgegnete Hartmann und deutete auf die Flaschen. „Bitte bedienen Sie sich." Ungeduldig sah er zu, wie sie den Gerstensaft in die Gläser gossen. Jetzt schob er die Kassette in das Gerät und drückte die Taste.

„Hartmann?" fragte eine Stimme nach wenigen Sekunden. Es war dieselbe wie beim letzten Mal.

„Am Apparat."

„Das Geld – haben Sie die Dreißigtausend?"

„Noch nicht ganz, aber bis morgen könnte ich es schaffen."

Hartmann warf Miltner einen Blick zu und zuckte ratlos die Achseln.

„Ich kann damit rechnen?"

„Sie können damit rechnen."

„Zur Übergabe: Sie kommen allein mit dem Geldköfferchen. Ich schaue rein und kontrolliere nach. Gnade Ihnen Gott, wenn Sie mich aufs Kreuz legen wollen!"

„Natürlich nicht!" Der Redakteur zögerte. „In welcher Form bekomme ich die Informationen? Nur mündlich könnte ich nicht akzeptieren. Ich bräuchte schon etwas auf die Hand."

„Sie erhalten Kopien."

„Aber wer garantiert mir ...?"

„Niemand. Da Sie ein schlaues Kerlchen sind, werden Sie wohl zwei und zwei zusammenzählen können."

„Alles klar! Wann und wo?“

„Die Zeit: übermorgen vierzehn Uhr, der Ort: Im Großen Wald befindet sich das Jagdhaus des verstorbenen Ehepaares Lowinger. Dort ist alles dicht, und dahinter können Sie Ihren Wagen abstellen. Von da aus gehen Sie zu Fuß noch ein Stück weiter hinauf bis zu dem aufgelassenen Steinbruch. Dort steht eine alte Hütte, in welcher Sie auf mich warten werden. Letzte Warnung! Tragen Sie weder Funk- noch Aufnahmegeräte bei sich. Ich werde es kontrollieren. Schnüffeln Sie auch nicht beim Steinbruch herum – Sie werden überwacht.“

„Am hellen Tag, um vierzehn Uhr. Da können Sie doch nicht ausschließen, daß noch mehr Leute unterwegs sind.“

„Halb so schlimm, ich habe mich überzeugt.“

„Womöglich glauben Sie dann, die gehören zu mir.“

„Ich bin kein Grünschnabel, Freund, und kann das schon unterscheiden.“ Es klickte, der Anrufer hatte aufgelegt.

„Das war's dann wohl“, stöhnte der Redakteur und wischte sich mit seinem Taschentuch über die feuchte Stirn.

„Prima“, rief die Reporterin. „Der Kerl ist darauf eingestellt, daß dort im Wald auch andere Personen sind.“

Miltner sah sie ärgerlich an. „Sie bleiben schön zu Hause und halten in der Redaktion die Stellung.“

Michaela Gallion verzog das Gesicht. „Na schön, wenn Sie es unbedingt wollen.“

„Das ist Sache der Kriminalpolizei, und die muß sich ausschließlich auf Herrn Hartmann konzentrieren.“

„Was meinst du diesmal zu den Hintergrundgeräuschen?“ fragte ihn Zeipert, als sie durch Hartmanns Garten davonschlichen.

„Man hörte wieder leise Vogelstimmen. Der Kerl hat wahrscheinlich von derselben Stelle aus telephoniert, wie bei seinem zweiten Anruf – wenn diesmal auch kein Specht dabei war.“

Die Morgendämmerung brach an, als Oberinspektor Miltner seinen Wagen in einem Holzabfuhrweg zum Stehen brachte. Der Motor verstummte, und er zog den Zündschlüssel heraus. Langsam kurbelte er das Fenster herunter.

„Du glaubst, daß der Bursche noch nicht im Wald ist“, sagte Zeipert zweifelnd. Miltner nickte. „Womöglich verbrachte er die Nacht in der Hütte beim Steinbruch“, fuhr sein Kollege fort.

„Da hätte ich an seiner Stelle im Jagdhaus von Lowinger gepennt.“ Der Oberinspektor holte eine Karte heraus und faltete sie auseinander. „Hier trennen sich unsere Wege.“

„Genau nach Vorschrift“, Zeipert schlug ihm auf die Schulter. „Der kürzere und bequemere für den Oberinspektor, der längere und unbequemere für den Inspektor.“

„Die Hackordnung muß eingehalten werden.“

Zeipert schaute durch die Windschutzscheibe. „Wie ich wohl durch das Dickicht komme?“

„Halb so wild, warte erst mal ab, bis es heller wird.“ Miltner ließ den Strahl seiner Taschenlampe auf die Karte fallen. „Ich an deiner Stelle würde zunächst ein Stück runtergehen, und dann erst in Bachnähe den Aufstieg zum Steinbruch beginnen.“

„Das macht Appetit. Wie gut, daß ein Wanderer ohne aufzufallen einen Rucksack mit sich führen kann. So konnte ich genügend Marschverpflegung einpacken.“

„Wir müssen das anders aufziehen, Günter.“

„Versteh ich nicht.“

„Es ist völlig sinnlos, klammheimlich durch den Wald zu schnüren. Sollte der doch schon da sein, fallen wir ihm auf wie bunte Hunde.“

„Und den echten Wandersmann machen wir mißtrauisch mit unserem Getue.“

„Du gehst gemütlich den Holzabfuhr hinunter bis zur kleinen Brücke. Von da an führt ein Wanderweg den Bach entlang. Bemühe dich nicht, leise zu sein. Putz dir ruhig mal lautstark die Nase, pack an einem Rastplatz deine Brote aus und vespere.“

„Das kommt mir sehr entgegen. Wie steht es mit Hochsitzen?“

„Klettere ruhig hinauf und betrachte zufrieden die Umgebung – lausche andächtig dem Gesang der Vögel. Wie du dich in der Nähe des Steinbruchs verhältst, mußt du selbst entscheiden.“

„Machen wir uns auf den Weg, Bernd.“ Die beiden Beamten stiegen aus dem Wagen.

„Ich komme mir verdammt komisch vor in dem Lodenanzug“, murmelte Miltner und griff nach seinem Rucksack.

Zeipert feixte. „Du siehst ganz passabel aus. Wirklich!“

„Fehlt nur noch der Stutzen, dann könnte ich als Wildschütz Jennerwein durchgehen.“

„Du hast den Nagel auf den Kopf getroffen, wundere dich also nicht, wenn Rehe und Wildschweine vor dir die Flucht ergreifen. Aber jetzt ruft die Pflicht. Mach es gut, Bernd.“

„Du auch“, erwiderte Miltner und sah seinem Kollegen nach, der den Holzabfuhrweg zum Bach hinunterstapfte. Dann schulterte er den Rucksack und schloß den Wagen ab. Bevor der Oberinspektor in die entgegengesetzte

Richtung losmarschierte, vergewisserte er sich, daß seine Walther PPK richtig im Holster steckte. Miltners Ziel war zunächst das Jagdhaus von Generaldirektor Lowinger. Sicher befand sich da ein Telephon, sehr wahrscheinlich sangen dort auch die Vögel und hämmerte ab und zu ein Specht. Warum sollte sich nicht der Anrufer für einige Zeit in diesem Haus eingenistet haben. Das Ehepaar Lowinger war tot, und Nachkommen gab es keine. Man konnte also annehmen, daß sich dort niemand aufhielt. Höchstens Penner, überlegte er im Weitergehen, nein, die blieben in Stadtnähe.

Inzwischen war der Oberinspektor etwa dreißig Minuten gegangen und noch auf keinen Wanderer gestoßen. Waldarbeiter würden auch nicht auftauchen, da diese an einer gut fünfzehn Kilometer entfernten Stelle arbeiteten. Aßmann hatte sich beim Forstamt danach erkundigt. Später entdeckte Miltner einen Hochsitz und beschloß, hinaufzuklettern. Während er unauffällig die Umgebung musterte und dabei in ein Brot biß, blinkte zu seiner Linken ein Teil des Baggersees zwischen zwei Tannen in der aufgehenden Sonne herüber. Roland Döge fiel ihm ein, der noch immer verschwunden war, und von dem bis jetzt noch niemand ein Lebenszeichen erhalten hatte. Gestern war der Oberinspektor von Amtsgerichtsrat Revenus angerufen worden, der ihm Versagen vorwarf. Verdammt, was war dort in der Nähe des Baggersees geschehen? „Du kannst dir momentan keine Ablenkung leisten“, murmelte er und verstaute das halb verzehrte Brot wieder in dem Rucksack. Dann machte er sich seufzend an den Abstieg.

Zwanzig Minuten später traf Miltner auf die ersten Wanderer, genauer gesagt Wanderinnen – zwei Damen mittleren Alters, die froh zu sein schienen, einem gleichgesinnten Lodenträger zu begegnen.

Im Laufe des Gesprächs, das in der Hauptsache die beiden Damen führten, wurde dem Oberinspektor mit Entsetzen klar, daß sie ihn bereits zum männlichen Begleitschutz erkoren hatten. Als Ausrede fiel ihm Pilzesuchen ein. Sich entschuldigend, verschwand er in den Büschen. Dort warf er sich auf den Boden und wartete, bis die beiden weit weg waren, was er Gott sei Dank akustisch durch das immer leiser werden der Diskussion, welche die Wanderinnen führten, feststellen konnte.

Miltner stand auf, wischte sich mit beiden Händen die trockenen Tannennadeln von seinem nagelneuen Anzug und schlug die alte Richtung wieder ein. Wenig später überquerte er den verwahrlosten Fahrweg, der zum aufgelassenen Steinbruch hinaufführte, und etwa fünfzehn Minuten danach die gepflegte Straße zu Lowingers Jagdhaus. Der Oberinspektor zog seine Karte zu Rate. Hier mußte bald der Wanderweg in Sicht kommen, der an der Rückseite des Jagdhauses vorbeiführte.

Bevor er sich wieder in Bewegung setzte, begutachtete er umständlich einen Ameisenbau von allen Seiten, wobei er unauffällig die Umgebung musterte. Nichts war zu erkennen, und Geräusche verursachten nur musizierende Vögel sowie emsig umherschwirrende Insekten. Beinahe hätte er den Wanderweg übersehen, so bewuchert war der schmale Pfad. Ein Zeichen, daß er nur selten benützt wurde.

Auch bei Lowingers Jagdhaus, dessen Rückfront nun vor ihm auftauchte, sangen die Vögel. Was fehlte, war das Hämmern eines Spechtes, doch der machte vielleicht gerade Ruhepause. Eine kleine, steinerne Treppe führte vom Pfad zu Lowingers Anwesen hinauf. Ein bequemer Weg für den verstorbenen leidenschaftlichen Jäger, wenn er in umgekehrter Richtung zu seinem Hochsitz gelangen wollte. Miltner wußte, daß sich hier – weiter unten in einer kleiner Senke – eine Waldwiese befand, durch die ein Bächlein sprudelte: gerade der richtige Ort für einen genervten Mann, die scheuen Rehlein abzuknallen, um so seine Wut und seinen beruflichen Frust an den unschuldigen Tieren auszulassen. „Du knallst keine mehr ab", murmelte Miltner und stieg das Treppchen hinauf.

Ein grober hölzerner Tisch, mit einer Bank dahinter, befand sich auf der Rückseite. Sonst war hier alles weggeräumt und die Läden an den drei Fenstern geschlossen. Die hinabführende Treppe mit Eisengeländer ließ erkennen, daß das Jagdhaus unterkellert war. Ein mit Kies bestreuter Weg lief auf der linken Seite um das Gebäude herum, und der Oberinspektor ging in diese Richtung.

Abrupt blieb er wieder stehen. Vom Haus her hatte es geknarrt! Die vorgelegten Läden? Miltner griff behutsam nach dem Holz und versuchte, daran zu rütteln. Vergebens, die beiden Ladenhälften gaben nicht nach. Auch beim zweiten Fenster hatte er keinen Erfolg. Beim dritten wurde er stutzig: Die eine Hälfte des Ladens ließ sich hin und her bewegen, doch gab sie dabei nicht das geringste Geräusch von sich. Der Oberinspektor überprüfte die Angeln: sie waren frisch geölt!

Verdammt, was sollte er tun? Die Pistole ziehen? Um damit womöglich einen Landstreicher zu erschrecken? Er beschloß, den neugierigen Wandersmann weiterzuspielen. Lautstark marschierte er zur Vorderseite des Hauses. Der Eingang war überdacht, links und rechts davon je ein Fenster, bei denen ebenfalls die Läden geschlossen waren. Ein eisernes Gitter sicherte die Tür. Der Oberinspektor ging wieder zur Rückseite und versuchte es mit der Kellertreppe.

Als er unten vor der Tür stand, drückte er dagegen – lautlos schwang sie auf. Fahles Licht fiel in den Kellerraum. So, wie er im hellen Rechteck des Türrahmens stand, gab er für einen, der hier auf ihn lauerte, ein wunderschönes Ziel ab, schoß es ihm durch den Kopf. Verdammt, er mußte sich melden! Aber er konnte doch nicht nach dem toten Lowinger rufen! Wie hieß seine Sekretärin? Jetzt fiel es ihm ein. „Frau Stolz“, rief er mit krächzender Stimme. Es kam keine Antwort. „Frau Stolz“, rief er noch einmal. „Ich bin's, Waldemar Müller von der Karlsruher Assekuranz.“ Wieder kam keine Antwort. Aber es hatte kurz geknarrt, so etwa, wie wenn jemand, der auf einer hölzernen Diele steht, sein Gewicht verlagert hätte.

Miltner riß seine Pistole aus dem Holster und lud sie durch. Dann holte er die Taschenlampe heraus. Mit ihr in der Linken und der Walther in der Rechten durchquerte er leise den Kellerraum, erspähte dahinter eine Treppe und schlich sie langsam hinauf. Oben stand er vor einer Tür, in die Milchglas eingelassen war. Mit dem linken Ellenbogen drückte er behutsam die Klinke herunter – die Tür gab nach, und der Oberinspektor blickte in einen schmalen Gang, in welchem mattes Tageslicht herrschte. Als er weiterging, konnte er feststellen, daß die Helligkeit von der Haustür herkam. Jetzt entdeckte er einen Kippschalter und betätigte ihn. Das Licht der Deckenleuchte flammte auf, und an jeder Seite des Ganges war eine Tür zu sehen. Die zur rechten schien verschlossen, während die andere einen Spalt offenstand. Dahinter gähnte Dunkelheit. Miltner knipste die Taschenlampe an und schob die Tür zurück.

Da war wieder das Knarren – aber es kam von der anderen Seite! Der Oberinspektor warf sich herum und riß die Pistole hoch. Verblüfft ließ er die Waffe wieder sinken. Unter der jetzt offenen gegenüberliegenden Tür stand eine Frau im Lodenkostüm, die eine dunkle Sonnenbrille trug.

„Wer sind Sie, und was machen Sie hier?“ fragte er scharf.

„Das gleiche könnte ich Sie fragen, oder haben Sie einen Durchsuchungsbefehl?“

„Ich kenne Sie doch.“

„Wir sind uns bei Herrn Hartmann begegnet.“

„Natürlich, die Reporterin vom Badischen Boten. Heute sehen Sie aber verdammt komisch aus.“

„Das Kompliment kann ich zurückgeben“, erwiderte Gallion trocken.

11. Kapitel

Miltner starrte die Reporterin an. „Wer hat Sie um Himmels willen so zugerichtet: das faltige Gesicht und dieser komische Haarkranz auf dem Kopf? So stelle ich mir eine ältliche, jungfräulich gebliebene Lehrerin um die Jahrhundertwende vor. Wer hat das fertiggebracht?“

„Meine Mutter, die ist Maskenbildnerin.“

„Tadellos gemacht, wirklich. Nur die Sonnenbrille stört, sie ist zu modisch.“ Der Oberinspektor wurde ernst. „Ich habe Ihnen doch verboten, Ihre Nase hier reinzustecken. Es genügt schon, wenn wir auf Hartmann aufpassen müssen. Der stellt sich doch an wie der letzte Mensch.“

„Vergessen Sie nicht, daß so etwas zu meinem Job gehört.“

„Gehört das auch zu Ihrem Job, wie zur Salzsäule erstarrt dazustehen? Nachdem Sie hier in Erscheinung getreten sind, haben Sie sich noch keinen Zentimeter von der Stelle gerührt. Wieso halten Sie die ganze Zeit Ihre rechte Hand hinter dem Rücken verborgen? Ich kann's mir denken: Sie haben hier schon was mitgehen lassen. Vielleicht ein Photo von Lowinger mit seiner Sekretärin, beide splitterfasernackt auf einem Wasserbett?“

„Sie haben eine schmutzige Phantasie.“

„Bringen Sie lieber das Zeug wieder an Ort und Stelle“, knurrte der Oberinspektor, „hier wird nicht geklaut.“ Er sicherte seine Pistole und steckte sie in das Holster zurück.

„Hören Sie die Vögel?“

„Und jetzt ist auch der Specht an der Arbeit. Sie haben ebenfalls vermutet, daß der Kerl von hieraus zweimal angerufen hat.“

„In dem Zimmer hinter meinem Rücken befindet sich ein Fernsprecher.“

„Was hätten Sie gemacht, wenn der Bursche noch hier gewesen wäre?“

„Das wäre auf seine Reaktion angekommen.“

„Nehmen wir mal an, er hätte Ihre Verkleidung durchschaut?“

„Dann hätte ich ihm das unter die Nase gehalten.“ Blitzschnell kam ihre rechte Hand zum Vorschein.

„O Gott“, murmelte der Oberinspektor und starrte fassungslos auf die Perkussionspistole, „hat die Napoleon auf seiner Durchreise bei Ihren Urgroßeltern vergessen?“

Sie ließ die Waffe sinken. „Dies ist eine Replik. Ich habe das Ding speziell für mich anfertigen lassen, was eine Menge Geld gekostet hat.“

„Eine Präzisionswaffe also.“

„Zur Selbstverteidigung. Die Pistole besitzt Züge, und die Langgeschosse gieße ich selbst.“

„Ja, aber ...?“

„Hinten wird die Kugel konisch aufgebohrt, und am Laufende der Waffe ist ein Dorn.“

„Damit sich das Blei an die Züge legt?“

Gallion lächelte. „Mit meinem Hämmerchen mache ich kein Sparschwein kaputt ...,“

„... sondern schlagen das Geschoß auf den Dorn." Miltner schüttelte den Kopf. „Welchem Geheimbund gehören Sie an?"

„Einer Schwarzpulverschützengilde. Das Ganze ist ein Hobby von mir."

„Ein Mordshobby."

„Machen Sie mit, Herr Miltner. Das paßt wunderbar zu einem von der Mordkommission. Leute wie Sie sind uns jederzeit willkommen. Wir schießen mit Gewehren und Pistolen, in der Regel allerdings mit Steinschloßwaffen. Einer von uns benutzt sogar eine echte Radschloßpistole."

„Aus dem Dreißigjährigen Krieg, die ein vergeßlicher Schwede liegengelassen hat." Er deutete auf die Waffe der Reporterin. „Und diese dient zur Selbstverteidigung. Da hat der Hartmann ja eine phantastische Überschrift für seinen Artikel. ‚Reporterin mit Vorderladerpistole auf Verbrecherjagd – der alte Fritz läßt grüßen!'" Miltner hielt nachdenklich inne. „Falls Ihr Chef dann überhaupt noch lebt. Wir hätten das nie so durchziehen sollen – verdammte Scheiße!"

„Es wird Zeit."

„Packen wir es an, aber, was mache ich mit Ihnen? Das Beste wird sein, Sie halten hier die Stellung."

„Kommt überhaupt nicht in Frage, dafür geben wir ein viel zu gutes Paar ab: Ich als ältliche, noch jungfräuliche Lehrerin und Sie ein alter, ausgelaugter Bonvivant, der in Gottes freier Natur wieder zu Kräften kommen will."

„Wo verstauen Sie Ihre Artillerie?"

„Hierfür benutze ich ein mit nachtblauem Samt ausgeschlagenes Köfferchen."

„Vornehm geht die Welt zugrunde."

Obwohl der aufgelassene Steinbruch in der Nähe lag, brauchten der Oberinspektor und die Reporterin eine Stunde, bis sie auf Umwegen den Wald oberhalb des Steinbruchs erreicht hatten. Sie lagen nun gut getarnt in einer Kuhle, von der aus allerdings nur ein Teil des Weges sichtbar war, auf dem man die Hütte erreichen konnte, die der Anrufer als Treffpunkt bestimmt hatte.

„Wollen wir uns nicht an den Rand des Steinbruchs schleichen, damit wir kontrollieren können, was unten vor sich geht?" fragte Gallion und überprüfte nochmal die kleine Kamera, die sie aus ihrem Kleid gezaubert hatte.

„Zu riskant, der Kerl kann sich auch hier oben rumtreiben. Wir müssen vorläufig ruhig liegenbleiben und auf Geräusche achten." Er nestelte behutsam an seinem Rucksack und holte ein Fernglas heraus.

„Ist das nicht zu gefährlich?"

„Die Sonne steht hinter uns, da kann nichts blitzen. – Niemand zu sehen“, brummte Miltner, nachdem er die Umgebung durch das Glas gemustert hatte.

„Wenn der Kerl hier unten an der Wand entlangschleicht, ist er für uns unsichtbar.“

„Schlaues Mädchen. Schade, daß wir nicht in den USA sind und ich kein Sheriff bin. Ich würde Sie glatt zum Hilfssheriff ernennen. Sie haben natürlich recht, und wenn zwei, drei Tage Zeit gewesen wären, hätte ich mich ausführlich mit der Umgebung vertraut gemacht.“

„Wobei immer die Gefahr bestanden hätte, daß der Bursche Ihnen über den Weg läuft.“

„Besonders dann, wenn der sich womöglich schon einige Tage in der Jagdhütte aufgehalten hat. Im übrigen sind die Karten der Kriminalpolizei nicht ganz so schlecht“, fuhr Miltner fort und deutete nach rechts unten. „In diesem Gebiet lauert mein Kollege Zeipert. Von dort aus müßte er in der Lage sein, den ganzen Steinbruch einzusehen.“

„Haben Sie eine Vermutung, wer der Anrufer sein könnte?“

„Eine äußerst vage.“

„Der Anrufer und der Angeschossene könnten Kumpel sein.“

Miltner gab keine Antwort. Er holte das halb gegessene Brot heraus und bot ihr ein zweites an.

Sie griff danach, wickelte es aus und biß herzhaft hinein. „Der Anrufer“, mampfte sie, „braucht vermutlich das Geld, um sich abzusetzen, weil ihm die Sache heiß zu werden scheint.“

„Welche Sache?“

„Ich denke an den Mord am Baggersee.“

„Im Baggersee, im dunklen See, da blühn der Lilien viele, sie wiegen sich, sie biegen sich, dem bloßen Wind zum Spiele.“

„Der Mummelsee ist damit gemeint.“

„Lernt man so etwas wieder in der Schule?“

„Meine Großmutter hat es mir des öfteren vorgetragen. – Und was die heiße Sache anbetrifft, so tappe ich im Dunkeln. Aber irgend etwas geht hier vor.“

„Die Firma Aldinger ließ ihr Areal auf der Halbinsel im Baggersee durch einen Sicherheitsservice überwachen, dessen Angehörige nach dem Mord an Wachmann Hotz spurlos verschwanden. Ich vermute, daß der Anrufer und der Angeschossene Mitglieder dieses Dienstleistungsbetriebes sind oder waren.“

„Und die Namen?“

„Ich weiß nur den Namen des Ermordeten und den des Chefs: Josef Glupp. Kein Mensch kennt angeblich die der anderen Männer. Der Geschäftsführer der Aldinger GmbH, ein Holger Pandel, leidet besonders stark unter Gedächtnisschwund."

„Die Firma müßte doch eine Liste der Wachleute besitzen?"

„Diese hat angeblich Frau Aldinger-Coupez, und die wohnt in Haguenau."

„Aldinger-Coupez", entgegnete Gallion nachdenklich.

„Kennen Sie die Dame? – Was ich Ihnen erzählt habe, ist streng vertraulich." Miltner legte einen Finger an den Mund.

Die Reporterin lächelte. „Ihr Hilfssheriff hält die Klappe, darauf können Sie sich verlassen. Und was Frau Aldinger-Coupez betrifft: Ich kenne diese Dame nicht. Allerdings läßt der Name Coupez bei mir die Alarmglocke schrillen. Der Mann ist vermutlich in Waffenschiebereien verwickelt, die man ihm aber bis jetzt nicht nachweisen konnte. Merkwürdig an der Sache ist, daß zwei französische Journalisten, die ihm auf den Fersen waren, spurlos verschwunden sind."

„Waffenschmuggel", meinte der Oberinspektor und suchte dabei sorgsam den angrenzenden Wald mit dem Fernglas ab, „dürfte bei dem Mord an Hotz wohl keine Rolle spielen."

„Haben Sie schon an Umweltverschmutzung gedacht?"

Miltner setzte das Fernglas ab und schaute Gallion an. „Sie denken an den verschwundenen Greenpeacer."

„Der hat doch am Baggersee herumgeschnüffelt – schließlich wurde sein Auto im Waldstück Am Buchenhain gefunden."

„Ich war beim Tauchsportklub Muräne, bei Greenpeace und auch bei seinen Stiefeltern. Mein Bild von Döge: ein spinnender Eiferer, der nicht für voll genommen werden kann."

„Man hat noch immer keine Spur von ihm."

Der Oberinspektor nickte nachdenklich. „Das gefällt mir ganz und gar nicht. In der Nähe seines Autos – ich spreche noch immer zu meinem Hilfssheriff – muß ein Kampf stattgefunden haben."

„Er wurde dort überwältigt?"

„So sieht es aus. Ich habe die ganze Gegend absuchen lassen und keinen Döge gefunden."

„Auch nicht im Baggersee? Haben Sie Taucher angefordert?"

„Der See hat rund 40 Hektar Fläche. Das dauert Wochen, bis das Gewässer von den Tauchern unter die Lupe genommen worden ist, und das kostet Geld, Hilfssheriff, eine Menge Geld. Da macht Kriminalrat Stief nicht mit."

„Aber ...“

„Und wenn wir erst das Weingartener Moor umwühlen, weil wir im Baggersee nichts gefunden haben. Was glauben Sie, wie da die Naturschützer auf die Barrikaden gehen! Nein, solange wir nichts Konkretes wissen, ist da überhaupt nichts drin.“ Er legte Gallion beruhigend seine Hand auf den Arm. „Wenn das hier über die Bühne gegangen ist, werde ich mir den Baggersee nochmal vornehmen.“ Dann blickte er auf die Armbanduhr. „Kurz vor eins. Kein Wort mehr über Umweltverschmutzung, konzentrieren wir uns auf den Steinbruch.“

„Okay, Sheriff“, entgegnete die Reporterin.

Nachdem Miltner den Steinbruch und den angrenzenden Wald erneut abgesucht hatte, ließ er das Fernglas mißmutig sinken und leckte sich über die trockenen Lippen. „Verflucht!“ schimpfte er vor sich hin. An belegte Brote hatte er gedacht, aber nicht an eine Thermosflasche voller Eistee. Auch der Beobachtungsplatz, den er gewählt hatte, war nicht der idealste. Zwar lagen sie gut gedeckt zum Steinbruch, doch die fast senkrecht stehende Sonne brannte nun durch eine große Lücke im Blätterwerk auf ihre Rükken. „Verflucht“, schimpfte der Oberinspektor noch einmal und schob seinen Jägerhut weiter ins Genick. Sein Kollege Epp fiel ihm ein. Dem wäre so was dämliches nicht passiert. Herbert Epp und Umweltverschmutzung? Hatte der nicht gestern darüber eine Bemerkung gemacht? War der Baggersee gemeint oder das Naturschutzgebiet Weingartener Moor? Leider hatte er ihm nicht richtig zugehört. Einfach nur so mit ja und nein geantwortet, weil er gedanklich schon zu sehr mit dem heutigen Tag beschäftigt war. Vor lauter Sorge, es könnte ein Reinfall werden – bei den echten dreißigtausend Euro, die Hartmann hierherbrachte. Was hatte Epp ihm gesagt?

„Ich höre Stimmen“, wurden seine Überlegungen durch Gallion unterbrochen. „Da kommen welche die Straße zum Steinbruch herauf.“

„Der Hartmann hat einen Begleiter mitgebracht – dieser Idiot.“

„Das eine dürfte eine Frauenstimme sein.“ Zwei Gestalten tauchten an der Biegung auf.

Miltner hob das Fernglas. „Das kann doch nicht wahr sein“, sagte er nach einer Weile.

„Kennen Sie die beiden?“

„Nur die Frau – eine Ärztin für Allgemeinmedizin namens Hannelore Sigg.“

„Die den Unbekannten mit der Schußwunde am Oberarm versorgt hat.“

„Sie wissen verdammt viel, Hilfssheriff.“

„Das weiß inzwischen die halbe Stadt. Oder glauben Sie, die Assistentinnen von der haben dichtgehalten.“

Miltner reichte der Reporterin das Fernglas. „Wissen Sie, wer der Begleiter von Frau Sigg ist?"

Gallion starrte eine Weile durch das Glas, dann gab sie es dem Oberinspektor zurück. „Tut mir leid, der ist mir unbekannt."

„Komischerweise bilde ich mir ein, ihn irgendwo schon mal gesehen zu haben. Blöd, daß der Bursche eine Mütze aufhat. Sicher ist sicher. Wenn die näher herangekommen sind, machen Sie eine Aufnahme von den beiden. Besonders das Gesicht des Mannes muß gut erkennbar sein." Er schaute mißbilligend auf den kleinen Photoapparat, mit dem die Reporterin jetzt das Pärchen anvisierte. „Ein größerer mit Teleobjektiv wäre besser gewesen."

„Das war mir zu riskant", murmelte sie, während sie mit ihrer Kamera die beiden Wanderer verfolgte. Es klickte schwach, und ein Surren war zu hören, als der Film weitertransportiert wurde. Gallion machte vier Aufnahmen, bevor die beiden um eine Biegung verschwanden. Als letztes war glockenhelles Lachen der Ärztin zu vernehmen.

„Hört sich glücklich an", meinte die Reporterin amüsiert. Der Oberinspektor runzelte mißbilligend die Stirn. „Der kleine Apparat ist schon ein tolles Ding und macht haarscharfe Bilder. Sie werden staunen, was für phantastische Bildausschnitte ich Ihnen von dem Knilch präsentiere."

„Hören Sie es auch?"

„Ohne Zweifel ein Auto."

„Dreizehn Uhr dreißig – das dürfte Hartmann sein."

„Er müßte nun bald bei Lowingers Jagdhaus ankommen."

„Jetzt hat er zurückgeschaltet."

Wenig später verstummte der Motor, und kurz danach schlug eine Wagentür zu. Nach etwa zehn Minuten erschien der Redakteur in ihrem Blickfeld. Miltner hob sein Fernglas. Immer wieder um sich blickend, kam Hartmann, das Aktenköfferchen mit dem Geld krampfhaft in seiner Rechten haltend, den Weg herauf.

„Der wirkt wie einer auf dem Gang zum Schafott", murmelte er.

„An seiner Stelle möchte ich nicht sein."

„Solange er im Besitz des Geldes ist, kann ihm nichts passieren."

„Und wenn er es übergeben hat – was dann?" Sie deutete zur Hütte. „Wie kommen wir überhaupt schnell da hinunter, wenn wir ihm helfen müssen?"

„Nicht reden, photographieren!"

Der Redakteur hatte den Rand des Steinbruchs erreicht und ging nun auf die Hütte zu. Der Oberinspektor suchte schnell noch einmal mit dem Fernglas den angrenzenden Wald ab. Er glaubte, eine Gestalt von einem Strauch zum anderen huschen zu sehen – sicher sein Kollege Zeipert! Von unten ertönte ein zaghaftes „Hallo?" Hartmann stand vor der Hüttentür und blickte nervös umher. Als nichts geschah, klopfte er an die Tür. „Bitte melden Sie sich, ich bringe Ihnen das Geld!" Hatte der Redakteur eine Antwort erhalten? Jedenfalls öffnete er langsam die Tür, die knarrend protestierte.

Mit angehaltenem Atem schaute Miltner durch sein Glas. Er konnte sehen, wie sich die Lippen des Mannes bewegten, als er flüsternd jemand Antwort zu geben schien, und daß der verkrampfte Gesichtsausdruck einem erleichterten Lächeln Platz machte. Hartmann betrat die Hütte und war für die beiden Beobachter verschwunden. Nur sein Arm griff noch aus den Dunkel und zog die Tür wieder zu.

„Hm", murmelte der Oberinspektor und ließ das Fernglas sinken. „Haben Sie ...?" Doch dann hielt er inne, weil ein aufgeregter Hartmann zu hören war: „Wo sind Sie? Ich kann Sie nicht sehen, machen Sie doch endlich Licht!" Es polterte, dann ertönte wieder die Stimme des Redakteurs: „Lassen Sie das Köfferchen in Ruhe! Erst will ich von Ihnen wissen ..." Irgendwer rief etwas Unverständliches, dann hörte man einen unterdrückten Aufschrei, dem ein dumpfes Geräusch folgte. Die Tür der Hütte wurde aufgestoßen, und ein kleiner Mann – mit dem Aktenkoffer in der Hand – hetzte über das Steinbruchgelände zum Wald hin.

Miltner war aufgesprungen. „Alles liegenlassen. Hier vorne führt ein schmaler Pfad hinunter. Nehmen Sie sich in acht, der Weg ist gefährlich! Bleiben Sie direkt hinter mir."

Zweige peitschten ihnen ins Gesicht, als sie durch den Wald brachen. „Glauben Sie, er hat ihn umgebracht?" japste die Reporterin.

„Vermutlich niedergeschlagen." Hoffentlich, dachte der Oberinspektor, sonst konnte er der Mordkommission adieu sagen und Streifendienst machen. Beinahe hätte er den schmalen Pfad, der zum Steinbruchgelände hinunterführte, verpaßt. Er mußte einige Schritte zurückgehen. Prüfend glitt sein Blick über die Kante. Ja, genau hier war es. „Wir müssen jetzt verdammt vorsichtig sein." Gerade, als er mit dem Fuß vorantastete, fiel ein Schuß. Regungslos blieb er stehen.

„War das Ihr Kollege?"

„Der besitzt nur eine Pistole, und das klang eher nach einem Gewehr." Er hielt ihr die Hand hin. „Machen wir uns an den Abstieg." Schweratmend kamen die beiden vor der Hütte an. „Haben Sie nach dem Schuß noch irgend etwas gehört?" stieß Miltner heraus.

„Nicht das geringste", hechelte die Reporterin und hantierte an ihrer Kamera. Sie knipste die Wand des Steinbruchs, den Waldrand und eine verrostete Schüttelrutsche. Zum Schluß visierte sie die offenstehende Tür der Hütte an.

„Jetzt ist es aber genug. Das Schicksal Ihres Chefs scheint Sie überhaupt nicht zu interessieren."

„Das ist mein Beruf, Herr Miltner, und wenn mein Chef das Abenteuer überlebt – was ich ihm von ganzem Herzen wünsche – ist er der erste, der mich zusammenstaucht, wenn ich ihm keine Bilder liefern kann." Als er nun mißbilligend den Kopf schüttelte, sagte sie: „Das gibt einen Exklusivbericht, der steigert die Auflage unseres Blattes, und davon hängt für mich auch ein sicherer Arbeitsplatz ab. Im übrigen haben Sie Herrn Hartmann ins Feuer geschickt und nicht ich – Sheriff."

„Alles klar, Hilfssheriff." Miltner holte seine Taschenlampe heraus und ging auf die dunkle Hüttenöffnung zu. Dort lehnte er sich seitlich vom Eingang an das rauhe Holz der Wandung und lauschte. Er glaubte, ein leises Stöhnen zu hören. „Herr Hartmann", rief er. Das Stöhnen wurde lauter. Mit einem Schritt war der Oberinspektor in der Öffnung, und seine Taschenlampe flammte auf. Ihr Schein beleuchtete den Redakteur des Badischen Boten, der sich ächzend den Kopf hielt und seinen Oberkörper aufzurichten versuchte. Bevor Miltner zu ihm ging, ließ er schnell den Strahl der Lampe durch das Innere der Hütte wandern. Nichts! Ein einfacher Holzbau, leer und vergammelt. Dann erblickte er in der hinteren rechten Ecke eine aufgeklappte Falltür und stand mit wenigen Schritten davor. Im Lichtstrahl sah er ein kleines Gelaß, zu dem eine primitive Stiege hinunterführte. Hier mußte sich der kleine Mann aufgehalten haben – vermutlich schon die ganze Nacht über –, denn in der einen Ecke befand sich ein Lager aus Laub. Daneben stand auf einer Kiste eine leere Weinflasche, in deren Hals eine heruntergebrannte Kerze steckte. Auf einer weiteren Kiste, bei der seitlich das Wort Sprengstoff aufschabloniert war, lag ein halber Laib Brot und daneben ein Stück Käse. Eine heruntergefallene Bierflasche war auf dem unebenen Boden ein Stück weit davongerollt. Nochmal ließ der Oberinspektor den Strahl der Lampe durch die Hütte gleiten. An der linken und rechten Wand entdeckte er je ein Fenster. In beiden steckten Reste von zerborstenen Scheiben. Die vorgelegten Läden konnten nur von außen geöffnet werden.

Hartmann stöhnte wieder, diesmal lauter als zuvor. „Wo bin ich?"

Michaela Gallion erschien an der Tür. „Wie sieht es mit ihm aus?"

„Er lebt", entgegnete Miltner kurz, „bitte öffnen Sie die Läden."

Während der eine krachend aufschlug und es in der Hütte heller wurde, wandte sich der Oberinspektor dem Redakteur zu, dem es gelungen war, seinen Oberkörper aufzurichten. Er kniete sich zu ihm hin und fragte: „Wie fühlen Sie sich?"

„Kopfschmerzen", ächzte der und griff an seinen Hinterkopf.

Behutsam tastete auch Miltner danach, während er hörte, daß der zweite Fensterladen von der Reporterin geöffnet wurde. Kurz darauf erschien sie und kniete sich neben ihren Chef. „Sie Ärmster“, flüsterte sie und strich ihm zärtlich das Haar aus der Stirn. „Ist es schlimm?“

„Er hat eine mächtige Beule am Hinterkopf“, brummte Miltner. „Fassen Sie bitte mit an, damit wir ihn mehr zur Seite schieben können. So“, sagte er zu Hartmann, „ jetzt lehnen Sie sich mit dem Rücken an die Hüttenwand.“

„Er hat mich überrumpelt“, erklärte der Redakteur mit schwacher Stimme.

„Wie kommen Sie eigentlich zu einer Beule am Hinterkopf? Sie haben ihm doch in der Hütte gegenübergestanden?“

„Zuerst befahl mir eine Stimme, die von hinten kam, ich solle die Tür schließen. Jetzt stand ich im Dunkeln und konnte nichts erkennen. Dann ist plötzlich ein Schatten aufgetaucht wie der Teufel aus der Kiste und wollte mir den Geldkoffer entreißen. Ich habe aber nicht losgelassen und heftig protestiert.“

„Teufel aus der Kiste?“ Gallion sah den Oberinspektor besorgt an. „Er scheint doch ernstlich Schaden genommen zu haben.“

Miltner reichte ihr die Taschenlampe. „Da drüben in der Ecke, aber seien sie vorsichtig.“

„Tatsächlich. In dem Gelaß hat der Kerl gehaust und ist da herausgeschossen – dieser Teufel.“

„Das erklärt aber noch lange nicht, wieso ihr Boß die Beule am Hinterkopf hat und nicht auf der Stirn.“

„Mein Gott, er hat Herrn Hartmann abgelenkt, damit der sich umdreht.“

„Hinter Ihnen steht einer, hat er gesagt“, kam die Stimme des Redakteurs, „ich habe mich umgedreht – und dann sah ich nur noch Sterne.“ Er schaute den Oberinspektor vorwurfsvoll an. „Wo sind die Dreißigtausend, Herr Miltner?“

„Wir sahen von oben aus, wie er mit dem Geldköfferchen davonlief“, erklärte Michaela Gallion.

„Haben Sie ein Bild von ihm geschossen?“ fragte Hartmann hoffnungsvoll.

„Es ging alles viel zu schnell – und wir machten uns solche Sorgen um Sie.“

„Scheiße, noch nicht einmal ein Photo von dem Gauner.“

„Kein Grund zur Panik“, sagte Miltner schnell, „Sie, der im Dienst für den Badischen Boten niedergeschlagene Redakteur, werden zum Titelbild.“ Er zerzauste die Haare von Hartmann. „Nicht mehr anlehnen, Oberkörper zur Seite sinken lassen und Augen schließen. Feuer frei!“ Blitzlicht zuckte auf – und noch einmal, für eine weitere Aufnahme von der Seite.

„Jetzt erklären Sie mir den Apparat“, fuhr der Oberinspektor fort.

„Sie wollen ...?“

„Ich will, aber Beeilung, wir sind in Zeitnot!“

„Klar.“

Als Gallion ihm die Funktion erklärt hatte, meinte Miltner: „Sie knien sich jetzt zu Ihrem Boß runter, richten seinen Oberkörper auf und stützen ihn. Machen Sie ein besorgtes Gesicht – gut so!“ Wieder flammte mehrmals Blitzlicht auf.

„Das vergesse ich Ihnen nie, Herr Miltner“, stammelte der Redakteur.

„Wir sind Ihrer Zeitung sehr zu Dank verpflichtet“, erwiderte der Polizeibeamte mit Pathos. Hoffentlich vergißt er jetzt eine Zeitlang das geklaute Geld, dachte er und hielt der Reporterin die Kamera hin. „Jetzt noch das Gelaß.“

Hartmann wollte sich aufrichten. „Langsam“, sagte Miltner, „versuchen Sie es nicht alleine. Sobald Frau Gallion fertig ist, kümmern wir uns gemeinsam um Sie.“

„Es wird Zeit, Bernd, daß du dich um einen Toten kümmerst“, tönte es vom Eingang her. Zeipert stand unter der Tür und sah Miltner ärgerlich an.

„Um einen Toten?“ fragte der Oberinspektor und hatte ein schlechtes Gewissen.

„Um einen kleinen Mann in einem großen Wald und einen kleinen Koffer mit einer Menge Geld.“

12. Kapitel

„So, Herr Hartmann“, meinte der Oberinspektor, als sie aus der Hütte ins Sonnenlicht traten, „jetzt setzen wir Sie in den Schatten, damit Sie sich erholen können. Wir kümmern uns in der Zwischenzeit um die Leiche.“

„Ich will mit“, ächzte der Redakteur, „und das Geld zählen.“

„Wie Sie wollen. Fangen Sie aber unterwegs bloß nicht zu jammern an.“

„Das war ein Ding“, sagte Inspektor Zeipert zu seinem Kollegen, während sie über das steinige Gelände hasteten und ihnen Hartmann, von seiner Assistentin gestützt, langsam folgte.

„Konntest du den Eingang der Hütte gut sehen?“

„Mann, wie Winnetou habe ich mich herangeschlichen und einen prima Platz gefunden: nahe beim Steinbruch und doch tadellos gedeckt von einer kleinen Tanne mit dichten, bis zum Boden herunterhängenden Ästen. Wenn es geregnet hätte, Bernd, ich wäre bestimmt nicht naß geworden."

„Zur Sache, Günter."

„Ich liege also gemütlich da, schaue ab und zu mit dem Feldstecher umher und knabbere zwischendurch an meinem Pausenbrot." Zeipert blieb stehen und kratzte sich am Bauch. „Hoffentlich habe ich keine Zecke erwischt."

„Weiter, weiter."

„Ich sehe den Hartmann mit dem Geldköfferchen kommen und über den steinigen Boden auf die Hütte zustolpern. Er bleibt davor stehen, ich höre ihn rufen, dann sehe ich, daß er die Hütte betritt und die Tür hinter sich zuzieht. Es scheint drinnen eine Auseinandersetzung zu geben – so ganz habe ich das nicht mitgekriegt – und dann saust, wie ein geölter Blitz, ein kleiner Mann – etwa eineinhalb Meter groß – aus der Hütte. In seiner Rechten hält er krampfhaft den Geldkoffer. Du hast sicher den Schuß auch gehört?"

„Ein Gewehrschuß vermutlich."

„Der Knilch sprintet fast direkt auf mich zu. Besser hätte es gar nicht sein können. Ich robbe von der Tanne weg und postiere mich hinter einer alten Eiche. Das Männchen keucht heran, und ich muß nur zwei Schritte machen, um mich ihm in den Weg zu stellen und ihm die Pistole unter die Nase zu halten. Er läßt sofort den Koffer fallen und reißt die Arme hoch – schneeweiß ist sein Gesicht geworden. Plötzlich sagt er ganz erleichtert: ‚Ach, Sie sind's, Herr Zeipert', und läßt langsam die Arme sinken. Was ist los in dieser Stadt, Bernd? Ich kenne ihn nicht, aber er kennt mich."

„Vielleicht hast du ihn mal eingebuchtet. Erzähl endlich weiter."

„‚Sie waren der Anrufer?' frage ich ganz blöd. ‚Bei uns in Deutschland gibt's doch jetzt auch ne Kronzeugenregelung, entgegnet er und erlaubt sich auch noch ein triumphierendes Grinsen. ‚Ich weiß über Hotz und Döge Bescheid. Den Greenpeacer haben sie ...'

Dann bleibt ihm die Luft weg, und genau in der Stirnmitte hat er plötzlich ein rundes Loch. Sein Grinsen erstarrt, und er bricht zusammen. Erst jetzt wird mir klar, daß ich einen Schuß gehört habe, und hechte hinter die Eiche. Einige Zeit später glaube ich einen Motor zu hören, doch ich bin nicht sicher. Als alles ruhig bleibt, und ich keinen durch die Gegend schnüren sehe, stecke ich meine Pistole ins Holster zurück und kümmere mich um den kleinen Mann. Doch was heißt hier schon kümmern, schließlich sehe ich, daß ihm ein Teil seines Hinterkopfes fehlt. Dann klappe ich den Koffer auf und stelle fest, daß das Geld noch da ist – kein Wunder, wo hätte er es auch hintun sollen in der kurzen Zeit. Gerade als ich wieder mal zur Hütte schaue, sehe ich dich, später die Reporterin hineingehen. Da habe ich mich auf den Weg gemacht, und das war's dann wohl." Er hielt den Oberinspektor am Arm fest. „Da vorn liegt er."

Während des Zusammenbrechens mußte der Tote noch eine halbe Drehung vollführt haben, denn er lag auf seiner rechten Seite. Miltner registrierte das herunterhängende Kinn, die gebleckten Zähne und das Loch mitten in der Stirn. Aus ihm, Mund und Nase sickerte noch Blut. Bei dem weggerissenen Schädelteil tat sich schon eine Schmeißfliege an Gehirnresten gütlich. Wütend scheuchte er sie weg. Sein Blick fiel auf den Geldkoffer. „Hast du dein Sprechfunkgerät dabei?"

„Ist im Rucksack, und der liegt noch unter der Tanne. Augenblick."

Während der Inspektor davonhuschte, ging Miltner den beiden vom Badischen Boten entgegen. „Von hier ab ist Sperrgebiet für Sie", sagte er kurz und breitete die Arme aus.

„Aber ...", begann Hartmann.

„Der Mann, der Ihnen das Geld abgenommen hat, ist tot – erschossen", unterbrach ihn Miltner. „Der Koffer ist noch bei ihm, und das Geld wahrscheinlich vollzählig. Es muß alles so bleiben, wie es ist. Solange die Spurensicherung hier noch nicht tätig war, kommt keiner ran."

Zeipert tauchte wieder auf und hielt seinen Rucksack in der Hand. Er holte das Sprechfunkgerät heraus. „Was soll ich durchgeben?"

„Zunächst das Übliche: Spurensicherung, Arzt und so weiter. Dann brauche ich welche von der Hundestaffel."

„Alles klar, Bernd."

„Und wen ich am dringendsten benötige, das ist unser Aßmann." Miltner zeigte mit dem Kinn auf den Toten. „Ich habe so ein komisches Gefühl."

Als erstes tauchten zwei Streifenwagen an der Straße auf. Der Oberinspektor beobachtete, wie die Fahrzeuge über das Gelände des Steinbruchs kurvten und am Waldrand stehenblieben. „Ich gehe jede Wette ein, daß Plank und Jung wieder dabei sind", sagte er zu Zeipert und eilte auf den Wagen zu. Schon sah er die beiden aussteigen und grinsen, als sie ihn erblickten.

„Haben Sie den Hundekuchen dabei?" rief Polizeiobermeister Plank.

„Den kriegt ihr nur, wenn ihr euer Strickzeug vorzeigt. Es eilt, Leute. Sperrt schleunigst großräumig ab."

„Wo liegt der Tote?"

„Da vorne, wo Zeipert steht." Der Obermeister schüttelte den Kopf, als er die Menschen sah, die schon neugierig herumstanden.

„Die müssen das gerochen haben", knurrte der Oberinspektor und betrachtete mißmutig das Dutzend Wanderer, zu denen auch Frau Dr. Sigg mit Begleiter und die zwei Damen gehörten, denen er auf dem Herweg nur mit

Mühe entronnen war. – „Macht schnell“, sagte er und eilte zu Zeipert hin, der mit jemandem seine liebe Not zu haben schien.

„Seit zwei Jahren bin ich pensioniert, das ist richtig“, der rechte Arm des älteren Herrn beschrieb einen großen Bogen, „aber über zwanzig Jahre lang habe ich unter anderem auch diesen Wald betreut. Jetzt bin ich ehrenamtlich bei den Naturschützern tätig, und ich muß – ich betone muß – hier Nistkästen kontrollieren.“

„Ich kann auch bei Ihnen keine Ausnahme machen“, erwiderte der Inspektor, „was ich sehr bedaure.“

Wie nehme ich diesem Choleriker den Wind aus den Segeln, dachte Miltner. Dann kam ihm die rettende Idee. Zwei Fliegen mit einer Klappe schlagen! Er war bei den beiden angekommen. Freundlich ging er auf den älteren Herrn zu, schüttelte ihm herzlich die Hand und stellte sich vor.

„Forstrat a. D. Keinert“, erwiderte sein Gegenüber.

„Er will absolut hier in den Wald“, sagte Zeipert entrüstet.

„Mein Kollege hat durchaus recht. Das Verbot, hier weiterzugehen, gilt auch für Sie. Schließlich ermitteln wir in einem Mordfall.“ Der Oberinspektor hob beschwichtigend die Hand, als Herr Keinert protestieren wollte. „Aber ich glaube, wir dürfen bei Ihnen eine Ausnahme machen. Allerdings unter der Bedingung, daß Sie uns helfen werden.“

„Für mich als Staatsbeamten ist es selbstverständlich, einer ermittelnden Behörde zur Verfügung zu stehen. Was muß ich tun?“

„Ich nehme an, daß Sie sich in diesem Wald gut auskennen?“

„Wie in meiner Hosentasche.“

Miltner deutete auf die am Boden liegende Gestalt. „Dieser Mann ist erschossen worden – eiskalt abgeknallt wäre der richtige Ausdruck.“

„Höchst bedauerlich ... aber ich weiß nicht ...?“

„Der Mörder ist zwar über alle Berge, aber es wäre für uns sehr hilfreich, wenn wir wüßten, von wo aus er geschossen hat. Die Mordwaffe ist vermutlich ein weittragendes Gewehr mit Zielfernrohr.“

Der ehemalige Forstrat lächelte. „Sie denken an einen gutgetarnten Hochsitz.“

„Nicht unbedingt. Der Kerl – sehr wahrscheinlich ein Profi – könnte sich auch einen Sitz gebastelt haben. Vermutlich hatte er ein, zwei Tage Zeit.“

„Die Schußrichtung, meine Herren“, sagte Keinert knapp.

Der Inspektor ging zur Eiche. „Ich habe hinter dem Stamm gestanden, während der Ermordete vom Steinbruch her auf mich zulief. Hier stellte ich mich ihm in den Weg. Wir haben uns kurz unterhalten, bevor er durch den

Kopfschuß zusammenbrach. Der Mann ist klein, das Geschoß muß etwa einen Meter von meiner Schulter entfernt geflogen sein."

Herr Keinert stellte sich vor den Inspektor hin und duckte sich. „Ist es so richtig?"

Zeipert nickte. „Dürfte stimmen."

„Dann wäre die Kugel etwa von da gekommen."

Miltner lächelte seinem Kollegen zu. „Dann marschiert schon los, ihr beiden."

Während der Oberinspektor ihnen nachsah, hörte er wieder Motorengeräusche, die näherkamen und dann verstummten. Als Miltner sich umwandte, spurtete schon Frank Herbig, der Polizeiphotograph, auf ihn zu. Hinter ihm kam Schwind von der Spurensicherung mit seinen Leuten.

„Kleiner Mann, was nun?" fragte Herbig, als er die Leiche zu Gesicht bekam, und zückte seine Kamera.

„Wie ist es passiert?" fragte Schwind, nachdem er Miltner begrüßt hatte.

„Der Ermordete kam von der Hütte beim Steinbruch, flüchtete bis hierhin, wo ihn Zeipert stellte. Kurz darauf wurde er erschossen."

„Was hatte der Tote denn ausgefressen?" mischte sich Herbig ein.

„Na ja, es handelte sich um eine Geldübergabe."

„Und von wem erhielt er das Geld?"

„Von Hartmann, der sich am Steinbruch mit dem Kerl traf."

„Hartmann?" rief Herbig erstaunt, „der vom Badischen Boten. Wieso stand Zeipert schon hier, mitten im Wald?"

Schwind lachte meckernd und zwinkerte Herbig zu. „Und der Stief hat keine Ahnung von der Sache. Hab ich recht, Kollege Miltner?"

„Sie liegen richtig." Der Oberinspektor biß sich auf die Lippen.

Der Polizeiphotograph sah ihn mitfühlend an. „Mal sehen, wie wir das hinkriegen."

„Stellt vor allen Dingen nicht so viele Fragen."

„Also müssen wir auch die Hütte unter die Lupe nehmen", meinte Schwind.

Der Oberinspektor nickte nur. Dann erblickte er den Polizeiarzt und winkte ihm. „Hierher, Doktor."

Dr. Kober keuchte heran und stellte seine Tasche ab. Er warf einen schrägen Blick auf den Toten. „Präziser Kopfschuß. – Profi?"

„Vermutlich."

„Wo habe ich denn nur", Kober tastete die Brusttasche seines Anzuges ab. „Wo habe ich denn nur?"

Ein schadenfrohes Grinsen erschien auf Miltners Gesicht, aber er wartete, bis der Arzt seine Zigarrentasche gefunden hatte und eine Giftnudel zwischen seinen Lippen hing. Dann sagte er: „In dieser Jahreszeit herrscht im Wald Rauchverbot.“

Dr. Kober maß den Oberinspektor mit einem bösen Blick und steckte die Zigarre zurück. Seufzend bückte er sich zu seiner Tasche hinunter. „Und jetzt wollen Sie von mir wissen, woran er gestorben ist.“

„Zeipert hat es hautnah miterlebt.“

„Und wo waren Sie?“

„Oberhalb vom Steinbruch. – Wo bleibt Aßmann?“

„Kommt etwas später. Der Hartmann vom Badischen Boten dort drüben macht einen ziemlich lädierten Eindruck.“

„Der hat was auf seine Rübe gekriegt, aber das wird er verkraften.“

„Etwa von dem kleinen Mann hier?“

„Da liegen Sie richtig.“

Dr. Kober zog seine Gummihandschuhe an und kniete sich neben das Opfer. Behutsam tastete er den Rest des Kopfes ab. „Da steht nur noch die Fassade“, murmelte er, zog die Gummihandschuhe wieder aus und warf sie auf den Toten. Er schob seine Hand in dessen offenstehende Jacke – zuerst nach links und dann nach rechts. „Schwind, ich glaube, der hat keine Papiere bei sich.“

„Das hätten wir schon noch gemerkt.“ Der Mann von der Spurensicherung warf dem Arzt einen unwilligen Blick zu.

„Entschuldigung!“ Dr. Kober war aufgestanden und wischte seine Hosenbeine ab. Er holte tief Luft und streckte sich. „Das hatte ich schon lange vor, in diesem Wald eine kleine Wanderung zu unternehmen.“

Miltner deutete in die Richtung, in welche der pensionierte Forstrat mit dem Inspektor gegangen war. „Dort können Sie sich ruhig die Füße vertreten. Es kann allerdings passieren, daß Ihnen ein Scharfschütze begegnet.“

„Sie machen Witze.“

Schwind kniete jetzt neben der Leiche. „Es sieht aus, als ob der so gut wie nichts bei sich hat.“ Er blickte Miltner an. „Zeipert war dabei, als er erschossen wurde?“

„Das bedeutet, daß er schon vorher ohne alles herumlief. Warum das so war, kann ich Ihnen auch nicht erklären.“

Der Arzt stieß ihn an. „Da kommt Ihr Freund Aßmann.“

„Tut mir leid, Herr Miltner, aber ich konnte nicht eher kommen, weil ...“

Mit einer Handbewegung stoppte der Oberinspektor den Redefluß und deutet wortlos auf die Leiche. „Mein Gott!“ Aßmann starrte mit weit aufgerissenen Augen den Toten an.

„Sie kennen ihn?“

„Das ... das ist der Hausmeister.“

„Otto Egler, der Mann mit der Fistelstimme."

„Genau! Wie kommt der hierher?"

„Der war nicht nur ein Pfeifenraucher, sondern auch ein mieser Schnorrer."

Der Inspektor und Forstrat a. D. Keinert tauchten wieder auf. Der Oberinspektor winkte. „Stell dir vor", rief er seinem Kollegen zu, „da liegt der Hausmeister Otto Egler."

„Aber der spricht doch, laut Aßmann, mit einer Fistelstimme."

„Die war echt", rief Aßmann dazwischen, „das kann ich beschwören."

Zeipert nickte. „Dann kann der Anrufer nicht Egler gewesen sein."

„Wir haben die Bänder und lassen das durch die Spezialisten überprüfen."

„Man kann also von zwei Männern ausgehen." Der Inspektor sah seinen Kollegen mit zusammengekniffenen Augen an. Unser Todesschütze war der zweite Mann, der aber mit Egler nicht teilen wollte. Doch was hatte er davon, das Geld liegt ja hier?"

„Weil du ihm in die Quere gekommen bist. Vermutlich hätte er den Hausmeister weiterlaufen lassen und ihn erst später umgelegt."

Zeipert wurde blaß und ergriff Miltners Arm. „Nein Bernd, der wollte mich aus dem Weg räumen und erschoß aus Versehen seinen Kumpel! Mann, hatte ich ein Glück."

Der Oberinspektor wandte sich an Schwind, der noch immer neben dem Toten kniete. „Wie sieht es aus?"

Der Spurenfahnder schüttelte den Kopf. „Bis jetzt habe ich nur einen Geldbeutel bei ihm entdeckt, nicht den geringsten Fetzen Papier."

Miltner sah Zeipert ernst an. „Merkwürdig, findest du nicht auch?"

„Dann sollte Egler in jedem Fall über den Jordan gehen und nicht ich."

„Allerdings einige Zeit später – um an das Geld heranzukommen –, aber als du den Egler stopptest, schaltete der Mörder blitzschnell, weil er ihn mundtot machen wollte." Der Oberinspektor wandte sich wieder an Schwind. „Das Jagdhaus da unten – es gehört dem verstorbenen Generaldirektor Lowinger – muß ebenfalls unter die Lupe genommen werden."

Der Spurensicherer winkte unwillig ab. „Wie wir das alles noch schaffen sollen, ich weiß es nicht. Gibt es einen Durchsuchungsbefehl?"

„Wo soll ich den jetzt hernehmen? Sie machen das auf meine Verantwortung. Man kommt leicht an der Hinterseite des Hauses rein. Falls es heute nicht mehr klappt, wird versiegelt." Schwind nickte grimmig. Miltner schaute zu seinem Kriminalassistenten hin, der mit blassem Gesicht den toten Hausmeister betrachtete.

„Daß ich den mal so vor mir liegen sehe, hätte ich mir nicht träumen lassen“, murmelte Aßmann und zuckte hilflos die Achseln.

„Hören Sie“, sagte der Oberinspektor zu ihm, „Sie klettern jetzt den Steinbruch hoch und sammeln meine zurückgelassenen Utensilien ein. Die Reporterin, die bei Hartmann steht, kennt den Weg. Dann fahren Sie schnurstracks zur Wohnung von Egler, der vermutlich einen Anrufbeantworter hat, und stellen das Gerät sicher.“

„Bin schon unterwegs.“

„Kein Kommentar“, hörte ihn Miltner noch zu einem der Journalisten sagen, die sich an der Absperrung eingefunden hatten. Mit halbem Auge sah er, wie der pensionierte Forstrat ungeduldig in den Knien wippte.

„Kommst du endlich mit, Bernd?“ fragte Inspektor Zeipert ungehalten.

„Jetzt habe ich Zeit für euch.“

„Sie hatten recht“, meinte Keinert, als sie vor einer großen Tanne standen. „Er hat sich seinen eigenen Anstand gebaut. Die vorhandenen, bekannten Sitze waren ihm wohl zu riskant.“

„Der Kerl ist ein Profikiller“, knurrte Zeipert, „vermutlich einer der besten in seinem Fach.“

Der Blick des Oberinspektors wanderte am Baum empor. „Man kann überhaupt nichts erkennen, toll.“

„Mit Hilfe von Schnüren konnte er Zweige auseinanderziehen, um freies Schußfeld zu erhalten. Die Schnüre sind das einzige, was von dem Kerl zurückgeblieben ist.“

„Wenn du ihm nicht in die Quere gekommen wärst, hätte er die auch noch entfernt.“

„Da kommt jemand“, flüsterte Keinert. Unterdrücktes Bellen und Hecheln war zu hören, dann eine Stimme, die beruhigend auf die Tiere einsprach.

„Ich habe Suchhunde angefordert“, erklärte ihm der Oberinspektor.

„Dann darf ich mich verabschieden“, sagte Keinert schnell und ging in einem großen Bogen an den Hunden vorbei.

„Ein ehemaliger Forstrat mit Hundeallergie“, staunte Zeipert, „was es nicht alles gibt.“

Der Mann, welcher die beiden Hunde an der Leine führte, baute sich vor Miltner auf. „Polizeimeister Huber mit Nero und Cäsar zu Stelle.“

Der Oberinspektor grinste Zeipert an. „Kein Wunder, daß sich unser Forstrat so schnell auf die Socken machte.“ Plötzlich fiel ihm sein Auto ein, das in einem Holzabfuhrweg stand und auf ihn wartete. „Ich muß schleunigst zu meinem Wagen. Kollege Zeipert wird Ihnen erklären, worum es sich handelt.“ Als Miltner an Schwind vorbeiging, sagte er: „Da hinten steht eine Tanne, die muß auch noch unter die Lupe genommen werden.“

„Ich werde meine Ersatztentakel ausfahren!“ rief der Leiter der Spurensicherung dem Davoneilenden nach.

Mit hinter dem Kopf zusammengefalteten Händen saß Oberinspektor Miltner mißmutig an seinem Schreibtisch. Kollege Zeipert lümmelte mit halbem Hintern auf der Schreibtischkante und kratzte sich am Bauch. „Man könnte glauben, ein verflohter Straßenköter hat sich auf meinem Schreibtisch breitgemacht“, sagte der Oberinspektor.

„Du hast gut reden, Bernd, schließlich habe ich mir gestern die Zecken eingehandelt. Mindestens zwei an der Zahl. Die eine habe ich rausgepult – direkt neben dem Bauchnabel saß das Miststück. Ich will mir heute ne Spritze geben lassen. Auf Hirnhautentzündung kann ich verzichten.“

„Was ist mit der anderen?“ fragte Miltner und begann mürrisch im Eingangskorb zu wühlen.

„Hat sich in meinem Rücken eingebohrt, aber da komme ich nicht ran.“

„Du hast doch ne Frau.“

„Um Himmels willen, Bernd! Die Hanna kam mit einem Schälmesser aus der Küche und wollte die Zecke herausholen, wie man Augen aus den Kartoffeln sticht.“

„Dann geh halt zu Frau Dr. Sigg.“

„Ob man sich bei der anmelden muß?“

„Freue dich nicht zu früh“, rief Epp herüber, „die Spritze kriegst du in den Allerwertesten, und zwar von einer ihrer Assistentinnen.“

„Warum nicht, wenn sie hübsch ist.“

„Dein Nullachtfuffzehnhintern macht die bestimmt nicht an“, spottete der Oberinspektor.

„Sag das nicht“, meinte Epp, „auf die rechte Backe hat er sich einen Schmetterling tätowieren lassen.“ Er verstummte.

Kriminalrat Stief hatte den Raum betreten. „Einen Schmetterling auf der rechten Wange, wie eigenartig. Soll sicher ein Kennzeichen sein. Vermutlich ist er Mitglied einer mafiaähnlichen Organisation.“

„Nun, Herr Kriminalrat“, Miltners Blick irrte hilflos durch den Raum. Er sah, wie Epp sich die Hand vor den Mund hielt und nur mühsam das Lachen verbiß. Zeipert, der jetzt neben ihm stand, gab merkwürdig grunzende Laute von sich.

„Tolle Story, die da im Badischen Boten veröffentlicht wurde.“ Stief wedelte mit der Zeitung vor Miltners Nase herum. „Das mit den Sechzigtausend Euro, die das Blatt zur Verfügung gestellt hat. Ich muß mich sehr wundern, Herr Miltner.“

Hartmann, der verfluchte Bastard, dachte er, mußte die Summe in seiner Sensationsmeldung gleich verdoppeln. Dabei hatte er mit Ach und Krach die Dreißigtausend zusammengekriegt. „Die Sache verhält sich so ...“, begann er eine Erklärung.

„Ich will es gar nicht wissen.“ Der Kriminalrat legte die Zeitung auf Miltners Schreibtisch. „Was mir nicht gefallen hat, ist die Durchsuchung von Herrn Lowingers Jagdhaus. Seine ehemalige Sekretärin, Frau Stolz – sie sitzt jetzt im Aufsichtsrat –, hat sich darüber bei mir beschwert. Und ich hatte schon gehofft, es wäre Gras über die Lowingeraffäre gewachsen.“

„Der jetzige Fall hat mit dieser Sache ganz bestimmt nichts zu tun“, erwiderte der Oberinspektor. Woher hat das verfluchte Weib so schnell von Schwinds Durchsuchung erfahren? dachte er.

„Ich will Sie auch nicht länger bei der Arbeit stören“, meinte der Kriminalrat sarkastisch. An der Tür drehte er sich noch einmal um. „Über den Schmetterling reden wir ein anderes Mal.“

„Mein Gott“, stieß Zeipert heraus, „er hat gelächelt, Stief hat gelächelt. Oder sind es schon Halluzinationen, hervorgerufen durch die beiden Zekkenbisse?“

„Du hast richtig gesehen.“

„Dann muß er krank geworden sein.“ Der Inspektor beugte sich zu seinem Kollegen hinunter. „Was ist eigentlich los mit dir? Warum bist du so schlecht gelaunt? Schließlich hast du keine Zecken abgekriegt, und das mit Hartmann vom Badischen Boten scheint dem Stief nicht allzu sehr auf die Nerven gegangen zu sein.“

„So schnell stelle ich meinen Wagen bei einem Einsatz nicht mehr zur Verfügung“, knurrte der Oberinspektor. „Die Fenster waren eingeschlagen und die Lampen dazu. Die ganze Karosserie war verbeult und die Reifen zerstochen.“

„Wurde was geklaut?“

„Nicht das Geringste.“

Zeipert grinste und klopfte Miltner auf die Schulter. „Dann war’s der Rübezahl vom Großen Wald. Aber jetzt muß man mir die Spritze verpassen.“

„Hau schon ab zu deiner Sigg, du Blödmann!“ rief ihm der Oberinspektor nach und trat wütend gegen den Schreibtisch.

13. Kapitel

„Da waren schon welche vor mir da“, stieß Kriminalassistent Aßmann wütend heraus.

„In der Wohnung von Otto Egler.“ Miltner nickte, er hatte es sich schon gedacht.

„Der freundliche, hilfsbereite Hausmeister. Jetzt, wo der Bursche tot ist, packen die Mieter aus. Er hielt eben gerne die Hand auf, der kleine Mann mit der Fistelstimme. War auch zuständig für kleinere Reparaturen – ein tropfender Wasserhahn beispielsweise. Aber Mieter, die nicht im voraus ihr Trinkgeld entrichteten, mußten lange warten. Ohne dessen Dazutun, sagen nun die Hausbewohner, hätte der Sicherheitsservice hier nie eine Wohnung bekommen.“

„Er wurde von denen also geschmiert und wußte von diesen Leuten erheblich mehr, als er ihnen gegenüber zugab.“

„Es kommt noch wesentlich interessanter, Herr Miltner. Ich habe mir von zweien der Hausbewohner die Mietverträge zeigen lassen. Fragen Sie mich nicht, warum, irgendwie kam mir das alles so merkwürdig vor. Badisch-Württembergische Wohnungsvermietungsgesellschaft heißt das Unternehmen, und die Geschäftsführerin ist eine Frau Aldinger-Coupez.“

„Aldinger, immer wieder Aldinger, einmal Chefin, ein andermal Geschäftsführerin.“

Aßmann blickte seinen Vorgesetzten fragend an. „Hat sich nun Egler vom Sicherheitsservice schmieren lassen, oder wurde die Vermietung von der Aldinger GmbH in die Wege geleitet?“

„Weiß der Teufel. Und jetzt erzählen Sie mal, wie in Eglers Behausung alles ablief.“

„Zuerst habe ich den Gammer, einen Mann vom Schlüsseldienst, der immer für uns arbeitet, mitgenommen. Um kein Aufsehen zu erregen, ließ ich von ihm die Haustür öffnen, und als wir vor Eglers Wohnungstür standen, sah alles ganz manierlich aus.“

„Also nicht aufgebrochen.“

„Die müssen einen passenden Schlüssel gehabt haben. Nachdem Gammer aufgeschlossen hatte und wir den Flur betraten, wußte ich gleich, daß vor uns schon jemand dagewesen war. Alle Türen standen weit offen. Leere Schränke gähnten, weil Kleider und Wäsche herausgerissen waren. Ebenso die Schubladen von seinem Schreibtisch.“

„Anrufbeantworter?“

„Auseinandergenommen!“ rief der Kriminalassistent verzweifelt, „da war nichts mehr zu holen.“

„Vielleicht findet der Schwind noch was.“

„Ich kann es mir nicht vorstellen. Sicherheitshalber habe ich aber die Wohnung versiegelt und Schwind schon benachrichtigt. Ich war ganz schön sauer. Eines wenigstens konnte ich dort feststellen: Kleidung und Wäsche waren alles teure Sachen. Die Anzüge, Mäntel, Schlipse, Unterwäsche und Socken stammen durch die Bank vom Herrenausstatter Markert.“

„Der teuerste am Platze.“

„Die Schuhe waren auch nicht ohne.“

„Unser kleiner Mann lebte auf großem Fuße.“

„Von seinem Hausmeistergehalt hätte der nicht einen Bruchteil davon bezahlen können. Er hatte zweifellos einen sehr einträglichen Nebenjob.“

„Waren irgendwelche Bankunterlagen zu finden? Kontoauszüge, Scheckhefte?“

„Vielleicht entdeckt Schwind noch was. Ich jedenfalls habe nichts dergleichen gefunden, auch keine Ausweispapiere.“

„Und anschließend haben Sie die anderen Wohnungen abgeklappert.“

„Ich habe Gammer abschließen lassen, ihn weggeschickt und die Tür versiegelt. Dann putzte ich die Klinken und bekam ein wesentlich anderes Bild von Otto Egler, als bisher. Na ja, ich hätte es mir schon denken können, als ich ihn im Wald so liegen sah und daneben das Köfferchen mit dem Geld.“

„Trotz allem“, Miltner schlug mit der Faust auf seinen Schreibtisch, „Sie sind fündig geworden. Ich glaube, die Mietverträge bringen uns auf den richtigen Weg. Wir lassen davon Kopien anfertigen.“

„Hat Polizeimeister Huber mit seinen Hunden was herausbekommen?“

„Nicht viel“, brummte der Oberinspektor. „Die Hunde haben zwar bei der Tanne die Spur des Killers aufgenommen – bis zur Stelle, an der er sein Motorrad versteckt hielt. Den Reifenabdrücken nach könnte es eine Kawasaki gewesen sein, aber“, Miltner schnippte einen Radiergummi über seinen Schreibtisch, „was nützt das mir. Von den Maschinen gibt es mehr als genug!“

„Wer hat wohl den Egler zum Geldabholen geschickt?“

Der Oberinspektor verzog sein Gesicht. „Und wer beauftragte den Killer? Ich glaube, daß es verschiedene Leute sind. Wenn man das alles wüßte, wäre das Rätsel so gut wie gelöst.“

„Warum hatte Egler keine Ausweispapiere bei sich. Das ist etwas, das ich nicht verstehen kann.“

„Vielleicht geht's dem Mann mit dem Armschuß – nehmen wir mal an, er ist der Auftraggeber – ziemlich dreckig, aber er muß in Deckung bleiben und kann keinen Arzt konsultieren, weil man nach ihm sucht.“

„Er nahm Egler die Papiere ab, um sicher zu sein, daß der ihm das Geld bringt?"

„Ich weiß, das klingt schwach – Ausweispapiere kann man bei der Polizei als verloren melden und bekommt wieder welche ausgestellt. Aber vermutlich rechnete der Angeschossene damit, daß Egler nicht gerne mit der Polizei zu tun hat. Sie kümmern sich jetzt vor allen Dingen darum, ob der Hausmeister auf einer Bank oder Sparkasse über Konten verfügt."

„Ich bin schon unterwegs", entgegnete Aßmann.

Miltner blickte zu Zeipert hinüber. „Hast du es mitgekriegt?"

Der nickte. „Also keinen Stimmenvergleich." Der Inspektor sah nachdenklich zum Fenster hinaus. „Für mich steht fest, daß der kleine Knilch nicht der Anrufer bei Hartmann war."

„Ob der andere sich noch mal meldet?"

„Kann ich mir nicht vorstellen – nachdem er nun wissen muß, was mit seinem Kumpel passiert ist."

„Als Egler bei ihm nicht aufkreuzte, besorgte er sich anderentags bestimmt eine Zeitung."

„Dann weiß der Bursche jetzt, nicht nur die Polizei sucht ihn, sondern auch ein Killer, und der ist wesentlich gefährlicher."

„Was macht die zweite Zecke?" fragte Miltner, als er sah, wie sein Kollege nach hinten griff. „Warst du bei der Sigg?"

„Eines ihrer Mädchen hat sie rausgepult und mir eine Spritze verpaßt. Hoffentlich war es nicht schon zu spät. Ich sehe seit heute morgen so merkwürdige Schatten vor den Augen."

„Red keinen Stuß, Günter, die Impfung wirkt bis vier Tage nach dem Zeckenbiß."

„Mir geht es trotzdem nicht gut. Vielleicht kommen die Nebenwirkungen von der Spritze."

Epp mischte sich ein. „Er sieht verdammt blaß aus."

Miltner winkte ab. „Günter hat gestern bei seinem Kegelabend wieder mal zuviel gesoffen."

„Der Link gibt dauernd Runden aus. Er will unbedingt das nächste Mal zum Vorstand gewählt werden."

Miltners Telephon läutete. Er hob ab und meldete sich.

„Hier spricht Frau Sanft."

„Sanft?" fragte der Oberinspektor verwirrt.

„Ich wohne Kohlerstraße 26, unter Frau Hotz. Sie und Ihr Kollege haben uns geholfen, als Alfred wieder mal meinen Jungen traktierte."

„Natürlich, jetzt erinnere ich mich. Alfred Frank heißt der versoffene Kerl. Belästigt er den Jungen wieder?“

„Nein, nein, es dreht sich um Frau Hotz. Normalerweise geht es bei der entweder ganz ruhig oder sehr lustig zu, aber was ich heute an Geräuschen hören mußte, machte mir Angst. Ich befürchte das Schlimmste für Frau Hotz.“

„Wir kommen sofort. In der Zwischenzeit bleiben Sie in Ihrer Wohnung und rühren sich nicht. Wir läuten bei Ihnen viermal, und Sie öffnen uns die Haustür, bleiben aber auf alle Fälle in Deckung.“

Der Oberinspektor knallte den Hörer auf die Gabel und nickte Zeipert zu. „Lieschen Holz und ihre Ganzheitsmassage warten auf uns.“ Er riß die untere Schublade auf und wickelte die Pistole aus dem weichen Leder. Bevor er sie ins Holster steckte, überprüfte er das Magazin.

Auch der Inspektor griff nach seiner Waffe. „Glaubst du, daß es mulmig wird?“

„Kann sein. Beeil dich. Alles andere erzähle ich dir unterwegs.“

Langsam fuhr Miltner den Dienstwagen vor das Haus Nr. 26. Um kein Aufsehen zu erregen, hatte er weder Blaulicht noch Martinshorn eingeschaltet. Sie stiegen aus und lauschten. Alles blieb ruhig.

„Hoffentlich sind wir nicht zu spät“, meinte der Oberinspektor und drückte viermal auf den Knopf, neben dem Rudi Sanft stand. Der Öffner summte sofort, und Miltner drückte die Tür auf.

„Merkwürdig still im Haus“, flüsterte Zeipert.

„Diesmal wird ja auch kein Kind verprügelt, aber weiß der Teufel, was uns weiter oben erwartet.“

Die Tür von Frau Sanft kam in ihr Blickfeld. Der Oberinspektor hatte das Gefühl, diese stünde mit angehaltenem Atem hinter der Tür und wartete auf irgend etwas Schreckliches – einen Schrei oder einen Schuß vielleicht. „Ganz langsam“, hauchte er seinem Kollegen zu und stieg weiter hinauf.

Jetzt erschien vor ihnen das Schild mit dem großen, roten Herz und daneben die Schrift Lieschen Hotz, Ganzheitsmassage. Abrupt blieb Miltner stehen und hielt Zeipert zurück. „Was ist?“ wisperte der. Wortlos deutete der Oberinspektor auf die Tür, die einen Spalt offenstand. Er zog die Pistole aus dem Holster und lud durch. Sein Kollege tat es ihm nach.

„Du gibst mir Feuerschutz“, raunte Miltner. Zeipert nickte, dann wies er auf den Boden. Von der Tür aus liefen Blutspuren in Richtung einer Treppe, die zum Dachboden führte.

Der Oberinspektor bückte sich und betupfte mit dem Finger einen der Flecke. „Noch frisch.“

Sein Kollege hielt ihm ein Tempotaschentuch hin. „Der oder die hat womöglich Aids."

„Es geht nichts über ein paar aufmunternde Worte." Miltner nickte zu Tür hin. „Zuerst die Wohnung."

Mit zwei schnellen Schritten war Zeipert am rechten Türpfosten, dort, wo der Spalt klaffte. Der Oberinspektor postierte sich auf der linken Seite. Langsam drückte er die Tür nach innen. Ein Gemisch von Parfümgeruch und Räucherstäbchen schlug ihnen entgegen, doch als die beiden vorsichtig in die Wohnung eindrangen, roch es auch säuerlich. Miltner registrierte den Telephonapparat, der im Flur auf einem Tischchen stand, und dessen Hörer nicht auf der Gabel lag, sondern vor sich hin summte.

„Auflegen?" hauchte Zeipert.

Der Oberinspektor schüttelte unwillig den Kopf. Dann hörten sie ein Stöhnen! Es kam aus demselben Zimmer, in das sie damals von Lieschen Hotz geführt wurden. Die Tür stand weit auf, und Miltner betrat den Raum. Er sah, daß der große Buddha auf dem Boden lag. Der Tisch war umgestoßen und einer der Sessel umgekippt. Von einer heruntergefallenen Weinflasche war ein Teil ihres Inhalts in den Teppich gesickert. Doch der saure Geruch kam von dem Sessel her, auf den sich jemand übergeben hatte. Dort war im Teppich auch Blut zu sehen. Eine schmutzige und verkrustete Wikkelbinde lag daneben.

„Schau in den anderen Räumen nach", sagte der Oberinspektor zu seinem Kollegen.

„In Ordnung."

Jetzt hörte Miltner wieder das Stöhnen. Es kam aus der einen Ecke. Hinter einer Liege, die ein Stück von der Wand weggeschoben war, schauten zwei Füße heraus, die mit Klebeband zusammengebunden waren. Daneben lag ein Paar rote Stöckelschuhe. Der Oberinspektor sicherte seine Waffe und steckte sie in das Holster zurück. Dann zog er die Couch weiter nach vorn und sah Lieschen Hotz auf dem Bauch liegen. Ihre Arme waren auf dem Rücken gekreuzt und an den Handgelenken durch Klebeband gefesselt. Mit dem gleichen Band war sie auch geknebelt worden. Miltner riß es mit einem Ruck von den Lippen. Lieschen Hotz stieß einen Schmerzensschrei aus. Der Oberinspektor sah neben ihr eine Schere liegen. Mit der schnitt er die Bänder an den Hand- und Fußgelenken durch. Hotz griff sich an den Hals und würgte. „Sind sie verletzt?" fragte Miltner.

„Halb so schlimm", sagte sie und schluckte krampfhaft. „Er hat versucht, mich zu erdrosseln, da hab ich ihm den Verband vom Arm gerissen."

„Kommen Sie, ich helfe Ihnen auf." Endlich hatte der Oberinspektor die schwergewichtige Dame auf die Liege verfrachtet.

„Wasser!“ stöhnte sie.

„Natürlich.“ Als er auf den Flur hinauslief, um in der Küche ein Glas zu holen, stieß er auf seinen Kollegen.

„Alles sauber. Hast du was gefunden?“

„Die Ganzheitsmasseuse. Geh schon rein.“

Als Miltner zurückkam, betrachtete der Inspektor gerade die Würgemale am Hals des Opfers. „Sehr schlimm sieht es eigentlich nicht aus.“

„Mir ist schlecht“, ächzte die Frau, riß Miltner das Glas Wasser aus der Hand und trank es in einem Zug leer. „Dieser Schuft, ein Glück, daß ich mein sauer verdientes Geld immer schleunigst auf die Bank trage.“

„Jeden Tag?“

„Nee, aber alle zwei, drei Tage schon.“

„Ihre Ganzheitsmassagen scheinen ja schön teuer zu sein, mal ehrlich, was kostet denn so ne Nummer bei Ihnen?“

„Geschäftsgeheimnis“, erwiderte sie und drehte sich auf die Seite. „Ohne Anwalt sage ich kein Wort mehr.“

Miltner packte sie am Arm. „Wer war bei Ihnen? Er ist verletzt, hat eine Wunde am linken Oberarm. Hab ich recht?“

„Wenn Sie das schon wissen, warum fragen Sie mich dann noch? Schön, weil Sie es sind. Es ist der Kerl, der im Badischen Boten zu sehen war. Kein gutes Bild von ihm.“

„Wie heißt der Mann?“

Lieschen Hotz gab keine Antwort und begann statt dessen zu schnarchen.

„Ob die unter Drogen steht?“ fragte der Inspektor irritiert.

„Ich vermute, daß der Bursche ihr was in den Wein getan hat. Du bleibst bei ihr und rufst den Notarzt. Ich kümmere mich um ihren Besucher.“

„Der ist schon über alle Berge.“

„Da bin ich nicht so sicher.“ Mit der Schere hob der Oberinspektor den Verband auf und hielt ihn Zeipert unter die Nase.

„Pfui Teufel, stinkt das.“

„Mehr Eiter als Blut. Ich nehme an, daß der Kerl schon sehr geschwächt ist.“

„Blutvergiftung – Fieber?“

„Ich werde es ja gleich wissen. Ein Glück, daß die Wunde durch die Rangelei wieder aufgebrochen ist. So brauche ich nur den Blutspuren nachzugehen.“

„Paß bloß auf, Bernd, der hat bestimmt eine Waffe dabei“, rief ihm der Inspektor nach. „Du weißt sicher eine ganze Menge von ihm“, wandte er sich danach an die Frau, welche wieder aufgewacht war.

„Leck mich“, hörte Miltner sie noch sagen. Er war nun auf dem Vorplatz und starrte das Blut an, welches zu trocknen begann. Sein Blick wanderte die Treppe empor zur Stahltür, die ebenfalls einen Spalt offenstand. Jetzt schaute er nach rechts auf die Treppenstufen, die nach unten führten. Womöglich hatte der Bursche die Zeit, die sie mit Lieschen Hotz verbrachten, dazu benutzt, nach unten zu flüchten. Doch diese Stufen waren sauber und ohne Blutstropfen.

„Hinauf mit dir, Bernd“, flüsterte der Oberinspektor, zog seine Pistole wieder aus dem Holster und entsicherte sie. Verdammt, er verzog wütend das Gesicht, jede Stufe der Treppe knarrte! Endlich hatte er die Tür erreicht und schob den Lauf der Waffe in den Spalt. Behutsam drückte er die Pistole nach rechts. Das erwartete Quietschen blieb aus – auf frischgeölten Angeln schwang die Tür nach innen. Miltner schaute in einen leeren Raum, in dem an der Decke mehrere Drähte parallel verliefen: ein Trockenspeicher für die Mieter, den in der heutigen Zeit wohl nur noch die wenigsten benutzten. Hier hätte man doch schon längst ausbauen können, schoß es durch seinen Kopf.

Dann vermißte er die Blutspuren! Der Kerl konnte nur hinter der aufgestoßenen Tür lauern. Ein schadenfrohes Grinsen erschien auf seinem Gesicht. Er hob das rechte Bein und trat mit voller Wucht gegen die Stahltür. Sie schwang zurück und knallte gegen die Wand. Sein Grinsen erstarrte. „Was bist du nur für ein Idiot, Bernd“, flüsterte er. Prüfend ließ er den Blick erneut über den Fußboden wandern. Ganz links waren Blutspuren zu sehen. Dem Mistkerl mußte es gelungen sein, das Bluten kurz zu stoppen.

Große Tropfen befanden sich vor einer schmalen Stahltür, die auf der gleichen Raumseite wie die große in die Mauer eingelassen war. Sie hatte aber keine Klinke, sondern nur einen Knauf über dem Schlüsselloch. Auf einem Schild daneben war zu lesen: „Zutritt nicht gestattet! Auskunft gibt der Hausmeister, Herr Egler.“ Der Oberinspektor stierte auf das Schild. Das gibt es doch nicht, dachte er fassungslos, ich bin hier in der Kohlerstraße 26, und die anderen Gebäude liegen in der Hermannstraße. Er versuchte, sich den Stadtplan dieser Gegend vorzustellen. Dann nickte er. Es könnte hinkommen, weil es Parallelstraßen waren. Miltner ging zur großen Tür zurück und schaute hinunter. Hier war die Wand, an der die Treppe heraufkam, die zum Trockenraum führte. Hinter dieser Wand, zur Hofseite hin, mußte es etwas geben, zu dem der verbotene Eingang führte: eine weitere Treppe vielleicht. Der Oberinspektor ging wieder zur kleinen Stahltür, packte den Knauf und rüttelte. Die Tür gab nicht nach. Er versuchte, den Knauf zu drehen, doch es gelang ihm nicht. Woher hatte der Geflüchtete einen Schlüssel? Aber vielleicht war diese Tür offen gewesen, und der Verletzte hatte sie hinter sich zugeschlagen? Miltner griff in die linke Hosentasche, holte einen Bund Spezialschlüssel heraus und freute sich insgeheim. Niemand wußte von deren Existenz. Schon der zweite Schlüssel griff und die Tür ging auf – kein großes Kunststück, da sie tatsächlich nur ins Schloß gedrückt war. Eine weitere Treppe wurde sichtbar, deren Stufen mit Blutstropfen gesprenkelt waren. Vorsichtig schlich der Oberinspektor hinauf.

Zuerst konnte er nur den blauen Himmel sehen, doch je höher er stieg, um so mehr kam ein Flachdach in sein Blickfeld, auf dem im Hintergrund ein Penthaus stand – elegant, modern und sicher sehr teuer. Mit schnellem Blick erkannte Miltner, daß die Blutspuren dorthin führten. Er huschte um die Ecke der Verkleidung, die die heraufführende Treppe vor Regen und Schnee schützte, und ging hinter ihr in Deckung.

Von hier konnte er in das große Viereck der Hinterhöfe schauen, welches von der Kohler- und Hermannstraße sowie zwei Querstraßen gebildet wurde. Es handelte sich größtenteils um wunderschöne Gartenanlagen, in denen sich noch die alten Linden- und Kastanienbäume befanden, die ein naturverbundener Bauunternehmer hatte stehen lassen. Vielleicht war es auch ein alter Stadtbaumeister gewesen, der darauf bestand, daß alles so bleiben mußte.

Der Oberinspektor lächelte vor sich hin, weil er an seine Freundin, die Ziege des Bäckermeisters Roth in Stupferich, denken mußte. Hier unten würde sich auch eine Herta wohlfühlen! Miltner kontrollierte seine Walther PPK, schaute nach, ob das Magazin noch richtig saß und tastete nach dem Reservemagazin in seiner Jackentasche.

Durch die Häuserfluchten zurückgeworfen, ertönte von unter her ein immer lauter werdendes Martinshorn. Sicher kein angenehmer Klang für den Kerl, der im Penthaus hockte und sich auf Grund seiner Schußverletzung schon mies genug fühlte. Die richtige Zeit für Oberinspektor Miltner, zum Angriff überzugehen. Hoffentlich hat der keine Schrotflinte, dachte er, als er ohne Deckungsmöglichkeit im Zickzack zum Eingang hinlief. Keuchend warf er sich daneben auf den Boden – gerade als das Martinshorn winselnd erstarb und der Wagen mit kreischenden Reifen unten anhielt.

Die Tür des Penthauses stand weit offen! Eine Falle? Miltner robbte ein Stück nach vorne und linste um den Türpfosten. Er erblickte einen Flur mit hellblauem Läufer, der nun durch Blutstropfen verunstaltet war, links und rechts offenstehende Türen, und im Hintergrund eine geschlossene – ebenfalls hellblau lackiert. Schnell zog er den Kopf zurück, hob die Pistole und schoß in die Luft. „Kriminalpolizei“, brüllte er, „Sie sind umstellt! Ergeben Sie sich!“

Es blieb still. Lauerte der ihm überhaupt auf, oder lag er, durch Blutverlust geschwächt, bewußtlos in einer Ecke? Der Oberinspektor sah ein Fenster, vor dem Geranien blühten. Langsam stand er auf und nahm seine Waffe in die linke Hand. Er ergriff einen der Blumentöpfe und schob sich an der Wand entlang zum Eingang zurück. Prüfend wog er den Topf mit den Geranien in seiner Rechten und sah dabei den Flur mit dem hellblauen Läufer und die gleichfarbige Tür vor sich. „Tut mir leid, Hausbesitzer!" flüsterte Miltner, holte mit dem Topf weit aus und warf ihn gegen die Tür. Während das Wurfgeschoß an der hellblauen Fläche zerbarst, raste der Oberinspektor, mit der Rechten nach seiner Waffe greifend, auf die Tür zu. Mit seiner linken Schulter warf er sich dagegen, sie gab nach, und Miltner stolperte in den Raum. Wie im Zeitlupentempo registrierte er das elegante Bett, den mannshohen Spiegel, die beiden blaßblau bezogenen Sessel und den flauschigen, schneeweißen Teppich, bevor sein Kopf gegen eine mit Intarsien ausgelegte Kommode krachte.

Verzweifelt kämpfte der Oberinspektor gegen die aufkommende Dunkelheit an. Nur nicht bewußtlos werden, dachte er und spürte instinktiv die tödliche Gefahr, welche von diesem Raum ausging. Der dunkle Schleier vor seinen Augen wich. Stöhnend hangelte er sich an der Kommode hoch. Beinahe hatte er es geschafft, da traf plötzlich etwas seinen Handrücken, und die Pistole flog auf den Teppich. Der Oberinspektor warf sich herum und erblickte einen großen Mann mit schmerzverzerrtem, blassen Gesicht, aus dem zwei riesige Augen glühten. Sein linker Arm hing schlaff herunter, und in der rechten Hand hielt er irgendein Rohrstück, mit dem er jetzt erneut ausholte, um es auf den Kopf seines Gegners zu schmettern. Mit zur Abwehr erhobenem linken Arm taumelte Miltner auf ihn zu, ballte die rechte Hand zur Faust und schlug mit voller Wucht auf die Wunde am linken Oberarm den Mannes. Der stieß einen markerschütternden Schrei aus, ließ das Rohrstück fallen und griff nach dem verletzten Arm. Dann ging er in die Knie und wiegte wimmernd seinen Oberkörper hin und her.

Der Oberinspektor wollte ihm spontan wieder aufhelfen, hielt sich aber im letzten Augenblick zurück. ‚Der Kerl ist noch immer so gefährlich wie eine Kobra', sagte ihm eine innere Stimme, ‚schau zu, daß du deine Walther findest.'

Die Pistole lag gut sichtbar im weißen Flor, doch als er mit der rechten Hand nach dem Kolben greifen wollte, unterdrückte er nur mühsam einen Schmerzensschrei. Durch den Schlag mit den Rohr war sein Handrücken schon verfärbt und begann anzuschwellen. Ein Wunder, daß er vorhin noch hatte zuschlagen können. Miltner griff mit der Linken nach dem Pistolenkolben und richtete sich ächzend auf.

Gerade im richtigen Augenblick, denn dort auf dem Boden, neben einem der Sessel, wiegte keine Mann mehr mit schmerzverzerrtem Gesicht seinen Oberkörper, sondern er stand wieder hoch aufgerichtet vor ihm. In seiner rechten Hand hielt er einen kurzläufigen Revolver, den er jetzt auf den Oberinspektor anlegte. Der schoß sofort, zweimal bellte die Walther. Einer der Schüsse traf den rechten Oberarm, der andere durchschlug den rechten Lungenflügel des Mannes, der nun rückwärts torkelte und in sich zusammensackte. Miltner beugte sich über ihn.

Er lebte noch und starrte den Oberinspektor an. Blut floß aus seinem Mund, als er die Lippen bewegte. „Coupez?“ fragte er.

„Wer?“ entgegnete Miltner. Doch er bekam keine Antwort mehr. Ein Zittern lief durch den Körper des Verletzten, dann erschlaffte er, und sein Kopf fiel zur Seite. „Exitus“, murmelte der Oberinspektor. Das Schicksal hatte es gut mit ihm gemeint. Wenn der Tote nicht schon von vornherein so stark geschwächt gewesen wäre, würde er an dessen Stelle liegen.

14. Kapitel

Schweratmend ließ sich Oberinspektor Miltner in einen der blaßblauen Sessel sinken. Seine Hände lagen im Schoß, aber noch immer hielt er mit der Linken die Pistole umklammert. Er versuchte, die Finger der rechten Hand zu bewegen – beinahe hätte er aufgeschrien vor Schmerz. „Verdammt, verdammt“, murmelte er.

Dann hörte er plötzlich ein Geräusch und erstarrte. Jemand kam die Treppe zum Flachdach herauf, behutsam und vorsichtig, nur ab und an knarrten die Stufen unter seinen Tritten. War es etwa der Killer vom Großen Wald, der nun nach Egler auch den hierher Geflüchteten umlegen wollte? Miltner klemmte sich die Walther unter den rechten Oberarm. Nur mit Mühe gelang es ihm, den schweren Sessel ein Stück herumzuwuchten. Endlich war es geschafft, und er griff wieder mit seiner Linken nach der Waffe. Jetzt hatte er freien Blick zum Eingang des Penthauses. Wenn der Killer in dem hellen Rechteck auftauchte, konnte er ihn bestens aufs Korn nehmen. Die Schritte kamen näher – gleich müßte der Mann im Türrahmen erscheinen. Doch die Schritte verstummten wieder, und eine vertraute Stimme rief: „Bernd, bist du hier?“

Miltner fiel ein Stein vom Herzen. „Komm rein, Günter.“

Sein Kollege betrat den Raum. „Gott sei Dank“, sagte der erleichtert, als er den Oberinspektor im Sessel sitzen sah, „ich dachte schon, du hättest dich in Luft aufgelöst. Zuerst erblickte ich den leeren Trockenspeicher und dann die zweite Treppe zum Dach. Im Geiste sah ich dich gemeuchelt dort oben liegen. Schließlich sind zwei Schüsse gefallen, und anschließend herrschte Friedhofsruhe. Als ich vorsichtig emporsteige, taucht vor meinen Augen das Penthouse auf. Was hatte Egler überhaupt mit dem Haus 26 in der Kohlerstraße zu tun, und wem gehört das Bauwerk hier?“ Jetzt erblickte er den Toten. „Du hast also den Burschen erwischt, Bernd.“ Zeipert sicherte seine Waffe, die er noch immer in der Hand hielt, und steckte sie ins Holster zurück.

„Ein Glück, daß der die gräßliche Wunde am Oberarm hatte und dadurch schon übel dran war. Sonst läge ich jetzt hier, und du hättest mir soeben Gesellschaft geleistet.“

Der Inspektor kniete sich neben den Toten und betrachtete den zerrissenen, von Blut und Eiter steif gewordenen Hemdsärmel. „Die Wunde sieht wirklich böse aus. Wahrscheinlich hatte der Kerl schon eine massive Blutvergiftung.“

„Gott sei Dank.“

Zeipert schaute dem Toten in das wachsbleiche Gesicht. „Seinem Phantombild sieht er nicht gerade ähnlich. Na ja, kein Wunder in diesem Zustand.“

„Die Sigg soll ihn identifizieren. Merkwürdig, daß der ohne Jacke hier liegt. Man müßte doch meinen ...“

„Hab sie unten bei der Hotz gefunden“, unterbrach ihn der Inspektor, „neuwertig aus Leder und ohne jegliche Papiere. Der linke Ärmel ist ganz, nur innerlich mit Blut verschmiert. Die hatte er nicht an, als auf ihn geschossen wurde. – Warum hältst du deine Pistole eigentlich noch immer so verschämt in deinem Schoß? Steck sie doch endlich weg.“

„Kann nicht“, erwiderte der und hätte am liebsten geheult. Er hob die rechte Hand. „Hab von dem eins auf die Pfote gekriegt. Irgendwo muß ein kurzes Metallstück liegen.“

„Du lieber Himmel“, der Inspektor faßte behutsam nach dem Handgelenk, „du mußt sofort zum Arzt. Warte!“ Er packte Miltners Pistole, sicherte und steckte sie ins Holster. „Komm jetzt.“

„Nicht gleich.“ Mühsam stand der Oberinspektor auf. „Zuerst will ich mich ein bißchen umsehen, und du wirst mir dabei helfen.“

„Überlaß das doch dem Schwind. Ich warne dich! Wenn da nicht gleich was getan wird, hast du in Kürze keine Hand, sondern einen Parmaschinken am Arm hängen.“

„Nur auf die Schnelle“, drängte Miltner.

„Meinetwegen – und auf dein Risiko.“

„Zuerst gleich hier, das Schlafzimmer."

Zeipert trat ans Bett und tastete Kissen, Decke und Matratze ab. „Fehlanzeige“, knurrte er und öffnete das Nachtschränkchen. „Sauber, aber leer.“ Der Inspektor ging zu der mit Intarsien ausgelegten Kommode und zog die drei Schubladen heraus. „Auch hier ist nicht das geringste.“

„Der Einbauschrank.“

„Nicht mal Kleiderbügel.“

„Nehmen wir uns die Küche vor.“

„Geschirr ist da, und der Kühlschrank läuft.“ Er öffnete ihn und stieß einen Pfiff aus. „Nicht ein Krümel zum Essen, aber mehr als genug zum Saufen.“

„Eine ganze Flaschenbierhandlung.“

„Marken aus aller Welt.“

„Da ist noch eine Speisekammer.“

„Wein, Champagner und hier, ein ganzes Regal voller Bourbon-, Whiskey- und Cognacflaschen.“

„Jetzt noch das andere Zimmer.“

„Ein Schrank voller Bücher.“

„Die soll Schwind durchsehen. Guck mal in den Schreibtisch.“

„Alles ausgeräumt“, stellte Zeipert kurz darauf fest.

„Dahinten, die Truhe!“

„Sieht kostbar aus.“ Der Inspektor versuchte, den Deckel hochzuklappen. „Nichts zu machen, Bernd, die ist verschlossen.“

„Greif in meine linke Hosentasche.“ Miltner hob seine Jacke hoch.

Nachdenklich betrachtete sein Kollege die Schlüssel. „Wo hast du die denn her?“

„Das darf ich nicht sagen.“

Zeipert stieß ihm mit dem Zeigefinger gegen die Brust. „Wie lange kennen wir uns schon?“

„Gute zehn Jahre.“

„Genau, aber daß du ein Geheimniskrämer bist, hätte ich nie gedacht.“

„Mach schon, mir wird schlecht.“

Der Inspektor fummelte am Schloß herum. „Sicher eine sehr alte Truhe, aber das Schloß ist ganz modern.“

„Die ist nur auf alt gemacht.“

„Hat wohl trotzdem eine Menge Geld gekostet.“

„Versuchs mal mit dem kleinen Schlüssel.“

„Prima, Bernd, der paßt, Sesam öffne dich.“ Es klickte, und Zeipert klappte den Deckel hoch. „Ich werd verrückt, schon wieder ein Taucheranzug!“

„Die Marke“, rief Miltner, „die Marke!“

„Neptun, sagt dir das was?"

Pandel! fiel dem Oberinspektor blitzartig ein. Als er damals in dessen Büro auf der Halbinsel die Marke Delphin des in der Hundehütte gefundenen Taucheranzugs erwähnte, hatte der geäußert: ‚Keine gute Marke, zumindest nicht für mich. Ich benutze die Marke Neptun.' Pandel und Aldinger Coupez! „Es würde mich nicht wundern, wenn das Haus Kohlerstraße 26 ebenfalls der Baden-Württembergischen Wohnungsvermietungsgesellschaft gehört."

„Gut, daß Sie kommen, Herr Miltner." Dr. Fleck, der Stationsarzt, schüttelte mißbilligend den Kopf. „Lange kann ich das nicht mehr mitmachen, ein Einzelzimmer für eine Kassenpatientin, wie stellen Sie sich das vor? Ich bin nur froh, daß der Verwaltungsdirektor zur Zeit im Urlaub ist. Der schnüffelt überall herum. ‚Da könnte man noch ein Bett reinschieben, und dort ohne weiteres zwei'", äffte ihn Dr. Fleck nach. „In diesem Fall hätte er wirklich recht, denn Frau Hotz geht es ganz gut."

„Ich weiß Ihr Entgegenkommen zu schätzen." Der Oberinspektor strich sich behutsam mit seiner Linken über die bandagierte Rechte, die in einer Schlinge lag.

„Hoffentlich kommen Sie mit dem schrecklichen Weib heute zu Rande." In der Tasche von Dr. Fleck piepste es. „Entschuldigung", er hielt das Gerät ans Ohr. „Ich muß weiter, da ist ein Betriebsunfall passiert! Beim Grötzinger Baggersee, das interessiert Sie vielleicht."

„Wäre womöglich wichtig zu wissen, was dort geschehen ist", murmelte er, klopfte an die Zimmertür und ging hinein. Lieschen Hotz lag auf der rechten Seite und schlief. Er ging auf Zehenspitzen näher und beugte sich über sie. Die Patientin machte einen gesunden Eindruck. Bis auf einige blaue Flecken am Hals war von der versuchten Erdrosselung nichts mehr zu bemerken. „Ich bin's, Miltner", flüsterte der Oberinspektor und holte sich einen Stuhl.

„Haben Sie mir die versprochenen Zigaretten mitgebracht?"

„Klar, ich halte mein Wort."

„Natürlich, die Kripo hält immer Wort." Die Frau hatte ihren Kopf zu ihm hingedreht und blickte ihn mißtrauisch an.

Der Oberinspektor grinste. Dann knöpfte er seine Jacke auf und streckte ihr das Päckchen hin. „Als Pralinen getarnt."

„Und wie liebevoll verpackt. Haben Sie das selber gemacht?"

„Hat mich ne Menge Zeit gekostet."

„Mann, Sie hätten Dealer werden sollen. Ihnen wäre keiner auf die Schliche gekommen." Die Zigaretten verschwanden unter der Bettdecke.

„Ich habe Wort gehalten. Jetzt sind Sie dran."

„Fragen Sie."

„Sie kannten den Burschen, der bei Ihnen war?"

„Nur flüchtig, durch meinen Mann. Er war auch beim Sicherheitsservice, ist aber meines Wissens nie beim Baggersee eingesetzt worden."

„Sein Name?"

„Willi Nerding."

„War er früher schon mal in Ihrer Wohnung?"

„Kein einziges Mal. Als ich einmal beim Sicherheitsservice in der Hermannstraße vorbeikam, um nach meinem Mann zu sehen, war der Nerding auch da."

„Was ging dort vor?"

Verächtlich verzog Lieschen Hotz das Gesicht. „Glupp. Nerding und mein Mann haben Karten gespielt."

„Wieso ist Nerding bei Ihnen plötzlich aufgetaucht?"

„Der wußte nicht mehr ein noch aus, nachdem der Egler im Wandersteiger Wald umgelegt worden war. Beide wollten türmen, deshalb haben die das Geld vom Hartmann dringend gebraucht. Der Nerding kam mit hohem Fieber durch die verdreckte Schußwunde an, um bei mir in Deckung zu gehen."

„Vor wem hatte er Angst?"

„Er erzählte was von einem Killer, den die Gesellschaft auf ihn angesetzt habe. Mein Mann und Egler hätten ja schon dran glauben müssen."

„Erpressung?"

„Ich bekam den Eindruck, daß für die das Ganze ein paar Nummern zu groß war und die Gegenseite auf keinen Fall mitspielen würde, weil viel zu viel auf dem Spiel steht."

„Warum hat er Sie angegriffen?"

„Das verdreckte Stinktier hat mir das ganze Geschäft vermasselt. Ich mußte in dieser Zeit meinen Freiern absagen – hab's mit Grippe begründet. Dem Kerl hab ich dann gesagt, daß er schleunigst aus meiner Wohnung verschwinden muß."

Der Oberinspektor nickte. „Sie haben gedroht, ihn rauszuschmeißen, und daraufhin hat er versucht, Sie umzubringen."

„Wahrscheinlich sollte das still vor sich gehen, deshalb hat er mir etwas in den Wein getan. Ich habe es gemerkt und nur ganz wenig getrunken, da ist er plötzlich auf mich losgegangen. Natürlich habe ich mich gewehrt. Gott sei Dank ging es ihm durch die eitrige Wunde ziemlich mies, so daß ich eine Zeitlang mithalten konnte."

„Sie haben ihm den Verband heruntergerissen."

„Ich wußte, daß er da sehr empfindlich war. Immer wieder hat er gestöhnt und sich an den linken Oberarm gegriffen. Außer sich vor Wut würgte er mich, und ich wurde ohnmächtig. Das Fesseln mit dem Klebeband – es lag bei mir rum – bekam ich nicht mehr mit."

„Ja, das klingt plausibel."

„So war es wirklich, Herr Oberinspektor."

„Der wollte bei Ihnen wirklich nur in Deckung gehen?"

„Was denn sonst?"

„Könnte es nicht so gewesen sein, daß er Ihre Wohnung gewählt hat, um in diesem Haus jemandem aufzulauern?"

„Einem meiner Freier vielleicht? Das glauben Sie doch selber nicht!"

„Ich denke an den Bewohner des Penthauses."

„Da ... da könnten Sie recht haben", stotterte die Frau.

„Sie wußten davon?"

„Ich sah den Egler mal raufschleichen und habe ihn deswegen angesprochen."

„Was antwortete er?"

„Es wäre gut für meine Gesundheit, wenn ich vergessen würde, daß es da oben irgend etwas besonderes gibt."

„Letzte Frage: Zu welcher Überwachung hat der Sicherheitsservice den Nerding eingesetzt?"

„Bei Veith und Kraft, Firma für Sondermüllentsorgung und Lagerung."

Vor dem Krankenhaus blieb Miltner überlegend stehen. Veith und Kraft, hatte es dort nicht schon Unstimmigkeiten bei der Lagerung von Sondermüll gegeben? Wegen dioxinverseuchtem Abfall aus einem Chemiebetrieb? Die Sache war damals niedergeschlagen worden, so erinnerte er sich, weil man die Behauptung der Firma, es hätte sich um eine kurzfristige Zwischenlagerung gehandelt, nicht widerlegen konnte.

Der Oberinspektor wurde von einem Krankenwagen abgelenkt, der mit Sirenengeheul und Blaulicht auf das Krankenhaus zuraste. Er bemerkte, daß an dem Einfahrtstor schon drei weißgekleidete Gestalten warteten, und vermutete, daß dies ein Arzt und zwei Krankenpfleger waren. Ein Verkehrsunfall, dachte er. Nein! Betriebsunfall am Baggersee oder so ähnlich hatte Dr. Fleck im Krankenhaus gesagt. Mit schnellen Schritten eilte Miltner zu den dreien hinüber.

„Da kommt schon der erste Gaffer", hörte er den einen sagen, „aber wenn's ans Helfen geht, dann ist keiner aufzutreiben." Mit verkniffenen Gesichtern starrten die Männer dem Oberinspektor entgegen. Der Mediziner hob abwehrend die Hand. „Zutritt ist hier nur dem Personal gestattet."

Miltner schwenkte seinen Dienstausweis. „Hat Ihr Warten mit dem Betriebsunfall am Baggersee zu tun?“ Der Arzt nickte.

„Ist es bei der Demontage des Baggers passiert, wurde der Mann eingeklemmt?“

„Schwere Brandverletzungen – der Notarzt hat durchgegeben, es bestehe Lebensgefahr.“ Als er den verständnislosen Blick des Oberinspektors bemerkte, erklärte er: „Beim Zertrennen mit Autogenschneidbrennern hat es eine Explosion gegeben.“

Miltner sah, wie am Haupteingang ein Taxifahrer Leute aussteigen ließ und rannte dorthin.

„Der Verletzte kommt wahrscheinlich in die Spezialklinik nach Ludwigshafen“, rief ihm der Arzt nach.

Schweratmend beugte sich der Oberinspektor zu dem Taxifahrer hinunter, der gerade Geldscheine zusammenfaltete und in eine Tasche steckte. „Sind Sie frei?“

„Das sehen Sie doch“, brummte der, „kommen Sie schon.“

„Zum Grötzinger Baggersee“, sagte Miltner.

Unterwegs überholte sie ein roter Sportwagen. Am Steuer saß Michaela Gallion, die Reporterin vom Badischen Boten. Sie hatte also auch schon Wind von dem Unglück bekommen. Woher wohl? Wahrscheinlich von einem der Sanitäter. Vielleicht auch von einem Polizisten. Geld konnten alle gebrauchen. Sie durchfuhren nun Grötzingen, und dann kam der Baggersee in Sicht.

„Wie weit noch, Chef?“

„Bis an die Halbinsel.“

„Okay.“ Der Fahrer schlug das Steuer nach links ein.

Am Eingang zur Halbinsel stand ein Streifenwagen. Einer der Polizisten winkte mit der Kelle. Das darf doch nicht wahr sein, dachte der Oberinspektor, schon wieder der Plank. „Anhalten!“ befahl er.

„Macht zwanzigfuffzig.“ Als er die Quittung vom Fahrer erhalten hatte, stieg Miltner aus und ging auf den Polizeiwagen zu.

„Guck mal, wer da kommt“, informierte Plank seinen Kollegen Jung, „die Mordkommission, und ganz vornehm mit einer Taxe.“

„Was macht Ihre Strickerei? Ist der Pullover bald fertig?“

„Beinahe – ein tolles Norwegermuster.“ Der Polizeibeamte beugte sich zu Miltner. „Mal im Ernst. Weshalb tauchen Sie als Mitglied der Mordkommission hier auf? Schließlich ist doch nur ein Unfall passiert. Oder wissen Sie schon mehr als wir?“

„Ich sah zufällig, wie beim Krankenhaus der Wagen mit dem Verletzten ankam, und da hab ich gedacht, ich könnte ruhig mal nach dem Rechten sehen."

„Verstehe", Plank blickte zum See hin, „der Mord an dem Wachmann ist noch immer nicht geklärt."

„Und das liegt mir verdammt schwer im Magen."

„Aber jetzt scheint tatsächlich ein defekter Autogenschneidbrenner schuld gewesen zu sein."

„Ein derartiges Gerät kann man manipulieren."

„Sie meinen ..."

„Ich meine momentan gar nichts. Aber mal ganz unter uns, da soll ein Kiesbagger demontiert und an einem anderen See wieder aufgebaut werden. Was mich neugierig macht: Weshalb braucht man hier zur Demontage Schneidbrenner?"

„Daran habe ich allerdings noch nicht gedacht."

„Es ist auch nicht Ihre Aufgabe, sich darum zu kümmern. Am besten, Sie vergessen es schnell wieder. Im Grunde genommen ist es auch nicht mein Bier. Schließlich kann die Firma Aldinger mit ihrem Kiesbagger machen, was sie will."

„Und falls bei der Arbeit nicht korrekt vorgegangen wurde, sind andere Behörden zuständig", meinte der Polizeibeamte. Er lächelte. „Aber dieser Baggersee scheint Sie magisch anzuziehen."

„Ein an sich harmloses Gewässer, und trotzdem habe ich so ein Gefühl, daß von ihm etwas Böses ausgeht." Miltner schlug Plank auf die Schulter und sagte: „Dann stricken Sie mal weiter an Ihrem Pullover."

Anschließend ging er auf eine Gruppe von Männern zu, die betreten um bereits zerlegtes Gitterwerk herumstanden. Im Hintergrund bot der ausgebeinte und zum Teil abgerissene Bagger einen trostlosen Anblick. Dort bemerkte Miltner jetzt zwei Personen, die sich zu streiten schienen. In der einen erkannte er Haller, den Obermonteur von Huntenberg & Just, dessen Gesicht zum großen Teil verbunden war. Die zweite, einen gutgekleideten Typen, dessen Haare zu blond waren, um echt zu sein, hatte er noch nie gesehen. Wütend redete der auf Haller ein.

„Das könnte interessant werden", murmelte der Oberinspektor. Damit die zwei ihn nicht gleich herankommen sahen, schlug er einen Bogen und näherte sich ihnen so, daß er auf den Rücken des Blonden zuging. Bei Haller konnte Miltner hoffen, daß der Verband seine Sicht einschränkte. Der Oberinspektor bemühte sich, behutsam aufzutreten, damit der Kies nicht zu sehr unter seinen Schritten knirschte.

Als er sich den beiden näherte, hörte er den Blonden sagen: „Ausgerechnet jetzt, wo wir allen Grund haben, daß es hier schnell und ohne großes Aufsehen zu erregen über die Bühne geht, passiert diese Schweinerei. Dafür sind Sie verantwortlich, Haller, nur Sie."

„Der Montageleiter sind immer noch Sie", knurrte der. „Ich habe Ihnen schon vor Tagen erklärt, daß die Geräte nicht immer einwandfrei arbeiten, und Sie haben mir Abhilfe versprochen."

„Diese Reparaturen hätten Sie selber ausführen können."

„Wann denn", brüllte er los. „Alles sollte schon vorgestern fertig sein. Mach schnell, Haller, hopp, hopp, hopp!"

Der Oberinspektor blieb stehen und versuchte, sich möglichst unsichtbar zu machen. Die Aborigineees in Australien sollen so etwas fertiggebracht haben. Wenn sie bei der Jagd Tiere anschlichen, stellten sie – falls diese Witterung aufnahmen – eine Art Baum dar. Ihre Speere zogen sie, eingeklemmt zwischen den Zehen, am Boden mit. War sicher Magie im Spiel, dachte er. Sollte Haller allerdings den blonden Schönling mit seinen Fäusten bearbeiten, mußte er leider einschreiten. Aber etwas Zeit konnte er sich dafür schon lassen. War vielleicht ganz gut, wenn der Bursche ein bißchen weichgeklopft wurde. Doch trotz seines Verbandes hatte nun der Obermonteur Miltner wahrgenommen und gab dem Blonden einen Hinweis. Die wutverzerrten Mienen der beiden Männer glätteten sich. „Da kommt ja der Oberinspektor Miltner von der Mordkommission", rief Haller beinahe freundlich. „Darf ich Ihnen unseren Montageleiter, Herrn Diplomingenieur Ganosky, vorstellen?"

Strahlend gab der dem Oberinspektor die Hand. „Ich habe schon viel von Ihnen gehört. Sie ermitteln ja im Todesfall des bedauernswerten Wachmanns Hotz."

„Es war Mord."

„Nun, heute hat es ja weder Mord noch Totschlag, sondern einen Unfall gegeben", meinte Ganosky lächelnd. „Allerdings ein Vorkommnis, das höchst bedauerlich ist. Für Monteur Krobe besteht Lebensgefahr. – Aber was führt Sie zu uns?"

„Ich habe von dem Unglücksfall erfahren und wollte mal nach dem Rechten sehen. Um ehrlich zu sein, mich faszinierte schon damals dieser riesige Bagger. Ich hatte so ein Ding noch nie aus der Nähe gesehen."

„Das Gerät macht auf Laien schon Eindruck."

„Nun soll der Riesenapparat auf Reisen gehen – zerlegt natürlich", sagte Miltner und zuckte hilflos die Achseln. „Ich verstehe nur nicht, warum zur Demontage Schneidbrenner verwendet werden. Bislang habe ich immer geglaubt, damit zerlegt man Teile, die verschrottet werden sollen."

„Jetzt haben Sie uns voll erwischt.“ Ganosky bemühte sich, verlegen zu lachen, dann wurde er wieder ernst. „Es ist so, daß die Firma Aldinger ihren Auftrag an uns geändert hat. Nun heißt es, die ganze Anlage soll verschrottet werden.“

„Also keinen Transport des Baggers an einen anderen See?“

„Genau, Aldinger hat umdisponiert. Fragen Sie mich nicht, warum. Wir führen ja nur den Auftrag aus. Wenn Sie näheres wissen wollen, wenden Sie sich bitte an Herrn Pandel. Er ist momentan nicht hier, aber ich bin sicher, daß Sie ihn zu Hause in Weingarten erreichen können.“

Der Oberinspektor deutete auf den Verwaltungsbau. „Und Frau Ewald?“

„Die ist noch da“, sagte Haller, „sie räumt gerade ihren Arbeitsplatz auf.“

„Ich hoffe, der Unfall wird schnellstens aufgeklärt, damit Sie wieder an die Arbeit gehen können.“

Irgend etwas stimmte hier optisch nicht, dachte er, als er langsam auf das flache Gebäude zuschritt. Er drehte sich um, schaute zu dem verstümmelten Kiesbagger hin und versuchte, ihn sich komplett vorzustellen. Dann wußte er plötzlich, was ihn an der momentanen Situation störte: Bei dem abgewrackten Zustand des Baggers hätte ein Mehrfaches an ausgebauten Teilen dort liegen müssen, als tatsächlich vorhanden war. Na ja, sagte er sich im Weitergehen, vermutlich hatte man schon das meiste zu einer Schrottfirma gebracht. Merkwürdig allerdings, daß auf der ganzen Halbinsel kein einziger Lkw zu sehen war. Gerade als der Oberinspektor nach der Klinke greifen wollte, wurde die Tür aufgerissen, und Michaela Gallion stand lächelnd vor ihm.

„Wieder einmal der Kriminalpolizei einen Schritt voraus“, sagte sie.

„Ich habe mir gedacht, daß ich Sie hier treffen werde. Schließlich sah ich bei der Herfahrt eine Schwarzpulverschützin an mir vorbeirauschen, mit einer wesentlich höheren Geschwindigkeit, als auf dieser Straße zulässig ist.“

„Sie lassen sich bequem mit einem Taxi hierher kutschieren. Dabei bekomme ich immer wieder zu hören, wie konsequent bei den Behörden gespart wird.“

„Das Taxi habe ich aus eigener Tasche bezahlt.“

„Aber einen Beleg ließen Sie sich geben. Hab ich recht?“

„Den reiche ich ein, wenn der Stief mich wieder einmal ärgert. Ich vermisse Ihren roten Sportwagen, und wie sind Sie überhaupt durch die Absperrung gekommen?“

„Überhaupt nicht. Auf dem Weg zur Halbinsel bin ich rechts in den schmalen Waldweg eingebogen, etwa dreihundert Meter Richtung Nordosten gefahren und habe dort das Fahrzeug abgestellt. Dann nahm ich mein kleines zusammengelegtes Schlauchboot, marschierte damit zum Seeufer, blies es dort mittels einer Preßluftflasche auf und paddelte hierher."

„Preßluftflasche? Ist die nicht sehr schwer?"

„Mein Gott, das ist eine kleine, die etwa 5 Kilogramm wiegt. Dazu kommen noch ein Druckminderer und ein kurzer Schlauch mit Anschluß ans Boot, die nicht ins Gewicht fallen."

„Verstehe. - Und dann sind Sie im Rücken des Feindes gelandet."

„Wenn Sie hinter diesem Gebäude zum Ufer gehen, können Sie das Boot im Schilf liegen sehen."

„Offiziell spreche ich Ihnen hiermit meine Mißbilligung aus."

„Und inoffiziell?"

„Imponieren Sie mir. Haben Sie keine Lust, Ihren Beruf zu wechseln. So jemanden wie Sie könnte ich in meiner Truppe brauchen."

„Um euch Machos dann den Kaffee zu kochen! Nein, danke." Miltner verzog säuerlich das Gesicht.

„Entschuldigung", sagte die Reporterin. „Ich weiß, daß Sie es ehrlich mit mir meinen. Aber wenn ich euren Stief vor mir sehe, der würde mich wahrscheinlich jeden Morgen mustern, ob ich auch züchtig angezogen bin."

„Er hat auch seine Qualitäten."

„Er ist ein guter Familienvater, aber mindestens einmal im Monat packt es ihn."

„Packt es ihn?" Miltner starrte die Reporterin verständnislos an.

Die grinste. „Da fährt er – ohne Familie versteht sich – nach Straßburg. Weshalb wohl?"

„Er hat dienstlich in Straßburg nichts zu tun."

„Väterlicherseits stammen wir aus Offenburg. Und von meinem Großvater habe ich erfahren, daß es damals, wenn einer nach Straßburg in den Puff fuhr, immer hieß: Er läßt sich im Elsaß die Haare schneiden!"

15. Kapitel

„Sie wollen Frau Ewald sprechen", vermutete die Reporterin, „aber diese Mühe können Sie sich sparen. Die ist gerade am aufräumen, und außerdem hat die Dame eine Stinkwut auf die Firma Aldinger, insbesondere auf Herrn Pandel. Der hat ihr nämlich gekündigt."

„Gerade die richtige Zeit, um aus ihr etwas herauszubekommen." Miltner wollte nach der Klinke greifen, doch Gallion hielt ihn zurück. „Ich würde damit noch warten. Frau Ewald will nach Haguenau fahren und sich bei Madame Aldinger-Coupez persönlich über Herrn Pandel beschweren."

„Verstehe. Solange wird sie dichthalten."

„Ich bin überzeugt, die Aldinger hilft ihr nicht – wer weiß, was für die auf dem Spiel steht."

„Frau Ewald wird mit einer Mordswut im Bauch nach Weingarten zurückkommen und dann bei mir auspacken."

„Vielleicht, vielleicht auch nicht."

„Was soll denn das schon wieder heißen?"

„Es könnte sein, daß man ihr im schönen Elsaß klarmacht, es wäre für ihre Gesundheit besser, wenn sie den Mund hielte."

„Also abwarten."

„Damit ich es nicht vergesse", die Reporterin griff nach der Tasche, die über ihrer Schulter hing, und holte mehrere großformatige Photos heraus. „Hier haben Sie Frau Dr. Sigg und ihren Begleiter beim Spaziergang im Großen Wald. Ich ließ nur die guten Aufnahmen für Sie vergrößern."

Der Oberinspektor fächerte die Bilder auseinander und stutze. „Klar, jetzt erkenne ich ihn."

„Sie wissen mehr als ich – spucken Sie's aus!"

„Der Mann heißt Antler und ist Vorsitzender des Tauchsportklubs Muräne." Miltner überlegte kurz, dann sagte er: „Ich muß doch noch zu Frau Ewald – ein Taxi bestellen. Für heute habe ich die Schnauze voll und will nach Hause."

„Sie können mit mir fahren."

Nachdem die Reporterin das Schlauchboot aus dem Schilf gepaddelt hatte, sagte sie: „Wenn Sie mir erzählen, was sich in dem, laut Städtischem Bauamt nicht vorhandenen Penthaus in der Kohlerstraße 26 abgespielt hat, sage ich Ihnen etwas, was Sie bestimmt noch nicht wissen." Als der Oberinspektor den Kopf schüttelte, fuhr sie fort: „Es hat mit dem Baggersee zu tun, und es könnte der Grund sein, weshalb man jetzt mit Schneidbrennern an die Kiesbaggeranlage rangeht."

„Das Penthaus in der Kohlerstraße." Miltners rechte Hand durchfurchte das Wasser, und er blieb eine Weile stumm. Dann meinte er: „Allzuviel kann ich Ihnen darüber nicht sagen. Fest steht, daß das Haus – wie auch das in der Hermannstraße – der Baden-Württembergischen Wohnungsvermietungsgesellschaft gehört."

„Geschäftsführerin der Gesellschaft ist Frau Aldinger-Coupez."

„Und was das Penthaus anbetrifft, so wurde mir bei meinen Nachforschungen ganz schön auf die Finger geklopft."

„Von Stief?"

„Genau! Doch der stand unter Druck von oben. Er hat förmlich die Hände gerungen, als er mich inständig bat, in diese Richtung nicht mehr zu ermitteln."

„So, wie ich Sie kenne, haben Sie die Flinte nicht gleich ins Korn geworfen."

„Ich habe inoffiziell weitergemacht. Einer im Baudezernat ist mir nämlich noch was schuldig. Für das Penthaus hat ein Baumeister von dieser Dienststelle grünes Licht gegeben. Er heißt Bertold Knaus und ging vor zwei Jahren vorzeitig in Pension. Interessant ist, daß der gute Mann als beratender Sachverständiger in Stuttgart einen gutdotierten Posten bei der Wohnungsvermietungsgesellschaft hat. Ich stellte dann die Nachforschungen ein, weil mein Informant kalte Füße bekam."

„Wer wohnt wohl in diesem Penthaus?"

„Es ist kein Schild an der Tür, und denjenigen, der wahrscheinlich mehr darüber wußte, nämlich Hausmeister Egler, hat man ja über den Jordan geschickt."

Wind kam auf, und die Seeoberfläche kräuselte sich. Über ihnen trieben Wolken von Nordwesten her in Richtung Schwarzwald. Der Oberinspektor räkelte sich behaglich. „Hören Sie eine Weile mit dem Paddeln auf, und lassen Sie die Luxusjacht in den Wellen treiben, das entspannt."

„Wie Sie wollen."

„Am liebsten würde ich Urlaub machen."

„So, wie ich die Sache sehe, werden Sie dazu in nächster Zeit nicht kommen."

„Hängt sicher mit der Neuigkeit zusammen, die Sie mir mitteilen wollen."

„Die Halbinsel soll wieder begrünt werden. Eine komplette Erneuerung mit dem Ziel eines Landschaftsschutzgebietes ist geplant."

„Na ja, die Firma Landschaftsbau Franz Saumer ist schon kräftig dabei."

„Jetzt hat die Stadt die Halbinsel auf vorläufig zehn Jahre an eine deutsch-französische Gesellschaft verpachtet. Das Gebäude, in welchem Frau Ewald gerade zusammenpackt, soll nicht abgerissen werden, sondern erhalten bleiben. Und einige Volieren will man zusätzlich errichten."

„Volieren?" fragte Miltner erstaunt. „Das sind doch Vogelhäuser!"

„Ziel der Gesellschaft sind Untersuchungen über Zugvögelverhalten und Wiederseßhaftmachung heimischer Vogelarten, insbesondere der Störche, und zwar grenzübergreifend."

„Das ist eine gute Sache, und natürlich muß deswegen die Kiesbaggeranlage schnellstens verschwinden. Mit uns hat das Ganze also nichts zu tun."

„Die Gesellschaft ist privat“, mahnte Gallion.

„Na und? Heute wird doch immer mehr privatisiert: Post und Bahn beispielsweise.“

„Die Stadt hat nur unter starkem Druck zugestimmt, und zwar erst, wenn durch Vermittlung dieser Gesellschaft eine französische Firma die hiesige, in Konkurs gegangene Maschinenfabrik Singler übernimmt.“

„Und Sie glauben, da steckt was anderes dahinter?“

„Bei der französischen Firma, die Singler übernehmen wird, sitzt ein Coupez im Aufsichtsrat, welcher der Bruder von Frau Aldingers Mann sein soll.“

„Sein soll“, brummte Miltner. „Von mir aus recherchieren Sie über die deutsch-französische Gesellschaft, aber mich lassen Sie bitte aus dem Spiel. Gewiß, der Baggersee ist nach wie vor interessant, aber mir geht es um den Mord an Hotz und um den verschwundenen Döge. Und jetzt schippern Sie mich bitte an Land.“

Wortlos stapften die beiden durch den Wald in Richtung roter Sportwagen. Der Oberinspektor hatte das zusammengelegte Schlauchboot, das man, mitsamt der Preßluftflasche, wie einen Rucksack auf dem Rücken tragen konnte, der Reporterin abgenommen. Verärgert schlug diese mit dem Paddel auf Büsche und Sträucher ein, die den von Gras überwucherten Fußweg säumten.

Miltner versuchte, das Gespräch wieder in Gang zu bringen. „Also gut, ich werde auch die Vogelheinis unter die Lupe nehmen. Soweit es in meiner Macht steht“, setzte er lahm hinzu.

„Wenigstens etwas, wenn es auch nicht viel ist.“

„Aber nur, wenn Sie mir bei Gelegenheit Ihr Schlauchboot ausleihen.“

„Das ist doch nicht Ihr Ernst?“

„Ich stelle mir eine Fahrt auf dem Baggersee, bei Mondschein selbstredend, ganz romantisch vor.“

„Auf Dauer ist mein kleines Gefährt für zwei Personen nicht gerade bequem.“

„An was Sie wieder denken. Nur das Boot und ich. Wobei ich mir überlege, daß Mondschein für eine Patrouillenfahrt doch nicht das richtige wäre. Ein dunkler, wolkenverhangener Himmel ist wesentlich besser geeignet.“

„In Ordnung, Sie bekommen Isolde – so habe ich meine Luxusjacht getauft. Vergessen Sie nicht, ein bis zwei Preßluftflaschen mitzunehmen.“

„Machen die Flaschen beim Aufblasen ein Geräusch?“ fragte der Oberinspektor nach einer Weile.

„Sie zischen etwas, allerdings ist das nur von kurzer Dauer.“

„In einer stillen Nacht, wo tiefes Schweigen über Hain und Flur liegt ...?“

„Sie können die Isolde auch von Hand aufpumpen, das ist leiser, aber zeitraubender. Im übrigen würde ich Ihnen dringend raten, vor Ihrer Aktion noch das lautlose Paddeln zu üben. Wenn man als hilfloser Binnenländer im Wasser herumpatscht, kann das ganz schön geräuschvoll sein, und man kommt auch nicht schnell vom Fleck.“

„Sie bringen es mir sicher bei – bitte.“

Die Reporterin lächelte. „Einverstanden, doch nur unter einer Bedingung: Sie teilen mir umgehend das Ergebnis Ihrer nächtlichen Eskapaden mit.“

„Das geht in Ordnung.“ Miltner zögerte.

„Aber?“ fragte Gallion.

„Erwähnen Sie in diesem Zusammenhang nicht den Namen Isolde. Sie kennen meine Kollegen. Die verarschen mich glatt und behaupten, der Miltner treibt es mit einer aufblasbaren Gummipuppe.“

Die Reporterin kicherte. „Ich sehe schon die Schlagzeile: ‚Die sexuellen Phantasien eines Kriminalbeamten‘.“

„Wenn Sie wüßten.“

„Ich halte die Klappe, okay?“

Stumm gingen sie weiter, aber bald darauf hielt Miltner an und packte Michaela Gallion am Arm. „Stehenbleiben!“

„Was ist los?“

Der Oberinspektor hielt den Finger an die Lippen. „Da vorne ist jemand.“

Jetzt hörte auch die Reporterin die Stimmen eines Mannes und einer Frau. Behutsam gingen die beiden weiter, und zwischen den Sträuchern tauchte der rote Sportwagen auf. Das Pärchen, dessen Reden sie gehört hatten, linste gerade neugierig durch die Scheiben in das Auto. Jetzt ging der Mann nach hinten zum Kofferraum und versuchte, ihn zu öffnen, was ihm aber nicht gelang. Er holte etwas aus der Brusttasche, bückte sich und schien die Nummer des Fahrzeugs aufzuschreiben.

„Die kenne ich doch“, sagte Miltner leise, „na klar, das ist das Ehepaar Reisch. Die haben den Fiat von Döge beim Pilzesuchen entdeckt. – Kommen Sie!“

Erschreckt fuhr Frau Reisch herum, als sie die beiden kommen hörte. „Keine Angst, Agathe“, rief ihr Ehemann, „das ist der Oberinspektor, der sich damals um den grünen Fiat gekümmert hat, den wir beim Pilzesuchen gefunden haben.“

„Das Auto hier gehört meiner Begleiterin. Es besteht also kein Grund zur Beunruhigung."

„Da bin ich aber froh", erwiderte Herr Reisch. „Ich habe schon überlegt, ob es nicht notwendig wäre, unseren Ausflug zu unterbrechen, um möglichst schnell den Wagen zu melden."

„Nicht erforderlich, wie Sie sehen. Sind Sie wieder auf Pilzsuche?"

„Nein, nein, hier gibt es gar keine. Wir sind zuerst zum Baggersee gegangen, um uns über den Fortschritt der Rekultivierung durch die Firma Saumer ein Bild zu machen. Die Leute kommen gut voran, das muß man ihnen lassen. Nur finde ich, daß man viel zu viel Muttererde aufgeschüttet hat."

„Zu viel aufgeschüttet?" fragte Miltner erstaunt.

„Woran können Sie das überhaupt erkennen", mischte sich Gallion ein.

„Es entstand eine Diskrepanz zum Seeufer hin." Als er die verständnislosen Mienen der beiden sah, fuhr er überlegend fort: „Wie kann ich Ihnen das am besten erklären? Sagen wir mal so: Das Gelände fiel früher flacher zum See hin ab. Nun ist eine Böschung oder Wall entstanden, und das sieht nicht sehr gefällig aus."

„Können Sie sich erklären, weshalb man das so ausgeführt hat?"

„Ich sprach deshalb mit einem der Gärtner."

„Was meinte der dazu?"

„Das wäre schon vorher viel zu hoch mit minderwertiger Erde aufgeschüttet worden und das zusätzliche Aufbringen einer dreißig Zentimeter dicken Schicht von Muttererde deshalb notwendig."

„Konnte Ihnen der Gärtner sagen, wer die schlechte Erde so hoch aufgeschüttet hat?"

„Die Firma Aldinger wäre das gewesen, aber den Grund hierfür konnte sein Chef nicht in Erfahrung bringen." Entschuldigend blickte er auf seine Uhr. „Wir möchten heute noch zum Weingartener Moor."

Miltner hob grüßend die Hand. „Auf Wiedersehen und besten Dank für Ihre Auskunft."

Als die Reporterin den Anlasser betätigen wollte, hielt sie ihr Begleiter zurück. „Warum schüttet die Firma Aldinger zuviel Erde auf? Erde und Erdbewegung kosten doch auch Geld."

„Wo liegt da der Hund begraben?"

„Begraben", sagte Miltner leise. „Wissen Sie, wonach der verschwundene Greenpeacer Döge die Arbeiter von Aldinger gefragt hat? Nach Fässern. Ob neuerdings Fässer dort entladen worden seien."

„Und was sagte man ihm?"

„Ein halbes Dutzend, mit Dieselöl gefüllt!"

Oberinspektor Miltner bog mit seinem Wagen in den Schotterweg ein, neben dem eine holzgeschnitzte Tafel stand. Auf ihr war oben ein Gartenzwerg mit roter Zipfelmütze und grünem Schurz abgebildet, der einen Schubkarren vor sich her schob. Darunter konnte man lesen: Garten- und Landschaftsbau Franz Saumer. Links und rechts vom Weg waren große Beete zu sehen, in denen verschiedenartige Blumen wuchsen. Jetzt konnte Miltner auch welche mit Gemüse erkennen, hinter denen in mehreren Reihen Gewächshäuser standen. Langsam fuhr er auf das große, weißgetünchte Haus zu, vor dem der Weg endete. Der Oberinspektor hielt an und stellte den Motor ab. Als er aus dem Wagen stieg, begann ein Hund zu bellen. Es war eine Dogge, die wütend an ihrer Kette zerrte. Jetzt erblickte er den alten Mann, der neben dem Haus auf einer Bank saß und an seiner Pfeife suckelte. Miltner ging auf ihn zu und grüßte. Der Alte gab ihm keine Antwort. Mit farblosen wässerigen Augen starrte er ihn an. Aus dem Mundwinkel lief ein Speichelfaden zum Kinn hinunter. Der Oberinspektor hatte plötzlich das Gefühl, als ob der Greis durch ihn hindurchschauen würde.

„Guten Tag“, wiederholte er.

Langsam nahm der Mann die Pfeife aus dem Mund. „Willst Blumen?“ nuschelte er.

„Ich möchte zu Herrn Franz Saumer. Wo kann ich ihn finden?“

„Neumodisches Zeugs“, sagte der Alte nach einer Weile. „Rosen, schöne rote Rosen, gelbe und fast schwarze hab ich gezüchtet. Ist schon lange her. Wissen Sie, da hat meine Frau, die Mathilde, noch gelebt.“

„Franz Saumer“, erinnerte ihn der Oberinspektor.

Der Greis steckte die Pfeife wieder in den Mund und schloß die Augen. „Mein Sohn ist im Büro und macht seine Hausaufgaben.“

„Danke.“ Miltner wandte sich dem Eingang zu, während die Dogge noch immer lautstark bellte. Was der alte Mann als Hausaufgaben bezeichnet hatte, bestand für Franz Saumer im Ausfüllen von Formularen für das Finanzamt, und dementsprechend war auch seine Laune. Sie verschlechterte sich noch, als er erfuhr, weshalb der Kriminalbeamte gekommen war.

„Natürlich sieht das ganze beschissen aus. Der Boden ist dort viel zu hoch! Das habe ich dem Pandel auch gesagt. Jetzt fällt es noch den allerwenigsten auf, aber lassen Sie mal alles rekultiviert sein! Auf der ganzen Halbinsel führt das Gelände flach zum See hin. Nur an der einen Stelle entsteht eine hohe Böschung. Manche mögen achtlos darüber hinwegsehen, aber mir als Fachmann tut das einfach weh.“ Saumer ballte wütend die Hände. „Aber es mußte eben noch eine ganze Menge Muttererde aufgetragen werden, mir blieb doch gar nichts anderes übrig. Schließlich soll das Gepflanzte ordentlich anwachsen."

„Was hat Herr Pandel Ihnen geantwortet, als Sie ihn deswegen ansprachen?"

„Der eingebildete Schnösel stellte sich dumm. Als ich energischer nachhakte, wurde er unverschämt. Ich solle ihm keine so blöden Fragen stellen und meine Arbeit tun, schließlich würde ich dafür bezahlt."

„Irgend jemand muß doch das Zeug angekarrt haben."

„Ich bekam es raus. Das war Veith & Kraft."

„Die Firma für Sondermülltransporte?"

„Ich kenne einen von denen gut und hab mal nachgebohrt."

„Ist was dabei herausgekommen?"

„Der Karl versicherte mir mit Handschlag, daß seine Firma das Zeug nur dort ablud, aber nie und nimmer auf dem Areal verteilte."

„War das überhaupt notwendig, diese Erde dort aufzuschütten? Hätte nicht von vornherein Ihre Muttererde genügt?"

„Es wäre in jedem Fall besser gewesen. Bis auf die Fläche, wo die Kiesgewinnungsanlage mit ihren Silos stand, sowie An- und Abfuhrwege für Kiestransporter, ist die Erde auf der Halbinsel allemal besser als das Zeug, das die da hingeworfen haben."

„Ihre Meinung, Herr Saumer?"

„Die wollen Aushub und Bauschutt auf die billige Tour loswerden, Herr Oberinspektor. Würde mich nicht wundern, wenn der Pandel dafür was bar auf die Kralle gekriegt hat."

Als Miltner aus dem Haus trat, bot sich ihm fast das gleiche Bild wie zuvor: der vor sich hin starrende alte Mann, der an seiner Pfeife sog und der Speichelfaden an seinem Kinn. Die Dogge hatte sich beruhigt. Sie lag langgestreckt auf dem Boden, die Schnauze auf den Vorderpfoten. Aber aus schmalen Augenschlitzen beobachtete sie jede Bewegung des Oberinspektors. Der stieg in sein Auto, wendete und fuhr zur Landstraße zurück.

Als Miltner das Zimmer von Stief betrat, saß sein Vorgesetzter mit gefalteten Händen am Schreibtisch in Meditation versunken. Der Kriminalrat blickte hoch und sagte: „Endlich! Es gibt Ärger mit Amtsgerichtsrat Revenus. Er hat mir gedroht, es an die große Glocke zu hängen, falls wir nicht innerhalb einer Woche seinen Stiefsohn Roland Döge finden."

„Wir haben inzwischen alles versucht, und in sämtlichen Polizeidienststellen der Bundesrepublik hängt sein Konterfei."

„Ich habe schon ans Fernsehen gedacht."

„Die Sendung XY-ungelöst.“ Der Oberinspektor zuckte die Achseln. „Das dauert einige Zeit, bis es ausgestrahlt wird. Ich glaube übrigens nicht, daß Herr Revenus seine Drohung, an die Öffentlichkeit zu gehen, wahr macht.“

„Ihr Wort in Gottes Ohr.“ Stief strich sich nachdenklich über das Kinn. „Der Grötzinger Baggersee scheint es in sich zu haben.“

„Wie meinen Sie das, Herr Kriminalrat?“

„Ich habe mich mal bei den städtischen Ämtern umgehört, genauer gesagt bei meinen Kegelbrüdern. Da ist etwas im Busch mit der Halbinsel.“

„Mit den Untersuchungen über Zugvögelverhalten – mit dem Bau von Volieren?“

„Es stünden dem noch einige Überlegungen entgegen, erklärte man mir wachsweich, doch es seien Verhandlungen im Gange.“

„Es wird durchgezogen, davon bin ich überzeugt.“ Miltner blickte aus dem offenen Fenster und sah auf dem Dach des Hauses gegenüber einen Schornsteinfeger bei der Arbeit – ein selten gewordener Anblick. Und während der schwarze Mann dort drüben seinen Besen langsam aus dem Kamin zog, meinte er: „Da haben doch sicher einige die Hand aufgehalten.“

„So dürfen Sie das nicht sehen. Allerdings bin ich überzeugt, daß es zu der Verpachtung kommen wird, weil die Maschinenfabrik Singler ihren Besitzer schon gewechselt hat.“

„Auf wie viele Jahre soll verpachtet werden?“

„Noch sind die Verhandlungen darüber nicht abgeschlossen. Was den Stadtoberen Sorge bereitet, ist das strikte Verlangen der Gesellschaft, einen massiven Zaun um das gepachtete Gelände zu ziehen. Auch der dazugehörige Teil des Sees soll mit Hilfe eines Stahlnetzes vom übrigen Gewässer abgegrenzt werden.“

„Die befürchten wohl, die Fische würden ihre Störche fressen. Ich habe das bislang immer andersherum gesehen.“

„Gerade habe ich mit Pandel telephoniert“, wurde Miltner von seinem Kollegen Zeipert empfangen, als er das Zimmer von Stief verließ.

„Und was hast du erreicht?“

„Nicht viel.“

„Gab dir der keine Auskunft, welche Firma den angefahrenen Bauschutt von Veith & Kraft auf dem Gelände verteilte?“

„Er könnte mir in dieser Angelegenheit nicht weiterhelfen, hat er mir geantwortet. Um Geld zu sparen, hätte man die einfache Arbeit von Obdachlosen für etwas Taschengeld tun lassen.“

„Die mußte man doch irgendwo anheuern.“

„Das hatte auch jemand in die Hand genommen.“

„Und wer?“

„Auf den Namen kommst du nie.“

„Mach’s nicht so spannend!“

„Der ermordete Wachmann Hotz.“

Miltner sah Epp an. „Ich habe einen Auftrag für dich, Herbert.“

„Und wie lautet der?“

„Du wirst dich als einfacher Bürger nach Weingarten begeben und dir in der Kanne ein Zimmer nehmen. Da logiert Haller mit seinen Leuten.“

„Der Obermonteur von Huntenberg & Just. Ob ich dort noch ein Zimmer bekomme?“

„Wahrscheinlich sind schon einige Monteure abgereist. Als ich mich das letzte Mal auf der Insel aufhielt, waren wesentlich weniger von ihnen zu sehen.“

„Ich werde in Weingarten meinen Genesungsurlaub verbringen – ein redseliger Mann, der ungefragt von seiner schweren Operation berichtet.“

„So was hören die Leute immer gerne.“

„Zumal du ihnen die frische Narbe zeigen kannst.“

„Und zwischendurch werde ich auf den Mord am Baggersee und auf den verschwundenen Döge zu sprechen kommen.“

„Vergiß auch das Thema Arbeitslosigkeit nicht, Herbert. In Weingarten wohnen viele, die durch das Einstellen des Kiesabbaus ihren Arbeitsplatz eingebüßt haben. Hier lege ich dir besonders den Heiner Spraul ans Herz. Ein älterer Mann, intelligent, und er nimmt kein Blatt vor den Mund. Da Spraul nur ein Auge hat, ist er in seinem Heimatort besser unter dem Spitznamen Glasaug-Heiner bekannt.“

„Die Gefahr besteht, daß mich jemand als Kriminalbeamten wiedererkennt.“

„Du wurdest wegen deines Magenleidens frühzeitig in Pension geschickt – Krebsverdacht. Ein Arzt hat dir geraten, du sollst dir noch ein paar schöne Jahre machen.“

Epp runzelte die Stirn. „Ich weiß nicht recht. Na ja, bei der frischen Narbe könnte es hinhauen.“

„Wäre wohl besser“, warf Zeipert ein, „wenn keiner von uns zu dieser Zeit in Weingarten aufkreuzt.“

„Wir werden doch unseren ehemaligen Kollegen besuchen dürfen“, erwiderte Miltner. Er überlegte, dann fing er an zu grinsen und sagte: „Ich hab’s! Eine Reporterin des Badischen Boten wird dich in der Kanne interviewen. Diskret an einem Ecktisch im Hintergrund, aber doch so laut, daß es zumindest ein Teil der Gäste, und vor allem der Wirt, mitbekommt.“

„Frau Gallion“, meinte Zeipert, „die macht das schon.“

„Und der erzähle ich meine ganze Leidensgeschichte", rief Epp.

Zeipert nickte. „Vor allen Dingen, daß du von deiner ehemaligen Dienstelle die Schnauze voll hast."

„Das mit der Gallion regle ich", erklärte Miltner, „und natürlich wird sie mitmachen. Ihr wird klar werden, daß hier etwas Brisantes dahintersteckt. Im übrigen trifft es sich gut, schließlich habe ich mich mit der Dame am Epplesee verabredet."

„Du gehst ja schön ran", sagte Zeipert, „das bin ich von dir gar nicht gewöhnt."

„Frau Gallion bringt mir das Paddeln bei."

„Ist das eine neue Bezeichnung für Bumsen?"

„Paddeln mit dem Schlauchboot, du Witzbold."

„Aha, und später womöglich Wildwasserfahrten auf dem Oberrhein?"

„Im Grand Canyon", kicherte Epp.

„Mensch, Bernd", fuhr Zeipert fort, „denk an dein Alter."

„Diese Übungen haben einen guten Grund", verteidigte sich Miltner. „Später werdet ihr mehr darüber erfahren."

„Wenn das Kind in den Brunnen gefallen ist."

„Ich verschwinde – mit euch ist ja jede weitere Diskussion zwecklos."

Der Oberinspektor schob gerade seinen Stuhl unter den Schreibtisch, als Aßmann in den Raum stürmte. Er hielt Miltner eine Zeitung hin. „Haben Sie das schon gelesen?"

„Muß das jetzt sein? Ich habe es wirklich eilig."

„Nur die Überschrift."

Miltner faltete den Badischen Boten auseinander und legte ihn ausgebreitet auf seinen Schreibtisch. „Schaut euch das mal an."

„Leiche im Weingartener Moor entdeckt!" las Zeipert halblaut. „Handelt es sich hier um einen unserer Vorfahren? Darunter steht in kleinerer Schrift: Der neben dem Toten herausragende Teil eines Baumstammes läßt darauf schließen, daß der Alemanne in einem Baumsarg bestattet wurde.

Wie steht es um den ökologischen Zustand des Weingartener Moores, und welche Faktoren beeinflussen dieses bedeutende Naturschutzgebiet? Diese Fragen stellten sich einer Expertenkommission, die seit Tagen im Auftrag der Bezirksstelle für Naturschutz und Landschaftspflege Untersuchungen in diesem Feuchtgebiet vornimmt.

Bei den Überprüfungen der Gewässergüte des 220 Hektar großen Naturschutzgebietes konzentrierten sich diese in der Hauptsache auf den Winkelbach, der in die Wasserflächen des Niedermoors einmündet. Die Wasserqualität und -menge dieses Baches ist besonders zu beachten, da er wesentlich zum feuchten Charakter des Moores und der Höhe des Wasserspiegels beiträgt. Auf dem Wege dorthin rutschte einer der Männer aus und stürzte in Faulschlamm, der sich im Bereich ehemaliger Torfstich gebildet hatte.

Bei der schwierigen Bergung des Verunglückten – der zur Beobachtung ins Krankenhaus eingelieferte wurde – entdeckte man nun die Leiche unseres Vorfahren und die Überreste des Baumsarges.

Näheres war bislang von den Wissenschaftlern trotz intensiven Nachfragens nicht zu erfahren. Daß die Experten sich so merkwürdig bedeckt halten, lädt zu Spekulationen ein: Handelt es sich hier wirklich um eine Bestattung, und lagen tatsächlich Sargreste neben dem Toten? Oder war es eher eine Hinrichtung, vorgenommen an einem ehrlosen Mörder oder gar Frauenschänder?

Wir bleiben am Ball, liebe Leser und Leserinnen. Intensive Aufklärung und Unterrichtung betrachten wir als unsere allererste Pflicht."

Zeipert legte das Blatt auf Miltners Schreibtisch zurück. „Was hältst du von der Sache?"

Wortlos griff der nach dem Telephon und wählte. Gleichzeitig drückte er den Knopf des Lautsprechers.

„Kober", drang eine Stimme durch den Raum. Anschließend folgte ein lautstarker Hustenanfall.

„Sie rauchen ja schon wieder, Doktor", sagte Miltner vorwurfsvoll, nachdem das Husten des Polizeiarztes verebbt war.

„Zur Sache."

„Haben Sie schon von der Leiche im Weingartener Moor gehört?"

„Die liegt bereits bei mir."

„Und ist es wirklich ein Alemanne?"

Dr. Kober lachte dröhnend. „Durchaus möglich, daß der Kerl ein Alemanne ist, aber dann einer aus der Neuzeit. Alles Käse, was sich die Zeitung aus den Fingern gesaugt hat. Ich habe die Leiche bis jetzt nur kurz angesehen, aber das eine kann ich Ihnen sagen: Die lag höchstens einige Wochen im Moor! Alles weitere erfahren Sie von mir nach der Autopsie." Es knackte, der Arzt hatte aufgelegt.

Miltner und Zeipert sahen sich an. Dann sagten sie wie aus einem Mund: „Roland Döge!"

16. Kapitel

Bevor Miltner das Pathologiegebäude betrat, steckte er ein Eukalyptusbonbon in den Mund. Schon jetzt glaubte er den muffigen Geruch des Todes wahrzunehmen. Mit der Zunge schob er das Bonbon im Mund hin und her, um möglichst viel Eukalyptusgeschmack zu produzieren. Er öffnete die Tür. Einer der Helfer kam ihm entgegen und nickte ihm zu: „Kühlraum, Herr Oberinspektor. Unser Roland hat Besuch bekommen."

„Identifikation, verstehe." Miltner ging eine Treppe hinunter und betrat den Raum. Eine Leiche war aus der Box herausgezogen worden, und ein Mann und eine Frau beugten sich über den Toten: das Ehepaar Revenus. Daneben standen Dr. Kober und einer seiner Mitarbeiter. Der Oberinspektor trat näher heran und hörte Frau Revenus leise schluchzen.

Der Amtsgerichtsrat klopfte ihr auf den Rücken. „Mehr Haltung, Klara."

Idiot, dachte Miltner.

„Und Sie hegen keinen Zweifel an seiner Identität", mischte sich Dr. Kober ein.

„Es ist unser Stiefsohn Roland Döge."

„Ja, er ist es", bestätigte Frau Revenus weinend.

Ihr Mann strich sich nachdenklich über seinen Spitzbart. „Ich verstehe nur nicht, weshalb er in das Weingartener Moor ging. Dort gibt es doch wahrhaftig keinen Giftmüll. Und dann fällt er noch in diesen Dreckpfuhl und ertrinkt. Wenn es nach mir ginge, hätte man dieses Schnakenparadies schon längst trockengelegt."

„Nun ...", begann der Arzt behutsam.

Der Amtsgerichtsrat hob den Kopf. „Sie sind wohl anderer Ansicht? Fest steht, daß Roland dann nicht ertrunken wäre. Oder ist er gar nicht ertrunken? Hat man ihm was über den Schädel gehauen?"

„Aber Gotthold", rief Frau Revenus, „wie sprichst du angesichts unseres lieben Rolands. Bitte mäßige dich!"

„Er hört es ja nicht mehr. – Doktor, ich habe Sie etwas gefragt."

„Über den Schädel hat ihm keiner gehauen. Ihr Stiefsohn wird wohl ertrunken sein, aber absolut sicher bin ich mir nicht – noch nicht. Dazu bedarf es einer gründlichen Untersuchung." Er gab seinem Mitarbeiter einen Wink, und dieser deckte das Gesicht des Toten zu. „Sobald die Leiche freigegeben wird, erhalten Sie von uns Nachricht."

„Schnellstmöglich", sagte der und nahm den Arm seiner Frau. „Wir gehen, Klara."

Erst als sich Revenus jetzt umdrehte, erblickte er den Oberinspektor. „Sie haben gerade noch gefehlt. Was für eine lasche Kriminalpolizei haben wir in unserer Stadt! Nicht Sie finden Roland Döge, nein, da muß erst eine Kommission von Wissenschaftlern erscheinen, um ihn zu entdecken. Und dann dieses gräßliche Revolverblatt, welches eine Sensation daraus macht, um die Auflage zu steigern. Diese Welt verkommt immer mehr."

„Mit dem möchte ich nicht verheiratet sein", murmelte Dr. Kober, als die Tür des Kühlraums hinter dem Ehepaar ins Schloß gefallen war. „Sie können gleich hierbleiben." Er lächelte mit rosigen Wangen den Oberinspektor an, der mit bleichem Gesicht heftig an seinem Bonbon lutschte. „Ich will Ihnen den Autopsieraum mit seinen Gerüchen ersparen. Obwohl ich Ihrem ungesunden Aussehen entnehmen muß, daß Sie sich auch hier nicht wohl zu fühlen scheinen."

„Machen Sie es kurz."

„Ich habe bei Roland Döge schon eine Untersuchung vorgenommen", der Arzt wies mit dem Kinn auf seinen Mitarbeiter, „selbstredend erst, nachdem ihn Mayer gründlich abgeschrubbt hatte."

„Das Resultat!" Miltner zerbiß den letzten Rest des Eukalyptusbonbons.

„Gravierende Verletzungen konnte ich keine erkennen, aber im Lungengewebe stellte ich Wasser fest."

„Er ist also ertrunken?"

„Gewissermaßen – allerdings nicht im Weingartener Moor. Das war nämlich kein Moorwasser. Neugierig geworden, habe ich heute morgen dem Baggersee eine Probe entnommen."

„Und?"

„Sie stimmt mit dem in Döges Lunge gefundenen Wasser überein. Das ist das vorläufige Ergebnis. Wir haben hier in der Gegend allerdings mehrere Seen, in denen Kies gewonnen wird, und deren Wasser – das gebe ich zu bedenken – weitestgehend identisch ist."

„Bleiben wir beim Grötzinger Baggersee, denn ihm galt offensichtlich Döges Interesse. Aber was ist mit dem Greenpeacer wirklich passiert? Wie wir vermuten, wurde er im Waldstück Am Buchenhain überfallen, als er den Baggersee beziehungsweise dessen Umgebung beobachtete. Was hat er da wohl gesehen?"

Dr. Kober zuckte die Achseln. „Jedenfalls hat sein Herumspionieren einigen Leuten nicht gepaßt."

„Man hat sich Döge im Wald geschnappt, ihn dann zum See geschleppt, dort ausgequetscht ..."

„Und als sie mit ihm fertig waren, seinen Kopf unter Wasser gedrückt."

„Ja, so wird es wohl gewesen sein."

„Können Sie das beweisen?"

„Das ist noch immer Ihr Job."

„Ja, das ist mein Job", sagte Miltner leise. Er blickte auf das Leintuch, unter dem sich die Konturen des toten Mannes abzeichneten. „Ich krieg die Burschen, die dir das Leben genommen haben."

„So“, sagte Michaela Gallion und warf das zusammengefaltete Schlauchboot in den Sand. Miltner und die Reporterin standen am Ufer des Epplesees, während einige Kinder, die hier herumgestrolcht waren, neugierig auf das braune Bündel starrten. „Jetzt noch die Preßluftflasche – Vorsicht mit dem Anschlußschlauch!“ Der Oberinspektor kniete neben dem Schlauchboot nieder und hantierte an den Riemenverschlüssen. „Gut so“, wurde er gelobt, „jetzt sauber auseinanderfalten und aufblasen.“ Miltner streckte die Hand nach dem Schlauch aus. Das Ventil rastete in die Steckverbindung ein, er drückte auf den Knopf, und die Preßluft zischte. Das Schlauchboot Isolde wuchs zu voller Größe. Die Kinder klatschten Beifall.

Der Oberinspektor sah sich mißtrauisch das Boot an. „Das hat aber keine Kammern.“

„Hat es doch. Die Verbindungen zwischen den Kammern schließen sich automatisch, wenn das Schlauchboot aufgeblasen ist.“

Miltner drückte mit beiden Fäusten auf den Wulst des Bordrandes. „Das wär was, wenn mitten auf dem See die Luft rausginge.“

„Und das noch bei Nacht, wenn sich gerade eine finstere Wolke vor den Mond schiebt.“

„Was haben Sie für eine blühende Phantasie.“

Sie kniete sich zu ihm hin und sah ihm tief in die Augen. „Um Mitternacht auf dem Grötzinger Baggersee.“

„Wenn das in die Zeitung kommt, mache ich aus Ihnen eine Moorleiche. Eine Alemannin, die man zur Strafe für begangenen Ehebruch in das Weingartener Moor gesteckt hat. – Euer Hartmann ist wirklich ein Riesenspinner.“

„Über Roland Döge reden wir später. Einverstanden?“

„Nur, wenn Sie mich nicht vor den Kindern blamieren.“

„Abgemacht. So, jetzt bitte das Boot zum Wasser transportieren.“

„Wo ist das Paddel?“

„Bringe ich Ihnen nach.“

„Soll der schwere Mann wirklich mit dem kleinen Boot aufs Wasser?“ rief ein kleines Mädchen.

„So schwer ist der nicht.“

Miltner wandte sich an die Kinder. „Wenn ihr mir versprecht, jetzt ruhig zu sein, findet zum Schluß eine Verlosung statt. Jemand von euch wird eine Schlauchbootfahrt auf dem Epplesee gewinnen.“

„Aber nicht mit dir!“ rief ein Junge.

„Natürlich nicht. Diese Fahrt macht ihr mit meiner Begleiterin. Sie ist ein ausgefuchster Wassersportprofi.“

„Ist sie deine Geliebte?“

„Wie bitte?"

„Da kam gestern was im Fernsehen", half ein Junge nach, „der war verheiratet und hatte eine Geliebte. Bist du auch verheiratet und hast eine Geliebte?"

„Ich bin mit meinem Beruf verheiratet."

„Was ist das für ein Beruf?"

„Ich bin Warenhausdetektiv. Wollt ihr nun eine Schlauchbootfahrt gewinnen?"

„Ja", schrien alle im Chor.

„Dann bitte ich mir jetzt größte Ruhe aus."

Eine halbe Stunde mußte Miltner das Paddeln üben, während Gallion ihm vom Ufer aus Verhaltensmaßregeln zurief. Anschließend wurde die Schlauchbootfahrt ausgelost, die ein kleiner Junge gewann. Da dieser für das Boot keinen großen Ballast bedeutete, ließ die Reporterin, mit Einverständnis der Jungen, nochmal die Mädchen Lose ziehen. Und dann schipperte sie mit zwei glücklichen Kindern an Bord der Isolde eine Viertelstunde lang über den Epplesee.

„Nie wieder Paddelunterricht in diesem Gewässer", flüsterte Miltner der Reporterin zu, die gerade das zusammengeschnürte Schlauchboot im Kofferraum verstaute.

Sie lachte. „So verlegen habe ich Sie noch nie gesehen."

„Zur Strafe müssen Sie mit mir zu Abend essen."

„Sagen wir lieber als Belohnung für den Unterricht! Die Leihgebühr für Isolde inbegriffen. Das, was Sie mit ihr vorhaben, halte ich allerdings nicht für besonders klug."

„Noch ist es ja nicht soweit. Gehen wir zu Luigi?"

„Kenne ich nicht."

„Dann folgen Sie unauffällig meinem Wagen."

„Schau mal, wer da kommt, Pasquale", rief Luigi Micelli seinem Kellner zu, als der Oberinspektor mit der Reporterin das Lokal betrat.

„Der Mann, der die italienische Küche mir Füßen tritt."

Der Besitzer des Lokal lächelte Michaela Gallion an, die ein betroffenes Gesicht machte. „Keine Angst, Signorina, das ist nur ein Scherz. Aber Ihr Begleiter will immer nur eines bei uns essen: Gulaschsuppe. Mamma mia, Gulaschsuppe in einem italienischen Lokal!"

Miltner zuckte die Achseln. „Luigi macht die beste Gulaschsuppe weit und breit."

„Zum Ausgleich werde ich italienisch essen, Signore Micelli."

„Grazie, mille Grazie! Sie haben die Auswahl“, wandte er sich an den Oberinspektor, der sich suchend umblickte. „Sie beide sind die ersten Gäste. Wir haben gerade geöffnet.“

„Gehen wir nach hinten zu dem kleinen Tisch in der Ecke, da sind wir ungestört.“

„Hast du gehört, Pasquale? Er will mit der schönen Signorina ungestört sein.“

Nachdem sie sich gesetzt hatten, legte ihnen der Kellner die Speisekarte vor. „Sie kennen ja Luigi. Er muß halt seine Witze reißen.“

„Ein Zeichen, daß es ihm gut geht.“

„Wer weiß, wie lange noch.“

„Was soll das heißen?“ Der Kellner zuckte nur vielsagend die Achseln.

Nachdem die beiden ihr Essen bestellt hatten: er Gulaschsuppe, sie Pizza Italia – Schinken, Champignons, Oliven, Artischocken – und der rote Chianti vor ihnen stand, sagte der Oberinspektor nur: „Die Moorleiche!“

„Ich habe Hartmann gleich gewarnt. Ein Alemanne im Weingartener Moor, das konnte unmöglich wahr sein.“

„Irgend jemand muß ihm doch darüber etwas erzählt haben.“

„Bei der Kommission – exakt fünf Mann – waren auch einige Helfer aus Weingarten. Als der Geologe Wörz in den Faulschlamm stürzte, fuhr einer von denen nach Weingarten, um Hilfe zu holen. Natürlich gesellten sich zu den Feuerwehrleuten auch Neugierige, unter anderem der Bürgermeister. Als der dorthin kam, war der Wissenschaftler längst herausgezogen – schließlich hatte er nur bis zu den Oberschenkeln im Schlamm gesteckt. Doch nun entdeckte man den Döge, der mehrere Tage vollständig darin gelegen hatte. Schlammverschmiert muß der ja zum Fürchten ausgesehen haben. Jetzt schlug die Stunde des Bürgermeisters! Der Fremdenverkehr war erheblich zurückgegangen, und man hatte ihm vorgehalten, er würde zu wenig für die Werbung tun. So machte Karl Pflücker den Toten zu einem Alemannen und sah im Geiste schon die Besucherströme vor sich, die nun Weingarten überschwemmen würden. Dann erblickte der Bürgermeister auch noch den vergammelten Baumstamm und erklärte ihn zum Baumsarg.“

Miltner schüttelte den Kopf. „Die Leiche kann doch nicht so verdreckt gewesen sein, daß man nichts von der Kleidung sehen konnte. Die Schuhe zum Beispiel. Nach meinen Recherchen trug Döge höchstwahrscheinlich Wanderstiefel.“

„Sie wissen das nicht, Sie wissen das wirklich nicht? Mein Gott, Herr Miltner, die Leiche war doch nackt!“

Der Oberinspektor lief rot an. Wütend packte er mit beiden Händen den Tischrand. „Diese Ärsche, diese Ärsche!“ zischte er. Dann ließ er den Tisch wieder los, lehnte sich zurück und verschränkte die Arme über der Brust. „Mir sagt ja keiner was, nicht einmal Kober."

„Das ist ja nicht so schlimm."

„So etwas dürfte nicht passieren. – Haben Sie Ihr Strickzeug am See liegenlassen?" fuhr Miltner fort, als er sah, daß die Reporterin den Reißverschluß der großen Tasche, die neben ihr auf einem Stuhl stand, aufgezogen hatte und darin herumkramte.

„Alles in Ordnung, es fehlt nichts." Gallion deutete mit dem Kopf zum Tresen. „Da vorne scheint die Welt nicht mehr ganz in Ordnung zu sein."

„Was wollen Sie? Dort dampft schon meine Gulaschsuppe, und daneben ist Ihre Pizza."

„Die zwei, die beim Wirt stehen. Die Kerle gefallen mir nicht. Da, Pasquale geht schon in Deckung." Miltner sah, wie der Kellner sich langsam in Richtung Küche bewegte. Der Zuruf des einen Mannes stoppte ihn. Wie an Schnüren gezogen schlich er zurück.

„Schutzgelderpressung", flüsterte Gallion. „Das erste Mal, daß ich so etwas miterlebe."

Der zweite Mann beugte sich über den Tresen, packte Luigi an seiner Jacke und sprach wütend auf ihn ein. Die dicke Zigarre, welche in seinem rechten Mundwinkel hing, wippte dabei gefährlich auf und ab.

„Meine Gulaschsuppe", stöhnte der Oberinspektor, „der Kerl streut mir wahrhaftig Asche in meine Gulaschsuppe!"

Der, auf dessen Befehl Pasquale zurückgekommen war, stand mit dem Rücken zum Schanktisch und starrte mißtrauisch auf den Kellner, welcher jetzt mit gesenktem Kopf an einem der Gästetische saß. Der Raucher hatte den Wirt losgelassen und die Zigarre aus dem Mund genommen. Grinsend sah er Luigi an, während die rechte Hand mit der Zigarre gefährlich nahe über der Gulaschsuppe hing. Luigi schüttelte den Kopf und machte einen beschwörende Geste. Der Mafiosi kicherte, und langsam senkte sich seine Hand auf die Suppe. Es zischte, als er die Zigarre in die Flüssigkeit tauchte. Dann ließ er sie hineinfallen.

„Meine Gulaschsuppe, du verdammtes Schwein!" Brüllend rannte der Oberinspektor auf den Mann zu. Der drehte sich um und spuckte ihm verächtlich ins Gesicht.

„Inspectore, per favore", hörte er Luigi beschwörend rufen, während er den Oberkörper des Mafiosi nach hinten über die Tresenkante bog. Schreiend ruderte der Mann mit seinen Armen in der Luft herum.

Die Hände des anderen Mafioso krallten sich in den Kragen von Miltners Jacke. Ein heftiger Stoß folgte, und dessen Kopf prallte gegen den Zapfhahn. Mit geballter Faust stieß er seinen rechten Ellenbogen nach hinten und traf dem Angreifer in den Magen. Der Mann stöhnte, und Miltner versuchte sich von dessen Händen zu befreien, die ihn noch immer auf den Tresen drückten. Doch der Bursche ließ nicht los. Noch einmal stieß der Oberinspektor zu und spürte, wie sich der Griff an seinem Kragen lockerte. Er drehte sich blitzschnell um, zog sein rechtes Knie hoch und stieß es dem Mafioso hart in den Unterleib.

Der Mann brüllte vor Schmerz und krümmte sich zusammen. Wieder stieß Miltner mit dem Knie zu. Dieses Mal zielte er auf das Kinn des Zusammengesunkenen. Der taumelte zurück. Der Oberinspektor setzte nach, und mit voller Wucht traf seine Faust das linke Ohr des Gegners. Noch einmal holte er aus, als ihn der warnende Ruf der Reporterin: „Hinter Ihnen!“ herumfahren ließ.

Der Zigarrenraucher schwang eine volle Bierflasche – Mordlust in seinen Augen! Miltner hob abwehrend die Arme. Ein Schuß peitschte durch das Lokal! Der Oberinspektor sah, wie die Flache zerbarst und Bier nach allen Seiten spritzte. Fassungslos stierte der Mafioso auf seine rechte Hand, an der nun zwei Finger fehlten. Er ächzte, taumelte zurück und brach zusammen. Miltners Blick ging zu Gallion, die mit ihrer Steinschloßpistole in der Hand mitten im Lokal stand. Über ihren Kopf trieb in dicken Schwaden Rauch, der von dem verschossenen Schwarzpulver herrührte. Entschuldigend bewegte die Reporterin ihre Waffe. „Wir haben heute abend Übungsschießen.“

„Was für ein Glück für mich“, erwiderte der Oberinspektor und strich sich behutsam über das Haar, „der hätte mir mit der vollen Flasche einen rasanten Scheitel gezogen. – Rufen Sie die Polizei“, sagte er zu Luigi Micelli.

Wenige Minuten später hörte man ein Martinshorn, und kurz danach stürmten Plank und Jung mit gezogenen Pistolen das Lokal. Sie ließen die Waffen sinken, als sie Miltner erblickten. „Alles schon gelaufen“, sagte der und deutete auf die beiden Italiener. „Schutzgelderpresser, die sich mausig machen wollten.“

Nachdenklich betrachtete Plank den verletzten Mafioso, der noch immer bewußtlos war.

„Habt ihr ...?“ begann Miltner,

Plank nickte. „Der Krankenwagen ist schon unterwegs.“ Er stutzte, als er neben dem Verletzten die abgeschossenen Finger bemerkte. Dann verzog sich sein Gesicht zu einem Grinsen. Er deutete auf sie und stieß seinen Kollegen an. „Nun weiß ich endlich, warum Oberinspektor Miltner hier so gerne Gulaschsuppe ißt.“

„Für heute ist mir der Appetit vergangen. Wir verschwinden jetzt. Morgen setze ich mich mit euch wegen des Vorgangs in Verbindung. Frau Gallion kennt ihr ja. Sie ist Schwarzpulverschützin", fügte er erklärend hinzu, als er sah, wie die beiden mißtrauisch die Steinschloßpistole beäugten, welche die Reporterin gerade in ihrer Tasche verstaute.

„Sie ist Schwarzpulverschützin! Hast du Töne", hörte er Jung zu Plank sagen, als er hinter Michaela Gallion das Lokal verließ, „der Miltner reißt doch immer die tollsten Weiber auf."

Der Oberinspektor zog die Schuhe aus und schmiß sie wütend unter den Tisch. Mit finsteren Blicken musterte er seine triste Einzimmerwohnung. „Scheißmafiosi!" Ausgerechnet heute abend mußten ihm die Kerle in die Quere kommen. Ihr sei auch der Appetit vergangen, hatte die Reporterin nach dem Vorfall gesagt. Man könnte das gemeinsame Essen ja irgendwann nachholen. Statt in ein anderes Lokal zu gehen, war er enttäuscht nach Hause gefahren.

Während er die Zimmerwände anstarrte, wurde ihm klar, daß er den ganzen Tag noch keine warme Mahlzeit zu sich genommen hatte, und er überlegte, was sich schnell zubereiten ließ. Eine Büchse öffnen, was sonst! Er konnte wählen: Grüne Bohnen mit Rindfleisch und Kartoffeln, Würstchen mit Linsen oder Huhn mit Reis? Es stieß ihm schon auf, wenn er nur daran dachte.

Plank und Jung, die Streifenwagenbesatzung, die immer seinen Weg kreuzte. ‚Miltner reißt doch immer die tollsten Weiber auf', hatte er Jung sagen hören.

Der Oberinspektor blickte sich um. „Wo sind denn die tollen Weiber, ihr Arschlöcher?" murmelte er, stand auf und hangelte nach den Schuhen. Es gab immer noch die Kneipe an der Ecke. Gerade als er die Treter anziehen wollte, klingelte das Telephon. Ein Lächeln glitt über sein Gesicht. Die Gallion, sie hatte es sich anders überlegt! Hastig griff er zum Hören und meldete sich. Sein Gesicht verzog sich zu einer Grimasse. „Ach, du bist es, Herbert."

„Wen hast du denn erwartet", entgegnete Inspektor Epp ärgerlich. „Den Stief vielleicht, damit er dir ein Schlummerlied vorsingt?"

„Entschuldige, aber vorhin wollte mir ein Schutzgelderpresser mit einer vollen Bierflasche den Schädel einschlagen."

„Ich kann ja morgen wieder anrufen."

„Erzähl schon. Bei dem Gequatsche in der Dienststelle können wir ja nicht in Ruhe miteinander reden."

„Ich bin in Weingarten gut vorangekommen. Dein Hinweis auf Heiner Spraul war ein voller Erfolg."

„Hast du dich schon mit ihm angefreundet?"

„War gar nicht so schwer. Arbeitslose sind ja für jede Abwechslung dankbar. Der Spraul besitzt zwar einen großen Obstgarten, einige Hühner und Hasen, aber so etwas füllt einen Mann auf die Dauer nicht aus. Schließlich hat er das alles während seiner Beschäftigung bei Aldinger auch nebenher betreut."

„Ist er verheiratet?"

„Ja, aber die Frau ist ein Putzteufel, und so flüchtet er in der Regel aus dem Haus."

„Da kamst du gerade recht."

„Wir machten ausgedehnte Spaziergänge in der Umgebung von Weingarten."

„Es kam zu Gesprächen, bei denen du ihm die Würmer aus der Nase ziehen konntest?"

„Ich bin behutsam vorgegangen. Der Mann ist nicht dumm. Allerdings half mir dabei seine Wut auf die Firma Aldinger, und daß er überhaupt kein Blatt vor den Mund nimmt. Du hättest mal seinen Kommentar über den Bürgermeister hören sollen, als der den Döge unbedingt zu einem Alemannen machen wollte."

„Hat der Spraul einen Verdacht bezüglich des Todes von Roland Döge geäußert?"

„Weil der seine Nase in alles gesteckt hat, meinte er zunächst. Er glaubt allerdings, daß hier mehr dahinter steckt, und der Greenpeacer auf eine oberfaule Sache gestoßen ist."

„Glaubt der Spraul, der Döge wäre im Moor umgekommen?"

„Der ist ganz woanders ermordet worden, meinte er zu meiner Frage, und erst danach haben die den ins Weingartener Moor gebracht, in der Hoffnung, die Leiche würde nie entdeckt werden."

Der Oberinspektor gähnte. „Da war's dann wohl, Herbert?"

„Der Spraul traut dem Pandel nicht über den Weg", sagte Epp schnell. „Nicht als Geschäftsführer bei Aldinger, sondern er ist überzeugt, daß der ganz andere Dinge dreht, Dinge, bei denen eine Menge Geld verdient werden kann."

„Und womit begründet er seinen Verdacht?"

„Mit dem teuren Bungalow, den Pandel besitzt, und seiner Leidenschaft, Gemälde aufzukaufen."

„Hast du dir das Haus schon mal angesehen?"

„Sogar von innen."

„Um Himmels willen sei vorsichtig!"

„Da reinkommen war gar nicht schwer. Ich will's dir erklären." Epp räusperte sich. „Das Ehepaar Pandel ist kinderlos und bewohnt allein den großen Bungalow. Da sie auch berufstätig ist, beherbergt das Gemäuer untertags die meiste Zeit keine Bewohner."

„Aber trotzdem, du kannst nie sicher sein ..."

„Vormittags ist allerdings für mehrere Stunden eine Frau da, die den Bungalow in Ordnung halten soll, und mittwochs – nur mittwochs – arbeitet dort auch ein Gärtner."

„Du hast dich doch nicht an die Frau rangemacht? In einem kleinen Ort wie Weingarten spricht sich so etwas schnell rum."

„Keine Sorge, Bernd. Die Person, die dort wirtschaftet, ist die jüngere Schwester von Glasaug-Heiner. Die haben wir ganz offiziell besucht, und der Heiner hat mich in dem Bungalow herumgeführt. Das Haus muß sündhaft teuer gewesen sein. Auch die Einrichtung. Ich weiß zwar nicht, ob die vielen Gemälde, die der Pandel dort hängen hat, alle echt sind, aber das überdachte Schwimmbecken, das man im Sommer ins Freie öffnen und im Winter zu einem Hallenbad umfunktionieren kann, spricht Bände."

„Ist Frau Pandel ebenfalls bei Aldinger beschäftigt?"

„Die ist bei Veith & Kraft, einer großen Firma für Sondermülltransporte und Lagerung."

„Sondermülltransporte und Lagerung", meinte der Oberinspektor nachdenklich. „Da wurde der gleiche Sicherheitsservice für Objekt- und Personenschutz eingesetzt, dessen sich bislang auch die Firma Aldinger bediente."

„Und der sich inzwischen in Luft aufgelöst hat!"

„Es sei denn, die arbeiten jetzt unter einer anderen Firmenbezeichnung. – Was hast du nun vor?"

„Den Pandel genauer unter die Lupe nehmen. Ich habe da einen vagen Verdacht. Zu dumm, daß mir der Ralf dauernd auf der Pelle sitzt."

„Wer ist Ralf?"

„Ein achtzehn Jahre alter Schwachsinniger, riesengroß. Ein lieber, netter Junge, aber geistig gesehen ein kleines Kind."

„Und der läuft dir jetzt dauernd nach?"

„Der Spraul versteht sich gut mit ihm, und da auch ich immer freundlich zu Ralf bin – schließlich ist er ein armes Schwein – hat er auch mich als Freund entdeckt."

„Vielleicht kann ihn der Spraul etwas ablenken, damit du wieder mehr Freiraum hast."

„Guter Gedanke, Bernd, du hörst dann wieder von mir."

„Von wo aus sprichst du?"

„Von einer öffentlichen Telephonzelle, aber davor tanzt nun einer wütend auf und ab. Also tschüs, Bernd."

„Viel Erfolg“, rief Miltner in die Muschel, doch Epp hatte schon eingehängt.

17. Kapitel

Oberinspektor Miltner fuhr langsam auf das zweiflügelige stabile Tor zu, über dem in großen Metallbuchstaben Veith & Kraft GmbH prangte. Er hielt an und betrachtete nachdenklich das Firmenareal, um welches ein massiver, mit Stahlrohren verstärkter und mindestens zwei Meter hoher Maschendrahtzaun führte. „Die reinste Festung“, murmelte Miltner, gab wieder Gas und hielt dann dicht vor dem Tor. Er ließ den Motor im Stand weiterlaufen und hupte. Eine kleine Pforte neben dem Tor öffnete sich, und heraus kam ein schwarzuniformierter Mann, dem an der rechten Seite in Schenkelhöhe eine Pistole baumelte. Der Oberinspektor kurbelte das Fenster herunter und hielt dem Mann seinen Ausweis hin. „Ich möchte zu Herrn Veith“, sagte er auf Geratewohl.

Intensiv studierte der Wachmann den Ausweis. Dann feixte er. „Sie sind von der Kriminalpolizei und wissen nicht einmal, daß der Veith schon längst aus der Firma ausgeschieden ist?“

„Normalerweise habe ich mit Mord zu tun und nichts mit dem Sondermüll, der hier transportiert oder eingelagert wird. Dann will ich halt zu Herrn Kraft. Machen Sie endlich das Tor auf.“

Der schüttelte den Kopf und zeigte mit dem Daumen über seine Schulter. „Da drüben ist der Gästeparkplatz. Anschließend marschieren Sie durch die Pforte und melden sich im Wachlokal bei einem Herrn Trunk. Dort bekommen Sie einen Besucherschein“, sagte der Schwarzgekleidete und schlenderte wieder zur Pforte.

Wütend kurbelte der Oberinspektor das Fenster hoch, gab Gas und schlug das Steuer ein.

Bis auf einen Wagen war der Gästeparkplatz leer. Miltner stieg aus und betrachtete nachdenklich die französische Nummer. Er fischte sein Notizbuch aus der Tasche und notierte sie. Langsam ging er um das Fahrzeug herum. „Ein Citroën Evasion Turbo CT SX“, murmelte er. „Mit Sondermüll scheint man ganz gut zu verdienen.“

Hundegebell schreckte ihn auf. Ein zweiter Schwarzgekleideter, der mit einem Schäferhund an der Leine hinter dem hohen Maschendrahtzaun zu patrouillieren schien, war stehengeblieben und starrte mißtrauisch zu ihm herüber. Miltner winkte ihm beruhigend, schloß seinen Wagen ab und marschierte auf die kleine Pforte zu.

Der Wächter, der ihn vorhin kontrolliert hatte, öffnete ihm. „Hier entlang, Herr Trunk erwartet Sie.“

Dieser saß hinter einem Schreibtisch, auf dem das Schild Einsatzleiter stand. In seinem Mund qualmte eine Zigarette. Graue kalte Augen blickten den Oberinspektor an, und in dem Gesicht des Mannes zuckte kein Muskel. Er ließ Miltner kurze Zeit vor dem Schreibtisch stehen, dann nickte er und sagte: „Sie wollen Herrn Kraft sprechen, Kraft senior oder Kraft junior?“

„Den Senior“, erwiderte der Oberinspektor kurz entschlossen.

Trunk holte einen Formularblock aus der Schublade und legt ein Durchschlagpapier zwischen die Blätter. Beim Ausfüllen lachte er lautlos vor sich hin. „Ich hätte gewettet, daß Sie zu Herrn Kraft junior wollen. Ist ja auch egal, schließlich gibt es nur einen Kraft. – Schuß ins Blaue, aber manchmal trifft man dabei ins Schwarze. Sie waren noch nie hier, nicht wahr.“ Miltner gab ihm keine Antwort. „Was ist der Zweck Ihres Besuches?“

„Ermittlungen im Mordfall Hotz.“

„Das war doch am Baggersee! Was hat das mit der Firma Veith & Kraft zu tun?“

„Weil hier der gleiche Sicherheitsservice tätig war.“

„War, Herr Miltner, war! Wir haben mit dem überhaupt nichts zu tun. Unser Firmensitz befindet sich in Straßburg. Es ist der Service de Sécurité.“

„Sie sind aber kein Franzose.“

„Keiner von den Leuten hier ist das. Wir sind ausschließlich für den Einsatz in Deutschland zuständig.“

Miltner streckte seine Hand aus. „Den Besucherschein, bitte.“

Trunk schaute auf die Uhr, vermerkte die Zeit und unterschrieb schwungvoll. „Zolk“, rief er, „Sie bringen den Oberinspektor zu Herrn Kraft.“

Ein weiterer Schwarzgekleideter mit Pistole tauchte auf und salutierte vor Trunk. „Alles klar, wird gemacht.“

„Euer Einsatzleiter heißt Karl mit Vornamen, nicht wahr?“ fragte Miltner seinen Begleiter, als sie über den weitläufigen Hof gingen.

„Nee, er heißt Stefan.“

Der Oberinspektor bemühte sich, nicht aufzufallen, als er mit schnellen Blicken die Umgebung musterte. Im Gegensatz zu dem neuen Maschendrahtzaun und dem neuen Tor sah es hier drinnen ziemlich vergammelt aus. Auch das Gebäude, auf das sie nun zuschritten, hatte einmal bessere Tage gesehen. Überall blätterte an den Wänden der Putz ab. Was dagegen angenehm ins Auge fiel, waren sechs nagelneue Transportfahrzeuge, an deren Seitenflächen gerade zwei Mann die Worte Veith & Kraft aufschablonierten.

Vor dem Gebäudeeingang blieb Wachmann Zolk stehen. „Melden Sie sich bitte bei der Sekretärin, Frau Pandel, an. Die wird alles weitere veranlassen. Vergessen Sie nicht, den Besucherschein abzugeben und auch wieder abzuholen, wenn Ihr Besuch zu Ende ist.“ Zolk salutierte und machte eine stramme Kehrtwendung.

Pandel trug eine große Brille, die ihr ein eulenhaftes Aussehen verlieh. Miltner grüßte, und die Sekretärin nickte herablassend. „Ihren Besucherschein bitte, Herr Miltner.“

„Sie kennen mich?“

„Unser Einsatzleiter hat Sie bei mir schon telephonisch angemeldet. Da Herr Kraft Besuch hat, müssen Sie sich noch etwas gedulden. Bitte nehmen Sie doch Platz.“

Miltner blieb bei Pandel stehen. „Sicher hat Ihnen Trunk auch durchgegeben, daß ich bei der Mordkommission bin.“

„Hat er mir gesagt, und mich wundert es, was Sie bei uns zu suchen haben.“

„Ich ermittle im Mordfall Hotz.“

Pandel lächelte spöttisch. „Der wurde doch am Grötzinger Baggersee ermordet und nicht hier. Ich weiß das von meinem Mann.“

„Natürlich, er ist ja Geschäftsführer bei der Aldinger GmbH.“

„Wer weiß, wie lange noch. Ich habe Holger schon vor Monaten geraten, dort auszusteigen. Warum, meinen Sie wohl, bin ich bei Veith & Kraft? Weil ich mit der Firma Aldinger nichts am Hut habe. Dieses verdammte Weib in Haguenau sitzt wie eine Spinne im Netz.“

„Wie soll ich das verstehen?“

„Von der geht nichts Gutes aus. Mehr will ich dazu nicht sagen.“

Es schnarrte auf ihrem Schreibtisch, und Pandel drückte eine Taste. Eine Stimme quäkte für Miltner Unverständliches. „Ist gut, Herr Kraft. Sie können reingehen“, wandte sie sich an den Oberinspektor.

„Danke“, sagte Miltner, blieb aber stehen.

„Ist noch was?“

„Neulich, als ich in Weingarten war, habe ich Ihren imposanten Bungalow bewundert. Allein das Schwimmbad muß viele Tausende gekostet haben.“

„Schon mal was von einer Erbschaft gehört?“

„Entschuldigen Sie ... es geht mich ja nichts an.“

Der Chef der Firma Veith & Kraft kam seinem Besucher entgegen und gab ihm die Hand. Einen Platz bot er ihm nicht an. „Das, was wir miteinander zu besprechen haben, können wir auch im Stehen erledigen. Ich wollte Sie zuerst gar nicht empfangen. Aber aus Höflichkeit wollte ich Sie nicht vor der Tür zum Gespött meiner Mitarbeiter machen, quasi nicht im Regen stehenlassen."

„Ich bin mir nicht im klaren, worauf Sie hinauswollen."

„Ein Schreiben der Firma Veith & Kraft in dieser Angelegenheit ist bereits an die zuständige Behörde unterwegs."

„Aber ich ..."

„Zu diesem Thema, und überhaupt im allgemeinen, äußere ich mich nur noch im Beisein meines Rechtsanwalts. Guten Tag, Herr Miltner."

Als der Oberinspektor wieder in seinem Wagen saß, rieb er sich nachdenklich die Stirn. Was wohl Kraft damit gemeint hatte? Nun, er würde es wohl noch erfahren. Erst jetzt bemerkte er, daß der Citroën verschwunden war. Fährt der nach Straßburg oder Haguenau, schoß es ihm durch den Kopf. Er nahm das Telephon und wählte. „Ich habe einen Auftrag für Sie, Aßmann. Bei Veith & Kraft, Firma für Sondermülltransporte und Lagerung, hat ein neuer Sicherheitsservice die Überwachung aufgenommen: Service de Sécurité ist der Name. Hauptsitz soll in Straßburg sein. Ich nehme an, daß dieses Unternehmen auch an weiteren Stellen tätig ist. Hören Sie sich mal um. Noch etwas, und das hat Vorrang. Der Einsatzleiter von diesem Laden bei Veith & Kraft heißt Stefan Trunk. Von dem will ich alles wissen: was er bisher machte, wo er herkommt, und ob er Vorstrafen hat – danke." Miltner schob den Zündschlüssel ins Schloß und startete den Motor. „Und jetzt zu Greenpeace, vielleicht wissen die etwas über die Vorgänge bei Veith & Kraft."

„Der arme Roland Döge", empfing ihn bei Greenpeace Frau Bieler, „so ein Ende hat ihm keiner von uns gewünscht. Und überhaupt, einen Greenpeacer in einem Naturschutzgebiet zu vergraben, ist schon verdammt pervers. Was sind das für Menschen?"

„Könnte es nicht ein Unglücksfall gewesen sein?"

„Nie und nimmer. Was hätte der Roland dort zu suchen gehabt, in einem einwandfreien Naturschutzgebiet. Das Areal darf von Unbefugten nur bei Führungen betreten werden. Wir haben schon lange nicht mehr damit gerechnet, daß er noch lebt, aber ihn zu einem Alemannen zu machen, war wirklich geschmacklos. Doch wegen Roland Döge sind Sie sicher nicht gekommen."

„Mich interessiert die Firma Veith & Kraft, was weiß Greenpeace über sie?"

„Nichts Beweisbares. Wir sind uns sicher, daß sie an Giftmülltransporten in den nahen Osten beteiligt war – nach Rumänien zum Beispiel. Greenpeace ist der Sache nachgegangen, doch da kamen dann plötzlich andere Firmen ins Spiel, mit denen Veith & Kraft nichts zu tun hat – angeblich. Einmal glaubten wir soweit zu sein, und da verschwand Veith über Nacht nach Südamerika. Von dort kam Monate später ein Brief, in dem er sich allein als Täter bezichtigte."

„Und die Firma Veith & Kraft konnte aufatmen."

„Nicht nur die. Auch bei den Behörden fiel manchem ein Stein vom Herzen."

„Schmiergelder", meinte der Oberinspektor und dachte an das Penthaus in der Kohlerstraße, „man weiß bald nicht mehr, wem man noch trauen soll."

„Eine Auslieferung ist nicht mehr möglich, weil der Veith inzwischen von seinem Gastland die Staatsbürgerschaft erhalten hat."

„Was weiß Greenpeace zur Zeit über die Aktivitäten der Firma? Ich komme gerade von dort. Was mir auffiel, waren ein nagelneuer hoher Maschendrahtzaun, eine militärisch anmutende Wachmannschaft, die sich Service de Sécurité nennt, fabrikneue Transportfahrzeuge und das merkwürdige Verhalten von Herrn Kraft.

„Eigenartig. Uns gegenüber gibt sich Herr Kraft immer sehr jovial und hilfsbereit."

„Er bot mir nicht einmal einen Stuhl an, und bevor ich überhaupt in der Lage war, ihm den Grund meines Besuches mitzuteilen, machte er mir klar, daß er sich nur im Beisein eines Rechtsanwaltes äußern würde."

„So kenne ich ihn gar nicht", meinte Frau Bieler.

„Er sprach von irgendeinem Thema und erklärte, ein Schreiben in der Angelegenheit sei bereits an die zuständige Behörde unterwegs."

„Ich habe keine Ahnung, was er damit meinen könnte." Sie schrieb einige Zeilen auf einen Block. „Gut, Herr Miltner, ich werde unsere Mitglieder befragen. Sobald ich etwas darüber erfahre, erhalten Sie Bescheid."

Als der Oberinspektor wieder in seinem Wagen saß, griff er erneut zum Telephon und wählte. Die Reporterin des Badischen Boten meldete sich sofort. „Miltner hier. Was wissen Sie über die Firma Veith & Kraft?"

„Über diese ermittle ich zur Zeit", entgegnete Gallion kühl, „deshalb kein Kommentar."

„Gerade komme ich von Greenpeace."

„Frau Bieler?"

„Genau. Und die hat mir, wenn auch sehr weitschweifig, etwas ähnliches gesagt."

„Das wundert mich nicht."

„Klartext, bitte."

„Herr Kraft – wohlgemerkt Herr Kraft persönlich – ist ein großzügiger Förderer von Greenpeace. Seine Spenden können sich sehen lassen. Mehr möchte ich dazu nicht sagen." Es klickte, die Reporterin hatte aufgelegt.

Behutsam schob Miltner das Telephon in die Halterung und startete den Motor. „Keiner rückt mit der Sprache raus – Scheiße!" brüllte er dann, schaltete und trat wütend auf das Gaspedal. Mit quietschenden Reifen fuhr der Wagen um die Ecke.

„Ein interessanter Mann, dieser Einsatzleiter bei der Firma Veith & Kraft", Kriminalassistent Aßmann blätterte in seinen Papieren, „alles andere als ein unbeschriebenes Blatt. War lange Zeit in Bielefeld, wo er sich als Privatdetektiv betätigte."

„So wie ich den einschätze, ist der bestimmt kein zweiter Philipp Marlowe", knurrte der Oberinspektor.

„Sein Spezialgebiet waren Beobachtungen von Männern beziehungsweise Frauen, bei denen der Ehepartner ein Fremdgehen vermutete. Trunk arbeitete aber nur in solchen Fällen erfolgreich, bei denen nicht viel zu holen war."

„Was heißt das?"

„Wenn sich bei seinen Observationen herausstellte, daß die betreffenden Personen tatsächlich fremdgingen, interessierte ihn vor allen Dingen, ob diese über reichlich eigenes Geld verfügten. War dies der Fall, wurde den Auftraggebern mitgeteilt, daß der Verdacht unbegründet sei, und dann die Endabrechnung präsentiert."

„Aber Freund Trunk blieb weiter am Ball."

„Genau. Er observierte und photographierte. Einige Zeit später bekamen die betroffenen Personen eindeutige Bilder mit dem Versprechen, die Negative sofort zu vernichten, falls eine bestimmte Geldsumme an einer vorgegebenen Stelle hinterlegt würde."

„Gab es Anzeigen gegen ihn oder Gerichtsverfahren?"

„Ja, aber die meisten hielten wohl still, andere zogen ihre Klagen wieder zurück – bis auf ein Mann, und der wurde unter mysteriösen Umständen mit Genickbruch in einem Pferdestall aufgefunden. Der Betreffende war passionierter Reiter und hatte in einer Reitschule sein eigenes Pferd stehen."

Der Oberinspektor verzog das Gesicht. „Nicht gerade der richtige für einen Sicherheitsservice. Oder vielleicht doch – in diesem speziellen Fall?"

„Trunk gilt außerdem als hervorragender Schütze. Unsere Kollegen vermuten, daß er auch schon als Killer gearbeitet hat. Nachweisen konnte man ihm die zwei gemutmaßten Morde allerdings nie."

„Wo kommt der Kerl überhaupt her?"

„Er war ein früheres Mitglied der Nationalen Volksarmee – in einer Spezialeinheit, die Untergrundkämpfer für den Nahen Orient und Afrika ausbildete."

„Wohnt er hier?"

Aßmann schüttelte den Kopf. „Er wohnt auf einem Bauernhof bei Haguenau. Da ist noch etwas, Herr Miltner. Kurz bevor Sie kamen, hat uns Polizeiobermeister Plank angerufen."

„Der scheint nie zu schlafen."

„Er ist heute mit seinem Kollegen Jung wieder mal beim Baggersee gewesen, um dort nach dem Rechten zu sehen. Es ist ihm allerdings nicht gelungen, auf die Halbinsel zu fahren."

„Da ist doch alles offen!"

„Schwarzgekleidete Wachposten haben ihnen den Weg versperrt."

„Der Service de Sécurité ist also auch dort tätig", meinte der Oberinspektor. „Versuchen Sie mal unauffällig herauszubekommen, wer beim Baggersee der Einsatzleiter ist."

„Soll ich den Trunk beschatten?"

„Der rechnet bestimmt damit. Halten wir ihn ruhig noch an der langen Leine. – Merkwürdiger Zufall", sagte er mehr zu sich selbst.

„Wie bitte?"

„Der Trunk hat in Bielefeld als Privatdetektiv gearbeitet, und der Hauptsitz der Firma Huntenberg & Just ist in der gleichen Stadt."

„Das Demontageunternehmen, welches auf der Halbinsel tätig ist?"

„Genau. Aber das kann ja purer Zufall sein." Miltner blickte sich um. „Wo steckt denn der Zeipert?"

„Den bat Stief in sein Büro. Herr Stief war mal wieder sehr aufgeregt."

„Vermutlich hat sich einer über uns beschwert."

Die Tür von Stiefs Zimmer öffnete sich, und Inspektor Zeipert stürmte heraus. Dann sah er Miltner und verlangsamte sein Tempo: Er hielt den Zeigefinger an die Lippen und ging förmlich auf Zehenspitzen.

„Großes Geheimnis?" fragte der Oberinspektor.

„Und wie!" Zeipert hangelte nach einem Stuhl und setzte sich. „Das Ganze muß vorläufig unter uns bleiben. Anordnung von Stief. Sag mal, Bernd, du wolltest doch zu Veith & Kraft?"

„War ich."

„Ist dir was aufgefallen?"

„Ein neuer Zaun, eine schwarzuniformierte Wachmannschaft und ein zugeknöpfter Chef."

„Der Kraft, um den geht es gerade:"

Miltner schlug so kräftig auf die Schreibtischplatte, daß Aßmann zusammenzuckte und schmerzlich sein Gesicht verzog. „Nun spuck's schon aus, Herbert!"

„Der Firmenchef hat Selbstanzeige erstattet!"

„Giftmüll?"

„Illegales Lagern von Giftmüll, und zwar auf der Halbinsel des Grötzinger Baggersees."

„Bestimmt dort, wo der Landschaftsbau Saumer gerade rekultiviert. Jetzt wissen wir wenigstens, weshalb Roland Döge sterben mußte."

„Der hatte die Nase vorn. Wenn er doch nur seinen Greenpeacekollegen einen Wink gegeben hätte."

„Um was für Gift handelt es sich?"

„Ich weiß es nicht. Stief rückte damit nicht heraus. Er hat auch nicht die Anzahl der Giftfässer genannt, die wahrscheinlich dort verbuddelt sind."

„Und wir sollen stillhalten."

„Angeblich Befehl von oben. Man mag nicht die deutsch-französische Gesellschaft vergraulen, die da ihre Nester bauen will."

„Die gehen dort ganz schön zur Sache." Miltner wies mit dem Kinn auf Aßmann. „Unser Siegbert hat von Plank und Jung erfahren, daß man sie nicht mehr auf das Gelände läßt."

„Und was ist mit dem toten Hotz und dem toten Döge", rief Zeipert aufgebracht. „Der eine fällt in den Grötzinger Baggersee, und der andere verschwindet im Weingartener Moor."

„Wir wollen zunächst abwarten, was bei den Giftfässern herauskommt. Außerdem haben wir immer noch unsren Kollegen Epp in Weingarten. Im übrigen lasse ich mir von niemandem verbieten, die Nase in den Wind zu halten." Der Oberinspektor grinste. „Natürlich etwas diskreter als bislang."

Als vor ihm die dunkle, kompakte Masse des Bahndammes auftauchte, hielt Miltner an und löschte das Licht. Den Motor ließ er weiterlaufen. Er stieg aus, ging einige Schritte vom Wagen weg und lauschte. Man konnte Grillen zirpen und weiter weg Frösche quaken hören.

„Gut so", murmelte er. Sein Blick wanderte wieder zum Bahndamm hin, dessen Entfernung er auf etwa zweihundert Meter schätzte. Der Oberinspektor marschierte in dieser Richtung weiter, wobei er jetzt die rechte Seite der Straße überprüfte. Ja, da vorne sah er sie, die kleine Brücke über den Gießbach. Bevor er zurückging, prägte er sich die Abzweigung zur Brücke ein, denn er konnte es sich nicht leisten, jetzt noch mit Licht zu fahren. Als er wieder im Wagen saß, bemühte er sich, die Tür möglichst leise zu schließen. Behutsam trat er aufs Gaspedal, und langsam setzte sich das Fahrzeug in Gang. – Jetzt! Er steuerte nach rechts und fuhr über die Holzbohlen der Brücke. Nun mußte er nach links einschlagen und ein Stück den Gießbach entlangfahren, während rechts ein kleines Waldstück den Weg flankierte. Knappe fünf Minuten war er mit seinem Auto über den von Furchen durchzogenen Weg geholpert, als das Waldstück lichter wurde und dann zurückblieb. Beinahe hätte er die Abzweigung verpaßt, die direkt zum Baggersee führte, erst im letzten Moment riß er das Steuer herum.

Doch die gefährlichste Fahrt stand ihm noch bevor. Gut dreihundert Meter führte diese Strecke direkt am See entlang nach Norden. Gottlob war Neumond und der Himmel wolkenverhangen, doch wenn die Schwarzuniformierten mit einem Boot auf dem See patrouillierten, konnte er leicht gesehen werden.

Als Miltner endlich den schützenden Wald erreichte, war er in Schweiß gebadet. Er fluchte still vor sich hin, holte sein Taschentuch heraus und wischte sich über das Gesicht. „Was man nicht alles macht, für das bißchen Geld“, murmelte er und blickte auf das Leuchtzifferblatt seiner Armbanduhr. Fassungslos schüttelte er den Kopf. Die Fahrt von der Brücke bis hierher, die ihm als Ewigkeit erschienen war, hatte knapp eine halbe Stunde gedauert.

Nach kurzer Pause stieß der Oberinspektor rückwärts in den Bruchwald hinein. Wenn es mulmig werden sollte und es galt, schnell abzuhauen, wollte er nicht auch noch gezwungen sein, ein Wendemanöver auszuführen. Jedesmal, wenn er bei seiner Rückwärtsfahrt trockene Zweige und Äste brechen hörte – für ihn wie eine Explosion! – zuckte er zusammen. „Genug“, flüsterte er und hielt an, das Geräusch des Motors erstarb. Miltner öffnete vorsichtig die Tür und lauschte. Ärgerlich verzog er sein Gesicht, weil ein Donnern den herannahenden Zug ankündigte. Gerade die richtige Gelegenheit, um ihn anzugreifen. Er tastete nach der Pistole, während nun hinter seinem Rücken in einhundertfünfzig Meter Entfernung der Interregio nach Heidelberg vorbeidonnerte. Das Grollen wurde leiser und verklang in der Ferne. Jetzt begannen die Frösche wieder mit ihrem Konzert. „Drei Tage war der Frosch so krank, jetzt raucht er wieder Gott sei Dank“, raunte der Oberinspektor. Ausgerechnet jetzt erinnerte er sich an Wilhelm Busch. Wie verrückt rasten Gedankenfetzen durch sein Gehirn. Der Lehrer Lämpel bei Max und Moritz kam ihm in den Sinn, dem die Lausbuben seine Pfeife mit Schwarzpulver gestopft hatten. Wie hieß es doch so schön im „Hessischen Max und Moritz“:

„Peng! Da krachts un is bassiert,
Weil de Tabak exblodiert.
Wasserglas und Kaffeedass,

Tabaksdos und Dindefaß,
Oofe, Sessel, Schlummerkisse,
Alles werd vom Blitz zerrisse."

Abrupt richtete sich Miltner auf. Blitz! Dort drüben hatte es geblitzt! Er stieg aus seinem Wagen, öffnete die Tür zum Fond und holte das zusammengelegte Schlauchboot heraus, dazu das Paddel und die kleine Preßluftflasche. Trotz aller nervlichen Anspannung kicherte er vor sich hin, als er an die Reporterin vom Badischen Boten dachte, die, genau so wie er, hinter dieser Sache her war. Deshalb hatte er sich auch nicht ihr Schlauchboot ausgeliehen, sondern eines vom gleichen Typ gekauft – mit allem was dazugehörte.

Der Oberinspektor schulterte das Schlauchboot, ergriff Paddel und Preßluftflasche, hing sich die wasserdichte Stablampe an den Gürtel und rückte seine Walther PPK zurecht. Behutsam schloß er die hintere Wagentür – die vordere lehnte er nur an. Einen Augenblick blieb er noch stehen, blickte sich um und lauschte. Ein Glück war es, daß jetzt kein Zug vorbeirauschte. Zufrieden nickte er. Auch kein Aufblitzen war zu sehen, und das lauter werdende Froschkonzert verhieß einen trügerischen Frieden. Nahkämpfer hätten sich das Gesicht geschwärzt, dachte er, als er vorsichtig den Fußweg benützte, der am Baggersee entlangführte. Mit Schuhwichse womöglich! Angewidert rümpfte er die Nase. Jetzt tauchte die kleine, mit niedrigen Bäumen und Sträuchern bestandene Landzunge auf, die etwa zehn Meter in den See hineinragte. Von hier aus sollte die Fahrt gehen.

Als Miltner das Schlauchboot aufblies, beschloß er, ihm einen Namen zu geben: Michaela sollte es heißen! Schließlich hatte ihm die Reporterin mit ihrer Steinschloßpistole das Leben gerettet oder ihn zumindest vor einer Schädelfraktur bewahrt. Das Boot lag nun prall aufgepumpt vor ihm. Er montierte Druckminderer mitsamt Schlauch von der Preßluftflasche ab und legte beide ins Boot. Nachdenklich wog er die Flasche in seiner Hand. Er konnte sie unmöglich hier liegenlassen. Einer, der sich damit auskannte, wußte bei ihrem Anblick sofort, was da vor sich gegangen war. Mitnehmen? Ausgeschlossen! Kurzerhand schleuderte er sie in den See, warf das Paddel ins Schlauchboot und zog dieses bis zum Wasser. Noch einmal peilte er die Halbinsel an, deren Spitze knapp hundert Meter vor ihm lag. Von hier wollte er sich in Ufernähe bis zu der Fläche voranarbeiten, auf welcher der Landschaftsbau Saumer sich betätigt hatte. Wo er an Land ging, mußte er dem Zufall überlassen. Vor allem hieß es, verdammt vorsichtig zu sein. Mit dem Auftauchen von Wächtern war zu rechnen. Das kurze Blitzen von vorhin konnte durchaus eine Tür verursacht haben, die in einen erleuchteten Raum führte und schnell geöffnet und wieder zugeschlagen worden war.

Der Oberinspektor fluchte, als er bei dem Versuch, ins Schlauchboot zu klettern, plötzlich mit dem rechten Bein bis zum Knie im Wasser stand. Dann aber hatte er es geschafft, und das Boot trieb mit ihm langsam in den Baggersee hinaus. Er griff nach dem Paddel und lenkte die Michaela behutsam auf die Spitze der Halbinsel zu. Schlag um Schlag kam er langsam voran, wobei er immer wieder nach links und rechts über die Seeoberfläche spähte. Dann hielt er mit Paddeln inne, ließ sein Gefährt treiben und blickte zur Halbinsel hin. Kein Lichtschein war dort zu erkennen, und bis jetzt war alles still geblieben. Miltner stieß das Paddel wieder ins Wasser und änderte die Richtung. Langsam driftete die Michaela am Ufer entlang, ab und zu von einem Paddelschlag in Fahrt gehalten.

Als er in Höhe des einstöckigen Gebäudes vorbeitrieb, konnte der Oberinspektor einen Streifen Licht erkennen, der bei einem der Fensterläden herausdrang. Dann ging dort die Tür auf, und ein Mann stand für kurze Zeit wie ein Scherenschnitt in der hellen Öffnung. Das Blitzen! dachte Miltner. Jetzt war die Gestalt verschwunden, doch kurz danach sah er eine zweite, die in dem Gebäude verschwand. Die Tür knallte zu, und der Lichtschein war erloschen.

Wachablösung – ohne Zweifel! Der Oberinspektor schloß die Augen, damit sie sich wieder auf die Dunkelheit einstellten. Er mußte verdammt vorsichtig sein, denn die Männer mit den schwarzen Uniformen waren in der Nacht kaum zu erkennen. Er trieb nun die Michaela auf das rekultivierte Gelände zu, und zwar auf die Seite, die von dem Gebäude am weitesten entfernt war.

Das Boot stieß ans Ufer, doch erst, als er einige Zeit gelauscht hatte, sprang der Oberinspektor an Land und machte die Leine an einem Bäumchen fest. Er huschte zwischen Hecken und Bäumen hindurch und stieß urplötzlich auf eine Stelle, an der man anscheinend Untersuchungen vorgenommen hatte: Sträucher waren herausgerissen worden und die Erde aufgegraben. Da! Eine Tonne stand direkt vor ihm! Miltner griff nach seiner Stablampe und stellte sie so ein, daß nur ein bleistiftdünner Strahl auf das gelbgestrichene Stahlfaß fiel. Er ließ den Strahl weiterwandern und entdeckte den schwarz aufschablonierten Totenkopf mit den gekreuzten Knochen, der unter dem Anstrich noch zu erkennen war, und darunter das Wort Poison.

„Die Selbstanzeige von Kraft", murmelte er und schaute sich um. Merkwürdig war das Ganze schon, wo doch alles so schön verbuddelt wurde, und obendrein von der Firma Saumer bepflanzt. Was wurde hier gespielt? War das ein Ablenkungsmanöver? Aber warum? Vielleicht war Kraft zu Ohren gekommen, daß die deutsch-französische Gesellschaft hier Umbauten vornehmen wollte. Wenn sie durch dieses Gelände einen massiven Zaun ziehen ließ, war natürlich die Möglichkeit gegeben, daß man beim Einrammen der Pfähle auf eines der Stahlfässer stieß. Er beleuchtete den Deckel. Der sah so aus, als ob er geöffnet worden wäre. Vermutlich hatte man Proben entnommen.

Miltner beschloß, sein nächtliches Unternehmen abzubrechen. Für heute hatte er genug gesehen. Wer weiß, wo der Service de Sécurité seine Leute überall postiert hatte. Es wäre schon verdammt peinlich, wenn die Männer ihn dabei entdecken würden, wie er klammheimlich hier herumschlich. Allzuviel hatte er nicht erreicht, gestand sich der Oberinspektor ein, als er zurückpaddelte. Doch wie schon so oft hatte er plötzlich ein unbehagliches Gefühl in der Magengegend!

18. Kapitel

Kriminaloberinspektor Miltner fuhr hoch. Der Wecker lief gerade ab. Er griff sich stöhnend an die Stirn. Es war doch nicht schon sechs Uhr! Sein Blick ging zum Fenster. Alles noch dunkel, nicht die Spur einer Dämmerung. Hatte er den Wecker falsch eingestellt? Seine Hand tastete nach dem Quälgeist, um ihn abzuschalten, aber das Geräusch verstummte nicht. Verdammt, das war ja das Telephon! Er fand den Lampensockel und drückte. Licht flammte auf und stach ihm schmerzhaft in die Augen. Nun schaute er zum Wecker hin: Es war kurz vor 23 Uhr. Er schwang die Beine aus dem Bett, taumelte zum Schreibtisch und hob ab. „Miltner", und es klang wie ein Fluch.

„Ich bin's, Epp", drang eine aufgeregte Stimme an sein Ohr.

„Um diese Zeit."

„Es hat sich was getan."

Miltner gähnte. „Ist ja prima. Ich komme morgen zu dir raus."

„Nicht morgen", rief der Inspektor ärgerlich, „sondern jetzt. Auf der Stelle! Wahrscheinlich können wir eine Verhaftung vornehmen."

„Kannst du das nicht allein ...?"

„Ich glaube, ich weiß jetzt, wo das zertrennte Gitterwerk des Kiesbaggers hingekommen ist, bin mir aber meiner Sache nicht sicher. Daher brauche ich dich. Du hast in dieser Angelegenheit den besseren Überblick. Am liebsten würde ich mit dir den Hubschrauberflug wiederholen. Von oben könnte man vielleicht mehr sehen, aber dafür bleibt wohl keine Zeit."

„Wen hast du im Verdacht?“

„Nicht am Telephon. Ich rufe von der Kanne aus an.“

„Konntest du das nicht in einer öffentlichen Fernsprechzelle tun?“

„Das wollte ich. Aber es befindet sich nur eine hier in der Nähe, und bei der ist der Hörer abgerissen worden. Mein Handy ist verschwunden.“

„Ich komme.“

„Zu mir in die Kanne, okay – und beeil dich.“

Schnell zog sich Miltner an. Er hastete die Treppen hinunter und lief zu seinem Auto. Natürlich hatte er, als er spät nach Hause kam, keinen nahegelegenen Parkplatz mehr gefunden. Keuchend blieb er jetzt stehen, zerrte die Schlüssel aus der Tasche und öffnete den Wagen. Das Auto schoß aus der Parklücke auf die Fahrbahn. Wenigstens kein Verkehr mehr, dachte der Oberinspektor, da konnte er anständig auf die Tube drücken.

Zehn Minuten vor zwölf erblickte Miltner die erleuchtete Bierkanne in mittelalterlichem Stil, welche das Gasthaus anzeigte. Er fuhr ein Stück daran vorbei und parkte seinen Wagen in einer Seitenstraße. Scheinbar gelangweilt schlenderte er zur Kanne zurück. Aber es entging ihm nichts, was sich auf der Straße abspielte: vorbeifahrende Autos, ein dahinhastender Spätheimkehrer und drei auf Mopeds sitzende Jungen, die mit zwei Mädchen schäkerten. Alles normal, registrierte sein Gehirn.

Schon von weitem nahm er den typischen Rauch- und Fettgeruch wahr, der an der Wand aus einem Ventilator drang. Wenig später stieß Miltner die Tür auf und betrat das Lokal.

Hinter dem Tresen stand der Wirt. Er hatte einen zerknautschten Stumpen im Mund und bedachte den späten Gast mit einem nicht gerade freundlichen Nicken.

Miltner sah sich um. Wo waren die Demontagearbeiter der Firma Huntenberg & Just geblieben? Allein an einem Tisch hockte die Bedienung und blätterte gelangweilt in einer Illustrierten. Sie schenkte ihm keinen Blick. Am übernächsten Tisch saß ein junges Pärchen. Er hatte den Arm um ihre Schultern gelegt. Dann war nur noch der Stammtisch mit fünf Männern besetzt, deren Unterhaltung bei seinem Eintritt ins Stocken geraten war. Zwei von den Fünfen kannte Miltner nicht. Beim dritten handelte es sich um Obermonteur Haller, der ihn verblüfft anstarrte und das Gesicht zu einem dümmlichen Grinsen verzog. Der vierte war der Montageleiter, Diplomingenieur Ganosky, welcher bewußt seinen Blick mied. Auch der fünfte Zecher schien kein Interesse daran zu haben, die Bekanntschaft zu erneuern. Holger Pandel, der Geschäftsführer der Aldinger GmbH, sah den Oberinspektor mit zusammengekniffenen Lippen abweisend an. Wen Miltner nicht sah, war Herbert Epp. Auf den ist doch sonst immer Verlaß, schoß es durch seinen Kopf.

Er steuerte auf einen der leeren Tische zu uns setzte sich. Die Stammtischrunde fuhr mit ihren Gesprächen fort, aber immer wieder schauten die Männer verstohlen zu ihm herüber.

Endlich bequemte sich die Kellnerin, nach seinen Wünschen zu fragen, und Miltner bestellte ein Bier. Da das Gebräu sehr kalt war, aß er lustlos eine der Brezeln dazu, die in einem Körbchen auf dem Tisch standen. Er hatte das Gefühl, auf Gummi zu kauen.

Das junge Pärchen machte sich zum Gehen fertig. Als das Mädchen hinter dem Jungen am Stammtisch vorbeiging, fiel ihm ein Taschentusch auf den Boden. Es bückte sich, um es aufzuheben. Auch Obermonteur Haller hatte vom Stuhl aus nach dem Taschentuch gegriffen. Die Hand des Mädchens und die des Mannes berührten sich kurze Zeit, und Miltner sah deutlich, wie das Mädchen Haller ein zerknülltes Papier in die Hand drückte. Alles ging blitzschnell, und außer ihm schien es niemand bemerkt zu haben. Weingartener Liebesleben, dachte er, der Obermonteur war in der kurzen Zeit seines Hierseins ja mächtig rangegangen. Komisch, daß das junge Ding sich ausgerechnet so einen alten Kerl aussuchte.

Der Oberinspektor wartete eine halbe Stunde, doch Epp erschien noch immer nicht. Er erhob sich und ging zum Tresen. „Ich war hier mit einem Gast von Ihnen, Herrn Epp, verabredet."

Der Wirt runzelte die Stirn. „Ja", erwiderte er nach einer Weile, „der war da." Nachdenklich betrachtete er die gespülten Gläser. „Der muß, kurz bevor Sie kamen, hinausgegangen sein. – Austreten, nehme ich an."

„So lange pinkelt nicht mal einer, der ein ganzes Faß geleert hat!"

„Vielleicht ist er auf seinem Zimmer." Der Wirt wandte sich an die Kellnerin. „Weißt du, wo Herr Epp geblieben ist?"

„Ausgetrunken hat er, aber nicht bezahlt."

„Den Zimmerschlüssel?"

„Hat Herr Epp."

„Sie haben doch einen Zweitschlüssel." Der Oberinspektor streckte seine Hand über die Theke.

Der Wirt nahm den Schlüssel vom Brett. „Aber ich komme mit", meinte er resolut.

„Worum ich Sie höflichst bitten möchte. Sie kennen sich schließlich hier aus."

Der Wirt beugte sich über den Tresen. „Sie kenne ich doch. Sie waren schon einmal in der Kanne, haben sich mit Herrn Haller und hier an der Theke mit dem Glasaug-Heiner unterhalten. Nicht wahr?"

Miltner nickte.
„Sie sind Kriminalbeamter?"
„Oberinspektor Miltner – ich bin von der Mordkommission."
„Dann ist Herr Epp wohl auch ...?"
„Inspektor beim gleichen Verein."
„Stenger, mein Name", dienerte der Wirt und kam hinter dem Tresen hervor. „Da entlang", und wies auf eine Tür, die sich im rückwärtigen Teil der Gaststätte befand. Sie betraten einen engen, von einer trüben Birne beleuchteten Gang.
„Energie sparen", meinte Stenger, als er Miltners Gesicht sah. Er deutete eine Treppe hinauf. „Das Zimmer ist oben." Die Stufen reagierten knarrend auf das Gewicht der beiden Männer.
„Wo ist das Telephon?" fragte der Oberinspektor.
Der Wirt blieb stehen und zeigte hinab. „Da vorne unter der Treppe. Jetzt erinnere ich mich. Herr Epp hat vorhin noch ein Gespräch geführt."
„Mit mir, gehen wir." Auch auf dem oberen Flur brannte nur ein schwaches Licht.
Stenger hielt bei der dritten Tür an. „Hier ist das Zimmer von Herrn Epp."
Er wollte klopfen, aber der Oberinspektor schob ihn beiseite und beugte sich zum Schlüsselloch. Im Zimmer war es dunkel. „Herbert", rief er. Da keine Antwort kam, probierte er die Klinke. Die Tür war offen! Miltner stieß sie auf und drückte den Lichtschalter.
Mitten im Zimmer, die Augen blicklos an die Decke gerichtet, lag Kriminalinspektor Epp, die Arme seitlich ausgestreckt, die Hände zu Fäusten verkrampft. Auf seiner Stirn sah man Blut, der Mund war zu einem lautlosen Schrei aufgerissen. Der Oberinspektor hörte einen keuchenden Laut, fuhr herum und schaute in das totenblasse Gesicht des Wirts. „Sie haben natürlich nichts gehört", herrschte er ihn an.
„Nein, ganz bestimmt nicht!"
Miltner kniete sich neben seinen Kollegen und hielt zwei Finger an dessen Halsschlagader.
„Vielleicht lebt er noch", meinte Stenger hoffnungsvoll.
Wortlos schüttelte der Oberinspektor den Kopf, erhob sich wieder und blickte sich um. Da waren ein Bett, ein Schrank, daneben das Waschbecken und am Fenster ein kleiner Tisch mit zwei Stühlen. In der einen Ecke sah man einen ramponierten Korbsessel. Der Boden bestand aus alten gewachsten Holzdielen, und nur vor dem Bett lag ein kleiner Flickenteppich.
„Die Zimmer sind alle sehr preiswert", versicherte der Wirt, als er Miltners gerunzelte Stirn bemerkte.

„Wo befinden sich die Leute von der Demontagefirma?“

„Sie sind alle heute morgen nach Bielefeld gefahren.“

„Wie viele Gäste beherbergen Sie zur Zeit?“

„Nur Ihren Kollegen und Obermonteur Haller.“

„Und Diplomingenieur Ganosky?“

„Der wohnt momentan bei Herrn Pandel.“

„Wer sind die beiden anderen am Stammtisch?“

„Ein Malermeister namens Hehner und Herr Frank, der in Weingarten eine kleine Wäschefabrik besitzt. – Was machen wir jetzt?“

Der Oberinspektor drehte den Wirt zur offenen Tür. „Rausgehen und abschließen.“

Als die beiden wieder im unteren Flur standen, fragte Miltner leise: „Haben Sie ein privates Telephon?“

„Da hinten, in meinem Büro.“ Während der Oberinspektor versuchte, Zeipert zu erreichen, bemerkte er, wie sich Stenger mit zitternden Händen einen Schnaps eingoß. Endlich meldete sich der Kollege. „Hier Miltner – Epp ist ermordet worden.“

Zeipert stieß einen Fluch aus. „Weingarten, Kanne. Ich komme und bringe alle mit.“

„Beeil dich, Günter!“ Miltner legte auf. „Gibt’s hier einen Hintereingang?“ wandte er sich an Stenger.

„Nur eine Tür, die in den Hof führt.“

„Ist diese zugeschlossen?“

„Erst nach Feierabend.“

„Für einen Ortskundigen ist es also leicht möglich, von da in die Wirtschaft zu gelangen.“

„Nur, wenn man vorher über einen Zaun klettert.“

„Kommen Sie!“

Der Wirt führte den Oberinspektor zur Hoftür und öffnete sie. „Augenblick, ich mache Ihnen Licht.“ Gleißende Helligkeit erfüllte den Hof.

„Hier ist wohl kein Stromsparen angesagt“, knurrte Miltner.

„Sicher ist sicher.“

„Verdammt!“ sagte der Oberinspektor plötzlich, riß die Walther PPK aus dem Holster und lud durch. Sein Blick war auf eine Gestalt gefallen, die in einer Ecke kauerte und etwas in der rechten Hand hielt.

„Kriminalpolizei! Aufstehen und näher kommen. Wird’s bald!“

„Das – das ist Ralf. Der Junge ist harmlos und hat sich mit Ihrem Kollegen Epp angefreundet. Wahrscheinlich wollte er ihn besuchen.“

„Um diese Zeit?“

„Mit der Uhr hat Ralf Schwierigkeiten. – Komm schon, Ralfi“, rief Stenger dem Kauernden zu. Es klang so, als wollte er einen Hund locken.

Zögernd erhob sich der Junge und kam langsam auf die beiden Männer zu. Seinen rechten Arm hatte er nach vorne gestreckt, die Hand hielt noch immer den Gegenstand umklammert. „Das da“, sagte er mit schwerer Zunge.

Blitzschnell griff der Oberinspektor zu, als Ralf in seine Nähe kam, und zerrte ihn zum Licht. Seine linke Hand hatte sich um die rechte Faust des Jungen gekrampft, die er jetzt hochriß. „Harmlos“, höhnte er, „schauen Sie sich an, was der in der Hand hält!“

„Mein Gott, einen Hammer.“

„Ja , einen sogenannten Bankhammer. Und das, was hier auf der Finne so widerlich glänzt, ist bestimmt kein Kaninchenblut!“

„Merkwürdig“, sagte Dr. Kober eine halbe Stunde später und betrachtete nachdenklich den blutbefleckten Hammer, der jetzt in einem Kunststoffbeutel steckte. „Hat mir der Finne zugeschlagen, was darauf ...“

„... schließen läßt, daß es Ralf war“, unterbrach ihn Miltner grob. „Ein geistesschwacher junger Mann, der nicht weiß, wie man einen Hammer hält. Aber getroffen hat er wunderbar. Zudem war er so schnell, daß Kollege Epp nicht einmal den Schlag abwehren konnte.“

„Hm.“

„Dem hat wohl der Mörder hinterher den Hammer in die Hand gedrückt! Aber nicht mit mir!“

Kriminalassistent Aßmann tauchte auf. „Frau Gallion ist gerade gekommen und will dringend mit Ihnen sprechen.“

Miltner nickte Schwind von der Spurensicherung zu. „Ihr braucht mich wohl nicht mehr?“ Der winkte ab. Als der Oberinspektor die Tür öffnete, zuckte hinter ihm Blitzlicht auf und warf seinen Schatten für einen Augenblick riesengroß an die Wand des Flurs. Frank Herbig, der Polizeiphotograph, war an der Arbeit.

„Der Nachrichtendienst hat ja wieder mal bestens geklappt“, sagte Miltner, als er sich zur Reporterin setzte.

„Irrtum, ich hatte gerade am Baggersee herumgeschnüffelt, als auf der Bundesstraße Polizeifahrzeuge mit Blaulicht in Richtung Weingarten vorbeirauschten. Da habe ich Unheil gewittert und bin sofort hinterhergefahren.“

„Sie machten sich Sorgen um Epp?“

„Ich glaube, er hat sich zu weit vorgewagt.“

„Ich höre!“

„Na ja, er wurde von mir, wie gewünscht, interviewt. Ich kam mir ziemlich dämlich vor, weil ich gar nicht wußte, was ich ihn fragen sollte, denn Ihr Kollege galt ja als pensioniert. Doch zum Schluß wurde er plötzlich sehr ernst."

„Was hat er Ihnen erzählt?"

„Er wüßte, wo das Gitterwerk des Baggers steckte, und weshalb man es da hineingetan hätte, bekäme er auch noch heraus."

Miltner nickte. „Beim Nachforschen ist er jemandem ungewollt auf die Füße getreten."

„So sehe ich das auch."

„Hineingetan, hat er gesagt", murmelte der Oberinspektor, „wo hineingetan?"

„Haben Sie nicht einen Taucheranzug auf der Halbinsel gefunden?"

„Ja, in einer Hundehütte. Im Baggersee, im Baggersee, da blühen keine Lilien. Kein Wort darüber. Zu niemandem! Ist das klar!"

Oberinspektor Miltner starrte ins Schaufenster, doch er blickte durch die Auslage hindurch. Im Geist sah er seinen Kollegen Epp mit dem Rücken zum Eingang im Zimmer Nr. 3 der Kanne stehen. Sah, wie sich die Tür langsam öffnete, und eine schattenhafte Gestalt mit einem Hammer in der Hand auf Epp zuschlich. Jetzt hörte sein Kollege etwas und drehte sich um – nicht sehr schnell, denn er erwartete ja ihn. Vielleicht sagte er noch „endlich, Bernd" und erkannte zu spät seinen Irrtum. Zu spät für eine Abwehrreaktion, denn der Mörder schlug blitzschnell zu. Durch das Kichern zweier Mädchen, die in der Nähe standen und die Auslage betrachteten, wurde Miltner aufgeschreckt.

„Sicher ein Wäschefetischist", flüsterte die eine ihrer Freundin zu.

Das weibliche Kleidungsstück vor ihm nahm Formen an, und er stellte mit Erstaunen fest, daß eine duftige hauchdünne Kombination in seinem Blickfeld lag.

Verflucht, jetzt spürte er auch den Regen, der ihm an Stirn und Wangen herunterlief. Er stülpte seinen Hut auf, den er die ganze Zeit hindurch in der Hand gehalten hatte, und setzte sich in Bewegung. Die beiden Mädchen lachten schallend los. Dem Oberinspektor war nicht nach Lachen zumute, denn er kam gerade von Epps Frau, der er möglichst schonend, wie es immer so schön hieß, den Tod ihres Mannes mitgeteilt hatte.

Sie nahm es gefaßt auf, und er erfuhr auch den Grund: Sein Kollege war nach der Operation alles andere als wieder gesund gewesen. Der Krebs wucherte weiter, hatte Metastasen gebildet, und die Operation, die Epp noch bevorstand, wäre eine vollständige Entfernung des Magens gewesen. Für ihn hätte dies ein qualvolles Weiterleben auf Zeit bedeutet.

„Mein Mann wollte bei der Kriminalpolizei weitermachen, solange es noch ging", hatte Frau Epp gesagt. „Ich glaube, daß er auf einen solchen schnellen Tod hoffte."

Während Miltner weiter im Regen durch die Straßen schlurfte, mußte er daran denken, wie er seinen Kollegen über den Baggersee gerudert hatte, wie sie gemeinsam „O sole mio" und „Das kann doch einen Seemann nicht erschüttern" gesungen und von den Polizisten am Ufer tosenden Beifall erhalten hatten. Er sah noch einmal einen fröhlichen Epp vor sich, der im Grund schon vom Tode gezeichnet war. „Du wärst ein guter Schauspieler geworden, Herbert", flüsterte er.

Der Regen verstärkte sich, doch der Oberinspektor stapfte mitten auf dem Gehweg weiter. Wie lautete doch der Refrain des alten englischen Schlagers? Miltner röhrte los: „Brokenhearted clown the show is ending, the curtain is down – brokenhearted clown!" Ein Passant, der mit tief in die Stirn gezogener Mütze ihm entgegenkam, japste vor Schreck und lief schleunigst zur anderen Straßenseite.

Vor dem Oberinspektor leuchtete die Neonreklame eines kleinen Kinos auf, welches bislang das große Sterben überlebt hatte. Er schritt darauf zu und konnte jetzt den Titel des Films lesen: „Ein Schuß und zwei Tote", lautete er, und darunter stand: „Ein Kriminalfilm aus der rauhen Wirklichkeit." Miltner schnitt eine Grimasse. Nichts wie weg. Gehen wir zu Luigi, dachte er und wandte sich vom Kino ab. Dort konnte er sich vollaufen lassen und mit dem Wirt zusammen „O sole mio" singen. Er wußte, daß der Italiener gut Gitarre spielte.

Schon von weitem fiel ihm auf, daß alles merkwürdig dunkel war. Dunkel und still blieb es auch, als er auf das Lokal zuschritt. „Der hat doch tatsächlich geschlossen", murmelte er. Dann sah der Oberinspektor das armselige Pappschild. Wegen Todesfall geschlossen, stand in wackeligen Druckbuchstaben darauf. Miltner stieß einen Fluch aus. Die Mafia hatte zugeschlagen. Daß zwei Mann von ihnen hier in die Mangel genommen und anschließend verhaftet worden waren, ließ sich diese Organisation nicht gefallen. Als der Oberinspektor zu Hause unter der Dusche stand und sich einseifte, hielt er plötzlich inne. Er mußte an Epp und das Gitterwerk der Bagganlage denken. „Da ist auch eine Organisation am Werk", raunte er. „Irgendeine neue und womöglich viel gefährlichere als die Mafia." Was lief beim Baggersee ab, und warum hatte Kraft wirklich Selbstanzeige erstattet? Was sollte damit verdeckt werden? Er mußte jetzt die Nerven behalten und abwarten. „Ich brauche unbedingt Polizeitaucher“, sagte Miltner zu dem Seifenstück, das er in der Hand hielt.

Die beiden jungen Männer, die neben dem Oberinspektor saßen, studierten die Karte. „So weit, wie Sie am Baggersee entlanggefahren sind, halten wir nicht für ratsam“, meinte der eine, und der andere nickte bestätigend. „Die Gefahr des Gesehenwerdens ist doch zu groß. Wir waren heute morgen draußen und haben das Wachpersonal beobachtet. Das sind Profis, Herr Miltner, ausgekochte Profis.“

„Da haben Sie leider recht.“

„Auch ein Schlauchboot kommt nicht in Frage. Wenn die vor der Halbinsel mit einem Boot patrouillieren, haben sie uns gleich am Kanthaken.“

„So sehe ich das jetzt auch. Deshalb war ich gestern nochmal am See und habe dabei einen Steg entdeckt. – Wer wird tauchen? Sie, Merz, oder Ihr Kollege Sebold?“

„Wir gehen beide rein. Die Gefahr für einen allein ist zu groß. Wir müssen einander helfen können.“

„Verstehe.“ Miltner blickte zum Fenster hinaus. Draußen gingen gerade die Straßenlampen an.

Merz war seinem Blick gefolgt. „Wir haben schon alles in Ihrem Wagen verstaut. Von uns aus kann es losgehen.“ Gemächlich fuhren sie auf der Bundesstraße in Richtung Grötzinger Baggersee. Es hatte zu regnen angefangen, und emsig huschte der Scheibenwischer vor Miltner hin und her.

„Am ganzen Himmel hängen tiefschwarze Wolken“, meinte Merz zufrieden.

„Das ist der Weg, der zu den Aussiedlerhöfen führt“, erklärte der Oberinspektor nach einer Weile und deutete nach links.

„Sie wollen weiterfahren?“

„Wir kämen hier an einem großen Gehöft vorbei, das ist mir zu riskant. Wir fahren bis zum Stadion von VfB Grötzingen und biegen dann erst ab.“

„Dort kickt bei dem Wetter bestimmt keiner mehr“, entgegnete Merz.

„Falls noch einige Unentwegte im Vereinshaus hocken, sind wir für diese Brüder Tennisspieler, die in der Halle trainieren wollen, denn die müssen ja beim VfB vorbei.“

„Da brennt tatsächlich noch Licht“, rief Sebold.

Sein Kollege stieß ihn an. „Da diskutieren noch ein paar Stammtischstrategen über das Spiel vom letzten Sonntag, und was der Müller, der Meier oder der Lehmann hätte besser machen können.“

„Genau wie bei uns, nur kriegen die da drüben bei ihrem Sport keinen Hammer auf den Schädel.“

„Wenigstens haben Sie den Täter gleich geschnappt“, entgegnete Merz.

„Ralf? Da bin ich mir nicht mehr sicher!“

„Immerhin stammt der Hammer vom Dorfschmied.“

„Und dem hat Ralf des öfteren geholfen – ich weiß.“

„Sie sind nicht damit zufrieden?“

„Mann!“ Der Oberinspektor sah Merz ärgerlich an, „hier kennt doch jeder jeden. Die wissen doch alle, wo der Schmied seine Hämmer hängen hat.“ Sie passierten die Tennisplätze, auf denen schon große Wasserlachen standen.

„Gleich ist es geschafft“, sagte Miltner. „Noch eine Rechts- und eine Linkskurve, und schon sind wir im Wald.“

Bald ragten dunkel die Bäume vor ihnen auf. Dann brachte der Oberinspektor den Wagen mitten in dem kleinen Waldstück zum Stehen. Das Tukkern des Motors im Leerlauf wurde vom Trommeln des Regens auf den Blättern der Bäume übertönt, als Miltner das Fenster herunterkurbelte. „Pfui Teufel“, schimpfte er.

„Schau nur“, sagte Merz zu seinem Kollegen, „was für ein herrliches Scheißwetter, da kommt uns keiner in die Quere.“

„Ich fahr noch ein Stück in den Wald hinein. Ein paar Meter weiter führt der alte Steg in den See, wo ihr euch reinplumpsen lassen könnt.“

„Hoffentlich bleiben wir nicht im Schlamm stecken.“

„Ich habe die Tiefe ausgelotet. Da geht es gute sechs Meter runter, bis Grund kommt, und zwar senkrecht. Früher ist hier mal gebaggert worden. Ich habe den Steg überprüft“, fuhr Miltner fort, „er ist alt, hat einige Lükken, ist aber nicht morsch. Für schwergewichtige Athleten würde ich ihn allerdings als nicht empfehlenswert einstufen.“

„Ich sehe den Steg“, rief Merz, „Sie können wieder anhalten.“

Vergeblich versuchte Miltner einen Baum zu entdecken, unter dem es noch einigermaßen trocken war. „So habe ich mir das Ganze nicht vorgestellt.“

„Bleiben Sie ruhig im Wagen sitzen, wir kommen alleine zurecht.“

„Gott sei Dank“, sagte der Oberinspektor. Bald sah er durch den strömenden Regen undeutlich zwei dunkle Gestalten mit Sauerstoffflaschen auf dem Rücken zum Steg watscheln. Jetzt ertönte ein Fluch. Vermutlich war einer von den Tauchern mit seiner Flosse an einer löchrigen Bohle hängengeblieben. Schwach hörte Miltner zweimal das Aufklatschen im Wasser, dann war er allein mit dem strömenden Regen. Vergebens stierte er zum See hinüber, doch als er nichts erkennen konnte, gab er es auf. Einmal hatte er geglaubt, dort draußen ein Licht aufblitzen zu sehen, doch wahrscheinlich war es nur eine Sinnestäuschung gewesen. Das einzig wirkliche war ein vorüberfahrender Zug, dessen erleuchtete Abteile man von diesem Standplatz aus nur kurz erkennen konnte. Die Wartezeit dehnte sich wie Gummi, doch als der Oberinspektor das erste Mal auf die Uhr schaute, waren bloß knappe dreißig Minuten vergangen.

Beinahe übersah er später das Aufblitzen am Steg. Da, noch einmal! Miltner griff nach der kleinen Strickleiter. Die beiden brauchten Hilfe, sie kamen dort allein nicht raus. Er öffnete die Tür, rannte zum Steg, befestigte die Haken an einer Bohle und warf den Tauchern die Leiter zu. Mühsam kletterten die zwei daran hoch. Ihre Schwimmflossen hatten sie an ihren Gürteln hängen.

Merz entfernte sein Mundstück und riß die Brille herunter. „War ein hartes Stück Arbeit, aber“, der Taucher hielt japsend den Daumen nach oben, „es hat sich gelohnt.“

Der Oberinspektor packte ihn am Arm. „Ihr seid fündig geworden?“

„Das kann man wohl sagen. Zehn, zwölf Meter vor dem diesseitigen Ufer der Halbinsel fängt es an.“

„Da liegt das Gitterwerk?“

„Genau. In gleichlange Teile zerschnitten, nahezu parallel nebeneinander. Sieht ganz so aus, als ob die damit was vorhaben.“

„Ganz bestimmt“, meinte Miltner bekräftigend.

„Was wohl?“

„Verdammt, Junge, ich weiß es auch nicht. Aber sicher nichts Legales!“

Zeipert betrat den Raum und stutzte, als er die beiden Taucher neben Miltners Schreibtisch sitzen sah. „Das sind die Herren Merz und Sebold“, stellte der Oberinspektor sie seinem Kollegen vor. Als er dessen fragenden Blick sah, fuhr er fort: „Sie sind uns bis auf weiteres als Unterstützung zugeteilt worden.“

Zeipert grinste. „Als Mithilfe bei einem Unterwasserlauschangriff. Mann Bernd, hier wissen das doch schon die meisten. Bei uns bleibt ja nichts geheim. Stief schwärmt bereits von diesen bestens trainierten Männern. Willkommen an Bord.“ Miltner bedachte er mit einem schrägen Blick. „Bin gespannt, wie lange es dauert, bis die Schwarzpulverschützin bei dir aufkreuzt. Zunächst mal eine wirklich gute Nachricht: Dein Luigi lebt, und auch die anderen Italiener, die dort arbeiten, erfreuen sich bester Gesundheit.“

„Bin ich froh“, murmelte der Oberinspektor.

„Der Luigi hat einfach seinen Laden dichtgemacht und ist vor der Mafia abgehauen.“

„Jetzt die Hiobsbotschaft?“

„So kann man es nicht nennen, es ist weder Fisch noch Fleisch."
„Komm schon, Günter."
„Die deutsch-französische Gesellschaft, die das Gelände der Halbinsel gepachtet hat, ist bereit, auf ihre Kosten die Giftfässer nach Frankreich abzutransportieren. Und weißt du, wer den Auftrag zum Transport bekommen hat?"
„Die Firma Veith & Kraft." Im Geiste sah er die sechs neuen Transportfahrzeuge auf dem Gelände stehen und die zwei Männer, welche emsig damit beschäftigt waren, Veith & Kraft an den Seitenflächen der Lkw aufzuschablonieren."
„Volltreffer!"
„Und wem gehört der Citroën Turbo?"
„Einem Herrn Coupez."
„Wohnhaft im Haguenau?"
„Der Wagen ist in Straßburg zugelassen. – Was schlägst du jetzt vor? Sollen wir Veith & Kraft observieren?"
„Es wird nur der Baggersee observiert – äußerst diskret, wenn ich bitten darf."
„Mehr fällt dir nicht ein?"
„Alles zu seiner Zeit, Günter. Zunächst will ich wissen, was es mit dem Transport der Fässer auf sich hat."
„Das kann uns doch scheißegal sein!"
„Da bin ich anderer Meinung."
„Du lauerst darauf, daß dort irgend etwas passiert. Hab ich recht?"
„Große Ereignisse werfen ihre Schatten voraus."
Zeipert deutete auf Merz und Sebold. „Und deshalb die beiden Wassertreter." Er wandte sich ärgerlich ab, doch dann fiel ihm ein: „Ralf ist wieder frei."
„Das gefällt mir nicht. Ich hätte es lieber gesehen, er wäre erst mal in einer Psychiatrie verschwunden. Zu seiner eigenen Sicherheit."
Der Inspektor starrte ihn an. „Du glaubst ...?"
„Dem hat der Mörder den Hammer in die Hand gedrückt."
„Es war dunkel, der Junge hat ihn gar nicht erkennen können."
„Der Täter kann sich da nicht sicher sein."
„Ralf wurde übrigens auf Kaution entlassen."
„Und wer hat sie gestellt?"
„Ein Anwalt im Auftrage von Frau Aldinger-Coupez."

19. Kapitel

Miltner hielt vor dem Haus Kohlerstraße 26 an. Sinnend blieb er im Wagen sitzen. War es richtig gewesen, gleich hierher zu brausen und alles andere liegen- und stehenzulassen? Lieschen Hotz hatte schon am frühen Morgen angerufen und ihm mitgeteilt, daß sie eine Liste mit Namen entdeckt hätte, die von ihrem ermordeten Mann stammte. Sie selbst habe noch nie von einem der Männer, die darin vermerkt waren, gehört, und sie wisse bestimmt, daß keiner von denen beim Sicherheitsservice tätig war.

„Keine Müdigkeit vorschützen, Bernd“, ermunterte er sich, stieg aus dem Wagen, schlug die Tür zu und schloß sie ab. Dann ging er zur Haustür und klingelte bei Hotz. Er mußte grinsen, als er jetzt das kleine rote Herz hinter der Schrift bemerkte. Der Öffner summte, und der Oberinspektor drückte gegen die Tür. Nachdem sie hinter ihm wieder ins Schloß gefallen war, stieg er langsam die Treppe hinauf. Es blieb still im Haus, bis er in die Nähe der Wohnung von Frau Sanft kam. Eine Männerstimme brüllte, und dann hörte er Frau Sanft beschwichtigend „Nicht doch, Alfred“ sagen. Miltner schüttelte fassungslos den Kopf. Alfred Fanke war also wieder im Land. Hatte das blöde Weib den versoffenen Kerl erneut bei sich aufgenommen? „Idioten, alle beide“, knurrte er und schlug mehrmals kräftig gegen die Tür. Kurze Zeit später öffnete sie sich langsam, und der Kopf von Frau Sanft wurde sichtbar.

Mit dem Zeigefinger wedelte der Oberinspektor ihr vor dem Gesicht herum. „Sagen Sie Ihrem Galan: Wenn die Brüllerei nicht sofort aufhört, schlage ich ihm die Zähne ein.“

„Sie sind ein herzloser Mensch“, rief Frau Sanft empört und knallte die Tür zu. Miltner starrte verblüfft auf das Namensschild. War das dieselbe Frau von damals? Wahrscheinlich säuft die jetzt auch, dachte er, blickte nach oben und raunte: „Dann schon lieber Ganzheitsmassage.“

Hotz erwartete ihn schon an der Tür. „Nichts wie rein, Herr Miltner.“

„Keinen Freier, Frau Hotz?“ feixte der, als er im Flur stand.

„Erstens ist es dafür zu früh, und zweitens bin ich noch krankgeschrieben.“

„Eine Frau mit Grundsätzen.“ Der Oberinspektor schaute sich um und nickte anerkennend. Alles war sauber aufgeräumt. Er blickte in das Wohnzimmer, wo der Buddha wieder auf seinem Sockel stand und ihm ein rätselhaftes Lächeln schenkte.

Lieschen Hotz deutete auf die Figur. „Die hatte es in sich.“

„Inwiefern?“

„Da steckte die Liste meines Mannes drin. Aber setzen Sie sich erst mal. Wollen Sie einen Schnaps?“

„Für mich zu früh.“

„Einen Obstsaft?“

Er nickte.

Als Lieschen Hotz ihm das Getränk gebracht und sich selbst einen Klaren eingegossen hatte, nahm sie dem Oberinspektor gegenüber Platz und zündete einen Zigarette an. „Der Dicke ist hohl, und beim Aufräumen entdeckte ich die Liste, die mein Seliger innen befestigt haben muß. Ich kann mit den Namen nichts anfangen, aber vielleicht helfen sie Ihnen weiter.“

Miltner faltete das Papier auseinander und überflog den stichwortartigen Text: Fässer nachts angeliefert von Veith & Kraft. Fahrer: Duric, Milos und Stallone, Nicolo. Sie sind nicht mehr bei der Firma, jetziger Wohnort unbekannt. Männer, die sich um das Zubuddeln gekümmert haben: Fleck, Dieter (gab den Ton an, intelligent, skrupellos); Neuner, Erich (hinterhältiger Scheißer, fixt); Demir, Ali (Türke, Planierraupenfahrer, vermutlich Analphabet, ist nicht eingeweiht).

Der Oberinspektor faltete das Blatt wieder zusammen, legte es in seine Brieftasche und sah Hotz an. „Es ist sehr wohl möglich, daß es mir weiterhilft. Wahrscheinlich hängt es mit der Erpressung zusammen, die Ihr Mann vorhatte. Jedenfalls scheint es mir ratsam, wenn Sie ganz schnell vergessen, was in Ihrem Buddha versteckt war.“

„Glauben Sie, es könnte für mich gefährlich werden?“

„Wenn Ihr Mann niemandem davon erzählt hat, sehe ich keine Gefahr. Aber eben das wissen wir nicht.“

„Dann hänge ich ganz schön mit drin.“

Miltner erhob sich. „Falls Sie was ungewöhnliches bemerken oder irgendwelche Telephonate erhalten, rufen Sie mich sofort an. Das können Sie auch mitten in der Nacht tun. Empfangen Sie nur Freier, die Sie schon lange kennen, denn auf diese Tour kommt einer am schnellsten und unverfänglichsten in Ihre Wohnung.“

„Daran werde ich mich halten, darauf können Sie sich verlassen.“ Lieschen Hotz drückte dem Oberinspektor fest die Hand.

„Das war des Guten ein bißchen zuviel“, murmelte der und bewegte vorsichtig sein Handgelenk.

„Entschuldigung. Ich hatte ganz vergessen, daß Ihnen der Nerding mit einem Rohrstück eins übergezogen hat.“ Sie hielt sich die Hand vor den Mund. „Mein Gott, der war ja als Wachmann bei Veith & Kraft. Der hat bestimmt von den Giftfässertransporten an den Baggersee gewußt!“

„Er ist tot, Frau Hotz!“

„Aber wenn er vor seinem Tod ...?“

„Schwer zu sagen. Ist Ihnen nach dem Tod von Nerding was aufgefallen?“

„Nicht das ich wüßte. Ich bin ganz früh heute morgen mal raufgeschlichen, und da war das Polizeisiegel noch unversehrt.“

Aßmann setze sich zu Miltner an den Schreibtisch. „Zunächst also die beiden Fahrer von Veith & Kraft: Milos Duric ist schon vor einigen Monaten nach Kroatien zurückgekehrt, und Nicolo Stallone etwa zur gleichen Zeit nach Italien. Gegen Stallone liegt in seinem Heimatland nichts vor. Der Bericht der kroatischen Kriminalpolizei steht noch aus.“

„Die zwei können wir vergessen. Konzentrieren wir uns lieber auf Dieter Fleck und Erich Neuner.“

„Da wird es kritisch, Herr Miltner. Dieter Fleck ist wie vom Erdboden verschwunden, und Erich Neuner hat sich vor einem Monat den goldenen Schuß verpaßt.“

„Vorstrafen?“

„Neuner war ein kleiner Fisch. Er lebte zunächst in geordneten Verhältnissen, wurde später arbeitslos, fing an zu saufen und flog aus seiner Wohnung. Er geriet in die Szene, kiffte und stieg später auf harte Drogen um. Außerdem brach er in Apotheken ein, klaute in Kaufhäusern und nahm Frauen die Handtasche weg.“

„Um sich Drogen beziehungsweise Geld für diese zu beschaffen. Und dann kam der goldene Schuß.“

„Als die Polizei ihn in einer öffentlichen Toilette entdeckte, war das Spritzbesteck nirgends zu finden.“

„Die wollten einen Mitwisser loswerden, Drogenabhängige sind unsichere Kantonisten.“

„So sehe ich das auch. Fleck dagegen ist aus einem anderen Holz geschnitzt. Er hat schon schweren Raub auf dem Kerbholz, gefährliche Körperverletzung und versuchte Vergewaltigung. Normalerweise müßte Fleck noch im Knast sitzen, aber er wurde vor einem Jahr vorzeitig entlassen.“

„Wegen guter Führung.“

„Sie haben den Nagel auf den Kopf getroffen.“

„Wir müssen den Kerl zu fassen kriegen. Es sei denn ...“

„... man hat ihn auch zur Moorleiche gemacht.“

Zeipert beugte sich zu Miltner hinunter. „Frau Ewald ist aufgekreuzt und will nur dich sprechen. Schau sie dir an, Bernd, das reinste Nervenbündel. Sie wartet im Gang auf dich.“

„Kommen Sie mit, Aßmann.“

Als die beiden den Gang betraten, stand Ewald an einem der Fenster und schaute ängstlich in den Hof. Mit einem kleinen Schrei fuhr sie herum, als Miltner sie ansprach. Krampfhaft hielt sie ihre Tasche vor die Brust gedrückt. „Gott sei Dank. Ich werde verfolgt. Bitte helfen Sie mir!"

„Kommen Sie", der Oberinspektor ergriff behutsam ihren Ellenbogen, „da vorne ist ein kleines Zimmer, dort sind wir ungestört. Das ist übrigens mein Kollege Aßmann, den ich gerne während unseres Gesprächs dabeihaben möchte."

„Er ist doch verschwiegen?" fragte Ewald besorgt.

„Absolut vertrauenswürdig. Außerdem spricht er perfekt französisch. Sie sind von der Firma Aldinger entlassen worden."

„Stellen Sie sich das vor!" Empört öffnete Ewald ihre Handtasche, holte eine Packung Zigaretten heraus und zündete sich mit zitternden Händen einen Glimmstengel an. „Immer wieder hat mir der Pandel gesagt, daß mein Arbeitsplatz sicher sei, und dann schmeißt er mich plötzlich mit der Begründung raus, meine Leistung hätte in letzter Zeit stark nachgelassen."

„Und dann sind Sie nach Haguenau gefahren."

„Ich wollte mich bei Frau Aldinger-Coupez über diesen eingebildeten Schnösel beschweren. Aber bei der kam ich vom Regen in die Traufe. Zuerst ließ sie mich eine ganze Stunde warten – ich nehme an, daß sie in dieser Zeit mit Pandel telephoniert hat –, und dann bot Madame mir nicht einmal einen Stuhl an. Sie machte mir sofort klar, daß sie voll und ganz hinter der Entscheidung Pandels stünde. Ich habe mit einer Klage vor dem Arbeitsgericht gedroht, und da wurde die Dame rabiat. Sie hätte Zeugen, daß ich mich an Firmeneigentum vergriffen habe."

„Haben Sie?"

„Nicht mal ne Rolle Klopapier. Im Gegenteil, das mußte ich zum Schluß von zu Hause mitbringen, weil Pandel nichts mehr rausrückte. Natürlich bin ich wütend geworden und habe ihr meinerseits mit der Kriminalpolizei gedroht. Ich erwähnte dabei Ihren Namen, und daß Sie im Mordfall Hotz ermitteln würden."

„Von mir hat sie bestimmt schon gewußt."

„Die hat mich ausgelacht! Blaß wurde sie, als ich ihr gedroht habe, es publik zu machen, daß die vielen zerlegten Gitterträger plötzlich verschwunden waren, obwohl nie ein Abtransport erfolgte. Wenn mir meine Gesundheit lieb sei, sollte ich von einer Meldung Abstand nehmen. Einen Satz weiß ich noch genau, den die feine Dame zu mir sagte: ‚Sie sind eine hübsche Frau, aber was meinen Sie, wie Sie aussehen, nachdem jemand Salzsäure in Ihre Visage geschüttet hat.'!"

„Das hört sich nicht gut an."

„Und deshalb habe ich Angst, Herr Miltner."

„Sie glauben, daß Ihnen jemand hierher gefolgt ist?"

„Momentan sehe ich überall finstere Gestalten."

„Das ist verständlich, doch ich glaube, Madame hat zur Zeit andere Sorgen, als ihre Leute auf sie anzusetzen. Aber ich werde Sie in jedem Fall an einen sicheren Ort bringen."

„Augenblick!" Aßmann zog ein Photo aus seiner Brieftasche. „Haben Sie den schon mal gesehen?"

„Schon zweimal. Das erste Mal unterhielt er sich mit dem ermordeten Hotz, und das zweite Mal sah ich ihn auf dem Anwesen von Frau Aldinger-Coupez. Dort strich er Stahlfässer gelb an."

Der Assistent lächelte zufrieden und gab das Photo Miltner in die Hand. „Ich wollte es Ihnen schon vorhin zeigen. Aber Frau Ewald ist uns in die Quere gekommen."

Der Oberinspektor starrte das Schwarzweißphoto an. Er sah ein schmales Gesicht mit wachen Augen vor sich, das mit verkniffenem Mund böse in die Kamera blickte. „Nun sagen Sie bloß ...", begann Miltner.

„Es handelt sich um Dieter Fleck", rief Siegbert Aßmann strahlend.

Miltner nickte der Reporterin des Badischen Boten zu. „Hat man Sie auch eingeladen?"

Michaela Gallion blies sich eine Locke aus der Stirn. „Das wäre ja noch schöner, wenn man die Presse außen vor ließe."

„Immer mit der Ruhe. Aber ich hätte eher gedacht, daß der Sensations-Hartmann hier aufkreuzt." Er deutete zum Eingang hin, an welchem zwei Schwarzuniformierte äußerst gewissenhaft die Ausweise der geladenen Gäste prüften.

Der Oberinspektor und die Reporterin standen mit anderen zusammen vor einem Podium, das man auf der Baggerseehalbinsel errichtet hatte. Die „Deutsch-französische Gesellschaft zur Untersuchungen über das Zugvögelverhalten und Wiederseßhaftmachen der heimischen Vogelarten, insbesondere der Störche", hatte Persönlichkeiten der Stadt zu einem Orientierungsgespräch gebeten.

Gallion hielt ihre Einladung Miltner unter die Nase. „Seit wann gehören Sie zu den Persönlichkeiten dieser Stadt?"

„Ich verdanke die Einladung Kriminalrat Stief."

„Dann ist für ihn der Baggersee auch noch nicht abgehakt."

„Ich habe das Gefühl, daß sein Mißtrauen immer stärker wird."

„Und wie sieht es bei Ihnen aus?"

„Wenn ich auf diesem Fleckchen Erde stehe, fühle ich mich alles andere als wohl in meiner Haut.“

„Sie haben mein Schlauchboot noch immer nicht ausgeliehen.“

„Wissen Sie, mir hat das Paddeln damals so gut gefallen, daß ich mir ein gleiches kaufte. Ich habe es übrigens Michaela getauft.“

„Und Sie haben das Boot natürlich schon eingeweiht.“

„Ein bißchen bin ich bereits damit herumgegondelt.“

„Auf dem Grötzinger Baggersee selbstredend.“

„Darüber möchte ich mit Ihnen nicht sprechen.“

„Aha, der Herr haben Geheimnisse?“

„Ich habe Ihnen schon viel zu viel gesagt. Schauen Sie nur dort drüben, Ihr Kollege von den Oberrheinischen Nachrichten, wie böse der zu uns herüberblickt.“

„Der Güldner hat bessere Beziehungen zu Kripo als ich.“

„Dafür sind Sie mehr vor Ort, als Ihr Kollege von der Konkurrenz. Der muß schreiben, was man ihm vorsetzt, Sie aber können sich Ihre eigene Meinung bilden.“

„Da muß ich Ihnen allerdings recht geben.“

„Meine Damen und Herren“, kam es vom Podium her, „darf ich um Ihre geschätzte Aufmerksamkeit bitten. Der Generaldirektor der deutsch-französischen Gesellschaft, Monsieur le Professeur Jean-Pierre de Corte, wird Sie kurz über einiges informieren. – Bitte Monsieur le Professeur.“

Ein großer, gutgekleideter Mann, dessen weiße Haare bis zur Schulter reichten, war an das Pult getreten. „Um Ihre Aufmerksamkeit, meine lieben Zuhörer, nicht zu strapazieren, werde ich mich möglichst kurz fassen“, begann er in tadellosem Deutsch. „Die Absichten und Ziele der Gesellschaft erfahren Sie aus einer Broschüre, die im Anschluß verteilt wird. Doch zunächst der Hinweis, daß unsere Vereinigung ab sofort die schlichte Bezeichnung Deutsch-französische Gesellschaft Natur trägt, worüber sich sicher“, de Corte zeigte beim Lächeln schneeweiße Zähne, „besonders die Damen und Herren von der Presse freuen werden. Meine weiteren Informationen sind allerdings weniger erfreulich. Sie betreffen die unseligen Stahlfässer mit Gift, die man in unverantwortlicher Weise hier vergrub. Herr Kraft und ich sind schon lange befreundet, und als er erfuhr, daß die Gesellschaft das Gelände gepachtet hat, wandte er sich in seiner Gewissensnot an mich. Ich habe ihm geraten, Selbstanzeige zu erstatten. Hierzu möchte ich bemerken, daß Herr Kraft monatelang unter großem seelischen Druck stand, da verbrecherische Elemente ihn nötigten, den Giftmüll hier zu deponieren.“ Professeur de Corte nickte bedeutungsvoll. „Das Leben seiner Familienmitglieder stand auf dem Spiel.“

„Gleich fange ich an zu weinen", flüsterte Miltner der Reporterin zu.

„Nun", sprach de Corte lächelnd weiter, „diese Elemente sitzen in Frankreich hinter Schloß und Riegel, und die Gesellschaft hat sich bereiterklärt, die Entsorgung des Giftmülls zu übernehmen. Gottlob verfügen wir über eine Reihe namhafter und potenter Sponsoren. Natürlich gehen wir bei der Entsorgung sehr behutsam vor. Stück für Stück werden die Giftfässer vor dem Abtransport überprüft, ob sie noch dicht sind. Beschädigte Fässer werden in größere Stahltonnen gestellt, die wir speziell dafür haben anfertigen lassen." De Corte deutete auf eine gelbe Tonne, die neben ihm stand. „Dies ist ein solches Exemplar, das Sie anschließend gerne unter die Lupe nehmen können. Um keine Unruhe unter der Bevölkerung zu erwecken und um den untertags sehr starken Verkehr nicht zu behindern, meine Damen und Herren, hat die Gesellschaft beschlossen, den Abtransport zu nächtlicher Stunde durchzuführen."

Damit war der offizielle Teil beendet, und der Generaldirektor sprach noch einige launige Worte über die deutsch-französische Freundschaft, wobei er nicht zu erwähnen vergaß, daß seine Mutter eine Baltendeutsche und geborene Baronin von Essens sei. Anschließend gab er die Halbinsel zur allgemeinen Besichtigung frei.

„Der Kerl hätte Politiker werden sollen", meinte Miltner und schob die Reporterin in Richtung Podium. „Schauen wir uns mal die Stahltonne an."

„Sieht ziemlich massiv aus", stellte Michaela Gallion fest, als sie vor dem Podium standen.

„Merkwürdig, sehr merkwürdig."

„Ich verstehe nicht."

„Die Proportionen der Tonne!"

„Jetzt weiß ich, was Sie meinen. Sie ist sehr hoch im Vergleich zu ihrem Durchmesser." Dann schaute sie sich nach dem Professor um. „Lassen wir es uns doch von ihm erklären."

Hart packte Miltner sie am Arm. „Kommt nicht in Frage. Kein Wort davon zu jemandem, und nichts in die Zeitung! Haben Sie verstanden?"

„Loslassen, verdammt nochmal! Wie können Sie nur so grob sein."

„Entschuldigen Sie, aber es ist äußerst wichtig, darüber den Mund zu halten. Vorläufig wenigstens."

„Sie scheinen Ihrer Sache ziemlich sicher zu sein. – Okay, ich halte die Klappe."

„Ein paar Tage noch, dann schlage ich zu." Er entspannte sich und lächelte die Reporterin an. „Zum Vergleich wollen wir uns doch die ausgebuddelte Gifttonne ansehen."

„Es ist kein Dioxin in der Tonne, das kann ich Ihnen jetzt schon versichern“, betonte gerade Professeur de Corte bei einigen Gästen, die mit ihm vor der freigelegten Gifttonne standen. „Allerdings sind Proben davon nach Frankreich gebracht worden, die dort in einem Speziallabor akribisch untersucht werden. Sobald das Ergebnis vorliegt, gehen wir damit selbstredend an die Öffentlichkeit.“

„Sie haben recht. Ein Giftfaß paßt im Durchmesser genau in die Tonne, die auf dem Podium steht, aber was die Höhe angeht, hat diese mindestens das anderthalbfache. Und Sie wissen warum?“

„Ich habe eine Vermutung.“

„Was gäbe das für einen tollen Artikel, doch was soll ich jetzt schreiben?“

„Nur Gutes über die Gesellschaft und Monsieur le Professeur. Zu diesem Zweck wollen wir uns mal auf der ganzen Halbinsel umsehen, beispielsweise dort drüben die neue Lagerhalle betrachten, die diese Naturschützer förmlich aus dem Boden gestampft haben.“

„Was mir nicht gefällt, sind die Wachen, die hier überall herumlungern. Das paßt so gar nicht zu dieser ehrenwerten Gesellschaft.“

„In Tarnanzügen würden sich diese Burschen sicher wohler fühlen“, meinte der Oberinspektor. „Im übrigen lungern die Männer nicht herum, sondern sie beobachten alle Besucher möglichst unauffällig. Sehen Sie, hier auf dieser Höhe“, fuhr er laut fort, als sie an einem der Wachmänner vorbeikamen, der scheinbar gelangweilt auf den Boden starrte, „hat der Kiesbagger gestanden.“

„Bewundernswert“, sagte die Reporterin ironisch, „wie die Gesellschaft alles schon in Schuß gebracht hat. Man kann so gut wie nichts mehr davon erkennen.“

„Ja, das Ganze wurde tadellos abgebaut.“

„Fragt sich nur, wo die das Zeug hingebracht haben“, flüsterte Gallion, „das meiste davon ist nirgendwo wieder aufgetaucht.“

„Und diese Halle dort drüben, wie man die so schnell und mustergültig fertiggestellt hat“, rief Miltner so laut, daß der Wachmann es nicht überhören konnte.

„Da haben Sie recht, Herr, und dort hat man schon mit dem Erstellen der Volieren begonnen.“

„Sehr gut.“ Miltner mimte den Begeisterten.

„Das Tollste kommt noch“, erklärte der Schwarzgekleidete, „nämlich künstliche Inseln für die Wasservögel!“

„Aber die treiben doch ab, wenn Wind aufkommt“, sagte die Reporterin.

„Nicht die unsrigen, meine Dame. Die werden auf dem Seeboden verankert."

„Ich habe Ihnen gleich gesagt, diese Leute verstehen etwas davon", meinte der Oberinspektor.

„Ja", erwiderte Michaela Gallion, „mit der Gesellschaft Natur hat die Stadt einen guten Griff getan. Doch nun möchte ich mir die neue Halle ansehen. – Der Mann sieht harmlos aus", raunte sie im Weitergehen.

„Der hat keine Ahnung, was hier wirklich abläuft, darüber sind sicher nur wenige informiert. Dieses Wachpersonal wird in den nächsten Tagen bestimmt wieder abgezogen. Das alles kommt mir vor wie ein Potemkinsches Dorf. Aber vielleicht finde ich etwas Interessantes in der Halle."

„Seien Sie um Himmels willen vorsichtig. Am Eingang steht klar und deutlich ‚Für Unbefugte Zutritt verboten'."

„Was macht unser Gesprächspartner?"

„Wurde von zwei Besuchern in Beschlag genommen."

„Ich versuche es von der Rückseite aus. Plaudernd werden wir gemeinsam bis zum Hallenende gehen, dann biege ich nach rechts ab und verschwinde."

„Was mache ich solange? Soll ich warnend durch die Finger pfeifen, falls sich ein Verdächtiger blicken läßt?"

„Sie spazieren hin und her, blicken in Richtung See und machen dazu ein träumerisches Gesicht."

„Dafür bin ich viel zu aufgeregt bei dem Gedanken, daß man Sie beim Schnüffeln erwischt."

„Stellen Sie sich vor, da vorne würde einer stehen und für sie singen: ‚Wenn bei Capri die rote Sonne im Meer versinkt'." Der Oberinspektor deutete hinüber.

Unwillkürlich schaute die Reporterin in die angegeben Richtung. „Witzbold", sagte sie und wandte sich wieder um, aber ihr Begleiter war wie vom Erdboden verschwunden.

Miltner schlich vorsichtig an der Hallenrückseite entlang. Was er suchte, war eine Tür, und er nickte zufrieden, als er den kleinen Einlaß fand. Behutsam drückte er dagegen und hatte wieder Glück: lautlos schwang die Tür nach innen! Vorsichtig schob er sich durch den schmalen Spalt. An die Wand gepreßt, bleib er stehen, lauschte und wartete darauf, daß sich seine Augen an das Halbdunkel der Halle gewöhnten.

Zwei Werkbänke kamen in sein Blickfeld, Spinde, die an die Wand geschoben waren, und Kisten, die mitten im Raum standen. Bevor der Oberinspektor auf die Kisten zuging, ließ er seine Augen durch die Halle wandern:

Nichts! Keine Bewegung, keine Geräusche! Als er die Kisten erreichte, sah er, daß man eine, die am nächsten bei der Werkbänken stand, geöffnet hatte. Vorsichtig schlich er näher und schaute hinein. Er konnte einen Taucheranzug erkennen und daneben ein Harpunengewehr, an dessen Schaft Harpunenspeere befestigt waren.

Harpunenspeere! Mein Gott! dachte er, was wollten diese Leute mit einer derartigen Waffe! Bei den kleinen Fischen im Baggersee? Dann sah er das ausgebreitete Stahlnetz mit den Festmachertrossen und Gewichten. Es sollte zur Absperrung in den See versenkt werden, und Kampfschwimmer – ja Kampfschwimmer mit Harpunengwehren – hatten das Netz zu schützen. Aber vor wem? Doch nicht vor harmlosen Anglern und bestimmt nicht vor der Polizei.

Vor der Konkurrenz! hämmerte es in Miltners Kopf – Adrenalin schoß in seinen Körper. Behutsam zog er das Harpunengewehr aus der Kiste. Ein Mordsding! Ein damit abgeschossener Speer ging – wenn er nicht gerade auf Knochen traf – glatt durch einen menschlichen Körper. Vogelschützer mit Harpunen! Er lächelte bitter. Was für eine merkwürdige Gesellschaft Natur!

Vor der Halle, dort, wo sich der große Eingang befand, ertönten laute Stimmen. Jetzt wurde das Tor geöffnet, Sonnenlicht flutete herein, und der Oberinspektor konnte silhouettenhaft zwei Männer erkennen. Er duckte sich, das Harpunengewehr krampfhaft an sich gepreßt.

„Arbeiten Sie nicht für den Badischen Boten?“ hörte er jemand fragen. Der Stimme nach war es de Corte.

„Das ist richtig, Herr Professor“, lautete die Antwort.

„Und jetzt möchte Fräulein Naseweis einen Blick in diese Halle werfen?“

„Nein, nein, mein Blick gilt ausschließlich dem Baggersee.“

„Dieser öden Wasserfläche?“ meinte der Professor mit spöttischem Unterton.

„In meiner Phantasie sehe ich schon die Inseln für die Wasservögel“, erwiderte Michaela Gallion schwärmerisch. „Bedenken Sie, Herr Professor, meine Zeitung verlangt von mir einen spannenden Bericht über die Gesellschaft Natur.“

„Verstehe, und als Aufhänger dient Ihnen ein Zukunftsblick über die von vielen Vogelarten bevölkerte Seeoberfläche. Nicht schlecht. Was mir weniger gefällt, mein lieber Coupez“ – de Corte hatte sich an seinen Begleiter gewandt, und Miltners linke Hand verkrampfte sich an der rauhen Kistenkante – „ist das Wort Baggersee. Das ist keine gute Werbung für die Gesellschaft Natur.“

„Wie wäre es mit einem Preisausschreiben, meine Herren", reagierte die Reporterin schnell. „Eine Aufforderung an die hiesigen Bürger, dem See einen Namen zu geben, der ihm in Zukunft gebührt."

„Bravo, Mademoiselle", de Corte klatschte in die Hände. „Das Geld für diesen Preis stiftet selbstredend die Gesellschaft. Nicht wahr, mein lieber Coupez?"

„Naturellement, Monsieur le Professeur."

„Dann muß ich mich beeilen, meine Herren, schließlich soll das alles in unsere morgige Zeitung kommen."

„Eilen Sie, Mademoiselle, eilen Sie", rief de Corte jovial.

Beide Männer betraten die Halle, nachdem sich die Reporterin entfernt hatte. Der mit seinen auf die Schulter fallenden Haaren war de Corte, also mußte der andere, groß und stämmig, die Gesichtszüge waren im Zwielicht nur schlecht zu sehen, Coupez sein.

„Blöde Ziege", knurrte der.

„Die Idee von ihr ist gut", meinte der Professor, „wie würdest du ihn nennen?"

„Lac Boum Boum."

„Dann schon lieber Lac Kalaschnikoff." Die beiden lachten.

„Apropos Kalaschnikoff", fuhr de Corte fort, „wir müssen uns beeilen."

„Ja, das Netz muß schleunigst in den See, einige der schwimmenden Inseln bekommst du morgen."

„Très bien. Für eine gute Tarnung sind sie unerläßlich."

„Dann fahre ich nach Haguenau zurück, Jean-Pierre, um denen in den Hintern zu treten."

„Bring beim nächsten Mal auch gleich einige Vögel mit", rief de Corte dem davon eilenden Coupez nach.

Überlegend blickte sich der Professor in der Halle um, dann schüttelte er den Kopf. „Schluß für heute. Vor allem müssen die blöden Gaffer vor der Halbinsel verschwinden, damit wir endlich loslegen können." De Corte eilte zum Ausgang, das Sonnenlicht verschwand, und das Hallentor fiel zu.

Erleichtert richtete sich der Oberinspektor auf. Nachdenklich starrte er die Harpunenwaffe in seiner Rechten an, dann stellte er sie in die Kiste zurück. Nun aber schleunigst raus aus dieser Halle, dachte er. Denn wenn die Wachleute alle Gäste von der Halbinsel trieben, mußte er unbedingt einer von ihnen sein!

20. Kapitel

Als Miltner wieder im Büro eintraf, wartete schon Merz, einer der beiden Taucher, an seinem Schreibtisch auf ihn. „Ich glaube, es geht los."

Der Oberinspektor nickte zufrieden. „Es bewegt sich was bei Veith & Kraft?"

„Wie Sie angeordnet hatten, bin ich heute morgen zur Bergschmiede gefahren und habe von dort aus das Firmenareal beobachtet. Man war schon dabei, die sechs neuen Laster fahrbereit zu machen und mit Planen zu versehen. Kurze Zeit später verließen sie das Firmengelände, und ich bin ihnen mit meinem Wagen vorsichtig gefolgt."

„Die Fahrt ging zum Baggersee."

„Genau. Dort stehen sie jetzt und warten vermutlich die Nacht ab."

„Tut sich was bei dem Gelände, auf dem die Giftfässer verbuddelt sind?"

„Einige gehen es mit Suchgeräten ab. An den Stellen, wo diese ansprechen, kommen Stangen mit Fähnchen ins Erdreich."

Der Oberinspektor lächelte spöttisch. „Die Gesellschaft Natur will so schonend wie möglich mit den von der Firma Saumer gepflanzten Pflanzen umgehen."

„Die Vögel sollen leben", meinte Merz trocken.

„Ich bin gespannt, ob wir je welche zu Gesicht bekommen."

„Soll ich dranbleiben und die beladenen LKW bis an die Grenze observieren?"

„Das bringt nichts. Im übrigen bin ich mehr daran interessiert, was zurückgebracht wird. Warten Sie mal. Vielleicht sollte man sich doch um die Fahrzeuge kümmern." Er sah das erwartungsvolle Gesicht von Siegbert Aßmann. Genau der Richtige, dachte er, spricht französisch und hat Verwandte im Elsaß. „Lac Kalaschnikoff", murmelte er und winkte dem Assistenten. „Sie brauchen dringend einige Tage Urlaub."

„Aber Herr Miltner, gerade jetzt, wo es anfängt, spannend zu werden, wollen Sie mich loswerden?"

Miltner kniff das eine Auge zu. „Ich habe einen Kurzurlaub für Sie im Elsaß gedacht. Die Umgebung von Haguenau soll sehr schön sein. Offiziell besuchen Sie natürlich Ihre Verwandten."

Über das Gesicht des jungen Mannes huschte ein Lächeln. „Verstehe, Herr Miltner."

„Vorläufig verstehen Sie noch gar nichts. Treffen wir uns alle im kleinen Besprechungszimmer."

„Der Tisch könnte auch wieder mal gesäubert werden“, bemängelte Inspektor Zeipert.

„Seit der neuen Sparmasche bei uns sind Putzfrauen Mangelware geworden“, entgegnete Miltner. „Wisch doch einfach mit dem Ellbogen darüber, zu was hast du deine Jackenärmel.“

„Schau dir nur das Fenster an“, fuhr Zeipert fort. „Man könnte meinen, draußen würde dichter Nebel herrschen.“

„Was, zum Teufel, ist mit dir los, Günter.“

„Mir fehlt Herbert Epp.“

„Was meinst du, wie ich mich fühle? Schließlich habe ich ihn nach Weingarten geschickt.“

„Es kann jeden von uns treffen“, sagte Aßmann begütigend.

„Aber nicht auf diese hundsföttische Art und Weise“, rief Zeipert, setzte sich und atmete tief durch. „Schieß los, Bernd.“

Nachdem alle saßen, nahm auch Miltner Platz. Er rieb sich nachdenklich die Stirn. „Lac Kalaschnikoff, diese Worte hörte ich gestern auf der Halbinsel des Baggersees. Gesprochen von Monsieur le Professeur Jean-Pierre de Corte, dem Generaldirektor der Gesellschaft Natur.“

„Du hast dich nicht verhört?“ fragte der Inspektor mißtrauisch. „Lac heißt See!“

„De Corte stand mit Monsieur Coupez zusammen in einer Halle, und sie glaubten, allein zu sein. Vorher hatten sich die beiden mit Frau Gallion unterhalten. Der Baggersee sollte einen Namen bekommen, der seinem zukünftigen Zweck entspräche. Die Reporterin schlug ein Preisausschreiben vor, um die Bürger der Stadt an der Namensgebung zu beteiligen.“

„Als die Dame gegangen war, machten die zwei sich über sie lustig“, brummte Zeipert.

„Genau. Coupez schlug Lac Boum Boum und de Corte Lac Kalaschnikoff vor.“

„Waffen!“ rief Aßmann aufgeregt, „die wollen Waffen einlagern.“

„Das neue Rheingold“, der Inspektor nickte, „eine Währung, die jedes Dreckschwein akzeptiert. Du willst das Ganze überwachen lassen, Bernd, aber dafür brauchst du mehr Leute.“

„Nein, nur wir fünf werden das machen, nur so kann ich sichergehen, daß es geheim bleibt. Verstärkung kann ich immer noch anfordern.“

„Wie stellst du dir das vor?“

„Merz und Sebold sind in dieser Stadt noch unbekannt und übernehmen deshalb die Überwachung des Sees und der Transporte.“

„Aber ...“, sagte Merz.

„Teilt euch die Arbeit selber ein“, fuhr Miltner dazwischen. „Mehr Eigenverantwortung, wenn ich bitten darf.“

„Und Aßmann?“

„Merz und Sebold werden die Transporte bis zur französischen Grenze begleiten – wichtig ist vor allen Dingen der erste LKW – und von dort per Funk Aßmann, der auf der anderen Rheinseite wartet, unterrichten. Wichtig sind auch die Zulassungsnummern! Ja, ich weiß, Veith & Kraft steht groß und breit auf den Lastern, aber wer garantiert mir, daß die Schrift in Frankreich nicht abgedeckt wird.“

„Ich fahre dann hinterher und schaue, wo sie das Gift abladen“, meinte der Assistent.

„Auch das ist wichtig, denn das Dreckzeug wird bestimmt nicht ordnungsgemäß entsorgt.“

„Anschließend observiere ich, wo die Waffen aufgeladen werden.“

„Achten Sie besonders auf Fässer, die im Verhältnis zu ihrem Durchmesser viel zu hoch sind.“

„Was habe ich für eine Aufgabe?“ fragte der Inspektor.

„Du bleibst schön hier und bedienst das Telephon.“

„Eine Art Beichtvater für die drei. So habe ich mir das vorgestellt.“

„Sagen wir lieber Koordinator, Günter.“

„Dann will ich meinen drei lieben Jungen gleich den Rat mitgeben: Seid bloß vorsichtig bei euren Observationen, sonst könnt ihr was erleben! Wenn ihr dann noch lebt.“

„Wie lange soll das Observieren dauern?“

„Eine Weile werden wir den Kerlen schon auf die Finger sehen müssen.“

„Was hast du dir vorgenommen, Bernd?“ Zeipert sah seinen Kollegen mit zusammengekniffenen Augen an.

„Ich spiele den Libero.“

„Und wo schlagen wir zu?“

„Am See Kalaschnikoff.“

„Jetzt wissen wir auch, wo sich unser Kollege Miltner in nächster Zeit herumtreiben wird“, meinte der Inspektor.

Merz und Sebold lagen etwa zwanzig Meter unterhalb der Stelle, wo man den Greenpeacer Roland Döge überfallen hatte, und beobachteten mit Nachtsichtgläsern die vom Landschaftsbau Saumer rekultivierte Fläche auf der Baggerseehalbinsel. Kurz vor Einbruch der Dunkelheit waren beide hierhergeschlichen, und kaum war es Nacht geworden, begann man dort unten zu arbeiten. Zuerst legten die Männer ein Gleis von dieser Fläche zum

Verwaltungsgebäude, bei dem in Reih und Glied die sechs Laster mit zurückgeschlagenen Planen warteten. Eine Lore stand plötzlich auf den Schienen, die von Hand zu der rekultivierten Fläche geschoben wurde, und gleichzeitig fingen andere an, Giftfässer auszubuddeln.

„Man meint, die hätten diese Arbeit schon immer gemacht", zischte Sebold seinem Kollegen zu, „kein lautes Wort ist zu hören, und jeder weiß offensichtlich genau, was er tun muß. Wo die Firma diese Kerle wohl herhat?"

„Die Wachen bei Veith & Kraft wurden zu diesem Zweck abgezogen, darauf verwette ich mein letztes Hemd."

„Wahrscheinlich hast du recht." Sebold ließ sein Glas sinken und rieb sich die Augen. „Dort gibt es ja nichts mehr zu bewachen." Sie verstummten und schauten zu, wie die ersten Giftfässer zum vordersten LKW gebracht wurden.

„Man muß die Lore ausgepolstert haben", meinte Merz nach einer Weile, „Nicht mal ein Scheppern ist zu hören."

„Damit die Bürger nicht gestört werden."

Sie beobachteten noch einige Zeit das exakte und in nahezu völliger Stille ausgeführte Treiben, dann schlug Merz seinem Kollegen auf die Schulter. „Wir müssen runter zum Wagen, sonst kommen wir zu spät. Also nichts wie los."

Als sie standen, blickte Sebold an seiner Hose hinunter und schnüffelte. „Verdammt, ich habe mich in Hundescheiße gelegt!"

„Mann, hier oben führt doch keiner seinen Hund Gassi. Vielleicht hat ein Fuchs seinen Kot abgesetzt."

„Kot klingt zwar besser als Scheiße, stinkt aber genauso."

„Hoffentlich bist du gegen Tollwut geimpft", Merz lachte leise, „die meisten Füchse hier in der Gegend haben Tollwut."

„Du willst doch nicht etwa behaupten ..."

„Runter!" zischte Merz und ergriff den Arm seines Kollegen, „da kommt einer."

Jetzt vernahm auch Sebold das Rauschen und Knacken, welches anzeigte, daß sich jemand vorsichtig durch Büsche und Sträucher arbeitete. Nun hörten sie einen leisen Fluch, und dann leuchtete kurz der Strahl einer abgeschirmten Taschenlampe auf.

„Der scheint sich nicht sehr wohl in Gottes freier Natur zu fühlen", hauchte Merz. Sie konnten jetzt die Konturen eines Mannes erkennen, der stehengeblieben war und in seinen Taschen kramte.

„Mein Gott", stöhnte Sebold, „jetzt zündet sich der Depp auch noch ne Zigarette an." Von unten hörte man, wie ein Motor angelassen wurde. „Wir müssen ihn umlegen, sonst kommen wir zu spät."

„Bist du verrückt, das will Miltner ganz bestimmt nicht."

Die beiden hatten Glück. Nach einigen hastigen Zügen flog die Zigarette funkensprühend ins Gras und wurde von dem Kerl mit seinen Stiefeln förmlich in den Boden gestampft. Dann verschwand er wieder in der Dunkelheit.

Merz startete gerade den Motor ihres Wagens, welcher in einem Hohlweg stand, als der erste Laster an ihnen vorbeifuhr. Merz gab Gas und rollte langsam auf die Bundesstraße zu. Als er bemerkte, daß der zweite Laster noch nicht in Sicht war, bog er in die Straße ein und folgte dem ersten. Als sie ihm näherkamen, holte Sebold ein Notizbuch aus der Tasche und trug die Zulassungsnummer ein. Auf der Umgehungsstraße fuhr der LKW inzwischen zügig in Richtung Rheinbrücke.

Sebold griff nach dem Funkgerät und schaltete es ein. „Hier spricht Muräne", sagte er, „Sperber, hören Sie mich?"

Nach wenigen Augenblicken knackte es im Gerät, und Aßmann meldete sich mit „Sperber."

„Wir sind hinter dem ersten Laster", erklärte Sebold, „sein Ziel ist, wie vermutet, die Rheinbrücke." Dann erhielt der Assistent die Zulassungsnummer, die er wiederholte.

„Ich übernehme, Sie sind entlassen."

Sebold drückte das Funkgerät in die Halterung und gähnte. „Nichts wie nach Hause."

„Vergiß nicht, dich morgen gegen Tollwut impfen lassen", mahnte Merz, als Sebold später aus dem Wagen stieg.

„Und gleich noch gegen Wundstarrkrampf. Bei unserem Eilmarsch zum Wagen habe ich mir an einer Brombeerhecke die linke Hand aufgerissen."

„Aber gegen Tetanus bist du doch geimpft!"

Sebold drehte sich um und grinste. „Ich wollte nur wissen, ob du geistig noch voll auf der Höhe bist."

Um die gleiche Zeit war Oberinspektor Miltner nach Weingarten unterwegs. Er machte sich Sorgen um Ewald. Für diese Verbrecher stand so viel auf dem Spiel, daß man sich bei ihr sicher nicht mit einer Drohung begnügen würde. Als er in Höhe des Baggersees anlangte, bog dort gerade ein großer Laster mit der Aufschrift Veith & Kraft in die B 3 ein. Miltner beschleunigte das Tempo und schlug ungeduldig aufs Steuerrad. Hoffentlich kam er nicht zu spät. Wenn Ewald schon etwas zugestoßen war, ging dies eindeutig auf sein Konto. Er biß sich auf die Lippen. Der Mord an Epp war schon einer zuviel gewesen. Der Oberinspektor schüttelte den Kopf, er kam einfach nicht darüber hinweg. Bleib ruhig, Bernd, ganz ruhig, sagte er sich. Nur, wenn du ganz cool bist, hat die Frau eine Hilfe an dir. Und denke vor allen Dingen daran, daß du keinen dabei hast, der dir Deckung gibt.

Als die ersten Häuser von Weingarten in sein Blickfeld gerieten, fuhr er in eine Parkbucht und hielt an. Er kramte im Handschuhfach nach der Karte und knipste für einen Augenblick das Innenlicht an. Ewald bewohnte in der Winzerstraße ein alleinstehendes Haus. Miltner legte die Karte zurück und fuhr in den Ort hinein. Wenige Minuten später stoppte er seinen Dienstwagen in der Nähe des Hauses, löschte die Lichter, kurbelte das Fenster herunter und lauschte. Es war ruhig in dieser Nebenstraße und niemand zu sehen. Kein Wunder, schließlich lief „Tatort". Kommissar Bienzle war auf Verbrecherjagd. Gut so! Der brave Bürger saß vor dem Fernseher, während sich nur finstere Gesellen im Freien herumtrieben. Der Oberinspektor mußte grinsen. Vielleicht saßen – keine fünfzig Meter entfernt – welche in der guten Stube und starrten gebannt auf den Bildschirm, während hinter dem Haus jemand dabei war, ein Fenster aufzuhebeln.

Paß auf, du Blödmann, tadelte er sich. Eben hatte einer die Straße überquert und ging nun auf das Haus von Ewald zu. Miltner machte sich in seinem Sitz so klein, daß er gerade noch über die Motorhaube linsen konnte. Der Mann lief jetzt unter einer Laterne durch, und sein Gesicht war für kurze Zeit erhellt. Der Oberinspektor sog scharf den Atem ein. Er hatte in ihm Heiner Spraul erkannt.

Vor dem Haus der Ewald blieb der nun stehen und schaute sich mißtrauisch um. Dann ging er mit schnellen Schritten durch den Vorgarten zur Haustür. Kurz darauf schimmerte Licht durch deren Glas, und sie öffnete sich einen Spalt. Jetzt klirrte die Vorlegekette, und die Tür ging weiter auf. Nach einem kurzen Disput verschwand Spraul hinter der sich wieder schließenden Tür, und das Flurlicht erlosch.

Verdammt! Miltner fuhr sich durch die Haare. Was sollte er tun? War Spraul ein Killer, den sie auf Ewald angesetzt hatten? Der biedere, allseits beliebte Glasaug-Heiner womöglich ein Wolf im Schafspelz? Einer, der sich hinterhältig das Vertrauen von Epp erworben hatte, und ihn dann kaltblütig mit einem Hammer erschlagen hatte? War es denkbar, daß er danach Ralf, dem armen Schwein, der ihm auch vertraute, das blutverschmierte Werkzeug in die Hand drückte?

Der Oberinspektor schüttelte den Kopf. Nein, das paßte einfach nicht zusammen. Inzwischen wußte er, daß Ralf Linkshänder war, doch der Mörder hatte dem schwachsinnigen Jungen den Hammerstiel in die Rechte gesteckt. Solch ein Fehler wäre Spraul, der Ralf von klein auf kannte, nicht passiert! Und trotzdem, er mußte jetzt wissen, was in diesem Haus vor sich ging. Der Oberinspektor griff nach seiner Walther, lud durch, sicherte und steckte sie ins Holster zurück. Er stieg aus und drückte die Wagentür behutsam ins Schloß.

Bevor er über die Straße ging, schaute er nach allen Seiten. Nichts! Kein Auto, kein Fußgänger weit und breit. Als er vor der Haustür stand, bückte er sich und lauschte am Schlüsselloch. Kein Laut war zu hören. Doch! Leises Lachen drang an sein Ohr.

„Heinerle, Heinerle, du bist doch nicht auf Freiersfüßen", murmelte er und drückte den Klingelknopf.

Licht flammte auf, und die Tür öffnete sich eine Spaltbreite. „Wer ist da?" flüsterte Ewald zaghaft.

„Miltner", entgegnete er und schob seine Hand mit dem Ausweis durch den Spalt.

„Ich habe Sie schon an der Stimme erkannt." Die Frau klang erleichtert.

„Sie haben Besuch?"

„Heiner Spraul leistet mir Gesellschaft. Ich hatte Angst, in diesem Haus allein zu sein."

„Deswegen bin ich hier."

„Jetzt kommen Sie erst mal in die gute Stube. Ich hole derweil eine Flasche Bier."

Spraul begrüßte den Oberinspektor mit einem Nicken, dann starrte er wieder kopfschüttelnd auf das Brett und die verschiedenfarbigen Figuren. „Mensch ärgere dich nicht!", wandte er sich jetzt an Miltner. „Mensch *ängstige* dich nicht würde für die Trudel allerdings zur Zeit besser passen. Frau Ewald muß schleunigst von hier weg."

„Ich bringe sie nach Stupferich. Dort habe ich gute Bekannte."

Gerade als Ewald mit Flasche und Glas hereinkam, hörten sie das Donnern eines schweren Motorrads. „Die Kawasaki", raunte Spraul, „gestern war es genauso. Sie fuhr in die Winzerstraße ein Stück weit hinein, kehrte um und raste wieder zur B 3."

„Ruhe!" mahnte Miltner. Das Donnern war verstummt.

„Heute ist das ganz anders", sagte Spraul erstaunt.

„Sie kommen zu Fuß zurück – wahrscheinlich werden sie zu zweit sein", erklärte der Oberinspektor. „Ist eine Waffe im Haus?"

„Eine doppelläufige Schrotflinte. Sie stammt von ihrem Vater und steht schon griffbereit in der Ecke."

„Licht brennen lassen!" Miltner packte Ewald an der Hand.

„Ins Nebenzimmer, dort brennt kein Licht.“ Spraul griff nach der Flinte und öffnete die Tür. Als sie im Dunkeln standen, schob der Oberinspektor den Vorhang ein Stück zur Seite. Zwei Männer in Lederkleidung, die noch ihre Schutzhelme trugen, schlenderten gemütlich die Straße hinunter. Als sie in die Nähe einer Laterne kamen, bemerkte er die in der Brusthöhe ausgebeulten Jacken. So sah es meist aus, wenn bei Pistolen Schalldämpfer aufgeschraubt waren!

„Leg dich unter das Sofa, Trudel“, sagte Spraul und wandte sich dann an den Oberinspektor. „Ich gehe nach hinten und halte dort die Stellung.“

„Keine Hemmungen. Sie haben es hier mit Killern zu tun!“ Er beugte sich zu Frau Ewald hinunter, die leise schluchzte. „Sie bleiben hier liegen und rühren sich nicht – ganz gleich, was passiert!“ Er huschte zum Fenster und hob langsam den Kopf. Verdammt, die zwei waren wie vom Erdboden verschwunden. Sollte er Spraul warnen? Nein, dafür war es zu spät. Der mußte schauen, wie er damit fertig wurde. Einen Vorteil hatte er, denn er kannte sich in dem Haus bestens aus. Der Oberinspektor zog seine Pistole und entsicherte sie. Vorsichtig schlich er über den Flur und lauschte. Sein Kopf fuhr nach links, als ein Geräusch von der Haustür herkam. Schwach konnte er durch deren Glas eine dunkle Gestalt wahrnehmen, die mit dem unförmigen Helm wie ein Raumfahrer aussah. Da sich nur eine Silhouette dort abzeichnete, war der andere sicher dabei, hinter das Haus zu schleichen.

„Paß auf, Heiner, paß um Himmels willen auf“, flüsterte Miltner.

Der Schatten des Mannes vor der Tür verschwand. Pirschte er nun ebenfalls nach hinten, oder stand der Killer neben dem Eingang? Die Küche! Der Oberinspektor drückte die Klinke und öffnete die Tür. Auch hier war der Laden nicht heruntergelassen, und so konnte man die Umrisse der Gegenstände erkennen: den Tisch und zwei Stühle in der Mitte, dann das große Büfett mit dem eingebauten Kühlschrank, rechts der Herd – Elektro oder Gas? – und daneben die Spüle. Auf Zehenspitzen umrundete Miltner den Tisch, schob sich an die Wand rechts vom Fenster und versuchte hinauszuspähen. „Verdammt schlechte Sicht.“

Dann geschah alles auf einmal. Krachend entlud sich im hinteren Teil des Hauses die Jagdflinte, und erneut donnerte es, als der zweite Lauf abgeschossen wurde.

„Ich hab ihn erwischt!“ brüllte Heiner Spraul.

Drüben schrie Ewald unter dem Sofa wie am Spieß, und von der Haustür her dröhnten dumpfe Schläge. Miltner stieß sich von der Wand ab und rannte zum Flur. In seinem Eifer übersah er den Abfalleimer, stürzte und schlitterte in den Gang. Krampfhaft hielt er die Pistole fest und versuchte, sich aufzurichten.

Es bedeutete Glück für ihn, daß er hingefallen war, denn im Rahmen der zerborstenen Haustür stand der Killer und feuerte, irritiert durch die im Haus herrschende Düsternis, aufs Geratewohl in den Flur hinein. Dreimal machte es plopp, und Mündungsfeuer zuckte auf. Doch statt den Oberkörper Miltners zu treffen, was unvermeidlich gewesen wäre, wenn er gestanden hätte, schlugen die Geschosse hinter ihm in die Wand und rissen faustgroße Löcher in das Mauerwerk.

Der Oberinspektor feuerte zweimal im Liegen. Der Getroffene ließ die Pistole fallen und hielt sich mit beiden Händen den Bauch. Dumpf klang sein Stöhnen unter dem Helm, während er zurücktaumelte. Dann fiel er zu Boden, und der Helm kullerte davon.

Miltner erhob sich, und Licht flammte auf, als er den Schalter fand.

Das Gesicht des Mannes war schmerzverzerrt, doch seine Augen richteten sich haßerfüllt auf den Oberinspektor, und die rechte Hand tastete am Boden langsam in Richtung Waffe.

„Scheißkerl“, brüllte Miltner, trat ihm wütend mit dem Absatz aufs Handgelenk und ergriff die Pistole. Nachdem er sie gesichert hatte, legte er sie auf den Küchentisch.

Es war still geworden im Haus. Ewald schrie nicht mehr, sondern schluchzte nur leise vor sich hin. Ebenso verhalten stöhnte im Flur der Killer, die Hände auf den Leib gepreßt. Zwischen den Fingern sickerte Blut und tropfte auf die Kokosmatte. Hinten im Gebäude schlug eine Tür, und der Oberinspektor fuhr herum.

Jetzt erschien Heiner Spraul, die Flinte mit dem abgeknickten Doppellauf unter dem Arm, und wühlte in seiner Hosentasche nach Patronen. Er stutzte, als er den Killer bemerkte. „Meiner macht keinen Mucks mehr, dem habe ich den halben Kopf weggepustet. Stellen Sie sich vor, der besaß einen Schlüssel, mit dem er in aller Ruhe die Hintertür aufschloß. Ich bin gerade zur rechten Zeit angekommen und habe sofort geschossen.“ Spraul deutete auf die ramponierte Tür. „Ihrer hatte wohl keinen Schlüssel?“

„Den haben Ihre Schüsse zu schnellem Handeln gezwungen.“

„Meiner wurde regelrecht in den Hof zurückgeschleudert“, fuhr Spraul triumphierend fort und hielt Miltner ein blutverschmiertes Papier hin. „Das hat er fallenlassen.“

Der Oberinspektor trat unter die Flurlampe. Er stieß einen Pfiff aus. „Also alles bestens vorbereitet.“

„Nun frage ich Sie von der Kriminalpolizei“, sagte Glasaug-Heiner vorwurfsvoll, „wie kommt so ein Ganove an den Schlüssel und einen Plan, auf dem der Grundriß des Hauses von Frau Ewald abgebildet ist. Wenn da nicht der Pandel seine Hand im Spiel hat! Dann ist ja meine Schwester auch gefährdet. Die muß dort sofort aufhören mit ihrer Arbeit."

„Um Himmels willen, nein. Dadurch würden alle gewarnt."

„Wenn Sie meinen?"

„Das Ganze dauert nur noch einige Tage", beruhigte ihn der Oberinspektor, „kümmern Sie sich bitte um Frau Ewald."

„Mein Gott, die Trudel! Die liegt noch immer unter dem Sofa!" Spraul verschwand. „Alles in Ordnung, Trudel. Kriech schon raus, Mädchen, dir tut keiner mehr was. Die sind weg vom Fenster."

Währenddessen hatte Miltner aus der Wohnung die Zentrale angerufen: „Ja, auch einen Krankenwagen. Genau, der eine ist tot und der andere schwerverletzt. – Danke." Er beugte sich zu dem Killer, der leise Klagelaute von sich gab. „Ich nehme Rücksicht auf Ihren Zustand und lege Ihnen deshalb keine Handschellen an. Aber bitte keine Mätzchen."

Glas knirschte unter seinen Füßen, als Miltner durch den Rahmen der zerstörten Tür ins Freie trat. Inzwischen waren Nachbarn aus ihren Häusern gekommen und näherten sich. Taschenlampen blitzten. Ein Mann trat bedrohlich auf ihn zu. „Was ist hier los, zum Teufel?"

„Bitte mäßigen Sie sich", entgegnete der.

„Ich bin Bürgermeister Pflücker. Und wer sind Sie?"

Du bist also derjenige von Weingarten, dachte Miltner grimmig, der den armen Döge zu einem alten Alemannen hatte machen wollen, um den Fremdenverkehr anzukurbeln. Langsam holte er seinen Ausweis aus der Tasche und hielt ihn Pflücker unter die Nase. „Miltner, Kriminalpolizei. Und jetzt, Herr Bürgermeister, muß ich Sie dringend bitten, sich mitsamt den Bürgern vom Tatort fernzuhalten."

„Frau Ewald?" fragend starrte Pflücker ihn an.

„Erfreut sich bester Gesundheit." Der Oberinspektor machte eine Handbewegung, als ob er eine Fliege wegscheuchen wollte. „Darf ich bitten."

Kurz danach hörte er eine wortgewaltige Stimme, welche die Weingartener Bürger aufforderte, zurückzutreten, um die Arbeit der Kriminalpolizei nicht zu behindern. Ein Mann blieb bei Miltner stehen.

„Was wollen Sie noch hier", knurrte der.

„Ich bin Arzt, vielleicht kann ich helfen."

Der Oberinspektor blickte zum zerstörten Eingang und überlegte, dann sagte er: „Gehen wir zuerst nach hinten, da liegt auch einer. Er soll zwar nur noch den halben Kopf besitzen, aber womöglich gibt er doch noch ein Lebenszeichen von sich."

Als der Mediziner hinter dem Haus ein Riesending von Taschenlampe anknipste, warf sie einen grellen Schein auf den Toten, der mit ausgebreiteten Armen und Beinen am Boden lag. Das Licht wanderte zum Kopf des Leichnams, der Arzt stieß einen Schreckensruf aus, und der Strahl begann zu tanzen.

„Geben Sie schon her", sagte Miltner rauh, auch er mußte schlucken. Während man bei dem im Großen Wald durch Kopfschuß getöteten Hausmeister Otto Egler noch das Gesicht erkennen konnte, war bei dem Killer die vordere Hälfte des Kopfes verschwunden. Die geballte Schrotladung des einen Schusses von Heiner Spraul hatte sie einfach weggerissen. Als der Oberinspektor sich bückte und die Lampe noch einmal auf die riesige Wunde richtete, konnte er einen Teil des Stammhirns, den weichen Gaumen, den Schlund und den Kehlkopf erkennen.

„Mir wird schlecht", würgte der Arzt.

„Tief durchatmen", mahnte Miltner und löschte das Licht.

Während der Mediziner sich mit zuckenden Schultern auf einem Rasenstück erbrach, überlegte der Oberinspektor, wie die Verletzung überhaupt hatte entstehen können. Spraul und der Killer mußten sich doch von Angesicht zu Angesicht gegenübergestanden haben. Aber vermutlich hatte der Eindringling, als er die beiden auf sich gerichteten Läufe der Zwillingswaffe bemerkte, in einem letzten Reflex entsetzt den Kopf abgewandt.

„Entschuldigen Sie." Der Arzt war wieder neben ihn getreten und wischte sich mit einem Taschentuch die Lippen ab. Säuerlich stieg Miltner der Geruch von Erbrochenem in die Nase.

Er gab dem Mediziner die Taschenlampe zurück und fragte: „Wie konnte Ihnen das passieren, Doktor?"

„Ich bin Augenarzt", erwiderte sein Gegenüber verlegen.

„Das war's dann wohl, habe die Ehre." Der Oberinspektor wandte sich der Vorderseite des Hauses zu, da von ferne Sirenen ertönten und Blaulichter auf der Bundesstraße zuckten. Als der Krankenwagen und die Polizeifahrzeuge in der Winzerstraße einbogen, verstummten die Sirenen, und Türen schlugen, nachdem die Wagen angehalten hatten.

„Großflächig absperren", rief Miltner dem Einsatzleiter zu. Erstaunt blickte er auf Dr. Kober, welcher mit seiner Tasche auf ihn zukam. „Nanu, Doktor, jetzt schon? Normalerweise sind Sie doch immer der letzte!"

„Nun übertreiben Sie aber nicht. Ich bin mit dem Krankenwagen hergekommen."

Miltner wies mit dem Kinn zur zerborstenen Haustür. „Da drinnen liegt ein Schwerverletzter."

„Nicht mein Bier, das wissen Sie doch. Da kommen schon Notarzt und Sanitäter. Gewiß haben Sie auch was für mich parat, mein Guter."

„Aber sicher, Doktor. Der Tote für Sie liegt hinterm Haus." Der Arzt setzte die Tasche ab und holte sein Zigarrenetui heraus. „Zu nachtschlafender Zeit?" mahnte der Oberinspektor.

„Nur Zigarren lassen mich noch meinen schweren Beruf ertragen. Woran ist er gestorben?"

„An Bleivergiftung", feixte Miltner und ging ins Haus zurück. Er schob sich am Verletzten vorbei, dem der Notarzt gerade eine Spritze gab, und nahm die Pistole des Killers vom Küchentisch.

Heiner Spraul half Ewald beim Packen. „Ich nehme Trudel mit zu mir nach Hause, bis der ganze Rummel vorbei ist", rief er und nickte dem Oberinspektor zu. „Solange bleibt auch meine Schwester bei den Pandels."

„Ich bin froh über Ihre Entscheidung." Müde stützte er sich an die Wand und gähnte.

Spraul sah ihn mitfühlend an. „Zu Hause wartet ein Bett auf Sie."

„Das war das richtige Stichwort für meinen Abgang." Mit gesenktem Kopf schlurfte er hinter den beiden Sanitätern her, die den Killer auf der Trage hinausschleppten, während dessen Pistole in Miltners rechter Hand baumelte.

21. Kapitel

Oberinspektor Miltner hatte seinen Wagen genau an der Stelle im Wald geparkt, an welcher die Reporterin ihren roten Sportwagen stehen hatte, als sie mit dem Schlauchboot zur Halbinsel fuhr. Es war inzwischen dunkel geworden. Miltner saß bei offener Tür im Auto und hielt das Funksprechgerät ans linke Ohr.

Polizeitaucher Merz, der mit seinem Kollegen die Halbinsel beobachtete, hatte sich gemeldet. „Langsam wird es ruhig da unten", sagte er. „Das Ausbuddeln der Giftfässer hat man eingestellt, statt dessen aber neue Fässer von drei Fahrzeugen abgeladen und in die Halle gebracht. Die leeren Laster fuhren dann weg, und die anderen drei stehen mit zugezogenen Planen auf dem Gelände. Ich weiß zwar nicht, wie viele der neuen Tonnen, die sehr schwer zu sein scheinen, schon in der Halle stehen, aber meiner Schätzung nach müßte mindestens jedes zweite Giftfaß undicht sein. – Was meinst du?" Merz hatte sich an seinen Kollegen gewandt, der hastig auf ihn einzureden schien. „Augenblick, Herr Miltner, wir müssen was klären." Die Stimme des jungen Mannes verstummte, dem Geräusch nach hatte er das

Funksprechgerät auf die Erde gelegt. „Hören Sie noch?“ drang die Stimmte von Merz wieder an Miltners Ohr. Sie klang aufgeregt.

„Ich höre“, entgegnete der Oberinspektor geduldig. Spuck’s schon aus, Junge, dachte er und fingerte mit seiner Rechten nervös am Steuerrad.

„Die haben eines der Fässer von der Halle aus in Richtung Baggersee gerollt. Und dann ... und dann stand plötzlich einer im Taucheranzug unter dem Hallentor – wenige Sekunden danach erloschen alle Lichter, selbst mit unseren Nachtsichtgläsern konnten wir nichts mehr erkennen. Wir vermuten aber, daß der Taucher in Richtung See den Männern mit dem Faß folgte. Sollen wir jetzt näher rangehen?“

„Unter keinen Umständen. Tut um Himmels willen nichts Unüberlegtes.“

„Dann bleiben wir hier liegen und hoffen, daß das Licht wieder angeht.“

„Ihr packt zusammen und verschwindet. Keine Widerrede. Hören Sie mir gut zu, dies ist ein dienstlicher Befehl. Wenn Sie mir hier etwas vermasseln, garantiere ich Ihnen, daß Sie in den nächsten zwanzig Jahren eine Beförderung in den Rauchfang schreiben können. Ende.“ Der Oberinspektor schob die Antenne zurück und steckte das Gerät in die Tasche. Er seufzte und starrte in den dunklen Wald.

Wieder im Alleingang, Miltner, hörte er Kriminalrat Stief vorwurfsvoll sagen, mein Gott, wann werden Sie vernünftig?

Er zuckte die Achseln. „Noch das eine Mal, Helmut“, flüsterte er, „ich bin es Herbert Epp schuldig.“ Miltner stieg aus, ging zum Kofferraum, öffnete ihn und holte das zusammengelegte Schlauchboot heraus. Dann schlüpfte er mit den Armen durch die Gurte und schob es auf seinem Rükken. Habe ich auch alles, überlegte er. Funksprechgerät, Taschenlampe, Waffe, Werkzeug? Okay! Die zwei Preßluftflaschen und ein Druckminderer mit Anschluß waren im Schlauchboot verpackt. Jetzt noch das Messer und das Paddel. Der Oberinspektor schlug den Kofferraumdeckel zu und schloß ab. Bevor er sich von seinem Wagen entfernte, blickte er auf die Uhr. Sie zeigte haargenau 22.30 Uhr. „Hoffentlich erlebe ich noch den Sonnenaufgang“, knurrte Miltner und marschierte los.

Es war nicht einfach für ihn, sich auf dem überwachsenen Fußweg zurechtzufinden. Einen Arm hielt er immer abgewinkelt vors Gesicht, damit ihm keine Zweige in die Augen stießen. Auch die Gummistiefel, die er heute trug, waren für den Waldpfad alles andere als geeignet. Doch wenn er mit dem Schlauchboot ins Schilf vor der Halbinsel fuhr, um gute Deckung zu haben, war zu erwarten, daß er mit Paddeln nicht bis zum Ufer kam und durch das seichte Gewässer waten mußte.

Es war kurz nach elf, als er an den Waldrand gelangte und den See in zwanzig Metern Entfernung vor sich liegen sah. Bevor er ins Freie trat, blieb er stehen und lauschte. Zwar nahm er nicht an, daß diese Vogelfreunde hier kontrollieren ließen, aber die Aufmerksamkeit harmloser Bürger wollte er nicht auf sich lenken. Doch es blieb still, dieser Wald war wohl zu abgelegen. Vorsichtig verließ der Oberinspektor die Deckung und lud am Seeufer sein Gepäck ab. Er ging in die Hocke und spähte in Richtung Halbinsel, die in der Dunkelheit von hier aus nicht zu erkennen war. Wenn schon Gefahr, dann kam die über das Wasser in Form eines Patrouillenbootes, und dessen Ruderschläge konnte man in der Stille schon von weitem hören. Miltner kniete sich hin, öffnete die Gurte, welche das Schlauchboot zusammenhielten, und breitete das schlaffe Ding aus. Preßluft zischte, als er die kleine Flasche anschloß. Zufrieden sah der Oberinspektor, wie das Ganze zu einem Boot heranwuchs. Es schleppte es ins Wasser, stieg ein und stieß das kleine Gefährt mit dem Paddel vom Ufer ab.

Eine Viertelstunde schipperte Miltner über den Baggersee, bis die Konturen der Halbinsel deutlich zu erkennen waren und er den flachen Bau der Halle direkt vor der Nase hatte. Das ganze Terrain lag im Dunkeln. Er stellte das Paddeln ein und ließ das Schlauchboot treiben. Kurz darauf wurde es jäh vom Schilf abgebremst. Miltner lauschte, aber es blieb still. Er schüttelte den Kopf. Für ihn verhieß dies keineswegs Sicherheit. Wenn noch Aktivitäten vor sich gingen, fanden diese auf der entgegengesetzten Uferseite statt. Und falls diese leise ausgeführt wurden, konnte er von hier aus bestimmt nichts hören. Mühsam paddelte und stakte er das Boot in das immer dichter werdende Schilf, und schon nach kurzer Zeit stand ihm der Schweiß auf der Stirn. Ein Käuzchen flog mit lautem ‚Biu, Biu' vorbei. Wenn nachts ein Käuzchen schreit, hatte ihm seine Großmutter immer wieder erzählt, dann stirbt jemand. „Ich paß schon auf mich auf, du blödes Federvieh", flüsterte er dem Vogel hinterher.

Schluß jetzt mit der Galeerensträflingsarbeit! Miltner wischte sich mit einem Taschentuch das Gesicht ab. Das Schlauchboot blieb hier im Schilf zurück. Ohne es kam er bestimmt schneller weiter. Vorsichtig ließ er den linken Fuß ins Wasser gleiten, langsam tauchte sein Unterschenkel in den See, und bei einem Wasserstand auf Kniekehlenhöhe fand er endlich Grund. Der Oberinspektor grinste. Wie gut, daß er Gummistiefel gewählt hatte, deren Schäfte bis zu den Oberschenkeln reichten. Langsam setzte er sich in Bewegung, bog behutsam das Schilf auseinander und tastete mit seinen Füßen den Grund ab, damit er nicht urplötzlich in eine Vertiefung geriet.

Getroffen! Als er an Land watete, befand er sich genau dort, wo in der Hallenrückwand die kleine Tür eingelassen war, und glücklicherweise ließ sie sich genauso leicht aufdrücken wie beim ersten Mal. Es knackte hinter seinem Rücken, als er sie wieder zuschob.

Der Oberinspektor blieb an die Wand gelehnt stehen und starrte in die Finsternis, bis die Hammerschläge seines Herzens zu sanftem Weckerticken geworden waren. Der bleistiftstarke Strahl seiner Taschenlampe zuckte auf, Miltner setzte sich zunächst in Richtung der geöffneten Kiste in Bewegung und leuchtete hinein. Der Taucheranzug war verschwunden, das Harpunengewehr lehnte noch in der einen Ecke. Er wandte sich nach links und sah, daß an der Stelle, wo das Stahlnetz gelegen hatte, gut zwei Dutzend der so auffallend hohen und deshalb schlank wirkenden neuen Stahlfässer standen. Er rüttelte an einigen, die sich aber kaum bewegen ließen, so schwer waren sie. Miltner schmunzelte. Wenn sie leer waren, mußten diese Behälter eine Wandung von mindestens fünfzig Millimetern haben. Er rückte weiter in der Halle vor, wobei er rechter Hand den großen Eingang auf deren Vorderseite hinter sich ließ. Jetzt traf der Strahl seiner Lampe auf drei merkwürdig aussehende sternförmige Aluminiumkonstruktionen, die mit Schwimmern versehen waren. Der Oberinspektor vermutete, daß er es mit den tragenden Teilen der vorgesehenen künstlichen Vogelinseln zu tun hatte und schüttelte den Kopf. Die taten doch wirklich alles, um dem Ganzen einen seriösen Anstrich zu geben.

Als er die zwei Boote entdeckte, hätte er beinahe einen Pfiff ausgestoßen. Er ging näher und leuchtete in das eine hinein. Elektromotorboote, bestimmt für das Patrouillieren auf dem Baggersee! Da konnte man lange vergeblich lauschen, wenn man das Geräusch von Ruderschlägen hören wollte. Miltner huschte zu den Fässern zurück und nahm sich das eine vor, von dem aus er die beste Deckung zum Eingang hin hatte. Als er sah, daß sich zwischen dem Deckel und der zylindrischen Wandung eine Gummidichtung befand, grunzte er zufrieden. Der Deckel wurde also aufgeschraubt, was ganz normal war. Schließlich sollten die Fässer ja hundertprozentig wasserdicht sein! Zu gern hätte er einen Blick hineingeworfen, doch das Lösen des Deckels war nicht zu schaffen, und wenn, dann nur mit lautstarken Hammerschlägen. Halt! Vielleicht waren die Deckel ja nur provisorisch aufgeschraubt. Der Oberinspektor probierte. Mein Gott! Der Deckel ließ sich drehen. Langsam, langsam, Bernd, mahnte er sich. Wenn der auf den Zementboden fiel, hörte man das auf der ganzen Halbinsel. Miltner ächzte. Die Zeit zerrann ihm zwischen den Fingern, und jeden Augenblick konnten diese Schweine hereinkommen, um nach den Fässern zu schauen. Aber er durfte den Deckel nicht schneller drehen – er durfte es einfach nicht!

Jetzt! Es war soweit, und er konnte ihn lüften. Seine Zunge glitt unkontrolliert über die Lippen, als er seine Hand durch die schmale Öffnung steckte. Kunststoff! Das Mistzeug schien auch noch einzeln in Kunststoff verschweißt zu sein! Durch die Folie hindurch spürte er den Lauf mit dem aufgesetzten Korn – den Lauf einer Maschinenpistole! Da, schon wieder eine. Er zählte fünf Waffen, dann mußte er aufhören, weil Gefahr bestand, daß er mit stärkerem Hineinzwängen seines Armes den Deckel vom Faß stieß.

Der Oberinspektor war gerade beim Zuschrauben, als der Eingang geöffnet wurde und mehrere Personen hereinkamen. Er ging in die Hocke und preßte sich eng an das Faß. Das Eingangstor schlug zu.

„Jetzt kannst du Licht machen", sagte eine Männerstimme, die ohne Zweifel Monsieur Coupez gehörte.

Die Deckenleuchten flammten auf, und Miltner kniff automatisch seine an die Dunkelheit gewöhnten Augen zu.

„Sieht gut aus", ertönte nun eine Frauenstimme, während er versuchte, durch Blinzeln seine Augen an die Helligkeit zu gewöhnen.

„Ich wollte, wir hätten das Zeug schon drin." Ein zweiter Mann hatte der Frau geantwortet.

Der Oberinspektor versuchte sich zu erinnern. Wo hatte er diese Stimme schon einmal gehört? Klar, das war die von Montageleiter Ganosky. Der mußte ja mit der Gesellschaft Natur zusammenhängen, hatte er doch das Gitterwerk des Baggers für den vorgesehenen Zweck auf die richtige Größe zuschneiden lassen.

„Monsieur Ganosky", erklang wieder die Frauenstimme.

„Madame Coupez?" fragte der devot.

„War einer von den Männern vor kurzem hier drin?"

„Die sind schon seit einer Stunde mit dem Verankern des Netzes beschäftigt."

„Und die Wachen?"

„Die hatten hier nichts verloren."

Verdammt! Irgendwas stimmte ganz und gar nicht. Vorsichtig lugte Miltner hinter dem Faß hervor. Die drei standen jetzt in der Mitte des Raumes, während Madame Coupez wortlos auf den Boden deutete.

„Noch ganz frisch", sagte ihr Mann, „kein bißchen eingetrocknet."

Die Fußspuren, Gott im Himmel, die Fußspuren, stöhnte der Oberinspektor innerlich, welche er mit seinen nassen Gummistiefeln auf dem hellen Zementboden hinterlassen hatte!

„Da muß doch einer ..." Warnend packte die Frau ihren Mann am Arm, so daß er verstummte.

„Eventuell könnte Trunk kurz dagewesen sein", meinte Ganosky.

„Richtig“, bestätigte Coupez, „den habe ich vor ein paar Minuten rauskommen sehen.“

„Aber was hatte der hier zu suchen?“ Ganosky schüttelte den Kopf. Der Kerl spielte den Fassungslosen wirklich gut, dachte Miltner.

„Das bedarf der Klärung“, entgegnete Madame scharf, „bitte holen Sie ihn her.“

Der Oberinspektor hörte, daß am Eingang geflüstert wurde. Als er einen langen Hals machte, um nach vorne zu schauen, waren die drei verschwunden. Kurze Zeit später tauchten Ganosky und Coupez erneut auf und gingen blitzschnell hinter den Elektromotorbooten in Deckung. Miltner konnte gerade noch erkennen, daß sie Maschinenpistolen in den Händen hielten.

„Wir wissen, daß Sie hier sind“, rief Coupez. „Werfen Sie Ihre Waffe weg und zeigen Sie sich mit erhobenen Händen. Dadurch haben Sie die Chance, unversehrt davonzukommen.“

„Natürlich“, murmelte der Oberinspektor, holte seine Walther heraus und lud durch.

Noch einmal forderte Coupez ihn auf, sich zu ergeben, dann wurde es still, merkwürdig still.

Verdammt, was hatten die vor, dachte Miltner. Sollte er versuchen, zur Hintertür zu schleichen? Zwecklos! Dort wurde er bestimmt schon erwartet. Also hierbleiben, sollten sie doch die Initiative ergreifen. Normalerweise wäre er jetzt aufgestanden und hätte sich als Kriminalbeamter zu erkennen gegeben, aber bei diesen Gangstern wurde mit anderen Maßstäben gemessen. Er sah seinen Kollegen Epp mit blutverschmiertem, zertrümmertem Schädel auf dem Boden liegen, und Galle stieg ihm in die Kehle. Verflucht, wo blieben jetzt die Polizisten Plank und Jung mit ihren Streifenwagen? Miltner spürte den beginnenden Krampf in seinem rechten Oberschenkel und versuchte, seine Lage zu verändern.

Abrupt hielt er inne und verbiß sich den Schmerz. Da kam doch was von hinten auf ihn zu! Wieder hörte er das schlurfende Geräusch, dann ging alles blitzschnell. Er bemerkte, daß Ganosky aufgestanden war und jetzt seine Maschinenpistole hochriß. Mündungsfeuer blitzte auf, und der Lärm des Feuerstoßes hallte irrsinnig laut.

Direkt über dem Oberinspektor zerbarst die eine Deckenlampe. Das war ein Ablenkungsversuch, schoß es durch seinen Kopf, um ihn von dem hinter ihm ...! Beim Herumfahren traf der Hieb seinen Schädel. Er fiel, und er schlug mit dem Gesicht auf den Zementboden. Dann gingen für ihn auch die anderen Lichter aus!

Ein wahnsinniger Schmerz im linken Arm brachte Miltner wieder zu sich. Er wollte seine Lage verändern, doch das war nicht möglich, nur der Schmerz hatte sich verstärkt. Sein Kopf dröhnte, und er konnte kaum durch die Nase atmen. Allmählich kam wieder Klarheit in seine Gedanken, und der Nebel vor seinen Augen wurde lichter.

Natürlich, von hinten hatte ihn jemand niedergeschlagen. Er war zusammengebrochen und mit dem Gesicht aufgeprallt. Seine Nase hatte deshalb das meiste abbekommen, kein Wunder, daß er wegen des geronnenen Blutes so schlecht atmen konnte. Der Oberinspektor lag mit seiner rechten Seite noch immer auf dem Zementboden der Halle. Allerdings nicht mehr hinter dem Faß, das er als Deckung benutzt hatte, sondern er starrte auf das rissige Holz einer Kiste. Außer der zerschossenen brannten noch alle anderen Lampen. Sein linker Arm, in dem wieder wilder Schmerz aufzuckte, führte steil nach oben und wurde an der Kiste von irgend etwas festgehalten. Um das Handgelenk saß eine Handschelle, und die Kette dazu verschwand hinter der Kistenkante.

Miltner stöhnte. Er mußte aufstehen, damit der durch die Fesselung verursachte Schmerz im linken Arm endlich nachließ. Behutsam zog er die Beine an, und es gelang ihm zu knien. Die Schmerzen klangen ab, und an den groben Brettern der Kiste haltsuchend, schob er sich langsam nach oben. Als der Oberinspektor über die Kiste hinwegsehen konnte, hielt er inne und schaute sich um. Gottlob schien er in der Halle allein zu sein. Er stemmte sich noch etwas höher, stand nun an die Kiste gelehnt, die ihm bis zur Brust reichte, und starrte auf die zweite Handschelle, welche mit mehreren großen Holzschrauben am Kistendeckel befestigt war. Mit seiner Rechten tastete er sich ab und stellte fest, daß man ihm alles genommen hatte: Brieftasche, Ausweis, Autoschlüssel, Funksprechgerät, die Waffe. Grimmig verzog er das Gesicht, als seine Finger in das leere Holster fuhren. Sein Blick fiel auf den geschlossenen Eingang. Wieviel Zeit blieb noch, bis sie zurückkamen, um ihn umzulegen? Miltner betrachtete die Köpfe der großen Holzschrauben. Es war unmöglich, sie mit den Fingern zu lösen, ein Schraubendreher mußte her. Er blickte zu der schweren Werkbank mit den zwei Schraubstöcken an der Hallenrückseite. Dort, in einer der Schubladen, lagen bestimmt welche in verschiedenen Größen. Entfernung von hier nach dort mindestens zwanzig Meter. Diese Distanz mußte er, mit der Kiste am Handgelenk, so schnell wie möglich überwinden! Er versuchte, das hölzerne Monstrum zu bewegen, aber es rührte sich kein bißchen. So weit es die Kiste zuließ, trat er zurück und rammte mit der linken Schulter dagegen – die Kiste gab kaum nach. Es klirrte, als er mit dem Fuß an die Brechstange stieß. Miltner grinste. Der Deckel war nur zugenagelt. Mit der mußte es ihm gelingen, ihn abzulösen.

Der Oberinspektor war in Schweiß gebadet, als der Holzdeckel auf den Boden polterte und seinen linken Arm schmerzhaft nach unten riß. Wie lange hatte er zu dieser Arbeit gebraucht? Wieviel Uhr war es überhaupt? Er schielte zu seinem Handgelenk und stellte fest, daß man ihm auch die Uhr weggenommen hatte. Schnell zur Werkbank! Er packte den Kistendeckel mit der Rechten und eilte zu ihr hin.

Gerade, als er an der zweiten Schublade rüttelte, hörte er Stimmen vor dem Eingang. Jetzt kamen sie, um ihn fertigzumachen! Eine Waffe, irgend etwas zum Zuschlagen! Verdammt, die Brechstange hatte er dort vorne liegenlassen. Da konnte er nicht mehr hin. Sein Blick irrte durch die Halle, Panik stieg in ihm auf.

Die Kiste, die Kiste mit dem Harpunengewehr! Sie stand keine fünf Meter von ihm entfernt. Miltner huschte zu ihr herüber. Eine Waffe! Er hatte eine Waffe! Noch immer lehnte in der Ecke der sonst leeren Kiste das Harpunengewehr mit den am Schaft befestigten Speeren. Der Oberinspektor lauschte. Wie lange blieb ihm noch Zeit? Schließlich mußte er die Speere lösen, die Harpune spannen und einen davon einlegen. Keine leichte Sache, wenn einem beinahe der Schädel platzte und am linken Handgelenk ein Kistendeckel hing, an dem noch teilweise die Nägel herausstanden.

Erregte Stimmen drangen an sein Ohr. Wahrscheinlich stritt man sich, wer den Bullen umlegen sollte. Sicher riß sich keiner um den Job. Miltner arbeitete fieberhaft. Mit letzter Kraft spannte er die Waffe, und mit zitternden Fingern legte er den Speer ein. Nicht allein der linke Arm und der Kopf schmerzten, auch das rechte Handgelenk hatte zu pochen begonnen, und erinnerte ihn an Nerdings Schlag mit dem Stahlrohr.

Der Eingang wurde geöffnet, und Blondschopf Ganosky trat in die Halle. Während der sich nach dem Oberinspektor umschaute, schloß sich das Tor wieder hinter ihm. Miltner nickte grimmig. Wenn Ganosky den Bullen erledigt hatte, würde er auch dran glauben müssen. Behutsam stellte der Oberinspektor das Harpunengewehr an die Kiste und wuchtete den mitgeschleppten Deckel darauf. Vielleicht ließ sich Ganosky damit irreführen.

Jetzt hatte ihn der Montageleiter der Firma Huntenberg & Just entdeckt und kam langsam auf ihn zu. Seines Sieges gewiß, hatte er die Pistole noch im Holster stecken. „Die Kraft hätte ich Ihnen nie zugetraut", meinte er anerkennend, „die schwere Kiste hierherzuschleppen. Und das noch in Ihrem Zustand."

Ablenken! schoß es durch Miltners Kopf. „Wer hat Epp umgebracht?"

„Das war ich. Für einen pensionierten Kriminalbeamten schnüffelte er mir zuviel in Weingarten herum. Und dann seine Dummheit, das Gespräch mit Ihnen am Telephon in der Kanne zu führen. Ich wollte gerade die Toilette verlassen, als er im Gang vor dem Apparat stand und wählte. Da zog ich mich zurück und hörte so das ganze Gespräch mit an. Den Hammer hatte ich mir schon einen Tag zuvor unter den Nagel gerissen." Der Blonde grinste schäbig. „‚Allzeit bereit' heißt es doch auch bei der Feuerwehr."

„Wo kommt Ralf da ins Spiel?"

„Den hat mir wirklich der Himmel geschickt. Wissen Sie, zuerst wollte ich den Hammer im Hof irgendwo verstecken, als ich auf Ralf stieß. Der junge Mann war dabei, die Hasen des Wirtes zu füttern – hatte sich wider mal in der Zeit geirrt."

„Und Haller?"

„Hat nichts damit zu tun. Wenn ich mich nicht täusche, arbeitet der bereits auf einer Ölbohrinsel in der Nordsee. Den Killer, der den lausigen Hausmeister im Großen Wald umlegte, haben Sie ja im Haus von Frau Ewald aus dem Verkehr gezogen. Alle Achtung, das war gute Arbeit."

„Und jetzt bin ich dran", sagte der Oberinspektor bitter und sah, wie die Hand des Mannes zum Holster ging. Lenk ihn ab, Bernd, zum Teufel, lenk ihn ab. „Eine letzte Bitte, Herr Ganosky."

„Wenn ich sie erfüllen kann." Die Hand des Montageleiters senkte sich wider.

„Ich will nicht in das schmierige Moor geworfen werden."

„Da kann ich Sie beruhigen. Ihre sterblichen Überreste kommen in eine der luftdichten Tonnen und werden im Baggersee versenkt. Dort ruhen Sie dann für immer. In einem Gewässer, das, wie ich vermute, Ihnen durch die vielen Vorkommnisse zur zweiten Heimat geworden ist."

„Still ruht der See."

„Und so auch Sie."

Der Oberinspektor blickte in ein entsetztes Gesicht, als er mit der Linken den Kistendeckel anhob und mit der Rechten das Harpunengewehr in Schußposition brachte. Krampfhaft fuhr die Hand des Blonden zum Holster, während Miltner den Abzug betätigte. Es gab ein schnalzendes Geräusch, und der Harpunenspeer schwirrte durch die Luft. Ganosky riß die Arme hoch, als ihm das Geschoß tief in den Leib drang. Er griff mit beiden Händen danach. „Nein, nein", ächzte er, taumelte zurück und brach zusammen.

Der Oberinspektor lauschte. Außer dem Stöhnen des auf dem Rücken liegenden Schwerverletzten, und dem Scharren seiner Schuhe am Boden, verursacht durch die zuckenden Beine, war es still in der Halle. Auch von außen kam kein Geräusch.

Der Montageleiter war noch ansprechbar, als Miltner sich über ihn beugte und auf die Handschelle deutete. „Den Schlüssel!“

„Bitte helfen Sie mir.“

„Zuerst den Schlüssel.“

„Rechte Tasche.“

Der Oberinspektor holte ihn heraus, und kurz danach polterte der Kistendeckel zu Boden. Er packte ihn und schob ihn mitsamt der Handfesseln hinter die Werkbank. Dann befestigte er die restlichen Harpunenspeere am Schaft des Gewehrs und stellte es in die Kiste zurück. Als er sich wieder über Ganosky beugte, war dieser bewußtlos und sein Kopf zur Seite gefallen. Sein Atem ging stoßweise, und ein dünner Blutfaden sickerte aus dem halboffenen Mund.

Miltner tastete das Jackett des Ohnmächtigen nach der entwendeten Brieftasche und dem Ausweis ab. Sicher hatten auch seine Utensilien mit ihm verschwinden sollen. Außer dem Funksprechgerät trug der Montageleiter alles bei sich. Zufrieden schob der Oberinspektor seine Walther PPK in das Holster zurück. Er nickte. Der Killer hatte die Sachen gleich mitgebracht, ein sicheres Zeichen dafür, daß nur er damit beauftragt war, ihn abzuservieren. Also mußten Miltner und Ganosky sich jetzt schleunigst in Luft auflösen.

Sein Blick fiel auf den Schaft des Harpunenspeers, der aus dem Oberbauch des Manns herausragte. Er knöpfte dessen Hemd auf, tastete die Wunde ab, zog seine Hand zurück und betrachtete die Fingerkuppen. Sie waren kaum gerötet, da der Schaft die Wunde fast völlig verschloß. Er drehte den Montageleiter auf die Seite und befühlte den Rücken. Gut so! Die Spitze des Speers war nicht aus dem Körper des Mannes herausgedrungen. Vermutlich hatten ihr Knochen des Rückgrats den Weg versperrt. Also keine Wunde und kein Blut. Der Oberinspektor zuckte die Achseln. Die beste Erste Hilfe war es, den Speer so stecken zu lassen. Hier half nur eine Operation. Aber bis zum Krankenhaus war ein weiter Weg. Sehr wahrscheinlich starb Ganosky unterwegs an inneren Blutungen. Wie konnte er den Mann überhaupt tragen. Normalerweise hätte er ihn sich über die Schulter geworfen, aber mit dem Speer im Leib mußte er den Killer auf Händen tragen wie ein frischgebackener Ehemann seine Braut über die Schwelle.

Sollte er die Lichter löschen, bevor er ihn zur Hintertür trug? Ausgeschlossen! In der Dunkelheit würde er stolpern und hinfallen. Die Pistole von dem Kerl mußte verschwinden. Wild blickte er sich um. Ja, dort drüben lag sie – war beim Sturz über den Boden geschlittert. Der Oberinspektor hob sie auf. „Das Schwein“, murmelte er. Ein Colt Kaliber 45, also grob gerechnet eines von 11,5 Millimetern. Der wollte auf Nummer Sicher gehen. Miltner schauderte bei dem Gedanken, was für Riesenlöcher diese Geschosse in seinen Körper gerissen hätten. Er sicherte die Waffe und schob sie ebenfalls hinter die Werkbank.

„Wie bring ich jetzt den blonden Fiesling hoch", flüsterte er, als er wieder vor Ganosky stand. Stell dir vor, du wärst ein Gewichtheber: Miltner, der Schwergewichtsmeister im Reißen. Er hockte sich hin. Linker Arm in die Kniekehlen und der rechte unter die Schultern. So, nun mußte er den Kerl nur noch hochreißen. Hau ruck, Bernd! „Und jetzt das Kreuz durchbiegen", ächzte er. Mit Ganosky auf den Armen ging der Oberinspektor schwankend zur Hintertür. Es gelang ihm, sie mit dem Fuß zu öffnen und ins Freie zu treten, wo er den Bewußtlosen ins Gras gleiten ließ.

Miltner brach zusammen und schnappte nach Luft. Kurze Zeit blieb er liegen, dann sah er sich um. Mit dem Killer in den Armen konnte er unmöglich durch das Schilf zu seinem Schlauchboot waten. Er mußte es hierherbringen und an Ort und Stelle den Kerl hinein verfrachten. Taumelnd erhob er sich und schloß zuerst die Tür, damit der verräterische Schein verschwand. Anschließend machte er sich auf die Suche. Es gurgelte schwach, als er ins Wasser stieg. Ja, genau in dieser Richtung mußte er weitergehen. Keuchend mühte er sich ab, doch schon nach kurzer Zeit blieb er stehen, um tief durchzuatmen.

Gerade, als er sich wieder in Bewegung setzen wollte, hörte er das Plätschern neben sich, und abwehrend hob er seinen Arm, als er den schwarzen Schatten bemerkte.

Ein nasser Gummihandschuh legte sich auf seinen Mund. „Ganz ruhig, Herr Miltner", zischte eine Stimme, „ich bin es, Sebold, und Merz ist auch da."

Der Oberinspektor griff nach einem gummibekleideten Oberarm. „Oh Gott", stieß er heraus, „meine Polizeitaucher sind da!" Und während er vor Schwäche langsam in die Knie ging und fühlte, wie Wasser in die Schäfte seiner Stiefel drang, lallte er: „Bei der Halle liegt noch einer mit einem Speer im Leib."

22. Kapitel

„Und Ganosky?" fragte der Oberinspektor.

„Liegt auf der Intensivstation." Zeipert machte ein bedenkliches Gesicht. „Der Stationsarzt ist sich nicht sicher, ob er ihn durchbekommt."

Miltner zuckte die Achseln. „Das ist nicht so wichtig. Wichtig ist momentan nur, daß ihn keiner erkennt. Für die auf der Halbinsel muß es so aussehen, als ob er abgehauen sei.“

„Den Burschen haben die in eine Ecke der Intensivstation verfrachtet und einen Wandschirm davorgestellt. Ein Kopfverband sorgt zusätzlich dafür, daß man sein blondes Haar nicht sehen kann.“

„Wie steht es mit der Überwachung?“

„Das besorgen zwei als Schwestern verkleidete Polizistinnen und zwei in Pfleger verwandelten Polizisten.“

„Hoffentlich stellen die sich nicht zu dämlich an.“

„Jetzt halt aber die Luft an.“ Zeipert knallte den Kugelschreiber, den er in der Hand hielt, wütend auf den Schreibtisch. „Während wir den Ganosky, so gut es ging, in Deckung gebracht haben, sitzt der zweite spurlos verschwundene, nämlich du, großspurig im Polizeipräsidium und meckert herum.“

„Hier sieht mich von denen ja keiner.“

Der Inspektor zog eine Schublade heraus und schob seinem Kollegen eine leere Milchflasche hin. „Da kannst du meinetwegen reinpinkeln.“ Er grinste schadenfroh. „Wenn du auf die Toilette willst, mußt du ein Stück auf den Flur gehen, und dort darfst du dich nicht sehen lassen.“

„Heute abend ist alles vorbei“, sagte der Oberinspektor besänftigend. Er griff sich an den Kopf. „Sei bitte nicht so laut, das verstärkt die Schmerzen.“

„Von wegen Kopfschmerzen“, schnaubte Zeipert, „du hast eine Gehirnerschütterung, bist krankgeschrieben, und der Arzt hat dir Bettruhe verordnet. Mensch, Bernd, denk daran, was das für Folgen haben kann, wenn du dich nicht daran hältst.“

„Sag bloß, ich bekomme die Alzheimer Krankheit davon.“

Sein Kollege deutete zum Fenster. „Drüben in der Pathologie wetzt Doktor Kober schon sein Messer. Wenn du so weitermachst, bist du der nächste, den er auseinandernimmt.“

„Heute abend ist alles vorbei“, sagte Miltner noch einmal. Er wies mit dem Kinn zur offenstehenden Tür, die in das Büro von Kriminalrat Stief führte. „Wo ist denn unser Helmut?“

„Der ist dienstlich außer Haus und nicht erreichbar.“

„Der drückt sich wohl, und wenn der Einsatz schiefgeht, wäscht er seine Hände in Unschuld.“

„Da tust du ihm bitter Unrecht. Er hat einen Anruf vom Landeskriminalamt bekommen.“

„Wegen des Baggersees?“

„Sie wollten wissen, was dort vor sich geht."

„Aber woher ...?"

„Die haben bei denen einen verdeckten Ermittler eingeschleust, da bin ich ganz sicher. Zum Glück ist der Stief auf unserer Seite. So wütend habe ich ihn noch nie gesehen. ‚Jetzt klaubt das LKA uns die Rosinen aus den Brötchen, die wir gebacken haben', hat er gemeint und dabei förmlich die Zähne gefletscht."

„Wie müssen denen zuvorkommen."

„Die Sache steigt, wie geplant, heute am frühen Abend."

„Genau, die Pendler sollen schon zu Hause vor der Glotze sitzen und dem Spiel unserer Nationalelf zuschauen, damit wir freie Fahrt haben – und gutes Büchsenlicht dazu. Was ist mit dem Hubschrauber?"

„Steigt auf, wenn wir losfahren und hält sich abrufbereit außer Sichtweite." Zeipert hielt Miltner den Badischen Boten hin. „Was hat deine Reporterin vor? Die Idee des Preisausschreibens stammt doch sicher von ihr?"

Miltner griff nach dem Blatt. „Name für Grötzinger Baggersee gesucht!" stand groß auf der Vorderseite. Und darunter hieß es: „Dem Gewinner winkt eine Heißluftballonfahrt über dem Schwarzwald und den Vogesen." Der Oberinspektor wollte weiterlesen, aber die Buchstaben verschwammen ihm vor den Augen, und er gab die Zeitung zurück. „Ein gutes Ablenkungsmanöver."

„Hoffentlich bleibt es dabei."

„Sie weiß, daß sie sich zurückhalten soll", murmelte Miltner und strich sich behutsam über das Haar.

„Was mir große Sorgen bereitet", sagte der Inspektor, „ist der verdeckte Ermittler. Hoffentlich dreht der nicht durch, wenn wir plötzlich auftauchen."

„Das ist ja nur eine Vermutung von uns."

Der schwarzuniformierte Posten lächelte die beiden Kriminalbeamten freundlich an, als sie auf ihn zugingen, dann hob er die Hand. „Bedaure, meine Herren, zur Zeit haben nur Mitglieder der Gesellschaft Natur Zutritt. Wissen Sie, heute sollen versuchsweise einige Wasservögel in den Baggersee gesetzt werden."

„Toll!" Der Oberinspektor wandte sich an Zeipert. „Wie schnell hier gearbeitet wird."

„Lassen die Tiere sich das überhaupt gefallen? Ich meine, hauen die nicht einfach ab?"

„Professor de Corte hat im Elsaß mit den Vögeln ein Schnelltraining absolviert."

„Alle Achtung“, staunte der Inspektor, doch der Posten beachtete ihn nicht mehr. „Da kommen zwei Streifenwagen von der Polizei. Die muß ich melden.“ Er wollte schnurstracks auf das Wachhaus zugehen.

„Hiergeblieben, Freundchen“, knurrte Miltner und packte ihn an der Schulter. Mit der anderen Hand hielt er ihm seinen Ausweis vor die Nase. „Festnehmen, entwaffnen, Handschellen anlegen“, rief er den vier Streifenbeamten zu. „Merker, Sie bleiben bei ihm, bis die Verstärkung auftaucht, die andern kommen mit.“

„Die Hubschrauberbesatzung“, mahnte Zeipert.

„Klar doch“, entgegnete der Oberinspektor und hielt sein Funksprechgerät an den Mund. „Bussard zwo, bitte melden.“

„Hier Bussard zwo“, kam die Stimme von Diel. „Wir kreisen in Warteposition außer Sichtweite des Baggersees. Anruf genügt, und wir kommen sofort.“

„Wie lange braucht ihr?“

„Höchstens drei Minuten.“

„Auf geht’s.“

Zu fünft gingen sie zu der kleinen Gruppe, die am Rand des Sees stand und die Beamten noch gar nicht bemerkt hatte. Dabei waren das Ehepaar Coupez und Professor de Corte. Sie starrten über die Wasseroberfläche, auf der sich in rascher Fahrt ein Motorboot näherte.

Als der Bootsführer mit dem Fahrzeug in die Kurve ging und dann am Stahlnetz anlegte, meinte der Oberinspektor jovial: „Na, haben Sie die Lockenten schon ausgesetzt?“

„Sie?“ rief Coupez. Er war blaß geworden und stotterte: „Aber Sie sind doch ...“

„Die Tonne, in der ich im Baggersee zur ewigen Ruhe gebettet werden soll, wird erst noch in Haguenau geholt. Ich habe Ganosky klargemacht, daß für mich nur eine mit Goldrand in Frage kommt.“ Mit halbem Ohr nahm er wahr, wie Zeipert den Hubschrauber anforderte.

Das Gesicht von Madame Coupez verzerrte sich. „Was haben Sie mit ihm gemacht?“ Sie eilte auf Miltner zu und trommelte wütend mit beiden Fäusten auf ihn ein. „Was haben Sie mit Jürgen gemacht?“ Ihre Stimme überschlug sich.

Der Oberinspektor stieß die Frau zurück. „Er lebt noch.“ Dann schaute er zum Eingang hinüber, von wo aus weitere Streifenwagen auf die Halbinsel fuhren. Er wandte sich wieder der Gruppe zu. „Sie sind festgenommen. Widerstand ist zwecklos – es wird sofort geschossen.“ Die letzten Worte mußte er schreien, weil gerade der BK 117 im Tiefflug über sie hinwegdonnerte.

Als Polizeibeamte die Verhafteten abführten, blieb Professor de Corte vor Miltner stehen. „Sie haben mein Lebenswerk zerstört. Ich werde mich über Sie bei der französischen Regierung beschweren.“ Erhobenen Hauptes schritt er davon.

„Am besten gleich beim Europäischen Gerichtshof in Den Haag“, rief ihm der Oberinspektor nach, und blickte dann zum See hin. Merz und Sebold hatten das Netz durchschnitten und kamen mit dem Motorboot langsam näher. „Fischt mal eine von den Tonnen aus dem Wasser“, rief Miltner, „und bringt sie an Land.“

„Bussard zwo bittet, landen zu dürfen“, sagte Zeipert zu ihm.

„Landeerlaubnis erteilt! Die Jungens sind neugierig. Dafür habe ich Verständnis.“

„Ich weiß nicht recht.“

„Es sind Diel und Hanisch, Günter.“ Miltner zwinkerte seinem Kollegen zu. „Laß sie doch am Erfolgserlebnis teilhaben, dann helfen sie uns auch mal außer der Reihe.“

Die beiden Polizeitaucher hatten das Faß ans Ufer gebracht. Einige Streifenbeamten halfen ihnen, das schwere Behältnis aufs Trockene zu ziehen.

Die Hubschrauberbesatzung kam gerade hinzu, als der Deckel auf den Boden polterte und der Oberinspektor sich darüberbeugte, um die Kunststoffolie von der einen Waffe zu lösen. „Mensch“, sagte Hanisch zu Diel, „ich glaube, das sind Kalaschnikows.“

„Nein“, meinte Zeipert ernsthaft, „genmanipulierte Zugvögel.“

Diel nickte. „Unser Freund ist wieder mal zum Scherzen aufgelegt.“ Er blickte zum Eingang und packte Hanisch am Arm. „Da hinten kommt einer, der nach höherem Dienstgrad aussieht. laß uns schleunigst verschwinden.“

Als die beiden ein Stück weit gegangen waren, drehte sich Hanisch um und rief Zeipert zu: „Das nächste Mal wirst du über dem Baggersee abgeworfen. Vielleicht tauchst du irgendwann als genmanipulierter Quastenflosser wieder auf.“

„Der schaut aus wie Fisherman's Friend“, raunte der Inspektor und deutete verstohlen auf den Näherkommenden.

„Das verstehe, wer will“, erwiderte Miltner.

„So was nennt man doch einen Seemannsbart, was bei dem in drei Zentimeter Breite vom Kinn bis zu den Schläfen führt.“

Fisherman's Friend, der einen olivgrünen Regenmantel trug und den Hut tief in die Stirn gezogen hatte, ging nun zielstrebig auf die beiden zu. Vor ihnen blieb er stehen und tippte lässig an die Krempe seiner Kopfbedekkung. „Miltner, wenn ich mich nicht irre.“

„Sie irren sich nicht.“

„Meyer, Landeskriminalamt. Von jetzt an übernimmt das LKA den Fall. Im Grunde hatten wir ihn schon längst übernommen.“

„Da komme ich nicht mit, Herr ... Herr ...“

Der Mann winkte unwirsch ab. „Der Dienstgrad tut nichts zur Sache. Nennen Sie mich einfach Kollege Meyer, Meyer mit Ypsilon und E wie Emil.“ Er deutet zum See, dann sah er die beiden ernst an. „Sie sind hier über etwas gestolpert, das für Sie zwei Nummern zu groß ist.“

„Was soll das heißen?“

„Immer cool bleiben, Kollege.“ Der LKA-Beamte betrachtete mit zusammengekniffenen Augen die Polizeitaucher, die neugierig zuhörten. Dann deutete er auf das Verwaltungsgebäude. „Wir werden uns dorthin zurückziehen. Was ich euch zu sagen habe, muß unter uns bleiben.“

„Wartet bei eurem Fund auf uns“, rief der Oberinspektor im Weggehen den Tauchern zu.

Als sie das Verwaltungsgebäude betraten, riß Meyer die einzelnen Türen auf. Bei der letzten nickte er zufrieden. „Wenigstens ein Sessel.“ Für dich natürlich, dachte Miltner.

Der LKA-Beamte warf sich ächzend in die bequeme Sitzgelegenheit und wies auf die beiden Stühle. „Wenn ich bitten darf.“

„Wie soll es nun weitergehen?“ fragte Zeipert.

„Sie bringen das Ganze zum Abschluß, selbstredend unter unserer Obhut. Aber keine Sorge, wir lassen Sie an der langen Leine. Außerdem erhalten Sie Verstärkung aus Stuttgart.“

„Vermutlich Kommissar Bienzle“, meinte der Inspektor bissig.

Fisherman's Friend überhörte den Einwurf und strich sich nachdenklich über seinen Seemannsbart. „Die Sache wird für Sie schnell zu Ende sein, doch ein bißchen lassen wir Sie noch mitspielen, schon wegen der breiten Öffentlichkeit. Dieses Preisausschreiben hat ja den letzten Mann und die letzte Frau mobilisiert. – Der Grötzinger Baggersee ist hier in der Gegend damit zum Mittelpunkt geworden. Das Ganze war eine Schnapsidee, muß ich sagen, und ich will hoffen, daß keiner von Ihnen dabei mitgemischt hat.“ Meyer rutschte ein Stück nach vorn und lehnte sich dann lässig zurück. „Nun erzählen Sie mal, Kollege Miltner, wie Sie über diesen heiklen Fall gestolpert sind.“

„Sie wissen doch schon alles.“

„Alles ist ein höchst dehnbarer Begriff. Zur Klärung: Ich bin ein äußerst freundlicher Mensch, doch wenn mir jemand ans Bein pinkeln will, kann ich verdammt gemein werden.“ Fisherman's Friend schnippte mit den Fingern. „Mann, Miltner, wachen Sie auf! Wenn ich will, katapultiere ich Sie als Streifenbeamten an die polnische Grenze oder sonst wohin!"

„Erzähl schon, Bernd", drängte Zeipert.

Meyer hob die Hand. „Noch etwas. Sie halten von nun an den Medien gegenüber die Klappe. Das Unterrichten von Presse, Rundfunk und Fernsehen übernehmen wir. Erwarten Sie keine Hilfe von Stief, dem habe ich bereits vor einer halben Stunde alles dargelegt. Im übrigen ist auch das Bundeskriminalamt und der BND am Rande beteiligt." Der LKA-Beamte faltete die Hände über dem Kopf zusammen. „Jetzt können Sie loslegen – aber bitte nur das Wesentliche. Ich habe wenig Zeit."

„Hingelenkt zum Baggersee wurde die hiesige Kriminalpolizei durch den Mord an Wachmann Hotz, dessen Leiche man beim Demontieren des Kiesbaggers entdeckte. Wir vermuteten zunächst dahinter nichts Besonderes, stutzig machte uns allerdings die Todesursache. Der Genickbruch war nicht die Folge einer fernöstlichen Kampfart, wie zuerst angenommen, sondern laut einem japanischen Arzt eher die Handschrift westlichen Spezialeinheiten." Der Oberinspektor überlegte.

„Und dann wurde auf der Baggerseehalbinsel ein Taucheranzug gefunden", half Meyer nach.

„Marke Delphin, in einer Hundehütte, und keiner wollte etwas davon wissen. Dann entdeckten Pilzsucher den Wagen von Greenpeacer Roland Döge. In der Nähe fanden wir Spuren eines Kampfes: Döge war vermutlich beim Beobachten der Halbinsel überwältigt worden. Kurz danach meldete uns eine Frau Dr. Sigg, sie hätte einen Mann mit Schußwunde am Oberarm behandelt. Besonders interessant war die Tatsache, daß der Verletzte bei der Ärztin die Chipkarte des toten Hotz zum Einspeichern vorlegte. Dieser hatte nämlich bei seinem Auffinden im Holster einen Colt-Revolver Kaliber 38 stecken, aus welchem zweimal geschossen worden war."

„Weiter, weiter."

„Es kam zu einem Gespräch zwischen mir und Holger Pandel, dem Geschäftsführer der Firma Aldinger, welche von der Halbinsel aus im See nach Kies geschürft hatte. Unter anderem wollte ich von ihm näheres über den Sicherheitsservice für Objekt- und Personenschutz wissen, der bislang als Werkschutz tätig war, und dem Hotz angehört hatte. Pandel verhielt sich äußerst wortkarg in dieser Angelegenheit, ja, er konnte mir nicht einmal eine Namensliste der Wachleute geben, die auf der Halbinsel Dienst taten. Diese Liste hätte Frau Aldinger-Coupez, die Chefin des Unternehmens, an sich genommen, und die wohne in Haguenau."

„Sie haben in dieser Richtung nicht mehr ermittelt?"

Der Oberinspektor schüttelte den Kopf. „Sie wohnt nicht nur in Frankreich, sondern besitzt seit ihrer Heirat auch die französische Staatsangehörigkeit. Zudem war der genannte Sicherheitsservice wie vom Erdboden verschluckt."

„Und dann ließ man ein Phantombild von dem Angeschossenen nach Angaben von Frau Dr. Sigg anfertigen, soweit, sogut." Meyer schüttelte den Kopf und zielte mit seinem dicken Zeigefinger auf Miltner. „Aber mit diesem Klatschblatt Badischer Bote hätten Sie das nie durchziehen dürfen. Und Sie erfinden auch noch einen unbekannten Toten in den Rheinauen, der so aussieht wie der Angeschossene. Was haben Sie sich bei alldem gedacht?"

„Meine Vermutung war, daß es zwischen ihm, der, wie sich später herausstellte, Willi Nerding hieß und ebenfalls beim Sicherheitsservice arbeitete, und Hotz auf der Halbinsel zum Streit kam."

„Sie meinten, dem Hotz gelang es, seine Schußwaffe zu ziehen und auf die anderen zu feuern?" Der LKA-Beamte nickte nachdenklich. „Ja, so könnte es vielleicht gewesen sein."

„Wobei es durchaus möglich ist, daß noch eine dritte Person mit im Spiel war", entgegnete Miltner.

„Der kleine Scheißer von Hausmeister, der im Großen Wald gekillt wurde." Meyer kramte in seiner Brusttasche, brachte endlich ein Zigarrenetui zum Vorschein und zündete sich umständlich eine Zigarre an. Miltner mußte an Doktor Kober denken. Die beiden Zigarrenraucher würden sich glänzend verstehen. „Übrigens möchte ich zugeben", der LKA-Beamte spitzte seinen Mund, um Rauchringe zu produzieren, ließ es aber wieder bleiben, „daß die Idee mit dem Badischen Boten und dem fiktiven Toten vielleicht doch gar nicht so schlecht war. Etwas außergewöhnlich, aber nicht schlecht."

„Und mit dem Hinweis auf die Rheinauen", erklärte der Oberinspektor, „wollte ich so lange wie möglich den Baggersee aus dem Spiel lassen. – Tja, dann sind Zeipert und ich zu Frau Hotz gefahren. Als ich ihr das Phantombild unter die Nase hielt, wußte sie angeblich nichts damit anzufangen. Wenigstens erfuhren wir, daß ihr verstorbener Mann von 2000 Euro gesprochen hatte, die ihm zu wenig seien. Das gleiche hörten wir später von Frau Bühler, der Freundin von Hotz, die er angeblich heiraten und anschließend mit ihr ins Elsaß ziehen wollte."

„Also Nerding, Hotz und Egler, in dessen ihm anvertrauten Haus der Sicherheitsservice residierte", meinte der LKA-Beamte nachdenklich.

„Vielleicht auch noch Glupp", warf Zeipert ein.

„Richtig Kollege, der Mann, der so schnell verschwand und nirgendwo mehr auftauchte."

„Ein Mann weniger, dafür hatten dann die restlichen mehr Geld in der Tasche“, rief Miltner.

Fisherman's Friend wiegte den Kopf. „Ich würde eher meinen, hier kommt schon der Killer von Coupez und Konsorten ins Spiel.“

„Und die Auseinandersetzung in der Wachbude?“

„Meine Version: Hotz wollte Nerding eliminieren. Diesem gelang es aber, mit Hilfe von Egler, Hotz ins Jenseits zu befördern. Durchaus möglich, daß hier Glupp noch mitmischte. Uns kann es gleich sein.“ Er beugte sich zu Miltner vor, als er sah, wie dieser sein Gesicht verzog. „Mann Gottes! Das waren doch im Grunde genommen ganz kleine Ärsche, die gar nicht wußten, wo es überhaupt langging.“

„Sie hatten nur Kenntnis von dem verbuddelten Giftmüll, und daraus wollten sie Kapital schlagen. Wahrscheinlich erfuhr Nerding als erster davon, da er vom Sicherheitsservice bei Veith & Kraft eingesetzt worden war. Und als das mit dem Giftmüll in die Hose ging, kam ihnen das Phantombild im Badischen Boten gerade recht. Mit den 30.000 Euro, die Nerding und Egler forderten, wollten sie dann schnellstens verduften.“

„Aber der Killer schlug im Großen Wald zu, die kleinen Ganoven hatten keine Chance, zumal dem Killer auch noch die Kriminalpolizei zu Hilfe kam.“

„Nerding im Penthaus“, der Oberinspektor zuckte die Achseln, „aber was hätte ich denn tun sollen?“

„Ich mache Ihnen keinen Vorwurf, Kollege.“

„Kurz bevor Willi Nerding starb, brachte er noch den Namen Coupez hervor, es klang so, als ob er von mir etwas wissen wollte.“

„Er war vermutlich intelligenter als die anderen Ganoven, lebte am längsten und spürte, daß hinter dem Giftmüll noch was anderes stecken mußte.“

„Sein Name wurde mir erst bekannt, als ich Frau Hotz im Krankenhaus besuchte“, fuhr Miltner fort, „doch das war jetzt Schnee von gestern. Richtig spannend wurde die Sache, als ich wieder vor dem Krankenhaus stand und nach einem Taxi Ausschau hielt.“

„Freund Zufall kam ins Spiel“, nuschelte der Mann vom LKA, der genüßlich seine Zigarre paffte.

„Ein Mann der Demontagefirma Hunterberg & Just wurde gerade ins Krankenhaus gebracht, was ja beim Abbau schwerer Maschinenteile mal nötig werden kann. Stutzig wurde ich allerdings, als ich erfuhr, daß der Verunglückte schwere Brandverletzungen hatte, die beim Zertrennen mit Schneidbrennern entstanden waren. Eine Kiesbaggeranlage, die an einem anderen See wieder aufgestellt werden sollte, wurde einfach zusammengeschnitten. Das wollte ich mir doch genauer ansehen.“

„Sie sind mit dem Taxi rausgefahren, lernten den Montageleiter Ganosky kennen und erfuhren von ihm, daß laut der Firma Aldinger dieses Monstrum nicht mehr aufgebaut, sondern verschrottet werden sollte.“

„Woher, zum Teufel, wissen Sie das?“

„Immer mit der Ruhe. Na ja, in diesem Fall kann ich es Ihnen ja sagen, da wir unseren verdeckten Ermittler schon aus dem Verkehr gezogen haben.“

„Sein Name?“

„Obermonteur Haller“, entgegnete der LKA-Beamte schlicht.

„Der logierte doch in der Kanne in Weingarten.“

„Im selben Lokal, ich welchem Sie auch Epp untergebracht hatten.“ Nervös versuchte Fisherman’s Friend einen Lungenzug, verschluckte sich, nahm die Zigarre aus dem Mund und begann zu husten.

„Verlegenheitshusten“, flüsterte Zeipert seinem Kollegen zu.

In Miltner arbeitete es. „Sie haben Epp ins offene Messer laufen lassen!“

Meyer wehrte ab. „Wir haben nie gedacht, daß die das riskieren würden“, keuchte er und warf den Zigarrenstummel in eine Ecke. „Vermutlich handelte Ganosky aus eigenem Antrieb. Jetzt beruhigen Sie sich doch. Schließlich hatte Epp Krebs. Denken Sie daran, was ihm und seiner Frau erspart geblieben ist!“

„So kann man das auch sehen.“

„Vielleicht hatte es auch sein Gutes, daß Haller nicht in der Lage war, einzugreifen, und so alles verfrüht aufgeflogen wäre. Dadurch konnten Sie sich in aller Ruhe auf Frau Ewald konzentrieren und sie und Herrn Spraul retten. Der allein hätte es doch nicht geschafft.“

„Die Killer wären dann nie in Weingarten aufgetaucht!“

Als Zeipert sah, wie es in Miltner kochte, rief er schnell dazwischen: „Immerhin hat Spraul dem einen die halbe Rübe weggepustet.“

„Genau dem richtigen“, der Mann vom LKA hatte mit Husten aufgehört und rieb sich zufrieden die Hände, „der hat nämlich den kleinen Egler im Großen Wald auf dem Gewissen.“

Der Oberinspektor deutete in Richtung See. „Sie haben auch hier einen verdeckten Ermittler eingesetzt, nicht wahr?“

„Den verrate ich Ihnen aber nicht!“

„Mein Bericht dürfte damit beendet sein“, brummte Miltner, „das andere wissen Sie wohl auch.“

„Bis jetzt kennt hier nur Kriminalrat Stief die wahre Geschichte, und außer Ihnen beiden darf auch kein weiterer davon erfahren.“

„Waffenschmuggel ist doch heutzutage genau so selbstverständlich wie Kokain schnupfen", meinte Zeipert, „warum also diese Geheimniskrämerei?"

„Wenn es nur das wäre."

„Das Faß mit den Kalaschnikows", erinnerte der Oberinspektor.

„Das Faß, Kollege", Meyer beugte sich vor, „das Faß ist in diesem Zusammenhang wichtiger als die Waffen. Dieser umständliche wasserdichte Verschluß, das ganze Drum und Dran mit der Unterwasserlagerung, die langwierige, kostspielige Vorbereitung – kommt Ihnen das nicht seltsam vor?"

„Es ist schon merkwürdig", gab ihm Miltner recht. „Normalerweise will man das Zeug so schnell wie möglich wieder loswerden."

„Wir haben es mit einer Einlagerung auf lange Zeit zu tun, genauer gesagt bis zur Stunde X, der Stunde des Losschlagens." Meyers Stimme klang hart und präzise. Jede Schnoddrigkeit war aus ihr verschwunden.

Der Oberinspektor richtete sich auf. „Neonazis?"

„Wenn es nur die wären", seufzte der Mann vom LKA. „Sie nennen sich Vereinigung zur Befreiung Europas, kurz VzBE."

„Also ‚Ausländer raus'!" rief Inspektor Zeipert.

„Ja. Das gehört auch dazu, aber ihr genaues Programm ist selbst uns nicht bekannt. Wir wissen nur, daß sie in ganz Europa raffiniert getarnte Waffendepots anlegen und Leute von ihnen, die aus der Reihe tanzen, gnadenlos liquidieren. Ich glaube deshalb auch nicht, daß wir von Madame und Monsieur Coupez oder de Corte je etwas über die Vereinigung erfahren werden." Der LKA-Beamte erhob sich. „Das wär's gewesen. Das beste wird sein, Sie vergessen alles gleich wieder, was ich Ihnen gerade erzählt habe."

Als die beiden Kriminalbeamten auf die neben dem Faß stehenden Polizeitaucher zuschritten, fragte Zeipert: „Glaubst du, der hat uns was vorgeflunkert?"

Miltner zuckte die Achseln. „Vermutlich war es nur die halbe Wahrheit."

„Herr Oberinspektor!" Ein Polizeibeamter, der neben einem der Streifenwagen stand, winkte ihm. „Kriminalrat Stief will Sie sprechen."

„Kommen Sie mit Zeipert sofort ins Polizeipräsidium zurück", sagte Stief, als Miltner sich gemeldet hatte, „Aßmann ist mit einigen Beamten vom Landeskriminalamt zum Baggersee unterwegs. Er wird mit den Herren zusammen das Ganze übernehmen."

„Wir kommen", antwortete der Oberinspektor, gab dem Polizisten das Gerät zurück, und wandte sich an seinen Kollegen.

Der winkte ab. „Ich habe alles mitgekriegt."

Am Tor zur Halbinsel erwartete sie schon Michaela Gallion. „Na, wie sieht es aus?“ fragte sie Miltner. „Wohin sollen wir uns verziehen, damit Sie mir, wie versprochen, alles brühwarm erzählen können.“

„Kein Kommentar“, erwiderte der Oberinspektor mit steinernem Gesicht und schritt auf seinen Wagen zu.

„Dahinten, der Mann mit dem Seemannsbart, wir nennen ihn Fisherman's Friend, wird Ihnen alles erklären“, sagte Zeipert.

„Schert euch zum Teufel!“ rief ihnen Michaela Gallion nach.

Als die beiden Beamten in ihrem Dienstwagen saßen, stieß Miltner einen Seufzer aus und legte seine Arme auf das Steuerrad. „Vielleicht werde ich auch Schwarzpulverschütze.“

„Damit würde ich noch eine Weile warten. Unsere Schwarzpulverschützin ist in den nächsten Wochen bestimmt nicht gut auf dich sprechen. Aber du hast ja immer noch Herta.“

„Die Ziege von Klaus Roth hat Junge bekommen und läßt außer Roths Frau keinen an sich ran.“

Zeipert schaute seinen Kollegen treuherzig an. „Ich bin ja auch noch da.“

Miltner grinste schief. „Ein Freund, ein guter Freund, das ist das schönste, was es gibt auf der Welt.“ Dann riß er den Zündschlüssel aus der Tasche, steckte ihn ins Schloß und betätigte den Starter. „Schnall dich endlich an“, rief er und bog in die Bundesstraße ein.

„Helmut, wir kommen.“

„Von wegen! Wir fahren zuerst zu Lieschen Hotz und lassen uns von ihr eine Ganzheitsmassage verpassen.“

„Aber nur, wenn dabei Räucherstäbchen brennen.“

Die Zentrale meldete sich, und der Oberinspektor hob ab. „Wir übernehmen“, sagte er kurz danach, und legte den Apparat zurück. „Nicht Kohler-, sondern Moltkestraße, Kollege. Die Feuerwehr hat einen 82jährigen in seiner ausgebrannten Dachgeschoßwohnung tot geborgen. Sie stellte fest, daß der Brand gelegt war, und der Tote am ganzen Körper Messerstiche aufweist.“

Zeipert nickte. „Mord oder Totschlag, Also nichts wie ran. Und du, Lieschen, kannst deine Räucherstäbchen wieder in die Ebenholzschatulle legen.“